KB263473

나의 삶 나의 문학
―사랑과 죽음 그리고

전규태의 시詩와 그림이 있는 자전적 에세이

나의 삶 나의 문학

사랑과 죽음 그리고……

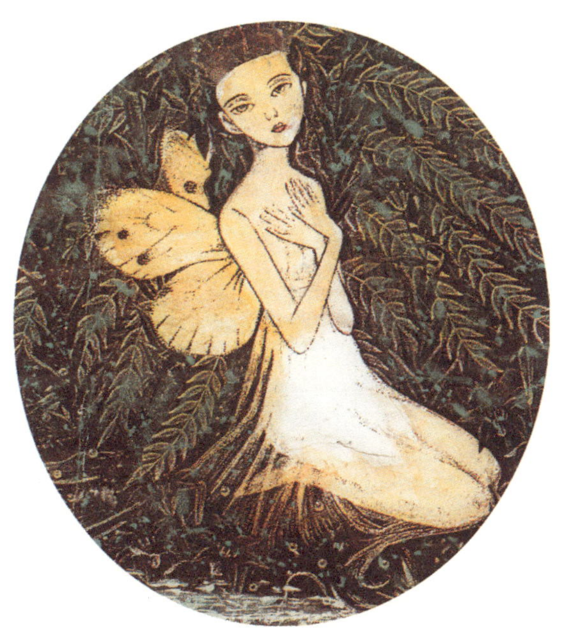

도서출판 책마루

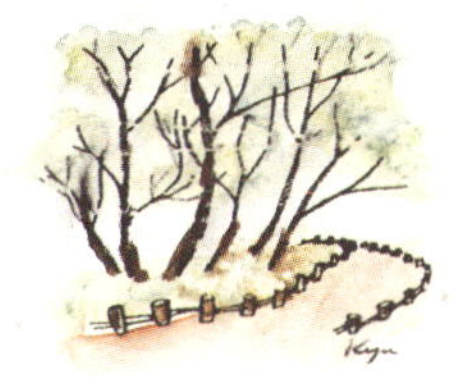

길 그 너머의 그리움

나는 19세기 로맨티시스트처럼 방랑벽이 있다. 그런 탓으로 무척이나 여행을 좋아한다. 경이롭고 신비로 가득했던 여로의 그 아스라한 향취와 아련한 속삭임은 곧잘 나를 못 견디게 유혹한다. 먼 나라 특히, 오지를 그리고 꿈꾸는 마음은 그지없이 호젓하고 행복스럽기만 하다. 낯선 이국땅의 거리, 넘실거리는 인파, 뭇 인물들의 붐빔, 역사의 앙금이 깔린 고적과 유물들, 이 모두가 나를 간단없이 손짓한다.

췌장암 수술을 마친 후 나의 주치의는 예술치료법의 하나로 그림 그리기를 추천해 주었다. 그 덕분에 나는 목숨을 부지해 오고 있다. 나는 그의 말을 충실히 따랐고 일본과 호주에 둥지를 튼 다음 그동안 세계 스케치 여행을 계속해 왔으며 10여 년 만에 건강한 모습으로 얼마 전 귀국하여 세계여행 시화집도 상재했고 회고록도 열심히 썼다. 잃어버린 10년을 보상하려는 마음으로 온 힘을 다 쏟았다. 그동안 연재했던 자전적 글들을 깁고 더 한 후 여행 중에 그렸던 그림을 틈틈이 곁들여 곡절 많았던 지난 세월의 한 부분을 정리해 본다.

돌이켜 보면 나의 삶은 꾸불꾸불한 행로였다. 부끄럽기 짝이 없는 길이기도 했다. 막상 상재를 앞두고는 벌거벗은 나를 내보이는 듯해서 망설여지기도 한다. 그때 문득 톨스토이의 단편 〈두 노인〉이 뇌리를 스치고 지나갔다. 목적지를 향해 곧바로 걸어간 성공적인 노인과 이곳저곳을 기웃거리다가 결국 목적지에 이르지 못한 또 하나의 노인 이야기다. 그런데 톨스토이는 후자를 더 높게 평가했다.

나는 순구한게 좋다, 직선이 좋다. 광야를 한없이 끝없이 마구 달리고 싶은 그런 일직선의 길을 좋아한다. 직구를 잘 꽂는 야구 투수에게 박수를 보낸다. 검은 직선을 서슴없이 대담하게 긋는 뷔페의 화법(畵法)에 감탄한다. 하지만 톨스토이의 말처럼 파란만장한 삶에도 어디엔가 아름다움은 있다고 본다. 톨스토이가 높게 평가한 노인 에리세이의 삶을 닮았으면 좋겠다.

아픈 시련이 도리어 축복일 수 있고 소중한 만남이 새로이 열릴 수도 있겠다는 생각이 문득 들어 부끄러움을 무릅쓰고 나를 과감히 벗겨 보이려고 한다. 단테가 베아트리체를 찾아 지옥까

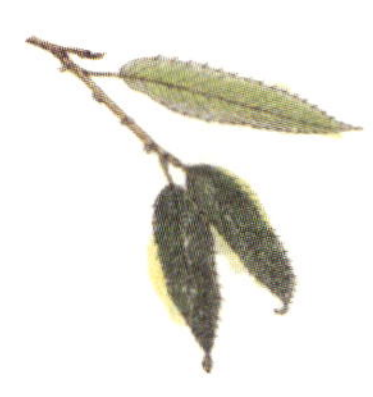

지 헤매는 그런 심정이다. 또 하나의 나를 찾는 마음가짐으로 문득 전율처럼 다가오는 그리움의 추억들을 되새기며 자전적인 글을 아쉬운 대로 엮어 내놓게 되니 마음이 뿌듯하다.

내 그림에 아름다운 시를 붙여준 시인들에게 감사드리며 또한 출판계가 퍽 어려운 시기에 기꺼이 이 책을 상재해준 책마루 박영봉 목사님과 원고를 정리해준 김가배, 박혜숙 시인에게도 감사한다.

2011년 봄날, 토지 문화관에서

전 규 태

| 차례 |

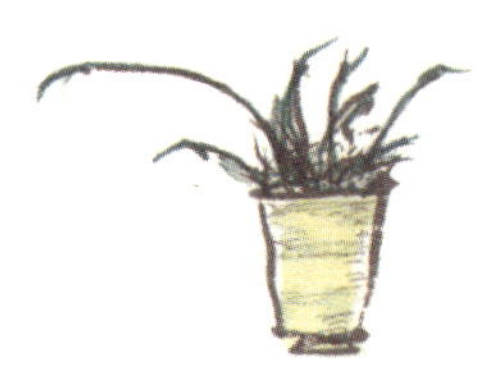

Ⅳ. 아름다움의 이미지

Ⅴ. 사랑과 죽음, 그 환희의 찬가

Ⅵ. 아스라한 나그넷길

VII. 원초에의 그리움 알 속의 환상

VIII. 나의 삶 나의 문학

Ⅰ. 뜻이 있으면 길이 있다

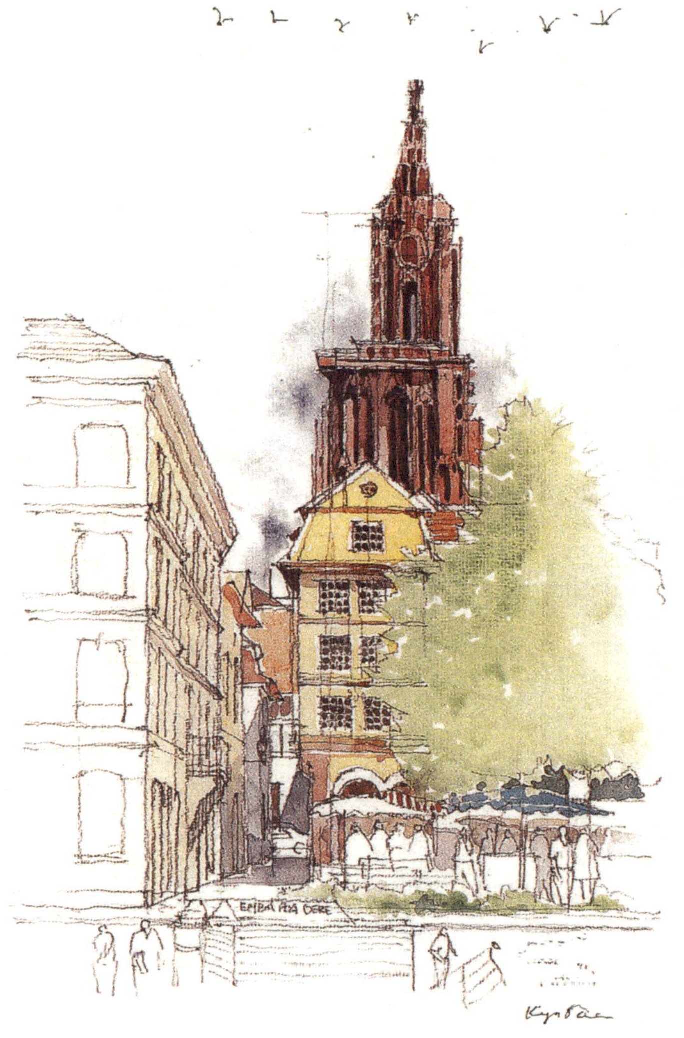

새 삶을 이어받았으니 고즈넉이 오늘을 지켜야지 이제 고이는 눈물일
랑 고이고이 담았다가 빛나는 설움의 둘레에 흰 소금 되리라, 아멘.

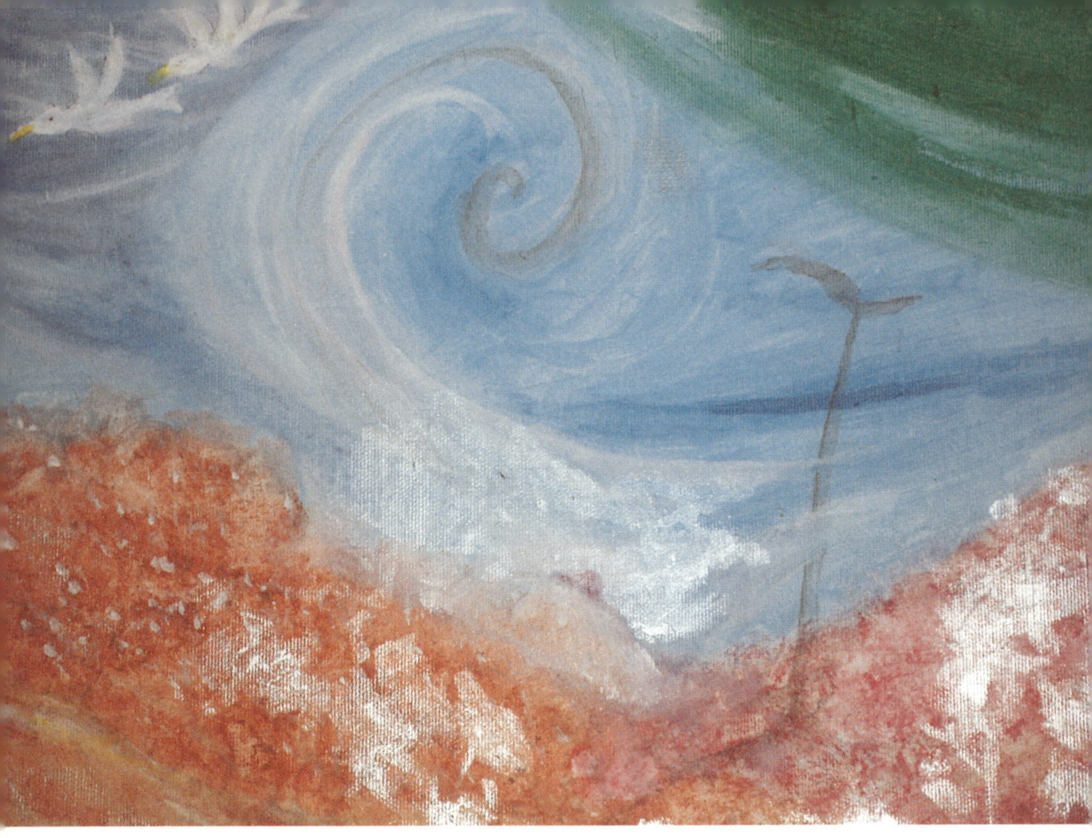

벚꽃 동산 위

푸른 하늘이 열리고

한바탕 봄이 쏟아졌다

찬란한 세상 뒤

곧 들이칠 낙화(落花)

슬픈 운명이 보인다

– 김선주 「하늘과 땅의 멜로디」 중에서

생각의 자락을 놓고

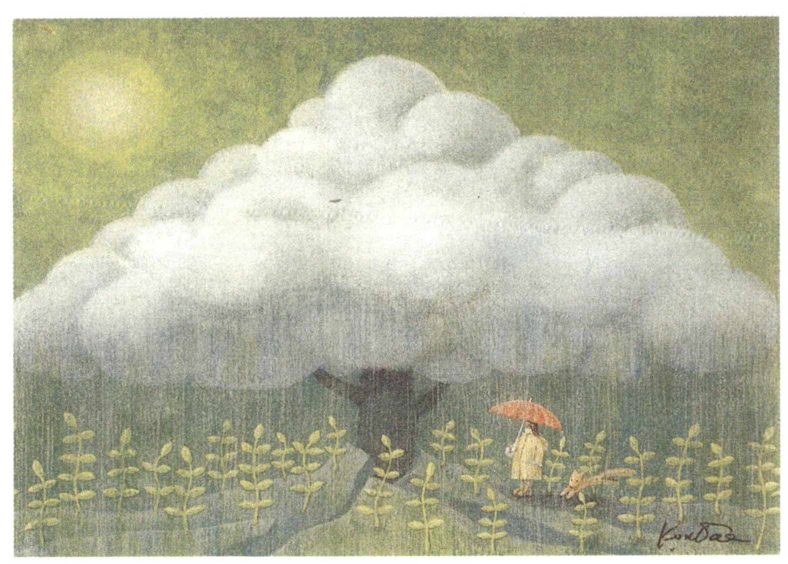

삶의 여정을 돌아

"화창한 여름날, 무더위보다 더 치열한 의지로 절대적인 절망을 극복하고 돌아온 분을 만났다. 기적이라는 말로밖에는 설명할 수 없는 새 삶의 주인공, 한뫼 전규태 박사.

그는 10여 년 전 건강과 명예, 부(富)를 일시에 잃고 우리 곁을 홀연히 떠났다.

그가 노숙자가 되었다는 소문이 들리기도 했고, 이미 이 세상 사람이 아니라는 풍문이 돌기도 했으며 누군가와 잠적했다는 얘기도 들렸다. 학문적으로 필요해 북한에서 납치했다는 등 황당한 이야기가 들리기도 하는 가운데 '전규태'라는 이름이 사람들의 뇌리에서 서서히 잊혀 갈 무렵"

윗글은 귀국 후, 한 잡지에 실린 기사의 일부분이다. 1998년 여름, 나는 서울 삼성병원에서 암 수술을 받았다. 그것은 5년 생존율이 0.2퍼센트에도 미치지 못하는 췌장암 수술이었다. 수술 후에도 몇 차례나 중환자실로 옮겨야 하는 어려운 고비를 넘겼다. 그토록 어려운 투병을 마치고 두 달 만에야 가까스로 퇴원하게 되었다. 그때 가족들에게는 길어야 석 달 남짓 살게 될 거라고 알리면서 환자가 평소에 좋아하던 것, 그리고 하고 싶어했던 것들을 최대한 누리게 해 주라고 병원 측이 당부했다는 것이다.

그러나 의사는 나에게 그런 '최후통첩'은 하지 않았다. 다만, 내가 병실에서 메모하던 파커 만년필을 달라고 하더니, 앞으로는 글을 쓰지 말라는 명령 겸 부탁을 하면서 상징적인 의미로 이걸 압류하겠다고 했다. 그밖에 내가 지켜야 할 금기 사항도 상징적으로 '3S'와 '7人(시옷)'으로 알기 쉽게 일러 주었다. 의사가 강조한 3S는 스트레스, 스크린, 섹스를 의미했다. 그의 말에 의하면 스트레스는 가장 가까운 사람들에게서 많이 받게 된다고 한다. 그래서 멀리로의 여행을 주문했고, 스크린이란 영화는 물론 컴퓨터와 각종 모니터를 지칭했고…… 그러면서 '출가(出家)하는 심정'으로 '속세'를 떠나도록 권고했다. 그렇게 하면 금기 사항이 자연스레 지켜지게 된다는 것이었다.

주치의의 권고에 따라 산사(山寺)를 두루 돌아다녔다. 수술 부

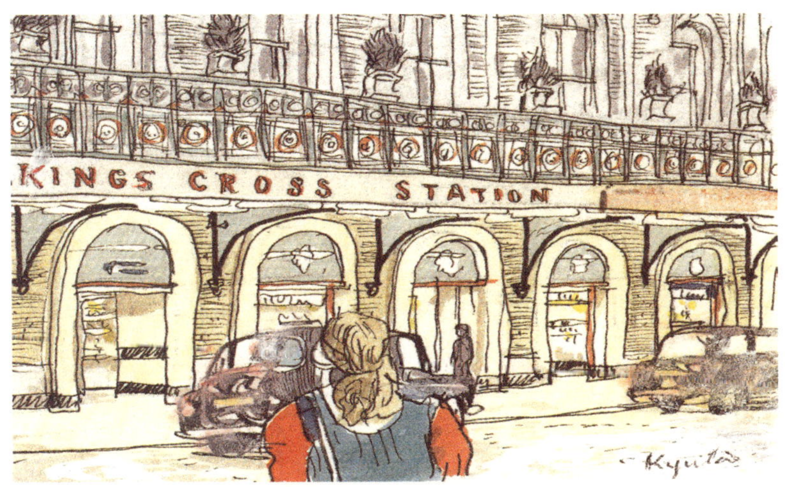

위가 아문 다음에는 주로 겨울철을 피하여 일본과 호주 등등 오가며 살았다. 세계 일주를 하면서 나는 참 많이 외로웠지만, 때로는 행복과 감사한 마음이 넘치기도 했다. 낯선 거리 풍경들을 즐겨 그리며 지내오다가 십여 년 만에야 귀국했다.

퇴원 당시 나는 주치의에게 금기 사항을 지키다 보면 향후 무슨 재미로 살아갈 수 있겠느냐고 반문했었다. 의사는 그 차선책으로 글쓰기 대신 그림 그리기를 제안했다. 그의 간곡한 권유를 받아 드려 이렇게 스케치 여행을 10년 너머 하다 보니 나름대로 요령도 생기고 서당개 3년이면 풍월을 읊는다더니 제법 그림 솜씨가 늘은 것 같다.

귀국 직후, 출판사를 경영하는 하는 가까운 친구가 나의 무사 귀환이 반가워 귀국 기념으로 시집을 내주겠다고 제의해 왔다. 그동안 절필이 불가피했고, 그 대신 그림을 그려왔다고 했더니, 그러면 그동안에 그려놓은 그림을 보고는 이제라도 시정을 떠올

려 시를 써보라는 권고를 좇아 시화집을 최근에 상재하기도 했
다.

자연 치유의 놀라운 힘

세상에는 기적이란 없다고들 하지만, 인간의 힘으로는 도저히
이해할 수 없는 일이 일어나기도 한다. 친우인 잡지사 사장은 인
터뷰 때, 나를 이렇게 소개하기도 했다.

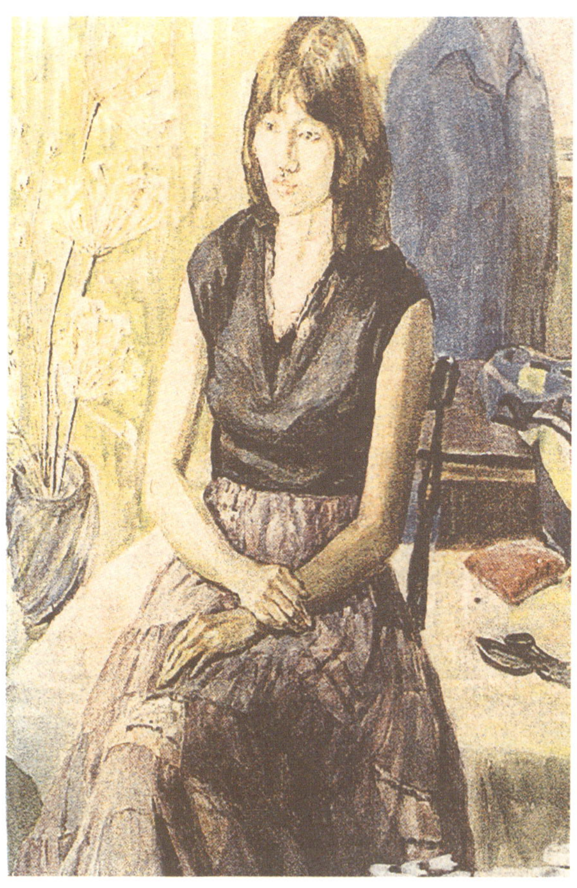

"내 생전 가장 사랑하는 문우이자, 기적의 사나이가 우리 앞에 갑자기 나타나 사람을 놀라게 합니다. 저 세상 사람으로 치부한 지 10여 년 만이니까 치유가 거의 불가능하다

는, 치료 약도 전혀 없다는 췌장암에서 극적으로 살아난, 현대의학으로는 못 고친다는 시한부 3개월의 기가 막힌 선고를 받고도 '면벽 좌선(面壁 坐禪)'한 듯 오히려 동안(童顏)이 되어 돌아온 친구를 소개합니다. '인간이란 과연 무엇인가?' 세월이 흐르면서 가볍게 넘길 수 없는 질문들이 점점 늘어나고 있습니다. 요즘 나도 '어디 아픈 데가 없나?' '내가 죽으면 내 물건들은 모두 어떡하지…….' '내 장례식에서 누가 제일 슬퍼해 줄까…….' '갑자기 죽게 되면 어떡하나?' 이런 질문은 몇 년 전만 해도 그다지 심각하게 다가오지 않았는데, 요즘은 다른 것 같습니다…….''

이렇게 자신의 요즘 심정도 장황하게 늘어놓았다.

나도 요즘 '죽기 전에 꼭 마무리해야 할 일이 무엇일까…….그동안에 내가 써놓은 글을 마무리하는 일일까……. 자신의 이름으로 된 책들을 더는 팔지 말아 달라는 법정 스님의 유언에 따라 수거하게 될 것이라는 소식 때문에 무소유가 세간의 화두가 되고 있는 요즘에 그런 욕심을 갖다니…… 아무것도 갖지 않을 때 비로소 세상을 갖게 되는 것이 아닐까……. 그렇다면 나는 과연 누구일까……. 무엇일까…….' 라는 물음이 꼬리를 물고 일어나곤 한다. 이는 인간이 반성 능력을 갖추게 된 이래 줄곧 갖게 된 오랜, 그리고 끊임없는 화두이겠다. 철학의 양대 축인 존재론과 인식론도 이런 물음에 대한 영원한 궁극의 확장이라고 하겠다.

그러다가 끝내는 '죽게 되면 모든 게 그만 아닐까…….' 라는 어리석은 결론을 내리고는 스스로 질문을 닫아버리고 만다. 그

러다가 잠시 뒤에는 '죽는다고 해서 과연 모든 게 그만일까?'
'내 전집을 내주겠다던 친한 출판사 사장에게 다시 간곡히 부탁
해 봐야지'라는 잡념들이 다시 고개를 내민다.

친우가 나를 장황하게 소개하는 동안, 엉뚱한 생각에 잠겨 있
다가, 며칠 전 수술했던 삼성병원에 들렀을 때, 주치의 등이 무
척이나 놀라던 생각이 문득 떠올라 인사말 하는 것조차 깜빡 잊
고 있다가 나는 이렇게 회고담을 시작했다.

"삼성의료원에서도 깜짝 놀라요. 이 의료원에서 이 수술을 하
고 살아남은 사람은 저밖에 없다는 거예요. 병원을 위해 정밀검
사를 하자고 해서 3일 입원하여 검진했는데 제 나이쯤 되면 당
뇨병을 앓는다거나 고혈압이 있거나 혈당이 높은 법인데 췌장
반쪽과 비장을 완전히 도려낸 제가 모든 것이 지극히 정상이라
는 거예요. 그래서 병원에서 연구감이랍니다. 그간 제 이야기
를 간단히 말씀드리자면 15년 전 가족 중 한 사람의 실수로 많
은 부채를 지게 되었어요. 저는 그런 사실을 전혀 모르고 있다가
느닷없이 길거리로 쫓겨났습니다. 집사람은 그 충격으로 정신이
혼미해진 상태였고, 나는 그 여파로 췌장암 판정을 받아 암세포
가 전이된 비장은 도려내고 췌장은 3분의 2를 잘라내는 수술을
하였습니다"

이렇게 내 말이 이어지고 있었는데 성미 급한 잡지사 친구는
다시 내 얘기를 덧붙였다.

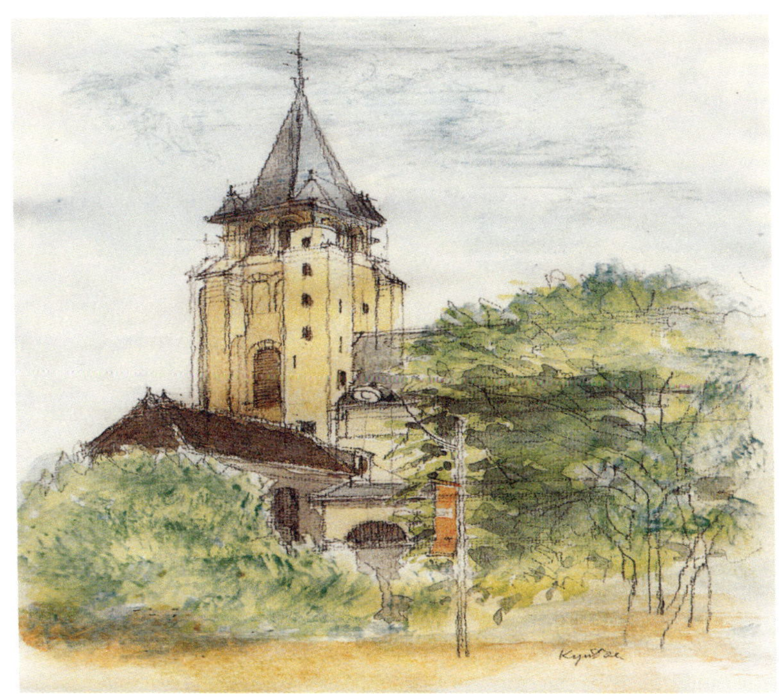

"하나님이 불러들였다가 다시 내보낸 그의 남다른 이야기가 우리에게 감동과 연민, 희열 등을 한꺼번에 안겨줍니다. 무소유의 신선 같은 이 친구의 이야기를 여러분과의 대담 형식으로 들어보는 시간은 퍽 의미 있는 일이라고 여겨집니다"

나는 호주 기도원에서 모든 것을 하나님께 맡기고 금식기도와 범사에 감사하는 마음으로 지냈었다.

나를 인터뷰한 잡지사 사장인 유성규 시인은 한의사이기도 한데, 그는 내가 아팠던 지난날을 반추하면서 내가 얘기하는 것보다, 자연스럽게 유도하며 즉흥적으로 대답하도록 하여 이를 녹음했다가 정리자가 다듬는 방법이 부담 없고 편리하리라는 등

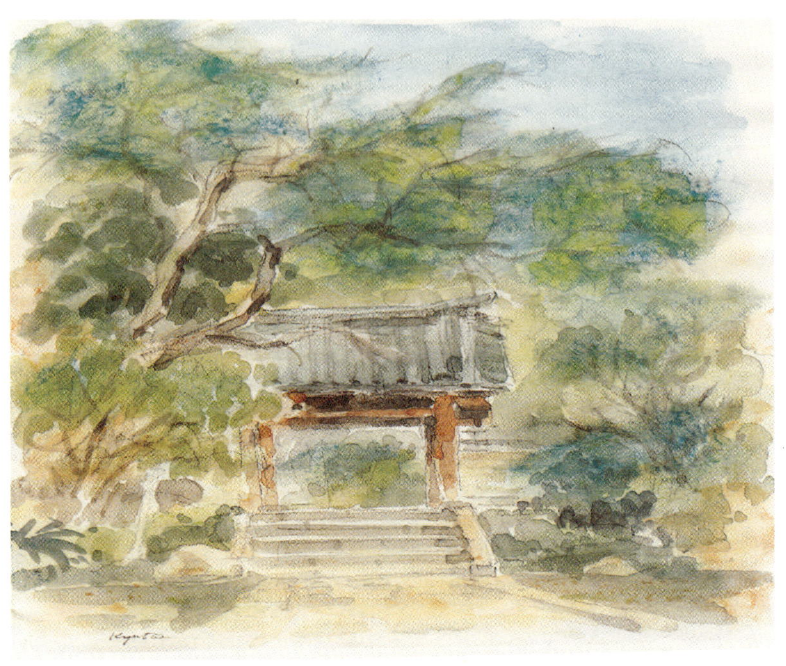

많은 배려를 해주었다.

　딴은 내 투병 생활을 묻는 말에 늘 답변하기가 난감하다. 아팠던 과거를 돌이켜 보기가 괴로웠기 때문이다. 하지만 이날은 별 부담 없이, 쉽게 지난 십 년간의 얘기를 간추려 얘기할 수 있었다.

　나는 퇴원 후 얼마 있다가 주치의에게 외국 나들이를 해도 괜찮은가 물었다. 그는 수술 부위가 아물고, 복부 통증이 멎을 때까지는 항공기 탑승이 불가능하다고 했다.

　그야말로 '출가하는 마음'으로 우선 산사에 들어가라고 권했다. 나는 먼저 강원도 오대산 일대의 산사를 순례하기로 마음먹었다.

선불교를 배우며

천지(天池)에서 비롯하여
금강을 굽이돌다
설악에서 되굽이쳐
오대산에 머문 백두대긴
연꽃을 보듬어 안은
아사달 '달' 의 정이여

– 졸시 〈월정사의 달〉에서

이름 그대로 월정사의 밤하늘에 떠서 소장(消長)을 거듭하는 달은 내게 많은 것을 가르쳐 줬다. 삶의 원초를 골똘히 생각하게 하고 삶의 순환 원리도 새삼 깨닫게 해주었다. 그리고 인근의 상원사와 손꼽히는 기도처인 봉정암과, '구곡양장' 의 맑은 계곡과 전나무 숲으로 유명한 백담사로 나의 순례는 이어졌다. 다시 남쪽으로 내려와 금산사에서 도영 스님과 긴 얘기를 나눌 기회를 가졌었다.

나는 그에게서 선불교와 화엄 철학을 배웠다. 백팔 배도 권했지만, 선뜻 응하지는 못했다. 그 후 나는 티베트에 들렀을 때 온몸을 던져 예배드리는 그곳 불자들의 신심에 감동되어 절로 몸을 굽혀 큰절을 했다. 그 무렵 서울에서는 목사인 이찬수 교수가 불상, 아니 우상에게 절을 했다는 이유로 학교로부터 해직당하는 사건이 있었다. 그는 "신을 욕망의 수단으로 삼는 게 우상 숭배"라며 항소 중이었다. 그에 말마따나 나는 기독교인이지만 산사의 도움을 너무 많이 받았고, 많은 가르침을 얻었다. 두 종교 모두 구원론적 구조는 서로 통하는데, 왜 그렇게 배타적일까. 서로가 너무 교조화된 신념에 얽매이지 말았으면 좋겠다. 최근 이 교수가 복권되었다는 소식을 접하고 매우 반가웠다. '사필귀정'이다.

귀국 후 패널식의 문답을 엮어 내보라는 잡지사 친구의 발안(發案)을 받아들이기로 했다. 그가 내게 던졌던 말도 되새겨 보았다. 그는 나의 치유방법을 듣고는 자연치유력의 중요성을 한의사로서 다시 한번 절감했다면서 "이 세상에는 어떤 고정된 매뉴얼이란 없는 것 같다. 그리고 이 세상은 모든 것이 신비롭고 일체의 단정을 거부하는 게 이 세상이므로. 한 사람, 한 사람에게 제각기 다른 스토리를 만들어 가는 게 이 세상 아니겠느냐"라고 독백처럼 한 말을 되씹어 보았다.

깊이 생각해보면 이건 암 치료의 현장에 한정된 것은 아닐 듯싶다. 중요한 것은 인생 그 자체가 신비로운 게 아닐까. 그리고 모두가 자기 나름의 얘기를 하는 것 같다는 생각이 든다. 사람은 누구나 자기 나름의 스토리텔러(storyteller)임에 틀림없는 게 아닐까.

무딤과 그리움

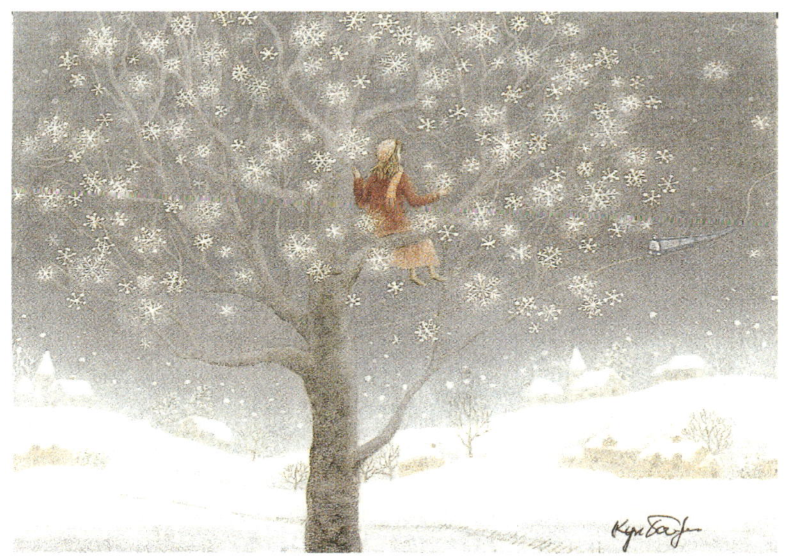

무딘 마음

암 고지를 받았을 때 처음엔 이를 도저히 받아들이질 못했다. 처음에는 부정하고 분노하다가 차츰 체념하기 시작하면서 어쩔 수 없는 상황을 인정하기에 이르렀다. 이 같은 심리 추이는 비록 나만이 아니라 모든 난치병 환자의 공통된 심리일 것이다.

이는 비단 암의 경우만이 아니라 사람들은 스스로 감당하기 어려운 어떤 위기에 봉착했을 때에도 이와 비슷한 과정을 밟게 될 것 같다. 그런데 그 모든 상황을 인정한 다음의 마음가짐이 그 사람의 앞날을 좌우하게 되는 것 같다. 일단 인정을 한 뒤엔 낙담하거나 실의에 빠지게 되고 그러다가 우울증에 빠져들어 심한 경우에는 자살로까지 치닫게 되기도 한다.

반면 위기임을 인정하되 그 위기가 신이나 기타 남의 탓이 아니고 자기 자신의 탓으로 돌려야 한다. 이를 만회 또는 극복하기 위해 온 힘을 기울이는 정성을 다하는, 그런 여유를 가지고 느긋하게 대처해야 한다. 이런 긍정적인 마음을 갖게 되면 뇌에서 도파민이라는 성분이 분비되면서 낙천적으로 장래를 내다보며 희망과 새로운 꿈을 지니게 된다고 한다.

위기일 때만이 아니라 사소한 어려움이 있을 때도 민감한 사람이나 자존심이 강한 사람은 크게 상처를 입어 이를 헤쳐나가지 못하고 좌절하는 예도 우리는 주변에서 곧잘 보게 된다.

가령 작가들이 잡지사나 출판사에 원고를 보냈다가 받아들여지지 않았을 때에도 이를 어떻게 받아들이느냐에 따라서 그 작가의 성공 여부가 판가름나는 것을 나는 많이 봐왔다. 문단에 데뷔할 무렵 재능 있는 작가로 주목을 받던 이가 서서히 사라지는 경우를 보면 대개 너무 예민하고 부정적인 생각을 지녔기 때문인 경우가 대부분이다.

잃어버린 사랑을 찾는 마음

매사에 좌절하지 말고 잃어버린 사랑을 찾는 마음으로 꿈(희망)과 어려움을 헤쳐나가고자 하는 무디고 긍정적인 마음가짐을 갖는 한, 어려움은 없다. 어떤 위기도 극복할 수 있다고 믿는다. 모든 결과를 자기의 잘못으로 돌리는 정직한 용기가 필요하다.

이렇게 말하면 재능보다도 운 또는 타이밍을 말하는 것이냐고 반문하는 이가 혹 있을지 모르겠다. 문단과 같은 세계는 어디까지나 개인의 역량과 재능에 의해 성패가 좌우되는 것이지 운, 불운이 통용되는 세계는 아니다. 하지만 그러한 세계에서도 간과해서는 안 될 요소는 시나치게 예민한 것보다는 좋은 의미의 둔감력이다. 즉 재능이 무엇보다 중요하지만 이를 갈고 닦아 나가게 하는 것은 바로 둔감력이라고 나는 믿는다. 이러한 느긋한 마음가짐은 병의 회복이나 문학의 세계만이 아니라 예능계나 스포츠계, 그리고 여러 기업이나 회사에 일하고 있는 샐러리맨도 마찬가지일 것이다. 제각기 세계에서 그 나름의 성공을 거둔 사람들은 스스로 지니고 있는 능력의 뛰어남은 물론, 그 밑바닥에 반드시 좋은 의미의 무디고도 여유로운 능력이 비장 되어 있다고 본다. 나는 둔감하기로 이름난 호주 코알라의 속성을 닮으려고 애써왔다. 둔감함. 이는 바로 한 사람이 지닌 인내력과 직결되며 자기를 크고 넓게 제대로 키워나가는 힘이기도 한 것이다. 돌이켜 생각해 보면 내가 이렇게 빨리 건강 회복을 할 수 있었던 것도 오랫동안에 걸친 나의 외국여행 습벽 탓이 아닌가 여겨진다.

우리나라에서 외국여행이 자유로워진 것은 1980년대 중후반부터인데, 나는 60년대 후반부터 외국여행의 기회를 많이 얻었다. 외국여행을 할 때 가장 중요한 것은 빠른 시차 극복과 어느

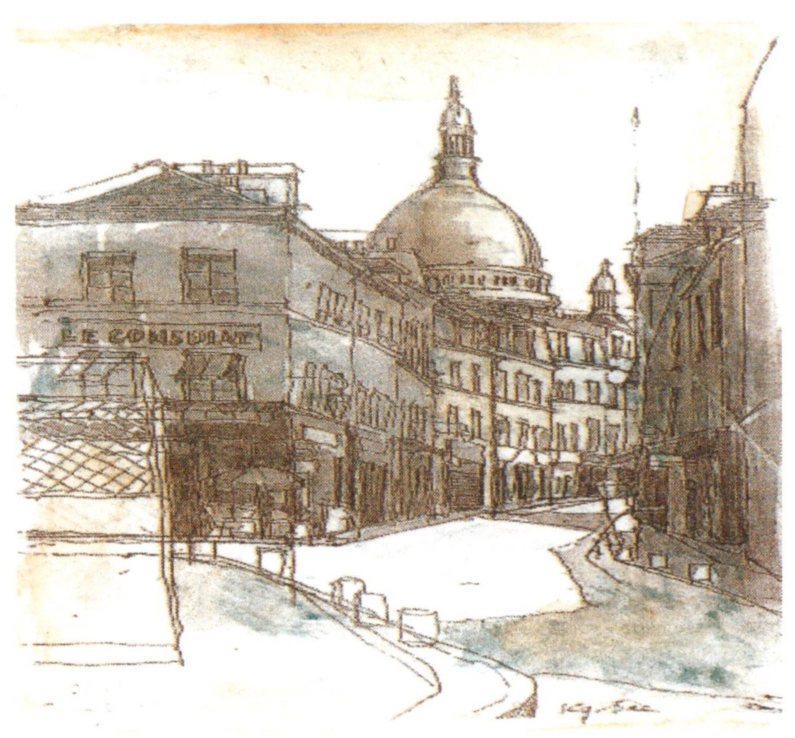

나라를 가든 어떠한 자연환경 아래에서도 적응을 잘하고 더욱이 현지의 어떠한 음식이라도 가리지 않고 잘 먹고 견딜 수 있어야 한다.

이런 사람들을 흔히 여행 체질이라고 얘기하는데, 나는 분명히 '끼'가 있는 여행 마니아였다. 그러기에 위험을 무릅쓰고 험준하고 산소마저 희박한 안데스 산맥의 잉카 유적, 밀림 깊숙한 곳에 가려진 마야 유적, '마지막 원시인'을 찾아 나일 강과 아마존 유역을 마구 헤매고 다니지 않았던가 싶다. 그리하여 어떤 환경에도 잘 적응할 수 있는 면역력이 나도 모르는 사이에 생겨난 것 같다. 숱한 오지 여행이 위기에 대한 적응 능력을 갖추게 한

예방주사가 아니었을까. 그리고 이 적응 능력의 원점이 된 것은 내 나름대로 대처할 수 있는 각국의 언어 능력의 자신감도 조금은 도움이 되었겠지만, 그보다는 나름대로 느림과 무딤 덕이 아니었을까.

흔히 우리 몸 가운데 가장 훌륭한 의료시설이 잠재해 있다고 말한다. 즉 인체 속에는 자기 몸 안에 이상이 생겼을 때 이를 극복할 수 있는 분비물이 자연스레 스며 나오면서 저응 능력이 생긴다는 것이다. 이에 따라 우리 신체는 하루하루 건강한 몸을 유지할 수 있다. 그런데 그 같은 생리작용을 일어나게 하는 것은 정신 곧 마음가짐의 여하에 달려 있다는 것이다.

너무 신경을 곤두세우지 말고 무딘, 또한 편안한 마음을 지니게 되면 신체는 살 수 있는 방향으로 합목적으로 작용할 수 있다고 본다. 긍정적인 사람은 이른바 '육아(肉芽) 조직' 즉 세포조직의 재생력이 절로 강해지게 마련일 것이다. 이런 사람은 병균에 더욱 적극적으로 대항하고 물리칠 수 있는 저항력 강한 방위군을 자연스레 갖게 된다고 본다. 그러기 위해서는 낙천적인 마음을 지녀야 하고, 이는 건강의 원점이 되기도 한다.

인간의 몸 안에는 천성적으로 항상성(恒常性)이 있게 마련이어서 인체의 위험한 변화에 대응할 수 있게 되어 있다고 한다. 이는 비단 몸 안뿐만 아니라 색다른 사회 환경에서도 쉽사리 적응할 수 있는 능력을 부여한다고 본다.

이같이 중요한 항상성과 변화 적응 능력은 비록 생태적이기는 하지만 이는 제대로 강화시켜 나가느냐의 여부는 개인 스스로

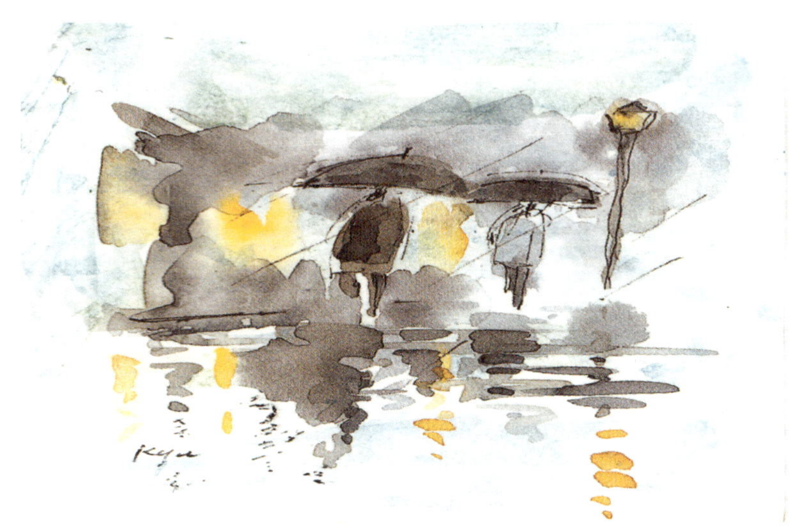

마음가짐에 달린 것이다. 그러기 위해서는 지나치게 신경질적이
거나 예민해지는 것을 억제하고 좋은 의미의 둔감함으로 매사에
희망과 호기심을 지니고 살아가야 할 것 같다.

　암 수술 후 퇴원하는 날 주치의가 내게 주문한 가장 중요한 금
기 사항은 가까운 사람들과 가까이하지 말라는 것이었다. ‘출가
한다’라는 의미의 포인트는 바로 그것이라고 강조했다. 하지만
길을 떠나되 이루지 못한 사랑이나 첫사랑의 연인이 있다면, 그
녀를 찾아가는 마음으로 떠나라고 했다.

　사랑의 추억은
　다시 돌아오지 못할 그리움
　여행은
　매몰된 추억을

되파헤치는 준엄함

(중략)

언젠가는
다시 삶의 여항으로 되돌아오게 마련이지만
사람들은 추억을 찾아 또 낯선 길을 헤맨다

　내 시 「여행은」의 한 절을 인용하면서 주치의는 그런 심정으로 이번에야말로 단테나 아벨라르처럼 '플라토닉 러브'를 찾아가는 먼 여행길을 떠나라고 권고했다. 그런 권고 때문이었는지 나는 떠돌이 생활을 하면서 「그리움의 나그넷길」「헤어진 여인 찾는……」 등의 시를 곧잘 쓰곤 했다.

추억은 말라버린 잉크처럼 침윤된 채
시간이라는 노트에 녹아버린 것일까…….

아무렇게나
봇짐을 메고 나선
혼자만의 나그넷길은……

　　　　　　　　　　「헤어진 여인 찾는……」 마지막 연

헤어졌던 연인을 찾아가는 마음이란 어쩌면 방랑 중 스스로 받쳐주는 부력浮力이기도 했다.

이렇게 나의 하염없는 기나긴 여정은 허전하기 이를 데 없었
다. 내가 이렇게 떠도는 동안 어느 잡지의 시나리오처럼 이상한
풍문이 떠돌았다고 한다.
죽었다는 추측보다는 더 엉뚱한 억측이다. 아마도 그런 억측
들을 낳게 한 것은 그런대로 연유가 있다.

동전 두 닢의 고마움

30년쯤 전에 내가 예상치 못했던 필화 사건으로 크게 상처를
입고 우울증에 시달리고 있었을 때였다. 내가 자살이라도 할까
봐 자주 만나서 간곡한 위로의 말을 해 주었던 여류가 있었다.
그 무렵 나는 호주 국립대에서 한국학을 강의할 초빙교수로 4년
간 출국할 예정으로 있었기 때문에 계획을 좀 앞당겨 서둘러 이
땅을 떠났던 적이 있다.
그때 공항에서 나는 탑승을 앞두고 보세지역에서 마지막 남은
동전으로 그녀에게 그동안의 배려에 감사하는 전화를 건 적이
있고, 그녀는 그 후 〈마지막 동전〉이란 제목의 수필을 발표했다.
그 내용을 간추리면 다음과 같다.

"선생님의 목소리가 전화기를 통하여 들려왔습니다. 울먹이
며 말을 잇지 못하는 목소리, 출국 수속을 마치고 비행기의 입

구 가까이 가서 우연히 주머니에 손을 넣었다가 마지막으로, 남은 동전 두 닢이 손에 잡혀 나에게 전화를 걸었노라고 말씀하신후 '잘 있어' 하고 무겁게 가라앉은 목소리로 인사를 해 주시던목소리…… 아마도 나는 평생토록 그 전화 그 음성을 잊을 수가없을 거예요.

이 땅에서 선생님의 마지막 목소리를 전하고 싶었던 사람이나였다는 사실이, 선생님의 마지막 목소리와 마음을 가장 나중까지 내가 소유하고 있었다는 사실이, 나를 얼마나 감동을 줬는지……. 선생님은 아마 짐작도 할 수 없을 것입니다.

그렇게도 확인되지 않던 선생님의 사랑을 비로소 확인한 것 같은 기쁨과 감격이 헤어지는 슬픔을 깡그리 날려 보낼 수가 있었던 그 순간의 가득 찬 행복을 아마도 선생님은 모르실 것입니다"

어떤 극단적인 상황에 놓였을 때 절실하게 생각나는 사람이야말로 그 사람의 생애 안에서 '가장 소중한 자리를 차지하고 있는 존재' 임에 틀림없다. 이글은 이렇게 이어진다.

"많은 사람이 전송해 주는 비행장의 한 모퉁이에서 선생님은오직 나의 목소리가 듣고 싶었다고 했습니다.

방 안에 웅크리고 앉아 슬픔으로 기진할 것 같았던 나의 가슴이 따뜻하게 풀리면서 되살아나던 충만한 감격의 순간은 일생의처참함과도 맞바꿀 수 있을 만큼 크게 나를 흔들고 울렸습니다.어쩌면 우리는 이런 순간순간의 경이와 환희 때문에 일상의 온갖 잡다한 고통으로부터 해방될 수 있는지도 모르지요.

행복한 한순간은 곧 영원으로 통하는 힘과 용기를 불어넣어

주는 모태가 된다는 것을 확인할 수 있었습니다.

선생님께서 먼 곳으로 떠나시던 날, 비행기가 떠나는 시간을 헤아리며 나는 망연히 책상 앞에 앉아서 이제는 오랫동안 볼 수 없을 선생님의 모습을 떠올리고 있었습니다.

비행장에 나가 선생님을 전송할 수도 없는 나의 입장은 참담하기만 했습니다. 많은 날을 얼굴도, 목소리도, 따뜻한 미소도 가까이할 수 없을 텅 빈 시간이 너무나 아득하게 느껴져서 할 수만 있다면 선생님의 먼 출발을 취소해 달라고 간곡히 부탁하고 싶은 감정의 소용돌이에 나는 휘말려 있었습니다.

비행기가 떠나는 시간을 십여 분 앞두고 내 책상 위의 전화벨이 갑자기 울렸습니다. 상념 (想念)에 잠겨 있던 나는 깜짝 놀라 수화기를 들었지요.

수화기를 통하여 들려오던 선생님의 목소리는 어느 때 듣던 것보다도 가장 따뜻하고 진실하게 느껴졌습니다.

이 땅을 떠나는 마지막 순간에, 마지막 한 마디를 나누고 싶은 사람을 갖고 있다는 것은 선생님도, 나도 참으로 순수하고 진실한 영혼으로 서로 얽혀 있다는 얘기와 다름없을 것입니다.

우리는 비록 오랜 세월을 헤어져서 살 수밖에 없는 상황에 놓여 있지만, 세상의 온갖 공리적이고 타산적인 인간관계를 초월하여 멀고 아득한 공간과 시간을 뜨겁게 이어주는 아름다운 혼을 가지고 사랑하고 있다는 사실이 스스로 높은 곳으로 상승시켜 주는 듯하여 적의 자랑스럽기까지 했습니다.

맑고 높은 정서는 아마도 내 생애를 지배하여, 나로 하여금 결코 비천해지거나 치졸해지지 않도록 늘 이끌어주는 빛이 될 것입니다.

순수한 사랑은 인간의 정신을 높은 곳으로 끌어올려 주는 기능이 있습니다.

사랑하는 감정의 높고 낮음이 그 사람의 품격의 높고 낮음을 판가름할 수 있다고 누군가가 말했던가요?

아름답고 맑은 사람의 감정은 곧 그 사람의 영혼의 맑음을 대변해 주는 것이겠지요.

선생님은 내 생애의 가장 높은 곳을 차지하고 있는 스승이며 안내자이기도 합니다. 긴 긴 밤, 그리움과 상심에 잠 못 이룰 때마다 나는 선생님의 마지막 전화를 떠올릴 것입니다.

이상하게도 선생님의 마지막 전화는 내게 희망과 용기를 불러일으켰습니다. 슬픔 가운데 있다가도, 가슴 한쪽을 박차고 뛰어오르는 작은 생명력이 되어 나의 삶을 긍정하게 하는 선생님의 마지막 전화, 결코 절망에 빠지지 않도록 나를 받쳐 주는 부력(浮力)이 되어 이 생(生)의 한가운데에 초연히 나를 서 있게 하는 선생님의 마지막 전화! 소중하게 나의 기억 속에 간직하고, 내가 이 세상에 태어나서 이토록 깊이 사랑의 본질에 닿을 수 있도록 해주신 선생님의 존재를 내 가까이에 보내 주신 초월자에게 사랑과 감사의 기도를 드립니다. 한순간도 선생님의 곁을 떠나지 않는 나의 이 간절한 생각이 늘 선생님을 보호해 줄 것을 경건하고, 겸손하게 기도합니다. 안녕!"

독실한 가톨릭 신자이기도 한 그녀는 성경 구절을 상세히 인

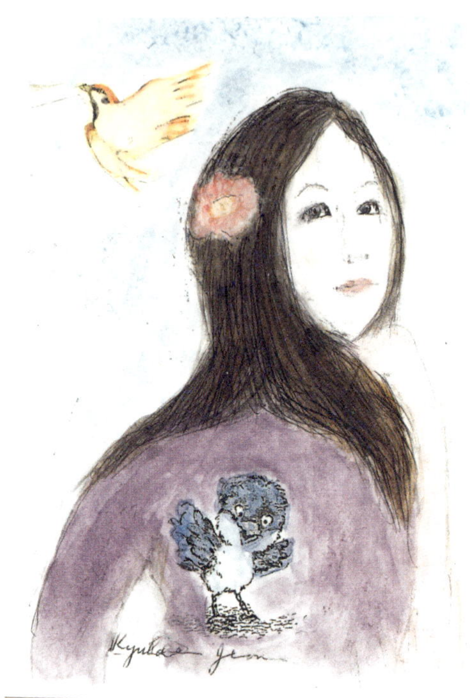

용하면서 스스로 목숨을 끊는 일은 주님께 크게 반역하는 일임을 덧붙이면서 마무리하였다. 인용된 성경 구절 중 가장 가슴에 와 닿았던 대목은 "애통해하는 자는 복이 있나니 위로를 받을 것이니라"였다.

자살 충동

나는 호주국립대학에 부임한 이후 사택이 마련될 때까지 1개월 남짓 동안 임직원 아파트에서 유숙했었다.

그 무렵 나는 산다는 일에 퍽 지쳐 있었고 늘 초췌해 있었다. 그럴수록 나는 철저하게 초췌해지고 싶기도 했다. 매일 밤 정체(正體)를 잃을 정도로 술을 퍼마셨다. 그게 내게 주어진 즐거운 고행이라고 여겼었다.

'정체를 잃는 것'이니까 어디서 잠들어야 하는지도 아랑곳하지를 않았다. 어떤 때는 길바닥에서, 또 어떤 때는 술집 의자에서, 또 어떤 때는 캔베라에 널려 있는 '아름다운 공동묘지'라고도 빗대는 아늑한 공원 벤치나 잔디밭에서 아침녘까지 누워 있기도 했다.

귀소본능이라고나 할까. 아무리 술에 취해도 숙소에 돌아오는 경우가 물론 더 많았다. 숙소에 돌아왔을 때에도 나는 꼭 내 침대에서 자지는 않았다. 내 방은 맨 위층에 있었다. 한 층만 더 올라가면 잘 정돈된 옥상이 있는데, 가슴팍 높이만큼의 두꺼운 벽으로 된 난간으로 둘러싸여 있었다. 오르면 가까스로 누울 수 있을 만큼의 넓이였다. 아차 하면 떨어질 정도로 아슬아슬했다. 죽음에의 야릇한 원망(願望)이 취중의 나로 하여금 그런 위험한 침상을 무의식중에 차지하게 했었는지도 모른다.

난간 위에서 깨어났을 때, 나는 마치 찬물을 끼얹은 듯 오싹 소름이 끼치며 순간 또렷한 의식으로 되돌아왔던 기억이 지금도 어제인 듯 생생하다.

하지만 그 후 어느 날, 대학도서관 한국학 신간잡지 코너에서 앞에 든 글을 우연히 읽게 되었다. 큰 충격이었다. 특히 "애통해하는 자는 복이 있나니—"하는 성경 구절과 함께 "행복한 순간은 곧 영원으로 통하는 힘과 용기를 불어넣어 주는 모태가 된다"라는 대목이었다.

우주적인 것의 동경

마음가짐 여하에 따라 사람은 행복해질 수도 있고 불행해질 수도 있다. 그리고 지나친 집착이 인간을 불행하게 한다는 사실을 나는 새삼 깨닫게 되었다. 그로부터 내가 온몸으로 희구했던 길은 '절대' 그것이었다. 즉 상대적인 것이 아니고 순간적인 것이 아닌 영원한 것, 개인적인 것이 아닌 보편적인 것, 인간의 삶과 죽음의 의미 부여, 우주적인 것의 동경이었다.

안정을 되찾은 나는 4년간의 임기를 마치고 또 4년간을 연장하려고 했었는데, 그때 공교롭게도 하버드대 근무 시 대학원 학생이었던 한 신학도로부터 간곡한 청탁의 편지가 왔다. 영생대학(전주대학교의 전신)을 창립했던 목사님의 아들로 귀국 후 이 대학 운영을 부친으로부터 위임받았는데, 그는 대학을 맡기엔 아직 경륜이 부족하니 자기가 자리를 잡을 때까지 '대부' 노릇을 해달라는 것이었다.

그러자 전주 출신인 아내는 지루한 이곳 생활을 청산하고 귀국하자고 졸라댔고, 애들은 찬반양론으로 영일이 없었다. 그런데 뜻하지 않았던 큰 사건이 발생하기에 이르렀다.

그 당시 대통령 비서실장이었던 함병춘 박사가 갑자기 나를 찾아왔다. 연세대 동료 교수였고, 미국 시절부터 친분이 두터웠던 그는 한·호 관계의 경제적 물꼬를 트는 계기를 마련하기 위해 방호 중이었다. 그 무렵 호주는 일본과의 경제적 유대가 돈독했고 반면 우리는 자동차는 물론 TV 등의 수출 길이 꽉 막혀 있었다.

나는 함 실장에게 일본이 경제 교류에 앞서 문화적 유대를 선행했던 예를 들어 호주국립대 안에 한국학 센터를 짓고 호주의 한국학 육성과 문화 진흥을 위해 기금을 내놓겠다고 한국 정부 차원에서 제의하는 것이 어떻겠느냐는 의견을 말했었다. 함 실장은 참 좋은 의견이라고 무릎을 치더니 귀국한 지 얼마 안 되어 내 의견이 받아들여졌다며 미얀마를 거쳐 대통령과 많은 각료가 머잖아 캔버라에 가게 될 것이라고 알려왔다. 그리고 국립 무용단도 그에 앞서 보낼 테니 서둘러 오페라 하우스에서 공연하도록 준비하라는 공문도 내려왔다.

나는 이를 학교 당국에 알리고 오페라 하우스도 애써 예약한 뒤 ABC TV 등에 한국 무용의 우수성을 알리는 등 홍보에 부산한 나날을 보냈다.

이윽고 D-데이가 가까워지자 무용단 등이 시드니에 도착했고 티켓 예매도 예상 외로 매진되었다. 하지만 아웅 산 사건이 터지

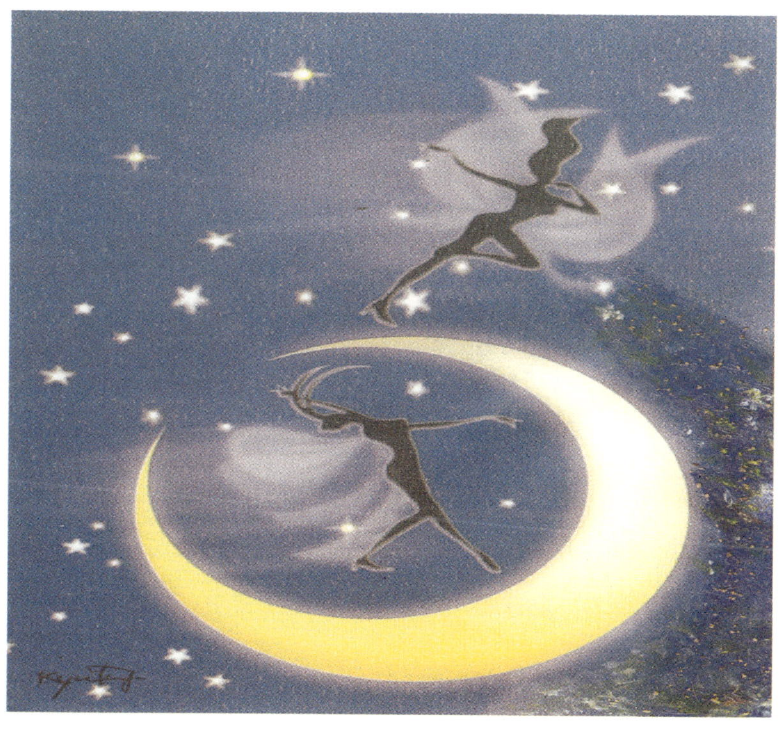

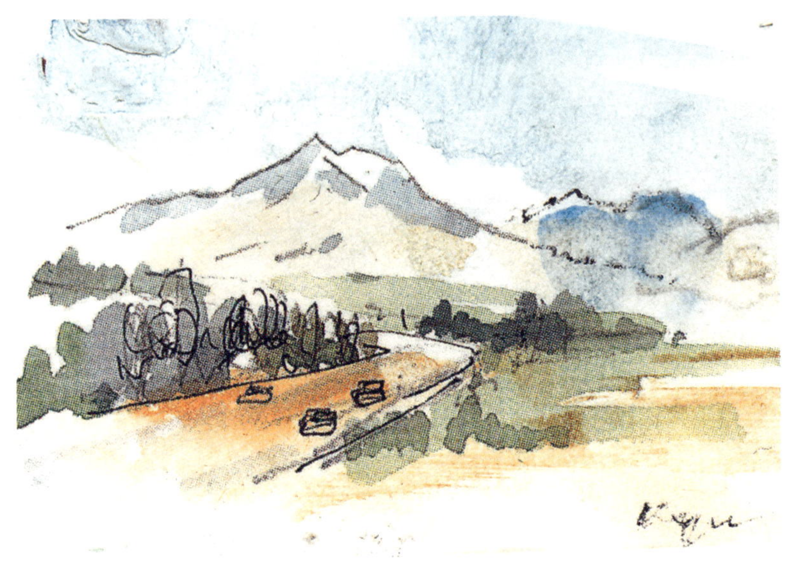

고, 무용단은 급거 귀국하라는 통지가 날아왔다.

나의 입장이 심히 난처해진 것은 말할 나위도 없고 그보다는 나의 제의 때문에 아까운 친구인 함병춘 박사를 잃었다는 죄책감에 시달리게 되었다. 급기야는 아까운 직장을 버리고 전주행을 결심하게 된 결정적인 계기가 되어버렸다. 그로부터 내 삶의 흐름은 걷잡을 수 없는 격랑으로 차츰 바뀌기 시작했다.

전주대에서의 생활도 1년이 채 안 되어 격변하기 시작했다. 경제적인 이유도 있었지만, 그보다는 아마도 정치적인 이유가 있었다는 후일담을 듣기도 했다. 예상 외로 갑자기 대학의 재단이 재벌회사에 넘어갔고, 연대 교수 시절 학생이었던 한 목사님이 '낙하산' 으로 새 총장에 부임하기에 이르렀다. 그때부터 나의 형극의 길은 시작되었다.

이 무렵 내게 그나마 숨통을 틔게 해 준 것은 인근의 금산사였다. 별이 총총한 밤에 당시 주지였던 도영 스님이 미륵사상을 내게 일깨워 주었고 그때부터 나와 불교의 인연이 비롯되었다.

그래서 생각의 자락을 놓고 명상 끝에 얻은 수행록과 선시도 지어보았다. 그리고 그녀가 편지글에 썼듯이 법열의 한순간은 곧 "영원으로 통하는 힘과 용기를 불어넣어 주는 모태"임을 새삼 느낄 수 있었다.

한동안 내가 수행했던 곳은 절 경내에서 그다지 멀지 않은 외진 암자였다. 인근에 오래된 소나무와 배롱나무를 둘러치고 연못이 있었다. 퍽 운치 있는 수행처로 이곳저곳 깃든 사연이 정겹기만 하다. 세월이 앉았다간 자국마다 유정하고 다정스럽기도 했다.

금산사의 소박함 그리고 손 타지 않은 주변의 청량감. 그녀가 말한 모태를 이 도량에서 찾아냈다.

공교롭게도 이곳에서 책을 탈고한 해는 9·11 사태가 일어나기 몇 달 전이었고, 상재되자 한 달도 안 되어 미국 자본주의의 상징적인 건물이 폭파되었다. 집필 당시 도영 스님이 부시 미 대통령의 호전적인 성향을 지적하며 후환이 크게 있을 것 같다는 법문을 들었었다. 그 때문에 그런 참사가 일어날지도 모른다고 썼던 것을 황급히 바꾸어 일어난 대사건으로 문장을 고쳐 쓴 기억이 지금도 생생하다. 성직자의 예참은 참으로 놀라운 슬기다.

나는 금산사에서 이런 시를 썼다.

음터에 이 절 세운 眞表율사
그 얼숨에서 앎을 터득하고
雷默 스님 우렁찬 소리 배어 있는
금뫼가 모태가 되어 뫼가 된 곳

엄처럼 인자하고 암처럼 다소곳한
이 모악산 자락에 고즈넉한 청정도량
자애의 아미탑전은
그 더욱 올연하다

사람이 성글고
진리가 퇴색할 때
자비와 바람 위한
중생의 메시아
멀잖은 앞날에 오실
임의 용화 성지여
나의 승화터여

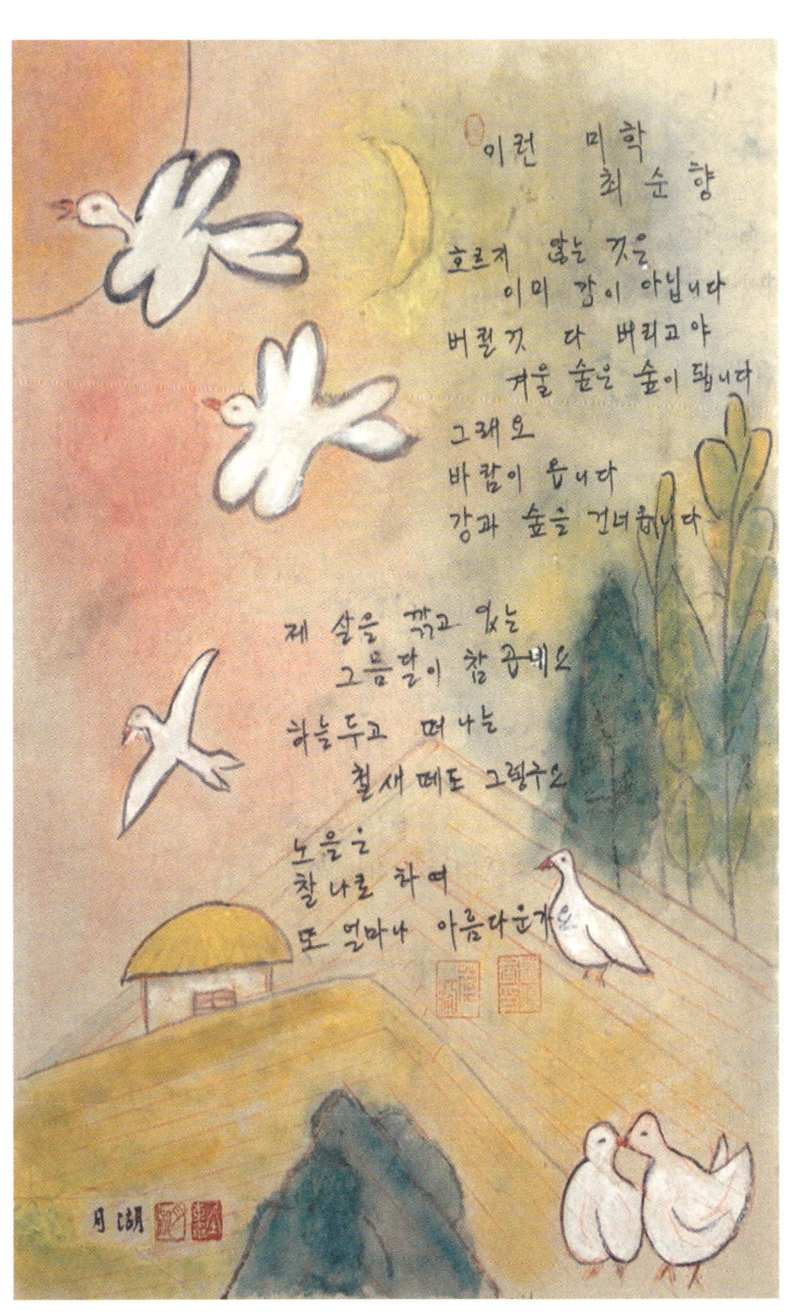

이런 미학
최순향

흐르지 않는 것을
이미 강이 아닙니다
버릴것 다 버리고야
겨울 숲은 숲이 됩니다

그래요
바람이 웁니다
강과 숲을 건너웁니다

제 살을 깎고 없는
그믐달이 참 곱네오

하늘두고 떠나는
철새떼도 그렇수오

노을은
찰나로 하여
또 얼마나 아름다운가

죽음이 문을 두드릴 때
당신은 그에게 무엇을 바라려는가
오, 나의 그 손님 앞에
내 생명을 가득히 담은 그릇을 바치리라

나는 결코 빈 손으로 그를 돌려보내지 않으리라
내 일체의 가을날 여름날 밤의 달콤한 와인을
내 바빴던 생애의 수확과 이삭을
나는 그대 앞에 놓으리라
나의 날이 끝나 죽음이 나의 문을 두드릴 때......

타고르 「기탄자리」에서

그리움과 상처 뿐이었던 나의 삶
죽음이 문을 두드릴 때엔
고뇌와 슬픔 뿐이었던 나의 사랑이었지만
님을 찾은 단테, 만해 그리고 타고르 마냥
사랑하는 일 멈추지 않겠습니다
곡절 많은 내 사랑의 그릇에다
온갖 그리움과 고뇌를 가득 담아
침묵하고 있는 그 앞에 내려 놓으렵니다

아제아제 바라아제 바라승아제 모지사바하
하나님 감사합니다. 아멘

Ⅱ. 눈동자의 로망

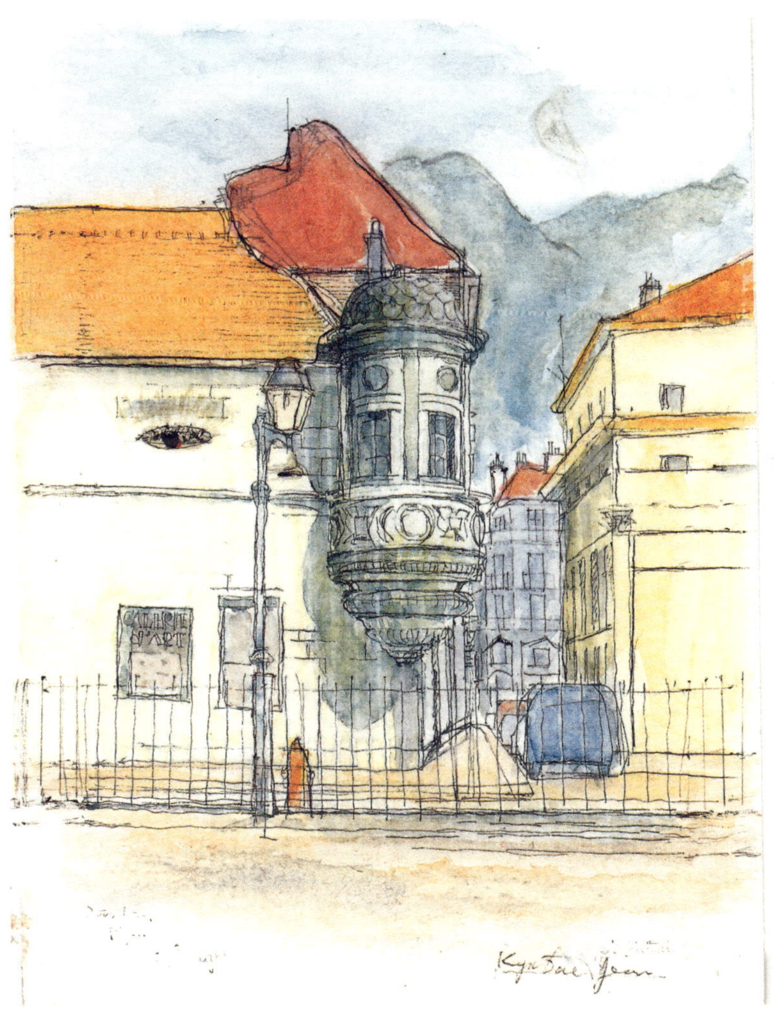

눈동자의 미학

슬픔은 둘레도 없나 보다. 밝은 불안감 속에서 맴도는 아름다움, 그 깊이를 찾는 짜릿한 환희, 눈으로 만져보는 부드러운 그 촉감.

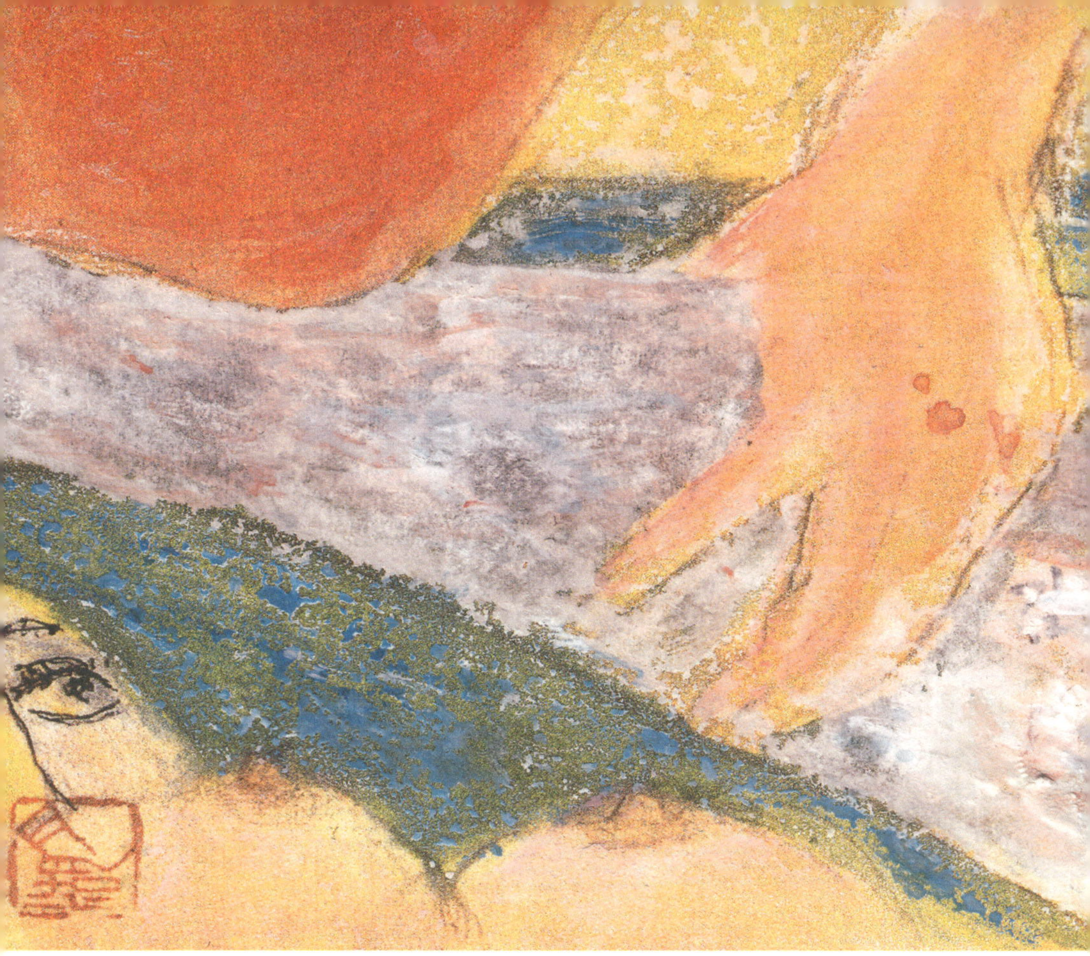

살아도 같이 살고
죽어도 같이 죽자고
서로의 얼굴 맞대고
서로의 가슴 맞대고
서로 눈과 귀 바꿔 끼우는
해운대의 그 하늘과 바다의
가을 몸부림

김여정 「수평선」

생명의 紅과 黑 그리고 초인

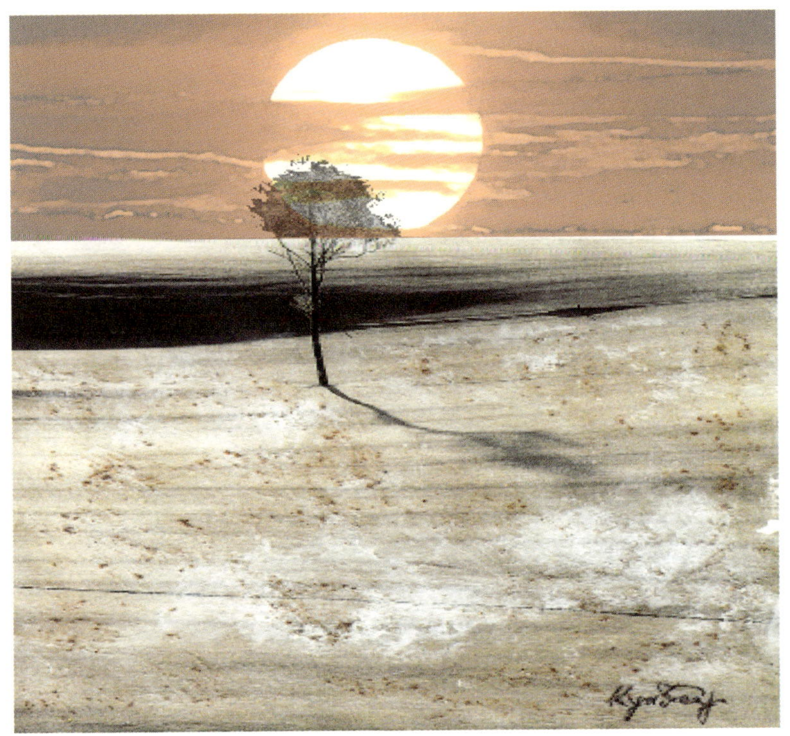

니힐리즘 속에 허우적거리며

돌이켜 보면 우리 또래만큼 파란만장한 생을 살아온 세대도 없을 듯싶다. 일제 말기의 혹독한 식민지 시대에 태어나 이른바 '태평양전쟁' 중에 초등학교를 다녔다. 어린 나이에 강제 노력 봉사에 동원되기도 했다. 해방 후 좌·우 극한 대결을 했던 혼란기에 중고등학교를 다니면서 이념 대결의 희생양이 되어 감방에 드나들기도 했다. 한국전쟁 초기에는 소위 의용군에 끌려가다가 탈출을 했고, 탈출하자마자 국민방위군에 편입되어 한동안 기아선상에서 헤매기도 했다. 정규군에 들어가서는 '소모 장교' 감이 되어 내 중고 동창 중 태반이 전사했다.

나는 다행히 살아남아 국가공로자 대우를 받고는 있지만, 혼란기 과도기 속에서 대부분 삶을 보내다 보니 역경이 꼬리를 물고 다가오곤 했다. 그럴 때마다 부조리와 싸우곤 했지만, 이로 말미암아 우울증에 빠지기도 했고 염세주의로 치닫기도 했다.

니힐리즘과 부조리는 내 젊은 날의 붕괴와 부조리 풍토를 잘 보여주고 있다. 이 같은 붕괴 현상에서 단 하나의 현존은 죽음이며, 나는 곧잘 그 주변을 맴돌곤 했다.

그 무렵의 염세주의는 지금으로선 얼핏 잘 이해가 안 가는 말

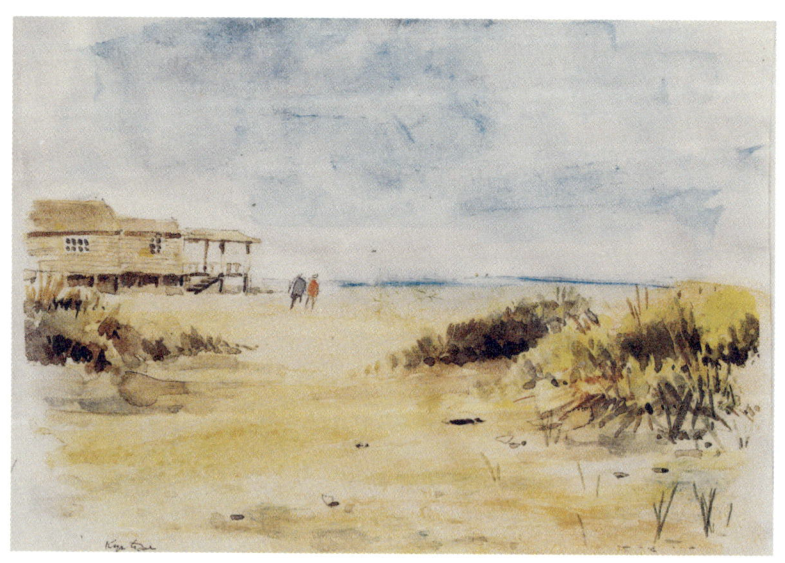

이겠지만 "모든 게 허용되고 있다"라든가, "모든 게 허용된다" "아무래도 상관없다"와도 통용되고, 모든 것이 공허하다며 염세주의에 빠져들게 했다. 공허하다는 것은 어떻게 보면 그 자체가 부조리한 것이 아닐까. 그러다 보면 결국 부조리는 끝내 지탱될 수 없게 되고 따라서 염세주의도 무의미해 지는 게 아닐까. 왜냐하면, 부조리 속에 가능한 행동이란 결국 없어지게 되기 때문이다. 이를 「시지프스의 신화」는 잘 대변해 주고 있다.

카뮈에 의하면 "부조리한 인산은 정열직인 주의력을 가지고 죽음을 응시하는데, 그러한 열중이 자신을 자유롭게 한다"라는 것이다. "이 자유란 곧 '반항'이며 그것이 삶에 있어 그 가치를 부여해서…… 그 위대함을 남기리라"라고 덧붙였는데, 나는 이 말을 신봉하고 싶다. 카뮈는 '위대함'과 '가치'라고 하는 관념을 부조리화 하는 대신에 한결 적극적인 의미를 부여하기도 했다. 그는 "부조리한 인간이 그것을 승인하지 않을 때에 있어서만 '의미'를 가진다"라고 했지만 이런 '불승인'은 다른 한편으로 부조리에다 다른 하나의 의미를 부여하고 또 다른 한편으로는 하나의 모럴을 마련해 봄으로써 부조리를 붕괴시키기도 한다.

내 경험에 의하면 이런 부조리는 어쩌면 부조리라고 이름 붙일 수 없는 '반항'이라고 하는 모럴이며, 또한 이 부조리 앞에서 더욱 부조리한 태도를 보이기에 이르기도 하는 것 같다. 왜냐하면, 부조리의 속성이란 모럴을 해체하는 것이기 때문이나.

만일 죽음이 드리운 그림자가 니힐리즘을 불가피하게 만든다면 그와 동시에 니힐리즘도 지탱해 나갈 수 없게 되는 것을 나

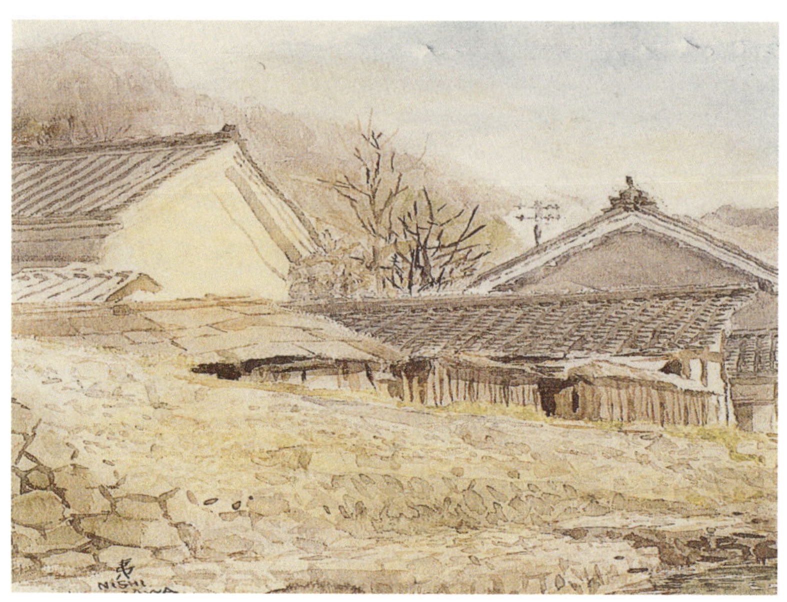

자신 경험을 통해 이해하고 있다. 이를 카뮈는 「시지프스의 신화」 속에서 암묵적으로 잘 나타내 주었고, 카뮈 이후의 여러 작가가 쓴 작품들에서 점점 더 이를 명백화시키고 있다. 그러니까 이 같은 추세는 칸트와 그 이후에 있어서와 마찬가지로 '정언(定言) 명령'의 뒷받침과 가치를 찾아보려는, 어찌 보면 일종의 휴머니즘이기도 하다.

하지만 이러한 칸트주의는 이른바 '고뇌의 바다'에 노출되어 있어 보인다. 나도 한때 칸트적 모럴이 조정하는 "불사성(不死性)의 공준(公準)" 속에 빠지기도 했다. 이때 비로소 니힐리즘의 모순을 감득하게 되기도 했다. 한때 나처럼 니힐리즘과 참여 사이를 오가곤 했던 마리르누리에가 지적했듯이 인간은 "죽음 앞에서 미치광이처럼 한갓 어린애"(나를 두고 하는 말 같아서 이 말에 충격을 받기도 했다)가 되어 병적인 반응과 행동을 서슴지 않았었다.

이는 어찌 보면 일종의 변증법적 흐름이라고도 할 수 있겠는데, 이 같은 흐름 속에서 신경증적 풍토가 조성되기도 한다. 이때 투쟁적 참여라고 할 수 있는 정치는 '절대악'에서 때로는 '절대선'인 채 변모를 보이기도 하는 것을 군사 독재 시대가 아닌 문민 정권 시대에서도 이런 현상이 되풀이되곤 했다.

군정 하의 영웅은 「아라비아의 로렌스」 이래 어쩌면 고정화된 것인 듯도 한데, 이러한 과정 중에서 내 경험에 따르면 '파스칼적 의미'에서 스스로 '죽음의 망각'을 시도하기에 이르기도 한다. 그리하여 스스로 생물학적 속성은 죽음을 느끼지 못하는 삶의 동물적인 흥분과 환희에까지 이르게 되곤 했다.

니체는 이 생물학의 현대적인 커다란 회귀의 입구에 존재했던 철학자다. 루소가 그에게 말한 것처럼 자신이 외친 "자연으로 돌아가라"라는 한낱 자연에의 회귀만을 뜻하는 게 아닌 듯싶다. 루소적인 자연 상태란 위선적인 풍습에 대한 하나의 소박한 반발이었다고 본다. 내가 "자연 태의 삶을 살고 싶다"라고 나팔 불고 다닐 때의 아이러니처럼……

생물학적 회귀에 관해서는 니체와 쇼펜하워를 떠나서는 생각할 수 없을 것 같다. 나는 한때 이들 철학자의 저작에 빠져들기도 했지만 살고자 소망하는 두 얼굴의 신인 야누스의 한 면이라고나 할까. 그런 점에서는 같지만, 한쪽은 그 소망으로부터 자신을 떼어 놓으려 했고, 다른 한편에서는 그 속에 자신을 몰입시키려고도 했다.

　니체는 살고 싶다는 소망의 바다에 뛰어들어 거기에서 자기 자신을 애써 지키고 견디면서 동일화함으로써 어떠한 대가를 치르는 한이 있더라도 '해방'을 모색하였다. 즉 자라투스트라적인 소리로 변모시키려 하기도 했다.

　전혀 예측하지 못했던 일로 나는 하루아침에 전 재산과 지위를 잃었던 적이 있다. 40여 년 동안 쌓아 올렸던 공든 탑이 창졸간에 무너지던 날! 나는 정신적 공황 상태에 빠져들었다. 그리고 한동안 이로부터 '자유'로워질 수 없었다. 그 충격 때문에 아마도 치유되기 어려운 암에 걸렸던 것 같다.

　수술을 마친 후, 주치의는 이제까지의 모든 인연과 단절하고 시골로 될 수 있으면 먼 나라로 떠나기를 권유했다. 멀리라면 내가 한동안 오래 체류했던 호주로 가야겠다고 생각했는데, 고공에서 수술 부위가 파열될 수도 있으니, 우선 한국의 산사를 돌다가, 배를 타고 일본으로 건너가 살다가 1년 후쯤 호주든 구미로든 가라고 또 충고해 주었다.

　마침 미국에 살았을 때 가까이 지냈던 일본인 교수가 일본의 큰 절 주지가 됐다는 소식을 듣고 그를 찾아갔던 일이 있었다. 다행스럽게도 그 절에는 말기 암 환자를 위한 요양소가 있었다. 그곳에 반년 가까이 묵으면서 좌선, 요가 그리고 불교의 '空' 사상 등 정신적 치유를 받기도 했고, 와우 스님을 통해 많은 위로를 받았었다. 그는 불교 철학자이면서 니체의 '초인'에 대해서도 일가견을 가지고 있어 많은 얘기를 나누며 사는 힘의 쇠퇴를

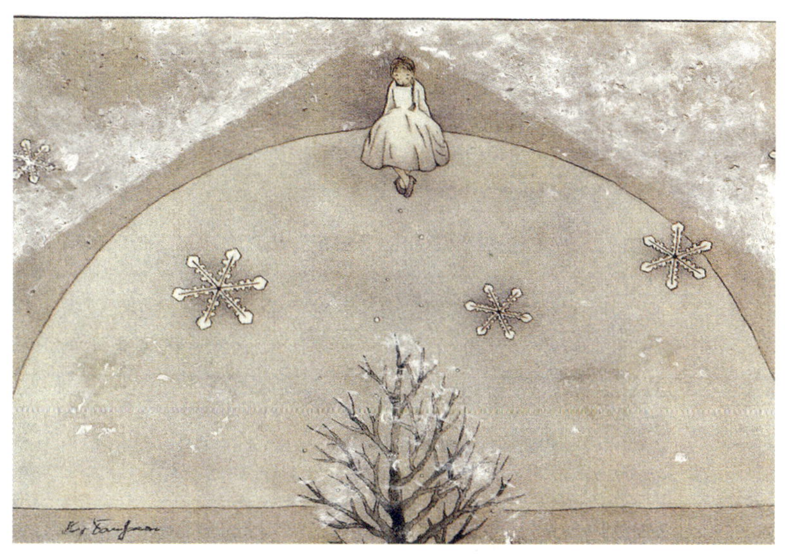

줄일 수 있었고 '초인'을 내 삶의 '이마쥬'로 삼게 되었다.

이 절에서 멀지 않은 곳에 토우 박물관이 있었다. 이 박물관에는 일본 고대의 토우로부터 근대의 토우까지 다양하게 전시되어 있었다.

생명의 빨강 그리고 까망

일본은 예로부터 다신교(多神敎)를 믿어 왔기 때문에 여러 토속 신앙이 잘 전승됐고 그에 따라 다양한 토우들이 놀랍게도 많이 남아 있다.

이 박물관에서 그때 내가 석삼이 관심을 뒀던 토우는 '가마노 왜(부엌 신 또는 귀신)'였다. 그 옛날 부엌을 만들었던 재료, 즉 진흙과 짚을 버무려 만든 토우인데, 별로 잘 버무려져 있지도 않지만 사람 모습으로 눈, 코, 입 등이 유난히도 돋보이는 아주 못생긴 형상이었다. 부엌 신답게 그을린 듯 검으틱틱하고 못생겼다.

어린애가 해님을 그린 것처럼 둥그스름하며 웃고 있는 모습이었다. 처음 이 토우와의 만남은 때아닌 밤중에 홍두깨를 맞은 듯 아찔했다고나 할까……. 붉은 조명등 탓도 있었겠지만, 어둠 속에서 빨강과 검정이 버무려 불타오르는 구름 같은 아스라한 기운이 그 못생긴 얼굴 곳곳에서 뿜어져 나오는 듯했다. 그런 신묘함에 자랑이라도 하듯 파안대소하는 짓궂은 얼굴, 부엌을 지켜주는 수호신이라는 선입견 때문일까……. 부엌은 밥과 국을, 즉 인간 생명의 양식을 만들어주는 곳, 따라서 소중히 지켜야 하는 곳이며, 가마도신은 그 수문장이니 말이다.

뜨거운 불꽃으로 만들어진 일종의 차광 토기인 이들 토우는 마치 안경을 쓴 듯 불쑥 내민 눈언저리가 기괴하면서도 신묘하다. 만들어진 후에도 오랜 세월 동안 매캐한 부엌 연기에 그을려 검붉게 퇴색한 토우의 얼굴에는 내가 처해있던 상황 탓도 있겠지만, 생명력의 비등이 있고 동시에 생명력의 냉각도 있어 보였다. 삶과 죽음의 이중상이라고나 할까…….

아까는 토우가 웃고 있다고 표현했지만 그건 냉소에 가까운 것이었다. 거기에다 부릅뜬 왕방울 눈과 깊은 주름은 생의 의욕을 냉각시키기에 충분했지만 묘한 조명에 의한 명암의 엇갈림 속에 화염이 흔들리듯 꺼졌다가 되돌아 나가는, 뭐라고 할까……. 힘의 원천 같은 것을 나는 느꼈다. 가마도의 토면은 아프리카나 아

니면 인도산인 듯도 싶
다. 그러기에 나로 하여
금 원초적이고도 원시인
감각을 더욱 불러일으키
게도 했다. 그때 나는 생
명의 원류를 보는 듯 전
율을 느꼈다

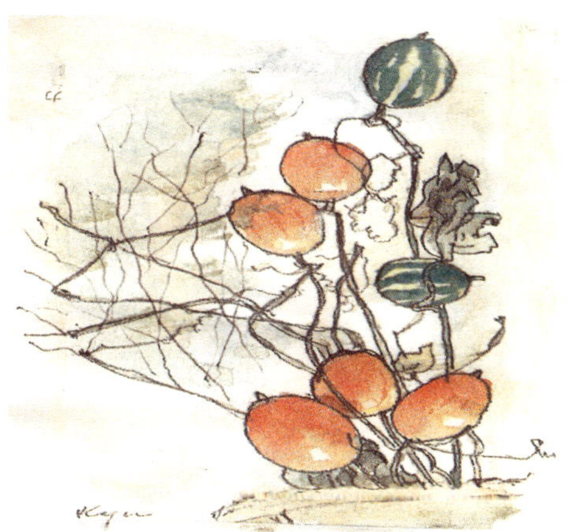

　아까 왕방울 눈이 웃
고 있는 듯하면서도 무섭다고 표현했지만 어떻게 보면 명징하다
고 할까……. 아니 침통하다고 해야 옳을 것 같다. 물론 괴기하
고 둔중하다는 것이 대체적인 느낌들이지만, 왜 나는 이렇게 여
러모로 느껴졌을까…….

　왕방울 눈의 인상을 덧붙인다면 맹목이다. 절대에 대한, 또는
절대자에 대한 맹목이라고나 할까……. 절대의 힘을 지닌 이의
정복과 지배의 징표이기도 한 맹목의 깊이와 넓이가 어느 순간
에 일전(一轉)하여 가마도로, 즉 삶의 원천으로 덤벼드는 잡귀들
에게 강한 공포를 느끼게 한 것이 아닐까…….

　문득 우리나라 처용설화를 떠올리며 그 무렵의 나의 극한상황
에서 원시적 발라드 댄스의 환희 같은 것을 느꼈던 순간을 되새
겨 보게도 된다. 그리고서 다시 니체의 '초인'을 생각해 보게 된
다.

　니체의 자라투스트라는 산 위, 대지 위에 누워 '환희(엑스터
시)'의 도취를 알게 되고, 이어 그 환희가 영원 또한 인지하게

된다. 그리하여 이렇게 말한다. “환희는 만물의 영원을 소망한다. 아주 깊은 영원을 바라게 된다”라고. 이 같은 황홀의 순간은 과거와 미래를 파괴하고 자기 자신만을 인지하며, 시간, 나아가 죽음을 절멸시키기를 원함으로써 ‘죽지 않는 속성의 재발견’을 찾게 된다.

순간의 영원

문학 또한 20세기에 접어들어 ‘순간’이라고 하는 테마가 이상하리만큼 중요성을 띄기에 이른다.

‘순간의 영원’에 대해서 굳이 역설할 필요는 없지만, 앙드레 지드는 작품을 통해 은연 중에 이를 퍼트렸다. 야스퍼스는 이 영원을 죽음의 왕국에서 빼내어, 거기에서 이론화를 꾀하면서 이렇게 말하고 있다. “존재란 죽음의 반대쪽의 시간 속에 있는 것이 아니라 경험의 깊이 속에 영원으로서…… 현재의 경험적인 깊이 속에 영원으로 있게 된다…….” 그리고 문득 가마도 토우의 왕방울 눈을 보고 난 맨 끝에 느꼈던 영원에의 향수를 되새겨 본다.

이처럼 순간 속에 탐닉했다가 빠져나옴으로써 ‘삶은 승리한다’라고 본 니체는 자신이 삶을 누리기를 바랐듯이 스스로 죽기를 바라기도 한다. “나는 나의 죽음의 찬가를 여러분에게 보일 것이다. 내가 바라기 때문에 죽음이 내게 머잖아 올 것이다. 그건 의지적인 죽음이다”라고 말하면서, 왜냐하면 “위대한 우주적 생명은 낮

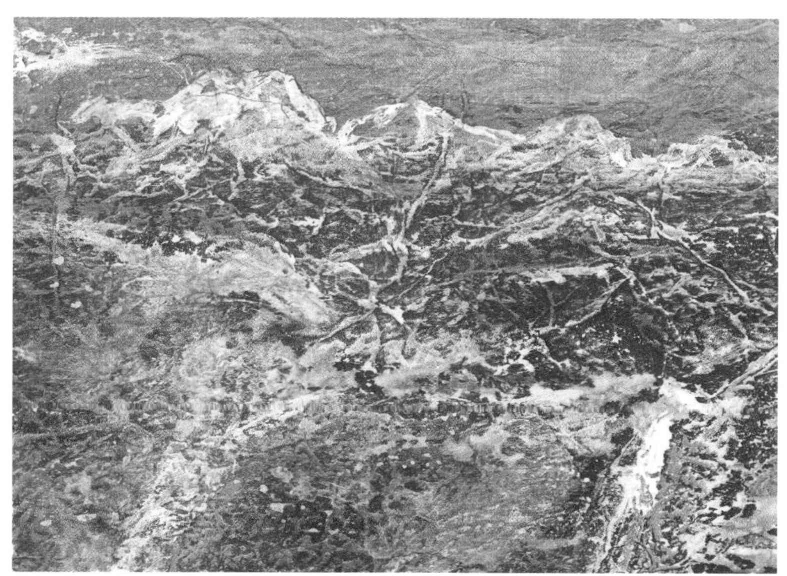

과 더불어 밤을 탐내며 긍정과 더불어 소멸도 바라기 때문"이라
고 덧붙였다.

니체는 삶에의 '자기 동일화' 란 황홀을 본질로 하며 막스 셰
러가 지적한 '동물적' 성질도 지니고 있다는 것을 전제로 하면
황홀은 '죽음의 반증' 이라고 하는 중요한 역할을 연출하는 것이
라고도 했다.

내가 토우에서 느꼈듯이 '황홀' 은 늘 '자기 외의 돌출' 이며,
우주와 지적인 '요가' 또는 '정적(情的)인 무도(舞踏)' 의 교감이
다. G.빠타이유는 그러한 철학이 고작 '무도' 로밖에 이르지 못
하고 있는 데에 놀라기도 했다.

하지만 발라드란 순간의 황홀과 동시에 '생의 비약' 같은 황
홀이며 자유로운 무상(無償)의 운동을 표현하는 것이라고 보는

것이므로 니체주의는 ‘황홀경’에 대한 그 나름의 상징이며 진리이다. 이 춤추는 것의 진리는 프로베니우스가 말한 ‘우주적 의미의 놀이’인 것이다.

그러니까 놀이는 니힐리스트의 지성을 쉽사리 매료시켰다. 놀이는 정열적으로 세차게 할수록 죽음을 잊고 부정하는 역할을 감당하게 된다. 로렌스로부터 마를로에 이르는 현대의 ‘위대한 유희자’들은 이를 효과적으로 표현했다.

이러한 놀이 중의 최대의 놀이는 바로 전쟁이었고, 그 속에서 사람들은 죽음과 직면하며 죽음의 위험을 모험으로 경험했다. 그런 가운데 ‘유사요법적인 죽음’으로 죽음의 불안을 치유하기도 했다.

나는 주치의의 권고에 따라 10여 년간 오로지 산속에서 금욕과 수행에 가까운 생활을 어렵사리 해 왔다. 니체는 금욕과 수행자적 삶이 스스로 해방과 우주적인 ‘초(超)(나에의 자기 동일화)’ 그러니까 이른바 ‘초인’을 내세웠던 것이다. 그는 소크라테스, 플라톤과 더불어 ‘사는 힘’의 쇠퇴가 인간들에게 곧잘 엄습하는 것을 안타까워하면서 ‘초인’을 삶의 ‘이마쥬’로 삼기도 했던 것이다.

지지 않는 꽃은 꽃이 아니다

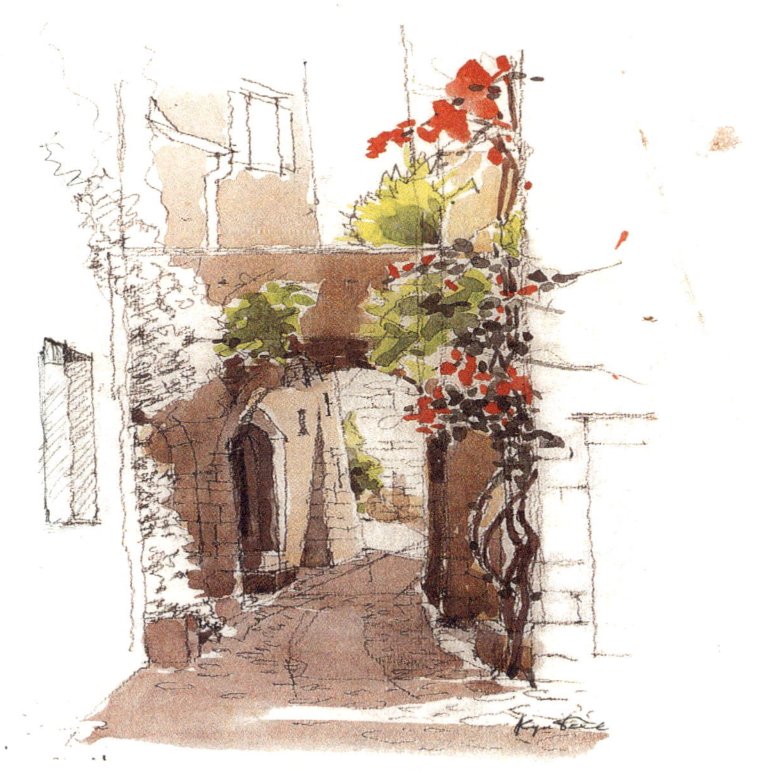

죽음을 잊으면 삶마저 잃는다

　일찍이 이상(李箱)은 '추석은 죽음을 생각하는 날'이라고 했
다. 흔히들 추석은 즐거운 날, 가족들이 모여 단란히 보내는 명
절로만 여기는데, 이상은 성묘의 의미는 바로 한동안 잊고 있었

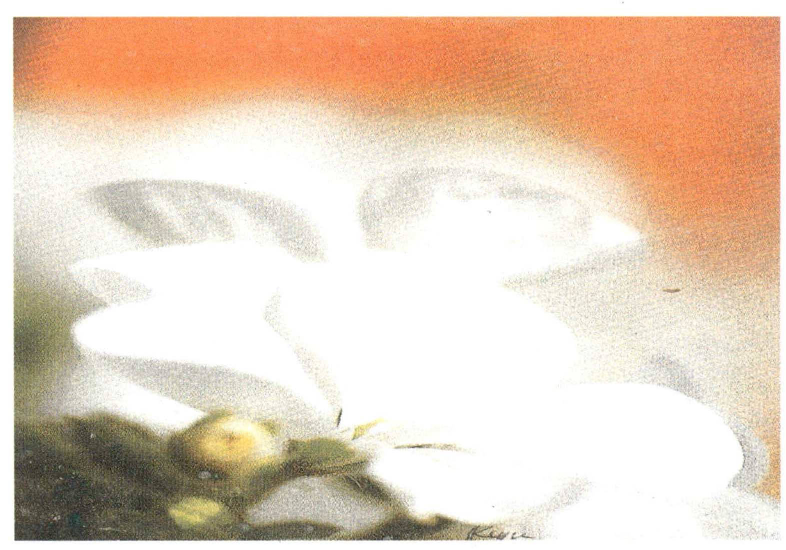

던 죽음을 떠올리게 하는 것이라고 말했다. 그렇다. 우리는 유한한 존재임을 까마득히 잊고 살지만, 한가위 날 무덤을 보게 되면 자연 죽음을 누구나 의식하게 된다.

우리가 언젠가는 죽는다고 하는 엄연한 사실을 까마득히 잊고 사는 동안에는, 사람의 다름이나 우열(優劣)에 신경을 쓰게 되며 열등감이나 적대감정도 곧잘 일어나게 된다. 하지만 사경(死境)을 넘나들었던 경험을 갖게 되면, 사람이란 모두가 평등하여 어떤 인간도 소중한 존재임을 깨닫게 된다.

특히 죽을 때에는 가진 자나 가난한 자나, 권세 여부를 막론하고 모두가 평등하다. 그런 평등한 최후를 나는 이렇게 노래했다.

시행착오를 되풀이하며

미치광이처럼 살다가

바보라고 놀림을 받다가

멋진 바보로 죽고 싶다

유쾌하지 않는가

가진 자도 안 가진 자도

'공수래(空手來) 공수거(空手去)'

흙으로 돌아가는데

그 평등한 최후

장열(葬列)도 눈물도 필요 없이

묘비명은 더더욱 필요 없이

미치광이처럼 죽을 수 있다면

아무것도 남기지 않고

인간적인

너무나 인간적인

바보로 죽을 수 있다면……

　　　　　　　　　　　－ 졸시 「평등한 최후」에서

　한 사람의 진가는 대개 죽은 다음에 제대로 평가받게 마련이
다. 그래서 흔히 죽음은 인간의 생명을 완벽하게 말해준다고 말
하기도 한다. 즉 죽고 난 다음에야 '과연 그런 사람이었구나' 하
고 깨닫게 된다.

　김수환 추기경은 스스로 '바보'로 살다가 선종했다. 어수룩한

자화상에 '바보야'라고 쓰고 "뭘 안다고 나대로 대접만 받으려고 한 내가 바로 바보"라고 스스럼없이 말하고 다녔다. 나 역시 그렇게 살아왔던 것 같다. 누가 칭찬을 하면 "그러지 마세요. 살아서 받을 칭찬을 다 받으면 하늘나라 가서 받을 게 없어요"라고도 했다.

지난해 그는 하늘나라로 올라가 "어서 오너라, 내 사랑하는 바보야. 그만하면 족하니라 그만하면 다 이루었다"라고 반드시 칭찬을 받으셨을 것이다.

김수환 추기경의 선종을 지켜보면서 '웰 다잉'의 생각을 더욱 절절히 하게 된다. 추기경의 빈소에는 추모행렬의 발길이 끊이지 않았고 국민은 한동안 깊은 슬픔에 잠겨 있었다. 그분의 고별미사를 지켜보면서 과연 우리 시대의 어른이며 선구자였음을 실감케 된다. 늘 깨어 있어 탐욕스런 무리의 가면을 벗기셨고, 칠흑 같은 어둠 속에서 주저함 없이 새벽을 부르며 홀로 우셨다. 비원이 서린 곳에는 그분이 꼭 서 있었다. 우리 현대사의 고비마다 횃불을 들어 거짓과 미혹을 걷어내려고 스스로 고난의 길을 자초하셨다. 그러면서도 "분에 넘치는 사랑을 받고 살아왔다"라며 고마워했다.

소외된 이들의 참된 벗이었던 추기경은 "고맙다" "서로 사랑하라"라는 말을 마지막으로 남기고 속세를 떠나셨다. 이 말씀은 내 가슴에 깊이 꽂혔다. 모든 것에 감사하고 용서하는 마음을 가지라는 메시지이자 물질 만능에 대한 엄중한 경고다. 그분처럼 소탈한 삶의 모습을 지니고 싶다. 사람은 떠나는 뒷모습이 아름

다워야 한다는 것을 다시금 되씹게 된다. "서번트 리더십!" 얼마
나 소중한 것인가. 새삼 진정한 사랑과 고마움의 본질을 생각하
게 된다.

천상병 시인이 「귀천」에서 노래한 것처럼 '나 하늘로 돌아가
리라/아름다운 이 세상 소풍 끝내는 날,/가서, 아름다웠더라고
말하리라…….' 행복한 삶을 마치고 감사한 마음으로 이승에서
의 소풍을 마치고 하늘로 귀향할 수 있는 마음을 가질 수만 있다
면 얼마나 좋을까…….

죽음에 이른다고 하는 것은 스스로 인생의 의미를 짐짓 알게 되
고 참 아름다움과 자애로움에 눈 뜨게 하는 계기가 되는 것 같다.

오늘날 사람들은 각색된 영상을 알고 있으면서도 자기나 사랑
하는 사람들의 죽음에 대해선 생각하기를 미루면서 사는 듯싶다.

이렇게 사람들의 죽음에 대한 의식이 전과는 달라진 배경으로
다음과 같은 네 가지를 들 수 있다.

그 첫째로는 장수(長壽) 사회를 들 수 있다. 특히 우리나라는
평균수명이 급격히 늘어나, 죽음이 자기 자신에게 가까이 왔다
고 느끼지 않게 된 것이다.

둘째로는, 핵가족화가 정착됨에 따라 양친이나 조부모와 떨어
져 사는 탓으로 노쇠와 죽음을 일상생활에서 흔히 볼 수 없게 된
점을 들 수 있다.

세 번째로는 의료 시설에서 죽음을 맞이하는 경우가 많이 늘
어나고 있기 때문이다. 죽음을 맞이하는 장소가 자택에서 병원
이나 요양소로 옮겨져 임종의 과정을 일상에서 목격하는 경우가

드물어진 것이다.

마지막으로 자살자가 증가하고 있다는 점이다. 특히 우리나라는 '자살자가 가장 많은 나라' 라는 불명예를 안고 있을 정도로 자살자가 해마다 점증하고 있다고 한다.

그러니까 선진국으로 발돋움하고 있는 우리나라는 죽음을 까마득히 잊고 삶에 골몰하고 있는 무리와 무엇인가에 쫓겨 죽음만이 해결책이라고 서두는 양면을 동시에 지니고 사는 사회라고 할 수 있다.

'죽음을 잃어버린 자는 삶을 잃는다' 라는 말을 나는 또 되씹게 된다.

가족과 친지들과 가까이 살며, 그들의 위안을 가장 필요로 했던 시기, 그러니까 정년퇴직 직후에 나는 중환자실에 격리되어 있었다. 사람의 삶은 그 사람이 맺고 있는 관계들에 의해 이루어지는 것이라면, 나는 그 관계들이 가장 필요로 하는 시기에 사막에 버려진 셈이다.

이 무렵 나는 병상에서 노베르토 엘리아스의 『죽어가는 자의 고독』이라는 책을 읽었다.

이 책은 죽음을 억압하고 숨긴다는 점을 특히 강조하고 있었다. 즉 현대문명은 다람쥐 쳇바퀴 돌 듯 똑같이 반복되는 일상을 통해 우리에게 그러한 일상이 영원히 반복될 것 같은 착각에 빠지게 한다는 것이다.

또한, 현대 의료계는 죽음과 죽음을 환기하는 것들을 철저하게 격리시킨다. 죽어가는 자는 중환자실의 산소호흡기 밑으로

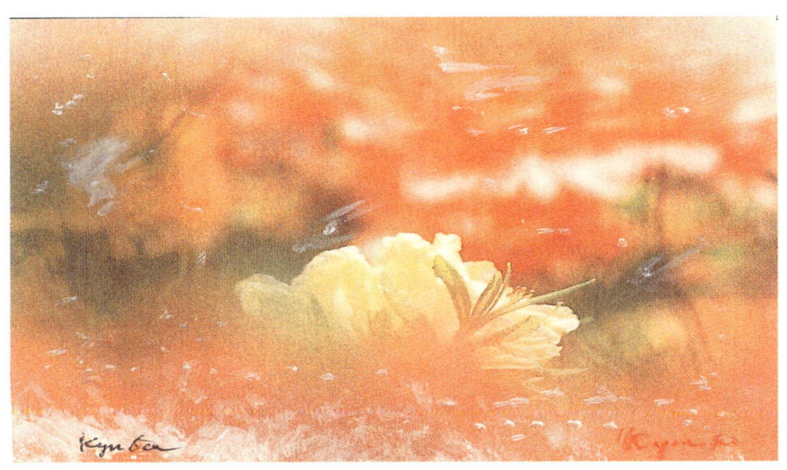

격리시키며, 시신은 위생적인 안치실에 냉동되어 사람들에게 보이지 않는다.

그런데 죽어가는 자만이 왜 이렇게 고독할까…….

사람이 자기 삶을 계획하며 끊임없이 열정을 바치는 것은 스스로 삶이 유한하다는 것을 짐짓 알고 있기 때문이 아닐까……. 그러니까 죽음을 망각한 자는 삶을 잃어버리고 있는 것이나 다름없고 나 역시 70평생 삶을 잃어버리고 살아오다 중환자실에 누워서야 죽음을 의식하기 시작한 셈이다. 자기식의 죽음이 있어야겠고, 또한 자기식의 삶이 꼭 있어야겠다고 뒤늦게야 깨닫게 된다.

찢고 찢기고
볶고 볶기고

(중략)

쇠잔한 몸을 가누며

옷 갈아입는 연습을 해 본다

나는 곧잘 죽음을 '옷 갈아입는' 일상적인 행위로 비유해 시를 쓰고 있다. 원초적인 시각에서 본다면 죽음이란 생의 일종이며, 특히 개인적인 삶의 연장이다. 죽음이란 겨울이면 잎이 떨어지고 앙상하게 머물다가 봄이면 다시 생명이 움트는 나무처럼 일종의 자연현상이 아닐까.

옷 갈아입기에 앞서 참회록이라도 남기고 싶어 토지문화원 창작실을 찾았다. 때마침 칩거 중인 내 방 창문 앞 매화꽃도 어느새 새 옷을 갈아입고, 그 밑에 복숭아나무들도 꽃 피울 준비를 서두르고 있어 보인다. 계절의 추이는 이렇듯 어김이 없다.

이런 시각에서 본다면 죽음이란 하나의 '관념'이라는 가스통 바슐라르(G. Bachelard)의 말마따나 일종의 '이미지'라고 말할 수 있는 그런 현상인지도 모른다. 그는 인생을 수평선 너머 한없이 달려가는 배에 메타포해서 이를 삶에 대한 하나의 암유(暗喩)로 사용했고 좀 더 과장해서 '하나의 신화'로 표현하기도 했다.

시작도 끝도 없는 것

딴은 '죽음'이란 어휘는 오랫동안 여러모로 비유됐다. 하지만 아직도 확실한 '개념'으로서 존재하지 못하고 있는 듯싶다. 그

것은 앞서 내 시에서 비유한 바와 같이 헌 옷을 벗어버리고 새 옷을 갈아입는 정도의 삶의 변용이고, 잠들음이며, 또는 일종의 나그넷길의 길목에서 일어나는 하나의 현상이요 변화이다. 그러니까 하나의 태어난 삶이 노쇠하여 병들음에 이르는 것은 어떤 사고(事故)나 죽음으로서, 또는 조상이 머무르고 있는 곳으로 가는 길목이다. 또는 모든 것을 포괄한 것들로 비유되고 표현되고 있기도 하다.

옛사람들이나 요즘의 신앙인들이 더러는 죽지 않음을 믿었고, 믿어오고 있는 것은 죽음에 대한 외경이나 무지라기보다는, 반대로 죽음이라고 하는 현상에 대한 예사로운 인식이었다고 보인다.

상태적으로는 생에 대한 암유로서 삶의 한 과정이라고 볼 수도 있다. 막상 죽음에 이르게 되면 죽음이란 일상적인 상태의 변화로서 삶의 정상적인 질서를 바꾸는 현상으로서 파악했던 것이다. 이러한 의식은 실상 죽음에 대한 두려움, 즉 미지의 세계에 대한 두려움의 소산이 아닐까……

나도 난치병인 췌장암 수술 후에 경험했던 일이지만, 그 당시 이제 얼마 안 있으면 이승을 떠날 수밖에 없다는 공황상태에서 심한 우울증과 불면증에 시달리기도 했다. 어떻게 하면 이를 피해 볼 수는 없을까 하는 생각으로 한동안 골몰하기도 했었다.

하지만 아무리 발버둥쳐도 죽음은 결코 피할 수 있는 일이 아니다. 뒤늦게야 '생로병사'란 삶의 당연한 과정임을 인정하게 됐다. 이제는 한동안 죽음을 그처럼 두려워하고 피하려고 했던 병상에서의 망상이 새삼 부끄러워지곤 한다. 절대 피할 수 없는 것이 죽

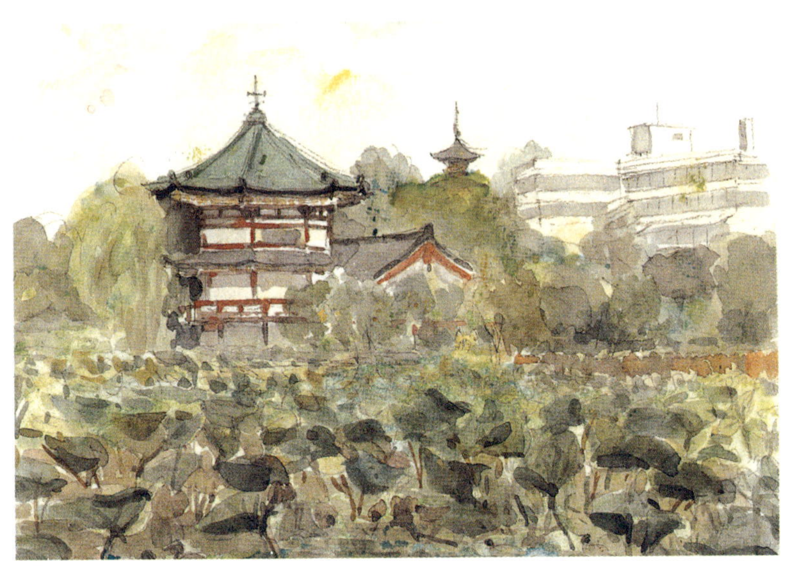

음이라면 이제 평화롭고도 편안한 마음으로 맞아야 하지 않을까.

손등과 손바닥처럼 모든 것에는 안팎이 있게 마련인 것 같다. 삶과 죽음은 그러한 관계에 불과한 듯싶다.

밝음이 있으면

어둠이 있고

시작이 있으면

끝이 있고

생겼으면 사라지는 것을

─졸시 「무시무종」의 부분

이 세상에 변하지 않는 것은 없고 어둠이 영원한 것도 아니다.

그러니까 태어났으니 죽는 것뿐이다. 하지만 그러면서도 나는 '시작도 없고 끝이 없기(無始無終))'를 소망해 본다.

문득 박영봉 시인의 시 「내 안의 빈집」이 떠오른다.

발바닥에 묵은 모래를 털어내면
머릿속에 겉돌던 생각이
굳은 박힌 문지방을 넘어
방 안에 켜켜이 쌓여 있습니다
빗장 열고 들어가 닦아내고 싶군요

어쩌면 내게도 깨끗이 닦아내고 싶은 이런 방이 있는 것 같다. 비록 텅 빈 공간이지만 머잖아 햇살에 눈을 뜰 그런 날을 꿈꾸어 본다.

시작은 끝이고 끝은 시작인가
내일은 다가오는 듯도 한 지평
찾아오면 언제나 오늘이구나
꽃씨를 거두면 또 다란 봄이 오는 것을……

- 졸시 「꽃씨를 거두며」

엉뚱한 생각이긴 하지만 '무시무종' 이라면, 인간이 죽지 않으려면 애당초 태어나지 않았어야 한다. 결국, 죽음이란 존재하는 것이 내면적으로 지니고 있는 하나의 당연한 과정인 셈이니, 이제 비웠던 내 방을 닦고, 볕 들 날을 기다려야겠다.

태어남이란 물론 자기 의지와는 아무런 상관이 없긴 하다. 인연이 닿아 여러 인자가 모여 태어나면, 이를 우리는 하나의 존재로 인식하지만, 그 존재는 한때도 쉬지를 않고 변하여 간다. 마침내 인연이 다하게 되면 어김없이 원래 인자의 위치로 되돌아가는 것이다. 그런 돌아감을 우리는 죽음이라고 이름 붙여 부를 뿐이다. 그래서 죽는다는 것을 우리는 "돌아간다"라고 말하지 않는가. 그 때문에 영어로는 죽는다는 말을 'die' 이외에도 '지나치다(pass away)'라고 말하기도 하는 것이리다.

일찍이 나는 내 일곱 번째 시집 『기억 저편의 바다』에서 그런 아득한 인류의 원초적 고향을 힘주어 노래하기도 했다. 우리가 고향으로 돌아갈 때면 힘겹게 가는 길이라도 즐겁듯이, 원초적 고향으로 가는 길도 즐거워야 한다. 또 그렇게 죽음을 맞이해야 옳지 않을까. 죽기 전에 마음공부를 하며 죽음과 친숙해져야 할 것 같다. 잘 사는 것 못지않게 잘 죽는 것도 중요할 것 같다.

태어날 땐 울었지만 웃고 죽자

요즘 '웰빙'이라는 말을 우리는 곧잘 쓰면서 하루하루 잘 살아보겠다고 안간힘을 쓴다. 그리고 '웰빙' 못지않게 '웰 다잉'에 대해서도 관심이 높아가고 있다. 고통 없이, 편안하게 죽음을 맞이할 수 있기를 모두 바란다.

'내가 세상에 태어났을 때 나는 울었지만 내 주변의 모든 사람은 기뻐하고 즐거워했다. 내가 이 세상을 떠날 때 나는 웃겠지만 내 주변의 모든 사람은 슬피 울고 괴로워할 것이다'

삶과 죽음의 의미를 가슴 속 깊이 음미하게 하는 이 계시의 노래는 티베트 현자들이 제자들에게 들려주는 가르침이다. '태어남은 기쁨이고 죽음은 슬픔이다' 라는 우리의 관념을 일깨워 주는 가르침이다. 하지만 오랫동안 살아왔던 세상을 떠나면서 편안해지고 미소 지으며 죽음을 맞이한다는 게 과연 가능할까?

사람은 언젠가는 죽는다. 이 엄연한 사실을 누구나가 익히 알고 있으면서도 막상 죽음이 가까워지면 멀리하고 싶고 회피하며 두려워하는 게 사람의 마음이다.

죽음을 두려워하는 이유에 대해 성자나 도인들은 인간의 나약한 본성과 죽음의 본질에 대한 무지한 탓이라고들 말한다.

하지만 죽음의 본질을 알게 되면 도리어 죽음 앞에서 태연하게 되고 아무런 거리낌 없이 받아들이게 된다는 것이 임종 직전 환자들의 한결같은 말이다.

죽음을 직접적으로 경험해보지는 못하더라도 죽음이라는 진정한 의미에 대해 곰곰이 생각해 볼 수 있도록 해주는 것이 티베트 불교의 가르침이다. 이 같은 티베트 불교의 지혜가 담긴 『티베트 사자의 서』에 이 웃음에 대한 해답이 들어 있다. 이 사자의 서는 티베트 불교 최고의 경전인데, 티베트 사람들에게 제2의 부처님으로 추앙받고 있는 파드마삼바바의 가르침을 기록한 책이다. 파드마삼바바는 '연꽃에서 태어난 사람'이라는 뜻이라고 하는데, 이 『티베트 사자의 서』는 파드마삼바바가 살아 있는 몸으로 죽음과 환생 사이, 곧 '바르도'를 여행하고 돌아와 죽음과 죽음 뒤의 세계 모습을 상세하게 묘사한 것이다.

죽음은 다만 평화로운 마침표를 넘어서는 삶의 완성이자, 깨달음의 도약대인 것을 설명하고 있다. 이 책을 통해서 죽음의 길은 역설적으로 어떻게 살 것인가 하는 삶의 문제임을 깨닫게 된다.

파드마삼바바는 티베트에 머물며 많은 제자를 가르쳤고 아울러 많은 경전을 집필하기도 했다. 하지만 그는 그 경전을 오랫동안 세상에 내놓지 않았고, 그 가운데 대부분을 바위틈이나 동굴에 숨기는 등 방치해 버렸다.

티베트에서는 사람이 죽은 후에 49일 동안 눈 부신 빛이나 무서운 형상의 붓다와 수많은 신을 만나는 시험을 거쳐 해탈과 윤회의 갈림길에 선다고 믿는다.

이때 스승이나 가족이 이 『티베트 사자의 서』를 읽어주면 망자의 영가는 이를 듣는 것만으로도 두려움을 이기고 깨달음을 얻을 수 있다고 한다.

이 책이 처음으로 세상에 모습을 드러낸 것은 60년이 지난 14세기 무렵이다. 바위틈에 아무렇게나 쑤셔 넣은 글들을 1920년대에 영국 옥스퍼드 대학의 에번츠 박사가 영어로 책을 펴내어 세상에 널리 알려졌다. 티베트에서도 이 책을 티베트어로 발간하여 가장 소중한 경전으로 여기고 있다.

이처럼 소중한 책임에도 이 경전은 암호나 다를 바 없다고 할 만큼 난삽하다. 탄트라의 수행과정을 체험으로 접근해야만 가까스로 그 내용을 조금 이해할 수 있을 만큼 난해하기 때문에 일찍이 심리학의 대가 구스타프 융은 예사 사람들은 그 의미를 읽어낼 수 없는 '닫힌 책'이라고 혹평하기도 했다.

최근에는 자세한 주해나 도표와 그림을 곁들인 쉽게 이해를 돕는 책들이 출간되어 진정한 피안의 '여행 지도'이며, 삶과 죽음에 대한 근원적인 통찰을 유도한다. 우리의 영혼을 더 높은 차원으로 이끌어 줄 뿐만이 아니라 우리가 어떻게 살아야 하는가를 알려주는 지침서로서 죽음을 편안히 맞이할 수 있는 양서다.

그렇다면 살아 있는 동안 과연 어떤 삶이 더 행복한 것일까…….

인간이 삶의 사막을 벗어날 길은 과연 없을까…….

나는 스스로 삶을 흔들어보며 연거푸 무거운 질문을 던지고 또 던져본다. 그리고 내린 결론은 「지지 않는 꽃은 꽃이 아니다」이다.

다시금 '웰 다잉'을 다짐하면서 어제의 나를 버리고 새삼 마음을 비우는 일부터 시작해야겠다.

밝은 불안감 속에 美를 찾아

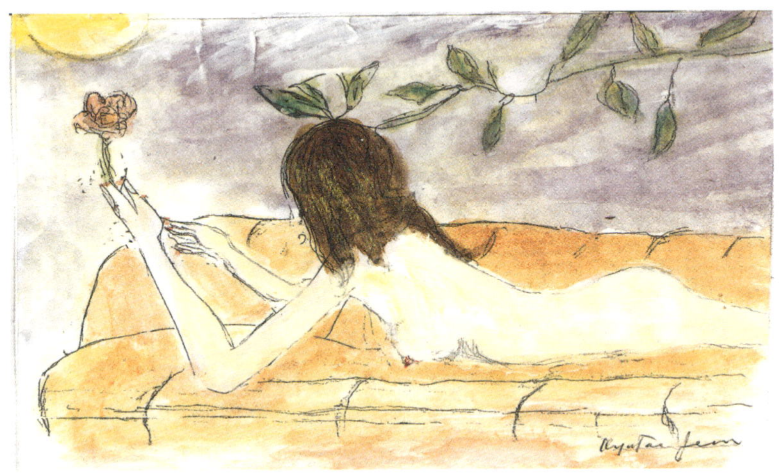

없음에서 없음을 찾아

60여 년의 문단 생활을 하는 동안 내겐 숱한 별명이 붙여져 왔다. '팔방미인' 이니 '떠돌이' 이니…… 하고. 요즘에는 '전 삿갓' 이라고 부르는 친구들도 많다. 딴은 내가 여행을 좋아하고 기행시를 곧잘 쓰고, 풍류를 좋아하기도 하니 그럴듯한 별명이긴 하다. 더군다나 귀국하자마자 「너를 사랑해도 되겠니」 하는 세계 여행 시화집을 상재하기도 했으니 말이다. 유행가 가사 같은 이 책 제목은 내가 붙인 게 아니라 오랜만에 돌아왔으니 세상에, 특히 문단에 신고하는 심정으로 시집을 내주겠다는 출판사 친구의 우정 출판으로 햇빛을 보게 된 것이기에 제목은 출판사에서 정하도록 맡기었던 것이 큰 실수였다.

하지만 제목 덕(?)인지 시화집은 제법 팔렸고, 까세(cachet) 육필시화집의 실마리가 되기도 했으며, 그 출판기념회 때 여러 오해나 의문이 풀리는 계기가 되기도 했다. 그 오해의 하나만 든다면, 귀국 직후 어느 문예지의 '루머' 주인공 역시 내가 잠적한 직후에 줄곧 문단에 나타나지 않았고, 지금도 행방이 묘연하다는 것이다. '까마귀 날자, 배 떨어지는(烏飛梨落)'이 된 셈인데, 출판기념회에 그녀가 나타나지 않아 아름다운 루머의 하나는 잠재울 수가 있게 된 것이다. 그 후에도 잡지사 주간이 찾아와 시화집 제목의 '너'는 '그녀'가 아니냐는 등 여러 가지 유도질문을 하기도 했는데, 그 기자에게도 얘기했지만, 요즘의 내 삶은 내 의지와는 관계없이 뭔가의 흐름에 따라 흘러가고 있는 듯만 싶다.

나는 귀국 후에도 떠돌이 생활을 하고 있다. 어느 시인은 나를 떠돌이 '별'이라고 노래하기도 했는데, 이제 나도 그만 정착하고 싶다. 안정된 삶을 누리고 싶다. 나는 그동안 만해마을이나 토지문학관 그리고 산사 등 심산궁곡을 두루 다녔다. 으레 "니 뭣고?"라는 화두를 스님들로부터 곧잘 받곤 했다. 대학교수 생활을 오래 했으니까 학자이고 평론활동도 했지만, 시도 소설도 썼으며, 이제는 그림까지 그리고 있으니 무엇이 전공인지……. 가위 "팔방미인"이다. 그러니 이런 화두를 깊이 생각해 봄직도 하다.

벗고 싶지 않은 안경

활동을 호의적으로 보는 이도 물론 있다. '학문 사이를 뛰어넘기(學際的)'이니 '퓨전예술(藝際的)'이니 하기도 하고 '선구적'이라고 칭찬해 주기도 한다. 못마땅하게 여기는 쪽이 더 많겠지만, 그런 나를 후회하지도 않고, 이런 나의 걸어왔던 길을 포기하고 싶지도 않다.

포기한다면 내가 써왔던 "검은 안경"이란 비유를 사용해서 말한다면 매우 모호하고 부정확한 전달 밖에 할 수 없겠지만, 지금은 그런 편이 더 나을 듯도 싶다. "검은 안경"의 효용은 몇 가지를 들 수 있겠는데, 그 하나는 자신의 표정은 물론 생각을 감출 수 있다는 점이다. 이 경우 내 표정을 감춘다고 하는 것은 심리적으로 보면 세상으로부터 나를 감추고 싶다는 생각이 있기 때문이다.

그 두 번째 효용은 검은 안경을 통해 세상을 바라보면 눈부시지도 않고 어지럽지도 않으며 세상사나 사람들, 특히 괴로운 일을 외면하기 쉬우며 불똥을 면할 수도 있다는 생각이다. 셋째로는 안경으로 자신을 감추며 세상사나 사람들을 눈여겨보거나 몰래 훔쳐볼 수 있

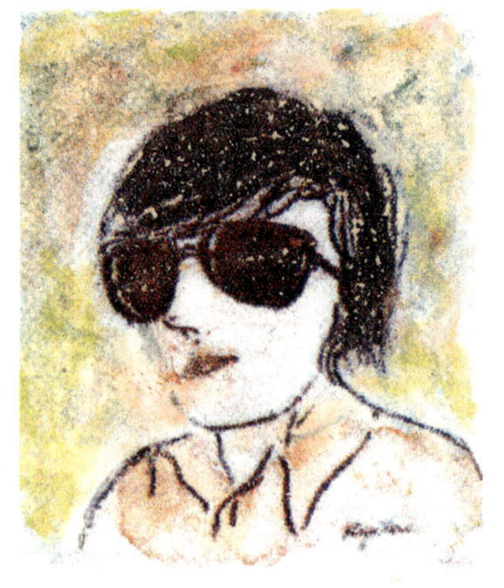

다는 점이다. 더군다나 그 거대한 눈의 중심을, 눈동자를 갖지 않은 채로 ("노출하지 않은 채로"라고 말하는 쪽이 정확할 것이다) 자유롭게 볼 수 있다는 편안함이다. 그런가 하면 상대방은 동공이 안 보이기 때문에 안정감을 잃기도 하고 불안해 질 수도 있다.

그리고 보니, 내가 안정감을 찾기 위해 쓴 검은 안경이 실은 남을 불안정하게 만드는 원인이 되기도 하는 결과를 가져오게 된다는 것은 어찌 보면 아이러니이기도 하다.

그러면서 다시 선광사의 토우의 눈을 생각해본다. 왕방울 눈의 토우도 있지만 움푹 팬 눈도 적지 않다. 얼핏 보기엔 눈 같지도 않다. 다만, 패인 채 눈 바깥쪽만이 남아 있어 안쪽은 다만 동공일 뿐, 눈이라고 할 수도 없다. 이런 눈은 맹인 눈도 아니고 그렇다고 사망한 인간의 눈 같지도 않은 눈이 어쨌든 보고 있는 것으로 느껴진다.

동공 속에서 아무런 빛이 비쳐 나오지도 않는데, 동공이 빛나는 듯 착각하기도 한다. 자연과학적으로 말한다면 없는 것은 분명히 없는데, 그렇지 않은 작용을 하는 어떤 힘이 이 세상에는 존재한다. 상상력 또는 구상력 탓이라고 해야 할까…….

여기에 없는 것으로 말미암아 여기에 없는 것을 떠올리는 그런 구상력이 인간에겐 분명히 있는 듯싶다. 그 옛날엔 지체 높은 사람이 죽게 되면 측근의 사람들을 산채로 합장하는 유습이 있었다. 그로부터 한참 후대에 이르러서는 그 모조품을 대신 합장했다. 그런 모조품은 실물과 거의 비슷하지만 다리, 허벅지 등

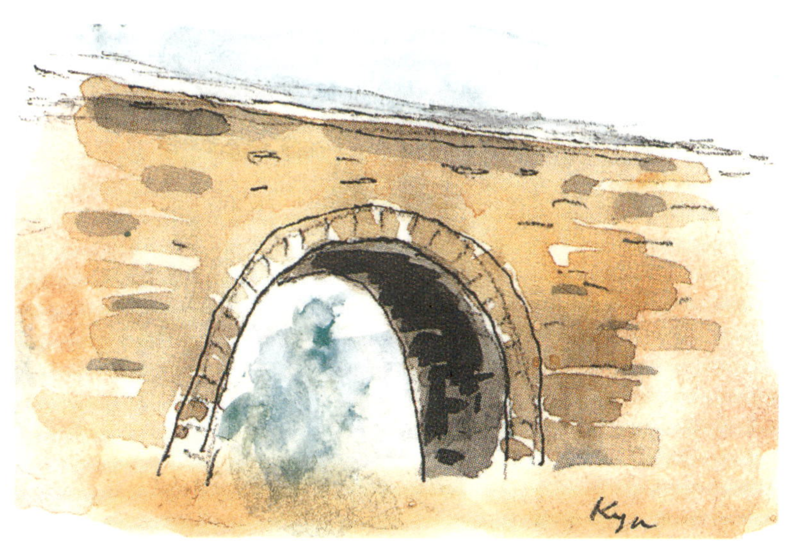

여러 부위 간의 상관관계는 토우엔 없다.

이런 시체의 모조품을 합장하는 이유는 무엇이었을까……. 지체 높은 사람을 시중하게 하기 위해서였다고 한다. 즉 옛사람들은 죽은 다음의 세계가 있다고 믿었던 것이다. 저승길은 험난하므로 살아 있는 사람의 기원과 도움이 필요하다고 믿었던 것이다. 그렇다고 산자가 동행하는 유습은 너무 잔인하고, 그래서 모조품이 고안되었으리라.

이런 인형은 물론 저승길에서 수족을 움직인다는 것이다. 즉 살아 있는 시체이다. 그러니까 그 눈 같잖은 눈도 보고 있다고 봐야 한다. 무엇을 볼까……. 물론 험난하고 머나먼 저승길일 것이다. 그리고 주인공이 부르면 그쪽은 봐야 할 것이다. 그래야만 주인을 안심시킬 수 있으니 말이다.

먼 옛날에 제작된 이런 토우나 인형들이 후대에 발굴되어 박물관에 전시되고 형광등에 조명되면 벌써 무덤 속의 칠흑 같은 어둠은 사라진다. 그런데도 우리는 그런 토우를 보며 어떤 감동 같은 것을 느낀다. 왜 그럴까……. 아마도 그 토우가 살아 있는 시체라는 선입견(?) 탓이 아닐까……. 그런 눈을 볼 때 뭔가 혹란(惑亂)과 불안 같은 것을 느끼게 된다. 그리고 놀라움 같은 감정도 아마 있을 것이다.

그 눈의 공동은 넓지도 깊지도 않다. 시선을 흡입하고 작동할 공간이 없는 데도 그런 느낌이 이는 것은 비물리직이고 정신적인 게 아닐까. 그런데 참 이상하다고 느꼈다면 그게 바로 예술, 또는 포멀리즘이라고 부를 수도 있지 않을까……. 이런 자못 엉뚱한 생각도 해보게 된다.

얼핏 보는 듯 보지 않는 시선, 그런 시선은 일찍이 내가 이미 경험했던(혹은 느꼈던) 시선 같기도 하다. 그건 내 어머니의 시선이 아니었든가 하는 생각도 문득 든다. 결혼한 지 채 1년도 안 되어 남편을 잃은 어머니의 그 서글픈 눈매를 나는 지금 아스라이 기억하고 있다.

아버지를 너무나 빼닮은 나를 바라보실 때의 눈길이 바로 보는 듯, 보지 않는 듯한 시선이었다. 이는 가까이에 있는 나를 보시기보다 더 멀리를 아스라이 내다보는 그런 시선이라고나 할까. 어머니는 벌써 돌아가셨고, 이미 80년 가까이나 지난 까마득히 잊힌 시선이지만 내 기억의 밑바닥엔 그 흔적이 상흔으로 남아 있었던 것이 아닐까…….

내게 다정한 시선을 던지시다가 순간 동공에 어둠이 깔리고,

그 암운 같은 것이 동공 속에 응결되는……, 기억 저편의 그리움이 되살아난다고나 할까.

다시 지체 높은 이의 매장품에 대해 또 생각해 보게 된다. 죽은 이가 저승에서 잘, 편안히 잘 살아가기 위해 합장 된 것들, 죽은 이가 저승에서 잘 살아가야 한다? 이건 전혀 불가능한 것이며 모순인데……. 그런데 애써 살려고 한다? 그런 지난한 일을 궁리하고 괴로워하다가 끝내 찾아내는 게 어쩌면 예술? 아니 꼭 예술은 아니더라도 뭐라 할까……. 예술의 원형 같다는 생각을 애써 해 보게도 된다. 그리고 외교관이 꿈이었던 나를 아무 분야라도 좋으니 예술인이 되기를 바랐던 어머니를 또 떠올리게 된다.

사람이 어려운 처지에 이르렀을 때, 특히 극한 상황에 처했을 때 어쩔 수 없이, 그리고 어떻게 든 표현하고 싶어진다. 소리를 지르거나, 몸부림치거나 뭔가에 몰두하기도 한다. 어머니는 기댈 언덕 없이 살아야 할 내 장래를 생각하며 왜 예술가 되기를 희망하셨을까? 그리고 엉뚱하게 다시 토우의 고안이 막다른 골목에서의 소산일까……, 하는 생각으로 뒤바뀌게 되면서 다시 나로 되돌아오게 된다. "니 뭣고?" 도대체 알 듯 알 수 없는 나…… 그러면서 혼자서 중얼거려 본다. "……그러니까 나는 검은 안경을 써보려 드는 거지……."

검은 안경을 쓰고 불타오르는 아름다운 저녁노을을 본다고 하자. 그러면 거기에는 타오르는 듯한 붉은 노을을 삼키기라도 할 듯이 검은 소용돌이 어둠 속의 파도라고나 할까. 얼핏 정지된 듯하면서 동시에 꿈틀거리고 있는 대기 속의 눈망울 같은 것의 운동도 보이리라. 이런 상상을 하면서 나는 곧잘 이렇게 '안구(眼球)의 로맨티시즘'에 젖곤 한다. 이런 감상은 과연 언제까지 이어질는지……

'하리 큐'를 생각하며

나는 어린 시설부터 시나간 일을 돌이켜 생각해 보기를 즐겨했고, 또한 화사한 꿈 꾸기를 좋아했다. 그리고 수집벽이 남달라 뭐든 꼼꼼히 챙기기를 좋아하기도 했다. 그런데 재난 이후 이런 습벽이 바뀌었다. 오늘을 위해 살고, 되도록 소유하지 말고 살기로 마음을 다지게 되었다.

딴은 꼭 이렇게 다져진 것만도 아니다. 그저 그렇게 다져진 양, 제법 수행이 된 양 자족하고 있는 것만 같기도 하다. "다 놓아버렸다"라고 입으로는 말하면서도 아직 소유욕을 버리지 못한 것 같다. 자서전을 쓴다는 것도 어쩌면 그런 맥락에서 보면 과욕이 아닐까 하는 생각도 든다. '무소유'로 이름을 떨쳤던 법정 스님의 유언에 따라 『무소유』 등 그동안에 남겼던 책을 거둔다는 소식을 접하면서 그런 자괴감을 느낀다.

불교에서 말하는 소유의 역리(逆理)란 "다 버리면 모두 얻는다"라는 이치이다. 스님의 많은 저서는 그농안 많은 사람을 세도하고 지나친 욕심들을 자제하는데 크게 도움을 준 명저들인데…… 부처님이 열반하실 때 "나는 한 번도 설한 바가 없다"라고 하셨다는데, 그렇다면 『팔만대장경』은 다 무엇인가……. 아마도 말이나 문자 자체에 구태여 얽매이지 말라는 경계일 것이다. 하지만 "마음의 양식인 책을 남긴다는 것은 인류사회의 발전에 요긴한 것인데……." 하는 생각도 버리기가 어렵다.

지난날의 추억이나 미래에 대한 기대 또한 삶의 윤활유가 아닐까. 내가 그동안 집착을 버리고 둔감하게 살았던 것이 암을 이겨내는 힘이었다고 말하곤 하지만, 사람이 이 세상을 살아가는 데 있어 무감동함은 일종의 생의 정지상태가 아닐까 하는 생각도 이따금 들곤 한다. 요즘의 이런 교차하는 착잡한 심정을 나는 어느 시에서 '밝은 불안감'이라고 표현하였다.

부처님의 마지막 말씀이 가치의 다원화 문제를 새삼 또 생각하게 된다. 부처님이 열반하신 후 이제는 인간이 부처님에 대신하여 가치의 기준과 원칙이 된 셈이다.

따라서 오늘날에서 가치의 다원화 문제도 생각해 보게 된다. 이는 인간 삶의 가능성에 대한 복잡성을 의미하게도 된다. 생각이 여기까지 미치게 되면 인간이라고 하는 주체가 쏙 빠져버리는 것만 같아진다. 일상과 관련해서 표현한다면 "우리는 분명히 살고 있다"라고 하겠지만, 여기에서 '우리'라는 주어가 빠져버리고 "분명히 살고 있다"일 뿐이다. 이런 때 어떤 반응이 있어야만 우리는 존재하는 셈이다. 반응이 없다면 그건 마치 무중력 공간에서의 존재의 부유감(浮遊感)같은 것이라고나 할까……. 내가 아까 시로 다루었다는 '밝은 불안감'과도 일맥상통하는 감정이라고 하겠다.

이 같은 '부유감'과 '불안감'은 왜 어디서 오는 것일까…….
시계라면 그 고장의 원인을 알게 될 때 곧 수리할 수가 있다. 하지만 인간은 결코 기계가 아니므로 별도의 방향으로 고장 수리를 꾀해야 할 것이다. 가령 중국의 '하리 큐'가 대단한 효능을 발휘하여 서양의학의 심장이식수술을 대체하고 있다는데 그런 신비스러움 같은 약이 내게도 처방된다면 얼마나 좋을까.

대수술 후 주치의는 내가 와병 중에도 병실에서 늘 메모하던 만년필을 돌연 수거하더니 앞으로는 글을 더는 쓰시 말라고 신신당부했다. 그 대신 화필(畵筆)은 들어도 무방하다고 했던 얘기를 몇 번 되풀이했다. 그때 사뭇 불안해졌다가 밝음을 찾았던 기억이 떠오른다. 지금 생각하면 '하리 큐'에 해당하는 비법, 또는 비약이 아니었을까 하는 생각도 든다. 즉 내 어려운 병을 고친 것은 그림 그리기 곧 '美'를 찾는 일이었던 것이다.

세계적인 미술평론가인 영국의 허버드 리드는 "아름다움만큼 규정하기 어려운 것이다"라고 말했는데, 이는 '관념적으로 말하더라도 미란 전달하기 어렵다'라는 뜻이겠다. 그러니까 이에 대해서는 될 수 있으면 구체적으로 말해볼 필요가 있겠는데, 좀 멍청한 상태에 있는 요즘의 나로서는 사뭇 어려운 일일 것도 같다. 요즘 나는 곧잘 넘어지기도 하고 품 속의 지갑을 도난당하기도 하고 가까운 사람의 이름도 곧잘 잊어버리곤 한다. 하지만 굳이 구체적으로 생각을 더듬기 위해 프랑스의 대소설가였던 스탕달이 제시한 규정을 우선 원용해야겠다.

"이름다움이란 행복의 약속이다"라는 말을……

행복에의 약속이란 꼭 살아 있다는 반응은 아니라 하더라도 반응 같은 것을 느끼고 있다는 뜻이기도 하니 말이다.

세계 10대 소설의 하나이기도 한 그의 『赤과 黑』이다. 『파름의 승원』의 말미에는 으레 "불행한 소수자를 위하여"라는 구절이 눈에 띈다. 본인 스스로 불행의 밑바닥에서 헤매어 본 쓰라린 경험이 있었기 때문에 그런 연민의 정이 남달랐을 것이다. 그는 그런 때에 "나는 없다"라는 생각을 하곤 했다. 그래서 죽음을 앞두고 스스로 묘비명에 "태어났다. 사랑했다. 글을 썼다"를 자기 자신이 정해놓고 이를 새겨 넣어 달라고 유언을 했던 것이다. 이는 스탕달이 죽기 전에야 '나는 살아 있다는 반응을 보이고 있다'라고 생각한 게 아닐까……, 그래서 비로소 "미란 행복의 약속"이라는 결론을 내렸다고 보아야 하지 않을까…….

그렇다면 '우리' 또는 '나'를 잃어버린 상황에서 제일의 문제는 그 약속이란 무엇이며, 어떻게 하면 그 약속을 손에 넣을 수 있을 것인가를 골똘히 생각해보아야 하지 않을까. 밝은 불안감이라고 앞에서 말했지만, 불안감은 역시 불안한 것이니 말이다. 하지만 먼동이 트기 직전의 새벽이 가장 어둡다는 말을 나는 늘 잊지 않고 있다.

빛과 그늘은 언제나 서로 짝지어져 있다.
그런 탓으로 허물도 있게 마련이지만
안으로 비추는 빛깔은 밖의 어둠을 밝혀준다.
이를 끈질기게 희구하면 곧 영혼의 평안을 얻으리니……

흐르는 꿈의 파편

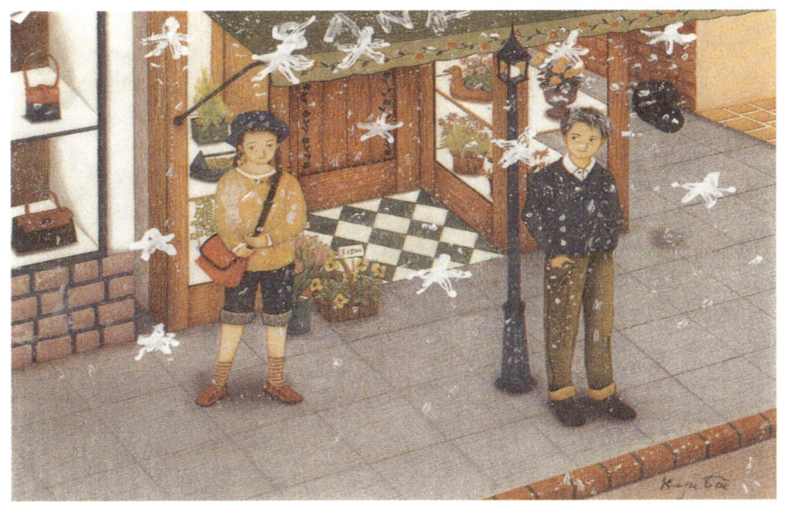

별이 총총한 밤에

2학년 때의 일이라고 기억된다. 나는 짝꿍인 순이 등 친구들과 함께 지리산 노고단에서 하룻밤을 보낸 적이 있었다. 왠지 잠이 오지를 않아 천막 바깥으로 나왔다. 싱그러운 풀내음 가득한 언덕에 서서 나는 심호흡을 하려고 손을 들어 올렸는데, 갑자기 눈앞의 어둠이 얼음처럼 파래짐을 느꼈다.

별이 하도 총총하고 커 보여서 금방이라도 우수수 쏟아질 것만 같았다. 숨이 몹시 가빠져서 심호흡하고 다시 우러러보았다. 그 순간 안개라고나 할까, 아니 좀 더 정확하게 표현한다면 푸른 빛의 연막이라고나 할까…….

그렇게 생각했던 순간 사각사각 소리를 내면서 그 빛 안개의 푸르른 낱알 하나하나가 마치 흐르는 꿈의 파편처럼 반짝거리면서 나를 엄습해와 몸속을 꿰뚫고 지나가는 듯했다.

그 순간 나는 지그시 눈을 감았다. 그러자 감았던 눈 속의 어둠이 금세 밝아지면서 그 낱알들이 눈사태처럼 무너져 내리는 듯했다.

몇 초 뒤에 나는 정신이 말똥해지는 것 같았다. 눈앞도, 눈 위도, 발밑도 밤하늘이었다. 그런 밤하늘 가득히 별이 총총했다. 그러니까 나는 상하좌우로 별에 둘러싸여 있었던 셈이다.

손을 저어보았다. 손바닥이 파르스름하게 물들어 가는 듯했다. 젖은 볕살이 직진하는 듯도 했다.

'별이 침투해 왔다' —이렇게 표현해야 할까. 생전 처음 맛본, 그리고 그 후 지금껏 한 번도 느껴보지 못한 경험이었다. 지금 돌이켜보면 환각(幻覺)도 섞여 있었으리라고 여겨진다. 그렇지만 별빛으로 내 몸이 꿰뚫렸었다는 감각은 지금도 생생하다. 이런 느낌은 일상성의 굴레 속에 있는 한, 도저히 감지할 수 없는 감각이다.

산다는 아픔

앞에서도 말했지만 나는 실의 끝에 단신 호주에 건너가 대학 캠퍼스 안의 기숙사에서 얼마 동안 생활한 적이 있었다. (1년 후

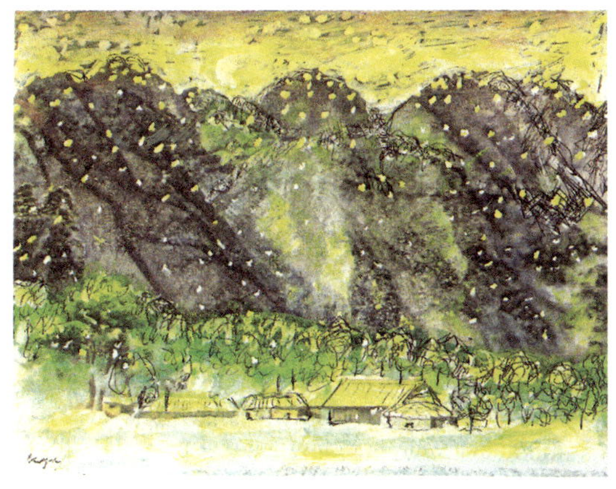

가족을 데려올 때까지) 그 무렵 나는 산다는 일에 지쳐 있었다. 늘 초췌해 있었다. 그럴수록 나는 더욱 철저해지고 싶었던 것 같다.

고난은 시련의 길, 참고 견디는 시련의 길이라고 마음을 고쳐먹었다. 고난은 분명히 억제를 가르쳐 주는 것 같다. 괴로움이 마음을 비뚤어지게 하지 않는 한, 그것은 한결 더 인간에게 깊이를 더해 주는 계기가 되지도 않을까.

기숙사 옥상 난간에서의 잠자리가 또 떠오른다. 그때 내 눈망울에 비친 것은 밤하늘뿐이었다. 나를 비웃듯 중천에 높이 떠 있기도 했다. 검은 구름만이 괴물처럼 흘러가고 있기도 했다. 어떤 때는 하늘이 짙푸른 호수처럼 보이기도 했고, 또 어떤 때는 밤하늘이 기총소사를 받은 양철지붕처럼 보이기도 했다.

옥상 난간에서 깨어났을 때 온몸에 찬물을 끼얹은 듯 오싹해지면서 의식이 또렷해졌으나 성큼 난간에서 내려오지 못했다.

절대적인 것의 추구

이처럼 밤하늘을 향해 환히 열린 것은 내 눈만이 아니었다. 내 온몸의 '세포의 눈'도 또한 무심히 열려 있었다. 허탈감과 해방감이 버무려져 몸과 마음이 녹아드는 것 같은 그런 기분이었다. 그리고 녹아난 몸은 다시금 무엇인가에 의해 씻겨지고 있는 듯도 했다. 행복감과 비애감이 얼 섞여 몸속에 스며들었다. 나는 그 무렵 이런 시를 썼다.

> 흡인력 없는 그 검푸른 공간에는
> 다만 거절이 있을 뿐
> 냉엄한 칠흑의 베일처럼
> 심야의 바다처럼
> 깊은 세계로부터 거절뿐
>
> 일몰(日沒) 뒤의 하늘처럼
> 퍼져 들어가는 세계로부터의
> 거절이 있을 뿐
>
> 이때 나라는 성(城)은 무너지고
> 미립자로 흩날리면서
> 검고 푸른 세계로 분해되어
> 낙하 된다
>
>   – 졸시 「낙하」 중에서

호주 캔베라 시절의 내 심정의 일단이 그런대로 잘 나타나 있는 시이다. 그때 이후 내가 온몸으로 추구한 것은 한마디로 말한다면 상대적인 것이 아닌 ‘절대적인 것’이었다. 일상적인 욕구를 초월한 것, 습관적인 것이 아닌 영원한 것, 개별적인 것이 아닌 보편적인 것, 지상적인 것보다는 우주적인 것—글로 표현한다면 이렇게밖에 나타낼 도리가 없을 것 같다.

그렇다고 글로 파악해 보았댔자 ‘절대’는 아무 소용이 없다. 상대(인간)와 절대가 함께 되고자 하지만 모순된 듯, 배리(背理)인 듯도 싶었다.

그때 나는 이 세상에서 어떤 의미를 추구하고 있었던 것 같다. 하지만 아무것도 찾지는 못했었다. 산다는 것이 무의미한 것이라면 자살을 감행해야 할 텐데 그러지도 못했다. 그런 내가 죄스럽기도 했다.

잠깐이었지만 밤하늘에 몸을 내던졌을 때의 나는 한마디로 센티멘털리즘 속에 떠 있었던 것이다. 이제 그 무렵의 실정을 조금 다듬어서 표현한다면 “그야말로 이전투구(泥田鬪狗)의 이 세상 싸움에서 더는 붕괴하고 싶지 않았다. 차라리 밤하늘 속에 빨려들고 싶었다. 그때 옥상에서 추락했다 해도 그 추락은 밤하늘의 추락에 불과하다”라는 것이었다.

네바 강 가의 키스

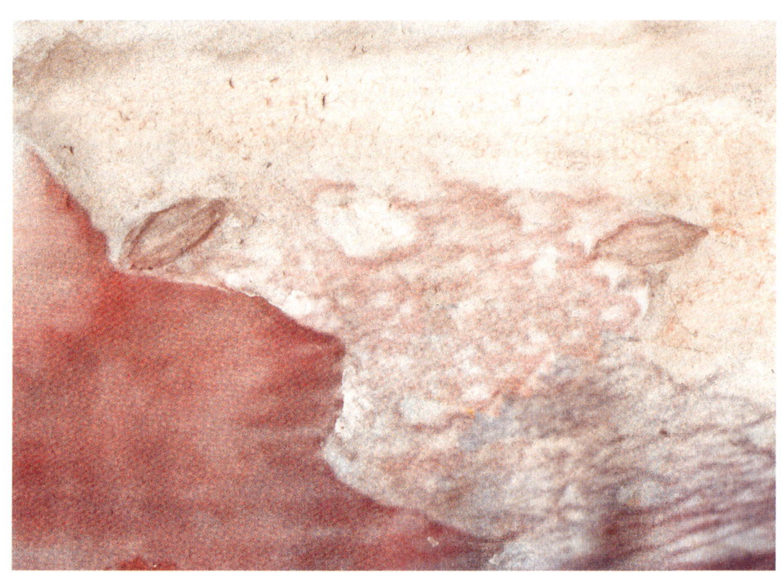

'나'를 보는 시각

요즘 나는 나를 정리하고 있다. 정호승 시인이 노래한 것처럼 내 '뒷모습에 깔리는 노을'이 아름다운 노을로 남았으면 하고……

십여 년 전 모든 것을 버리고 떠났지만 이제 책과 나에 관한 자료 등을 다시 모으기도 하고 버릴 것은 아낌없이 버리고 있다. 어렵사리 모은 묵은 자료를 정리하다 문득 옛소련 공산주의가 극에 달했던 시절에 여행하면서 찍은 사진과 자료들을 찾아냈다. 그 가운데 김소엽 시인이 쓴 여행기를 발견했다. 그 가운데

여행 당시의 나를 묘사한 소중한 대목을 발견했다.

"전 교수는 남편과 같은 직장 동료(연세대) 동료였고 그와 얼굴 모습이 너무나 흡사하다고 느꼈지만 별로 친교가 없었다. 남편이 떠난 후 그 슬픔을 달래기 위해 시를 썼고, 그러다가 문단에 등단했을 때 전숙희 선생이 어느 시상식에서 전 교수를 '장래가 촉망되는 평론가'이니 잘 모시라고 나를 소개했다. 인사동 D 화랑에서 열렸던 명사 초대 회원전에서 조병화 시인은 전시인도 화가라고 알려주었다. 이처럼 여러 호칭에도 내가 굳이 그를 박사라고 호칭하는 것은 소련 여행을 함께한 뒤부터다. 그는 박학하면서 언제나 겸손하고 온유하게 서두름이 없이 그렇게 자기 자리를 성실히 지키며 황소처럼 항상 무엇인가를 찾아 열심히 살아가고 있는 사람이었다. 그는 문단 정치하고도 멀리 있었고, 세상의 명예나 권력과는 사뭇 다른 초연한 모습으로 욕심 없이 자기 할 일만 철저히 하는 사람이라고 문단의 한 선배가 귀띔을 해 주기도 했다.

나는 이 정도의 그에 관한 인상과 정보를 가지고 참 좋은 사람이 문단에 있다는 것만으로도 마음 든든히 생각하며 별다른 교분 없이 또 오륙 년을 지나게 되었다.

소련 여행 중 그는 거의 말없이 혼자서 뒷자리에 앉아 창밖을 보며 열심히 풍물을 감상하면서 사진 기자들이나 가지고 다님직한 큰 사진기로 꼼꼼히 사진을 찍고 틈틈이 무엇인가를 메모하기에 골몰해 있었다. 문우들과 담소하는 데에도 거의 끼어들지 않고 어쩌다 눈이 마주치게 되면 어린아이와 같은 천진난만한 웃음을 쑥스러운 듯이 웃어주는 것이 그가 표현한 호의의 전부였다.

우리 일행은 그때만 하더라도 「닥터 지바고」라는 영화를 통해 소련 풍경을 얼핏 보았을 뿐 소련과 정상적인 국교도 수립되지 않았던 터라 혼자서는 밖에도 나갈 수 없는, 약간의 불안과 공포가 우리를 긴장시켰다. 레닌그라드의 밤이 깊어가고 있는데, 그는 갑자기 우리 일행 몇 사람과 시가지를 구경하자는 제안을 해왔다. 우리 일행 네 명은 마차도 타고 택시도 타면서 시가를 돌고 네바 강 가로 나갔다.

네바 강은 강이 아니라 바다(정확하게 말하면 入江)였다. 그 바다 위에 달빛이 부서지고 있고, 멀리 여객선에서 비치는 불빛

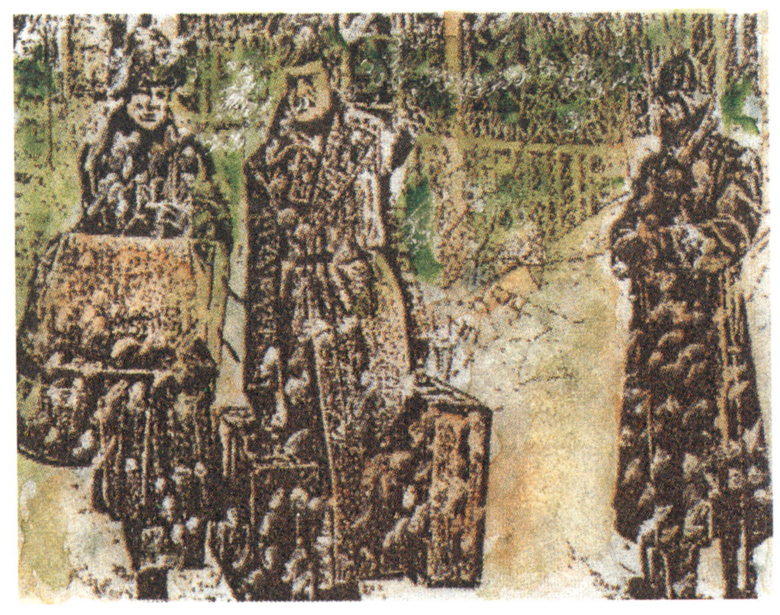

이 강의 정취를 더욱 아름답게 해주었으므로 우리는 갑자기 향수에 젖었다. 바로 그때 어디서인지 미성의 바리톤의 "내 고향 남쪽 바다……"가 흘러나오고 있었다. 우리는 모두 즐기면서 있었는데 북구의 미녀가 갑자기 달려들어 전 박사의 목을 두 손으로 꼬옥 휘감고 키스를 퍼붓는 해프닝이 연출되기도 하여 영원히 잊을 수 없는 밤이 되게 하였다. 나는 이런 해프닝이 있었던 후로 그를 빼어난 가수라고 생각하게 되었다"

이 여행기가 귀국 후 「네바 강 가의 키스」라는 제목으로 잡지에 발표되자 나는 한동안 으레 문단 모임의 화제에서 그럴싸한 놀림감이 되기도 했다. 하지만, 그런 빈정거림도 마냥 즐거웠고, 이제는 아름다운 추억거리이기도 하다.

파스테르나크의 원작을 영화화한 『닥터 지바고』에서 감명 깊었던 정경을 카메라에 담느라 여념이 없었던 나그넷길이 새삼 그리워진다. 오마 샤리프와 줄리 크리스티 주연의 영화 장면이 또한 문득 그리움으로 다가오기도 한다.

그 당시 소련에서는 열일곱 살이나 열여덟 살이 되고도 연인이 없으면 이상하다고들 말한다. 레닌그라드 네바 강 가에 가보면 10대의 연인들이 남의 눈을 전혀 아랑곳하지 않고 키스나 포옹 정도가 아니라 진한 연애를 서슴지 않고 하고들 있다.

어느 날 저녁 나는 김소엽, 나연숙, 이건숙 씨 등 동행했던 여류 문인들과 번갈아 가며 노래를 부르고 있었다.

샴페인 터트리는 소리를 듣고는 10대 젊은 연인들이 쌍쌍으로 우리 곁에 몰려들었다. 때마침 내가 「가고파」를 부르고 있었는데 내 노래가 끝나기가 무섭게 한 아가씨가 달려들어(그렇게 표현하는 것이 적절할 것이다) 꼬옥 껴안고 내 입에 깊은 키스를 해주었다. 물론 옆에 그의 연인이 서 있었는데, 그도 조금은 겸연쩍어 보였지만 손뼉을 쳐 주었다. 나만이 아니라 이날 우리 일행은 10대 러시아 젊은이들의 대담성에 새삼스레 놀랐다.

푸시킨이 권한 잔치

소련 젊은이들은 우선 좋은 연인을 갖는 것이 중요하지만, 그와 못지않게 물질적 풍요로움과 서방국에 대한 관심이 많다. 레닌그라드 시내 안내를 해 주었던 레닌그라드 대학교 영어 영문학과 학생인 레나 양은, "어떤 배우자를 원하느냐?"라는 내 질문에 서슴지 않고 "백마를 타고 오는 귀공자 같은 남자!"라고 대답했다.

"혹 내가 백마를 타고 와도 가능하겠느냐?" 농담을 했더니, 레나는 "백마가 얼마나 비싼 말인지 아세요?" 하고 웃으면서 받아넘겼다. 이 여대생의 이런 생각은 비록 조크로 말한 것이긴 하지만 그 당시 소련 젊은이들의 심정을 잘 드러내고 있어 보인다.

레닌그라드(지금은 상트페테르부르크라고 부름)를 관류하여 핀란드 만으로 흐르는 낭만의 네바 강 하류는 강폭이 340~600미터나 되며 그 강반(江畔)은 검붉은 화강암으로 다듬어졌고 그 위에 아름다운 철책이 실루엣을 이루면서 길게 뻗어 있다.

북위 60도에 자리한 레닌그라드의 여름밤은 언제까지나 해가

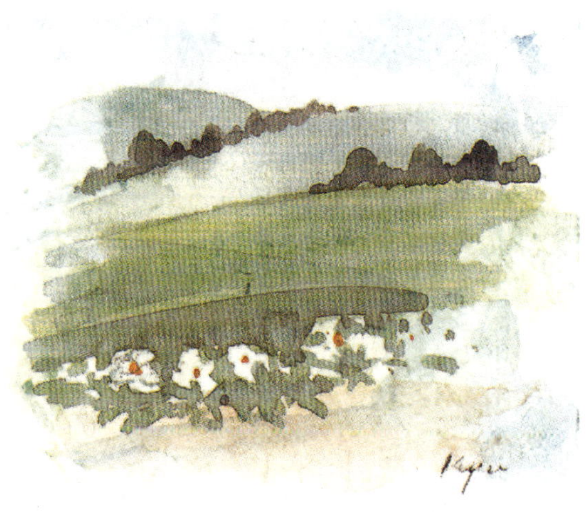

저물 줄 모르는 백야(白夜)가 계속된다. 백야 속에 네바 강 가를 거닐면 누구나 이 아름다운 '물의 도시' '역사의 앙금'이 서린 도시에 매료되어 꿈속에 잠기듯 낭만에 젖게 된다. 강변에는 이 도시를 상징하는 기마상이 있는데, 이는 이 도시의 이름이기도 한 피오토르 대제를 기리는 동상이다. 이 동상을 보고 곧 연상되는 것은 러시아가 낳은 세계적인 시인 푸시킨의 「청동의 기사」라는 시 작품이다.

이 땅을 위협하는 스웨덴
오만과 무례한 이웃과 맞설 도읍지여
여기 유럽을 향해 창문을 활짝 열어
태양 아래 튼튼하게 지보(地步)를 다지는
우리의 운명의 여항(閭巷)이어라.
새로운 물이랑을 헤치고 넘어
손(客)들이여 만국기 앞세우고
이 고장에 모이고 모이거라

그리하여 우리들의 이 광장에

큰 잔치를 벌리자꾸나!

　나중에 알게 된 일이지만 네바 강 가에서 내가 「가고파」를 부른 후이어서 소련 젊은이들이 합창한 노래가 바로 이 푸시킨의 시로 작곡한 「우리의 피오토르여」였다고 한다. 푸시킨이 벌리라는 '잔치'에서 나는 그의 노래를 들으며 키스 세례를 받은 것이다.

　이 노래나 가곡 「가고파」를 들을 때마다 달콤했던, 아니 황홀했던 네바 강 가의 키스를 떠올리게 된다.

Ⅲ. 원초적 생명력을 찾아

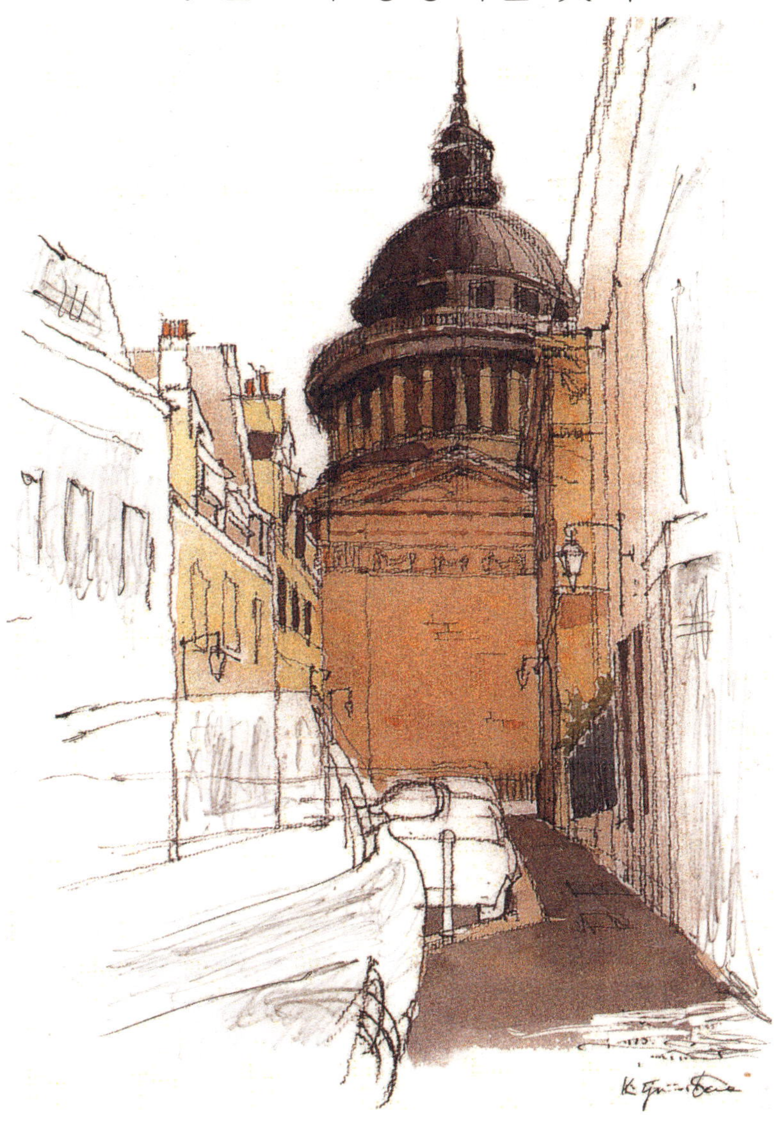

산이 물을 만나면 가슴을 달군다 준초한 뒷산을 오르다 보면
솟구치는 희열 끝에 온몸이 뻐근하다

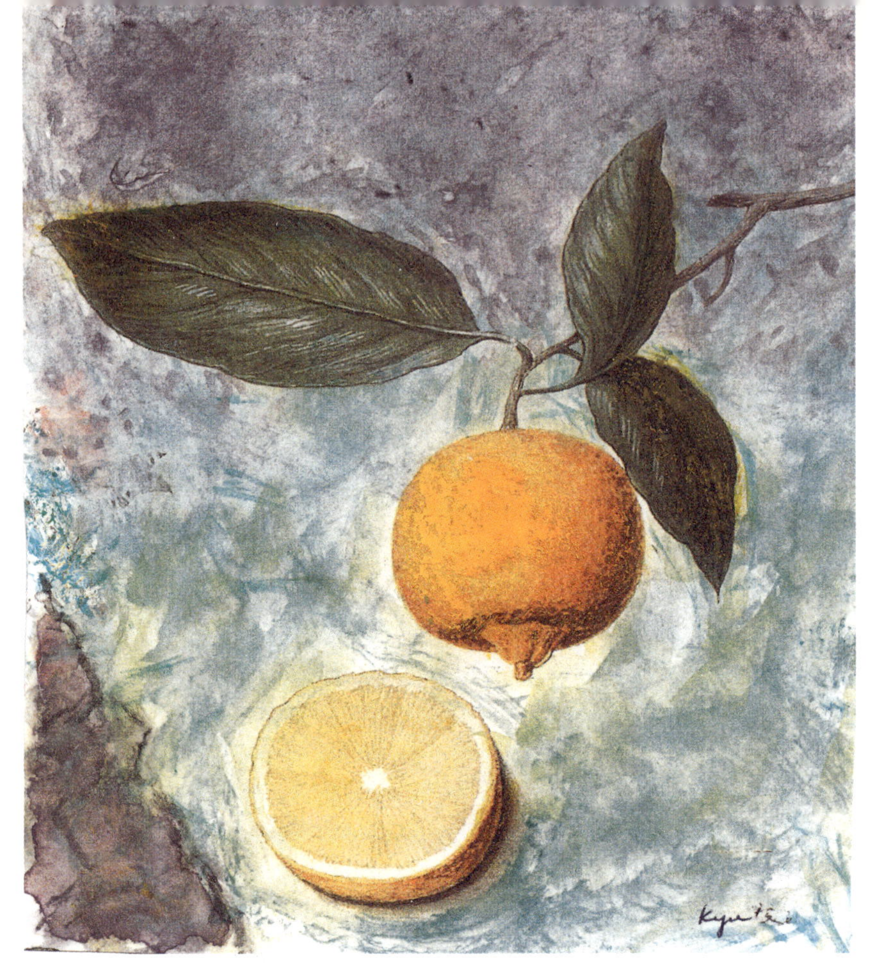

사람은 저마다 어둠이다
그 어둠 속의
과실 같은 밀집(密集)이다
어쩌다 신호처럼 얼굴을 내야
해집의 바위다
그러나 당신은 내 앞에서 송두리째
한 송이 연꽃으로 피어서 피어서 웃나니

문덕수 「당신」

화려한 절망

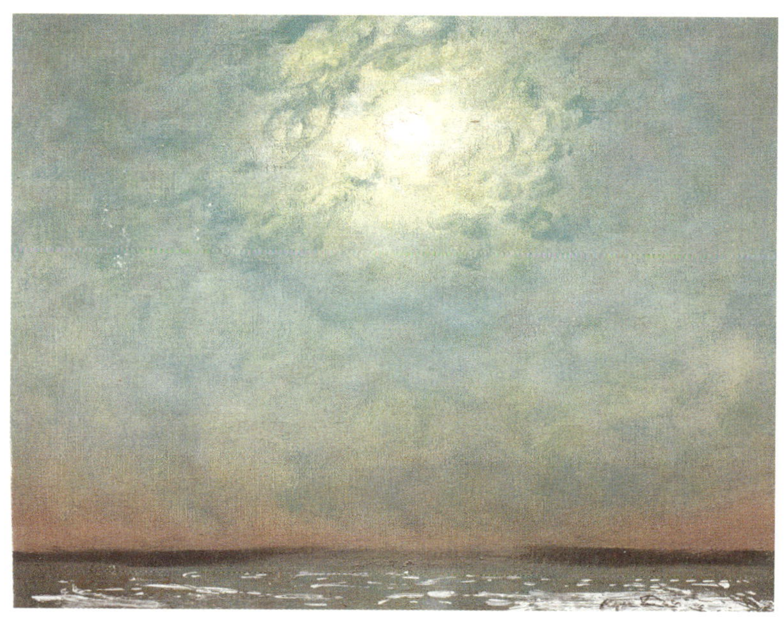

가사(假死) 상태의 자유

우리는 두말할 나위도 없이 현대의 인간이다. 과거나 미래 속에 사는 것이 아니다.

그런데 '현대'란 과연 무엇일까?

우리는 20세기 막바지에 살고 있다. 우리는 어쩔 수 없는 한국인이고 우리는 한반도 안에서 살고 있다.

이처럼 제한된 시간과 공간, 오늘의 한국, 그 속에서 좋든 싫

든 간에 사는 우리인 것이다.

현대 한국은 지금까지의 역사에서는 보기 드물 만큼 급속도의 경제성장을 이룩해 왔다. 얼마 전까지만 해도 우리는 번영 일로에 있었다. 이제 OECD에도 가입하게 되었고 머지않아 선진국으로 발돋움할 것으로 기대되고 있다.

이른바 '한강 변의 기적'을 이룩하여 공업입국을 꾀하게 되었지만. 이제 우리는 선진 경제 대국처럼 공해에 시달리게 되었다.

각종 공해로 말미암아 기상이변이 일어나 겨울에는 폭설, 여름에는 폭우에 시달리고 있다. 그런가 하면 전에 없이 후쿠시마에서와 같은 대지진이 일어나 많은 인명 피해가 속출되고 있다. '엽전' 타령을 하며 자조만 하던 우리가 이제는 한국인으로 태어난 것을 조금은 만족하고 있는 것 같다. 그래서 선진국들처럼 '소비가 미덕'으로 여겨지게 되고 호사를 누리며 살게 되었다. 그러다가 어느 날 갑자기 중동 사태로 말미암아 기름값이 폭등하고 자동차 유지비 때문에 걱정하며 자동차 타기가 어려워져 안절부절못하기도 한다. 그렇게도 풍요했던 상품들이 일시에 태부족 현상을 빚기도 했다. 그러나 또 언제 그랬냐는 듯이 쇼핑몰엔 호화상품이, 거리엔 차가 범람하고, 또 거리의 쇼윈도우가 휘황찬란해지기도 한다. IT 산업의 발전으로 세상이 어리둥절할 정도로 신속하게 바뀌고 있다. 마치 마술, 아니 마법의 무대를 보고 있는 듯 기묘한 생각이 들기도 한다.

그 속도에 편승하지 못하고 삶에 지친 우리는 그런 무대를 무감각하게 바라보게끔 둔감해진다. 그 같은 무감동은 일종의 모순이라고나 할까. 여기에는 이상하게도 불안정감을 내포하고 있다. 무대의 장치도 조명도 그리고 등장인물도 언제 어떻게 바뀔지 모르니까 말이다. 그런데다가 비록 변한다고 하더라도 별로 대단한 것을 기대할 수 없다는 체념 같은 감정도 지니게 된다.

국토는 분단된 체 계층 간의 갈등은 심해지고 앞날을 헤아리기 어려운 이런 불안한 세상에 사는 우리는 과연 불행한 것일까? 반드시 그렇지만은 않을 것이다.

11여 년 전 나는 20세 전후한 젊은이늘의 의식+소틀 알기 위해 질문법(questionnaire)에 의해 표본 조사를 한 바 있다. 지금 조사하면 또 달라질 것이다. 이 조사에 의하면, 우리나라 젊은이의 과반수가 '자기는 불행하다' '나는 불안한 사회에서 살고 있다' 라고 응답했다.

'마법의 무대' 와도 같은 세상 속에서 무감동하고 불안정한, 그리고 체념적인 감정 등을 나는 "무중력공간 내 존재(無重力空間內存在)의 부유감(浮遊感)" 이라고 이름 붙였다. 좀 더 쉽게 표현하자면 '밝은 불안감' 이라고 볼 수도 있다.

해방 직후의 혼란, 동족상잔의 6·25 동란, 그리고 격동하는 정변, 따지고 보면 우리는 그동안 그야말로 극한상황 속에서 살아왔다. 그런 상황은 자연 어두운 불안감을 지니게 한다.

하지만 세월은 흘러 흘러, 이제 우리는 무역 대국이 되었고, 믿기지 않는 일이지만, 영국의 모 잡지는 우리나라가 세계에서 열한 번째로 '살기 좋은 나라' 라는 통계를 발표하기도 했다.

우리는 과연 어떠한 감정으로 매일매일을 보내고 있는 것일까. 불행한가 아니면 그래도 행복하다고들 생각하고 있을까. 일본 동북부 지방의 대지진과 후쿠시마 원전 폭발 사고를 지켜보며 상대적인 행복감을 느끼는 사람도 있을 것이다. 하지만 방사능 물질인 요오드와 세슘이 우리나라에서도 검출됐다는 보도가 나오자 그 행복감은 순식간에 달아나 버린다. 물론 이에 대한 여론 조사도 없었지만, 설령 통계가 나온다고 해도, 이에 대한 신통한 해답은 없을 것 같다.

얼핏 우리는 민주주의 사회 속에 살고 있고, 자유롭다고 여기기도 한다. 정치 그리고 노사문제나 공해 문제를 놓고 봐도 그렇다. 인간의 자유가 도리어 인간을 속박하기도 한다. 인간을 가사상태로 하는 자유, 남에 의해 가사 상태에 빠지게 되는 자유도 우리 주변에는 숱하다. 러시아워의 전철 속에서 통조림처럼 끼어 있는 무중력 상태의 샐러리맨들에게 우리는 가사 상태를 본다.

오늘날 우리 사회는 가치가 극도로 다원화되어 있다. 가치의 다원성, 이를 바꿔 말한다면 '인간의 삶에 대한 가능성의 복합성'이라고 볼 수 있겠다.

그래서 우리는 '부유감' '불안감'에 젖게 된다. 그러한 감정은 과연 무엇 때문에 일어나는 것일까.

시계라면 그 고장의 원인을 찾아내어 곧 수리하면 다시 원상으로 돌아간다. 하지만 인간은 시계가 아니다. 따라서 다른 방향에서 고장의 수리 방법을 모색해야만 하겠다.

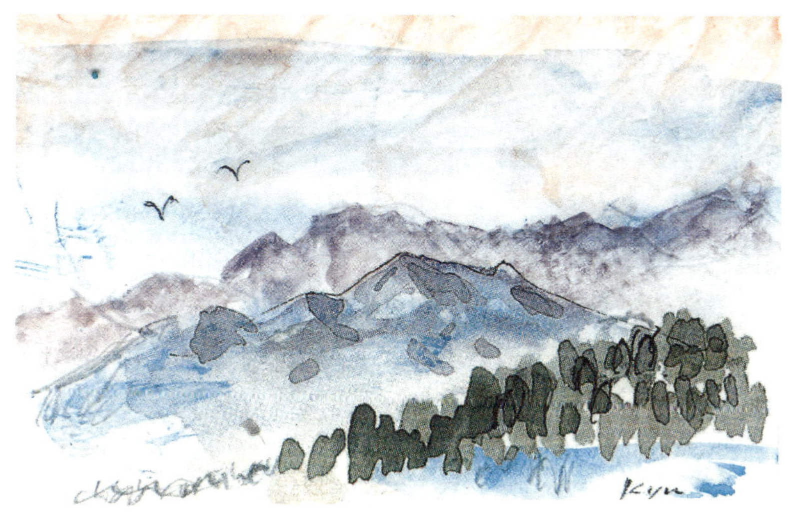

우주적 감각

요즘 한방의 침이 만능에 가까운 효험을 보이고 있다고 한다. 가령 심장이 나쁜 경우 서양의학의 수술을 받지 않고 침 시술만으로 낫는 수도 있다고 한다. 마취약을 쓰지 않고 침을 꽂은 채 수술을 가능케도 하고 있다.

그런 비결 같은 것이 병든 우리 현대인의 마음을 치유하는 데도 있었으면 얼마나 좋을까.

침술과 같은 비술(秘術), 인간의 치유의 비약(秘藥)은 '미(美)'라고 나는 생각한다.

영국의 유명한 평론가 하버드 리드가 '아름다움만큼 규정하기 어려운 것도 없다'라고 말한 바 있다. 그는 아름다움이란 살아가는 보람을 느끼게 해주는 것이라고 덧붙이기도 했다.

그런데 스탕달은 그의 명작 소설 「적과 흑」 그리고 「파름의 승원(僧院)」 끝에서 "불행한 소수자를 위하여"라는 글을 쓰기도 했다. 이 대문에서 우리는 스탕달 자신이 불행의 구렁텅이에서 숱한 고뇌를 했던 흔적을 역력히 감득할 수 있다. 즉 그는 한때 자기 부재와 가사 상태에 놓였던 것이다. 그러했기 때문에 그는 죽음이 문을 두드릴 때 사랑했던 여인을 떠올리며 자기 묘비명을 스스로 골라 사후에 꼭 그렇게 새기도록 유언했던 것이다. "나는 살았다. 사랑했다. 그리고 썼다"라고.

'아름다움이 행복의 약속'이라면 자기 부재의 상황에 고뇌하는 현대인에게 있어 첫째 문제는 그러한 약속이란 어떤 것이며, 어떻게 하면 그 약속을 자기 것으로 만들 수 있는가 하는 것일게다.

밤을 여는 이 장엄한 제례(祭禮)에
태초의 장밋빛 축언(祝言)을 올리자…….
점차로 격조하여 스미는 태양의 쏘나타
포도주, 난취(爛醉)
지쳐버린 애욕 처절하게도
망각에 휩쓸리는 연인이여!
밀어들이 나부끼며 흐느끼는 여영(餘榮)
진홍의 현휘(眩暉)
어쩔 수 없는 거리여
몸부림치는 화려한 절망

그 어느 날 죽음의 승리처럼⋯⋯
절정! 아, 영원한 법열.

                    – 공중인 「낙조」 중에서

　나도 필리핀의 마닐라 해변에서 야자수 사이로 저무는 그 아름다웠던 열대의 낙조를 바라본 적이 있다. 그때 이 시인과 비슷한 감정에 젖었던 생각이 문득 난다.
　그때 나는 지구 상에서 사는 존재 같지 않은 매우 미묘한 감흥에 사로잡혔었다. 굳이 다른 말로 표현한다면 꽃에 파묻힌 듯, 아니면 '우주 감각' 같은 것이라고나 할까. 아름다움이란 확실히 우리 인간에게 우주 감각을 갖게 하는 것인가 보다.

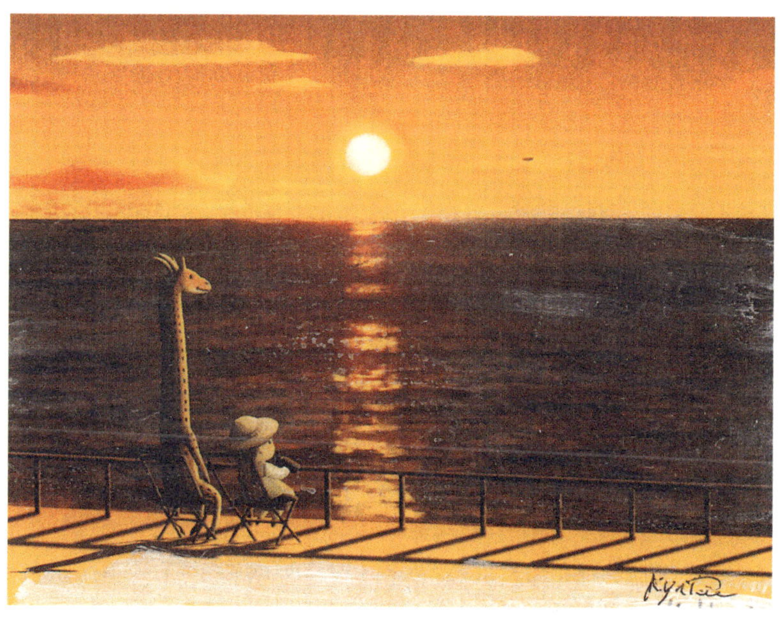

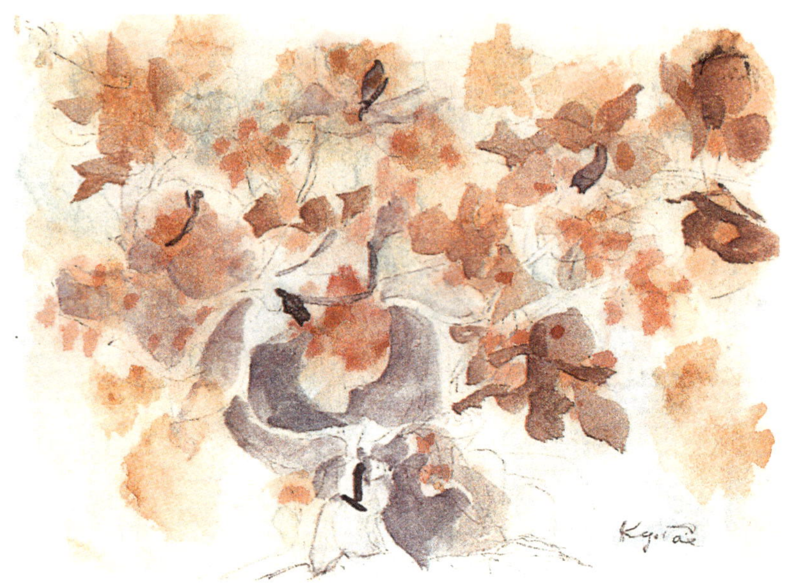

　노을 앞에 섰을 때 내가 느꼈던 또 하나의 감정은 감동, 희열, 만족, 고양(高揚) 같은 것도 아니고 뭔지 모를 슬픔 같은 것이었다.

　왜 이 같은 슬픔의 감정이 우러나왔을까. 분명히 꼬집어 말할 수는 없지만, 그때 나는 한순간 이승 사람이 아니라는 '화려한 절망' 같은 것을 맛보았던 듯싶다.

　이러한 종류의 슬픔을 주는 작용, 즉 '아름다움'이란 만물의 영장(靈長)인 인간만이 느낄 수 있는 감각이다. 낚시꾼이 아름다운 저녁놀에 감동되어 고기 낚는 일을 잠시나마 잊을 수는 있지만, 고양이가 노을에 매료되어 고기 잡는 일을 잊을 리 없지 않은가.

　밤하늘에 반짝이는 별은 그지없이 아름답게 느껴진다. 그러나

별은 우주 한 공간에 떠 있는 하나의 물질에 불과하다.

하지만 별은 아득히 먼 거리에 있는데다가 항상, 영원불변의 존재처럼 느껴진다. 즉 별은 인간을 둘러싸고 있는 폐쇄적인 사물이 지니는 일상성을 초월하고 있는 존재이다. 그런 생각이 별을 미적인 존재이게 하는 것 같다. 그러니까 초(超)일상성과 원거리성, 이 두 가지를 물질이 지닐 때에는 그 물질은 비(非)물질화 해버리게 된다. 이건 마법이다. 천연의 마법이 아닐 수 없다. 이런 마법을 인간이 수용하여 자기 것으로 만드는 섯이 이른바 예술이 아닐까.

물질의 비물질화, 미를 추구하는 예술은 확실히 기적이다. 하지만 인간만의 기적이다. 동물에게는 없는 기적이다.

별 자체는 미가 아닐지 모르지만 반짝이며 계시하고 있는 것은 별 자체, 아니 별을 뛰어넘은 그 무엇이 아닐까.

자유로운 성 즐기는 몸

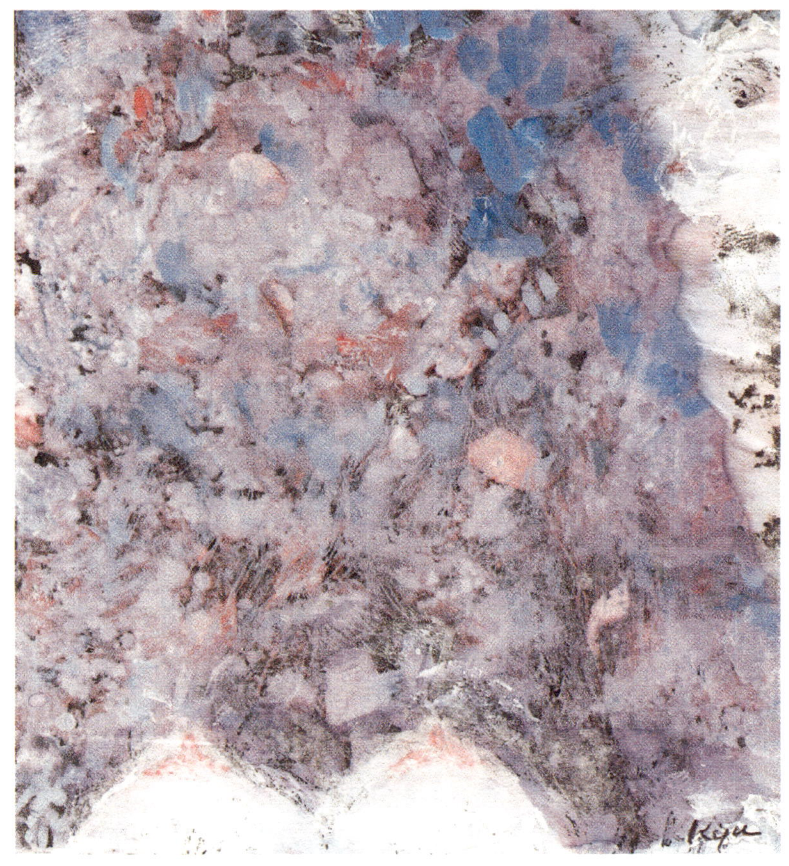

무화 상태로의 승화

청계문학회의 세미나를 불과 몇 시간 앞두고 갑자기 30분 남짓한 강연을 요청받았다. 예정된 연사가 나오지 못하게 됐으니

대타 노릇을 해달라는 주문이었다. 물론 강연주제는 자유였다. 마침 그때 나는 외설 시비로 한때 어려움을 많이 겪었던 제자 M 교수의 그림 전시회에 있었고, 그 전시장에 함께 있었던 김가배 시인을 통해 강연 청탁을 받았으므로 같이 강연장에 갔었다. 그녀의 친구인 신동명 시인도 함께 동승했다. 두 여류는 가는 도중 잠시 내 제자의 외설 작품이 화두가 되어 '외설이냐, 예술이냐'를 놓고 갑론을박을 계속했다. 두 여류의 논쟁을 들으면서 갑작스러운 이 강연의 내용을 나는 이 주제로 삼기로 마음먹었다.

이 주제는 대학에서 「문학의 정신분석학적 접근」이라는 강좌를 오랫동안 맡고 있었으므로 즉흥적인 얘기가 쉽사리 가능하기 때문이었다. 성 세계의 신비와 동경은 인간 사회에 있어 가장 관심사이기도 하고 인류의 원형을 찾는 작업이라는 생각이 들어 흥미로운 얘깃거리가 될 것 같았다. 외설이란 남녀의 성행위, 색정을 도발하거나 자기의 색정을 밖으로 나타내려고 하는 일종의 육체적 행동이다. 그렇다면 그것이 어떻게 해서 예술과 관계를 맺느냐에 문제가 있다. 외설이 미적 대상, 즉 미적 체험이 된다고 보는 데서 비롯된다. 개성적인 감정의 통일체로서의 체험이기 때문이다.

예술은 그것의 형상화이므로 그 소재는 으레 미적 체험으로서의 제작으로 돌아갈 여지가 있다. 문제는 성을 얼마만큼 예술적으로 형상화했느냐 보다는 얼마만큼 저속하게 타락시켜 표현했느냐에 있다. 이 점이 외설과 예술과의 한계가 줄곧 두 여류의 논란거리였다.

　김가배 시인은 사랑과 성의 미적 체험을 작품화한다는 것은 모든 예술의 속성이며, 이를 근간으로 해서 빚어지는 것을 창작화하기도 해야 한다며 그 양부는 법이 아닌 독자가 판단해야 한다고 주장했다. 반면 신동명 시인은 성은 감추어져야 하며 외부로 노출되면 비속하고 수치스러운 것이기 때문에 대담한 표현은 반윤리적이라고 반박했다. 나는 이날 강연에서 음란과 에로티시즘의 구별은 '그 본능적인 것이 삶의 건전한 일면으로 나타났느냐, 그렇지 않느냐 하는 것'에 있다고 선을 그어 보려 했으나 주어진 시간 안에 마무리하기엔 어려운 화두였다.

　문제는 성을 위한 타락한 성이냐, 흥미나 쾌락 본위의 성이냐, 아니면 예술로서 순화 또는 승화된 성이냐에 따라 그 척도는 달라지게 마련일 것이므로 그 한계를 가린다는 것은 그렇게 쉬운 노릇이 아님은 물론이다.

　『채털리 부인의 사랑』으로 한 때 곤욕을 치렀던 D.H 로렌스는 오늘날에는 유명작가로 손꼽히지만, 생전에는 많은 곤욕을 치렀다. 그는 늘 "성은 원시적인 생명력의 창조"라고 주장한다. 내 제자 중 한 사람도 이 말을 곧잘 인용하며 자신의 에로티시즘 문학을 스스로 변명하곤 한다.

　딴은 예술이란 당대의 평가보다는 사후의 자리매김이 더 중요한 것이리라. 사실 사랑과 생명력, 이 두 주제는 로렌스나 내 제자 M 교수의 주요한 테마다. 그들의 작품을 오로지 외설로 몰아붙일 수는 없다. 그들은 주로 남녀가 하나로 결합하려는 자기동일성을 강조한다. 그리하여 두 사람을 무화(無化) 상태로 승화시킨다. 그것으로 삶의 완수를 지향해야 한다는 주장에는 나도 동의한다.

성의 자연 혁명

자유로이 '육(肉)과 체(體)'를 제대로 즐기면서 이를 통해 삶의 충족감을 온몸으로 느낄 수 있다면 얼마나 좋을까. 그래서 고대적인 다양하고도 황홀한 성의 부활을 현대인들은 꿈꾸게 된다. 성의 자유가 낳은 '뉴 에로스'를 내심 간절히 바라게 된다.

모든 예술의 주요 소재로 두루 쓰이는 몸은 정신만을 담고 있는 그릇만은 아니다.

몸만큼 특히 여체만큼 아름답고 신비하고 진정한 것도 없다. 그런 착상에서 나는 얼마 전 레오나르도 다 빈치로부터 피카소에 이르는 누드 명작을 모아 내 나름의 예찬론을 곁들여 「세계 누드의 흐름」이라는 책을 내놓은 적이 있다. 적잖은 인기가 있으리라고 기대했다. 하지만 전혀 예상 밖의 일이 일어났다. 출간된 지 불과 한 달도 안 되어 반품되는 사태가 일어났다. 독자는 물론 서점에서까지 외면당한 것이다. '누드'를 '포르노'로 착각한 것일까?

매혹적인 여성을 누드의 기본요소라 여기며 그린 첫 번째 거장은 루벤스와 프라고나르, 그 후배가 르누아르라면 부세와 쿠르베는 그 손자격이다. 그들의 작품 모두 넘치는 건강미와 바이탤리티가 화폭 속에 녹아 있다. 여체의 원초성이 특이한 네생력과 거기에 덧칠해낸 색채의 교향악적 하모니는 정말 고혹적이다. 그런데도 이런 변화가 우리나라에서만은 외면당하다니……

봄빛에 떠오르는 새뽀얀 얼굴
그 얼굴이 보내는 호젓한 냄새
오고 가는 입술의 주고받는 잔
가느스름한 손길은 아른대어라

거므스러 하면서 불그스레한
어렴풋하면서도 불그레한
줄 그늘 위에 그대의 목소리
달빛이 수풀 위를 떠 흐르는가

이 시는 별로 알려지지 않은 김소월의 「분의 얼굴」이란 시 작품이다.

봄날 밤, 그녀의 새뽀얀 몸, 호젓한 냄새, 입술의 주고받는 잔, 은은한 애정의 속삭임이 그림처럼 형상화된 명시다.

이런 자리라면 깃과 깃 사이로 보이는 목덜미며 새하얀 앞가슴, 유혹적인 냄새 나는 겨드랑이 사이로 보이는 속살, 그리고 치마 속의 무방비는 결국은 떨리는 손이 어디론가 가게 하는 정취일까. 에로티시즘과 인연을 맺게 하는 술자리가 아닌가.

일찍이 향가나 고려가요 등 우리 옛 시가에서 흔히 볼 수 있는 아스라한 정서다. 고전적인 성의 부활이 요구되는 까닭이 바로 여기에 있다.

이런 미학이 사라진 이 시대, 이제 문화를, 철학을 고민하게 하는 키워드 중의 하나는 매혹적인 몸이다. 이제 가리거나 치열하게 고민하는 살(肉)이 아니라 즐기는 살의 시대를 동경하는 시대가 잉태되고 있는 것이다.

몸은 비속한 것으로 취급되기를 더는 바라지 않는다. '몸의 권리' '몸의 독립' '몸의 저항' 등이 다가올 세상의 문화는 이미 외치고 있다. 몸은 시대정신과 문화의 주요 텍스트로 자리 잡아야 한다.

소월의 시 「분의 얼굴」에서 느꼈듯이 옷에 깃들인 심리는 매우 복잡하고 다양하다. 옷이 불러일으키는 성 심리도 각양각색이다. 화사한 옷이 성 심리를 자극하기도 하고 가련한 옷이 신비감을 불러일으키기도 한다.

알몸보다는 치부를 살짝 가린 여체가 더 아름답듯이 노골적으로 벗긴 성행위의 묘사보다는 옷을 입은 채로 몸부림치는 베드신의 묘사가 더 고혹적일 수 있다. 나는 애초 알몸만을 그린 누드화에 살짝 옷을 걸쳐 보았다. 그랬더니 그 여체가 훨씬 고혹적으로 다가왔다.

21세기에 살아야 할 사람들은 이제 '몸만큼' 아름다운 것도 없고, 진정한 것도, 신비한 것도 없다는 이러한 화두 아래 몸의 미학을 즐겨야 한다. 외설이 아닌 외솔(畏率)을 몸을 통해 한껏 발산해야 한다. 몸에 안 보이는 새로운 브래지어가 요구된다.

성 심리와 상징 활동

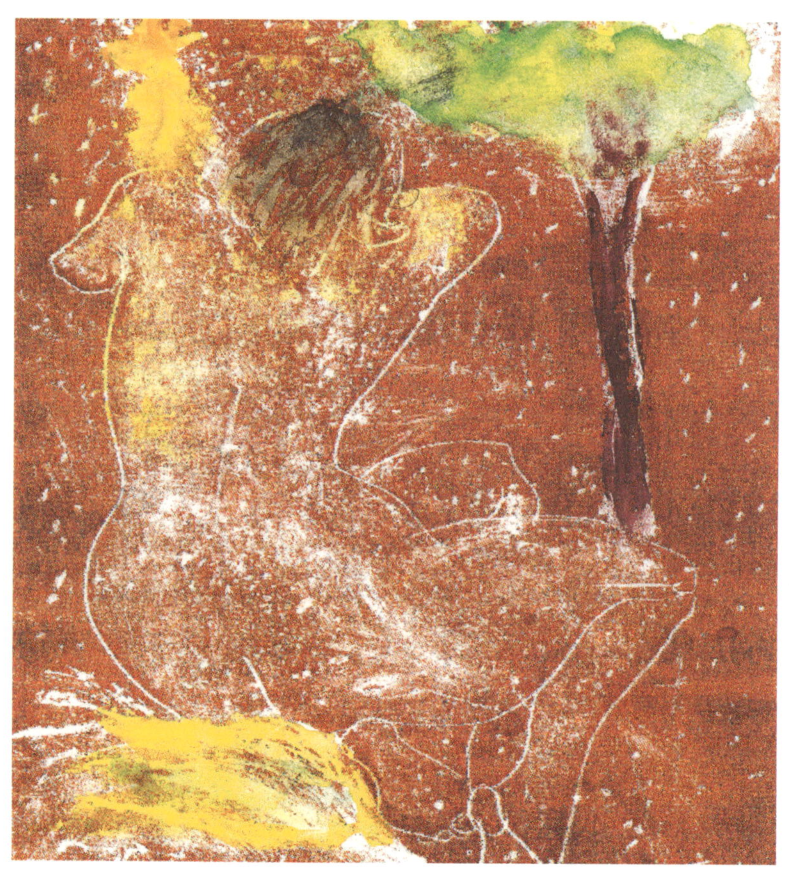

마음으로만도 간음인가

　내 누드 중에서 몇 점을 골라 살짝 옷을 입혀보았다. 그랬더니
앞면의 그림처럼 더욱 고혹적이다. 이렇게 살짝 가리는 것은 도

리어 알몸을 돋보이게 하고 장식적인 효과를 더 발휘하고 있다.

이는 고래로 인간의 장식본능이란 상징성에서 연유된 것이라고 심리학자들은 말한다. 싱그런 상징성이란 융이 말한 '페르소나'다. 이때 그가 말한 '페르소나'는 '인간을 말하는 것이 아니라 인간다운 것이고, 인간의 참모습이다' 또한, 그는 장식성의 모든 것을 성 심리로만 풀이할 수는 없지만, 매력의 포인트를 보일 듯 말 듯 가리는 옷의 장식적 기능은 분명히 성 심리적으로 풀어볼 '델리커시'라고 했다. 인간이 이러고 싶다고 생각하고 행동하는 심벌 활동과 에로티시즘과는 결코 무관계한 것일 수는 없다.

"……참 분석하기 어려운 노릇이다. 하지만 백인 남자가 흑인 여자를 노예의 심벌로, 그리고 백인 여자를 자유의 상징으로 여기고 껴안았을 때 느끼는 감정을 흑인인 나보다 어느 만큼 알고 있을까. 나 역시 흑인 여자와 관계를 했을 때 노예성을 안은 것 같았고, 백인 여자를 포옹했을 때에는 자유를 안은 듯싶었던 경험이 있다. 잘 아는 흑인 남자가 사랑하는 백인 여자를 위해 죽은 사건이 얼마 전에 있었다. 그에게 있어서도 백인 여자는 자유의 심벌이었던 모양이다"

'블랙 파워'의 지도자인 크리버는 『얼음 위의 영혼』이라는 그의 에세이집에서 이런 심정을 솔직하게 털어놓았다. 이 글은 인간의 성 심리가 어떻게 작용하는가를 퍽 잘 설명하고 있다.

고전적 원초적 성의 부활

앞에서도 말했지만 고려 시대의 시가(詩歌)에는 놀라우리만치 성의 자유가 구가 되고 있다. 하지만 조선조에 들어와 '남녀칠세부동석' 이라는 까다로운 유교 윤리가 이 땅을 지배하게 되면서 우리의 문화는 성을 억압하는 것을 대전제로 하고 있다. 사회 제도나 가치관 등 모든 시스템이 그런 방향으로 흘러왔다. 성 충동을 갖는 것은 죄악이고, 남녀유별의 교육을 고수해 왔다. 교육 제도는 물론 습관, 철학, 이데올로기, 그리고 미의식조차도 인간의 성적인 것, 인간의 감각이나 정념을 나타내는 것을 회피하고 억제해 왔다. 그 결과 성에 관한 것은 수치스러운 것이고, 심지어 추잡한 것으로 여기는 풍토가 깊게 뿌리 내려져 왔다. 성 심리 자체가 외설적인 것으로 각인됐다.

성 충동은 인간 생명의 근원적임에도 불구하고 이를 아름답다고 구가하는 것을 금기시해온 것이다.

성경에는 마음으로 성 충동을 느껴도 간음한 것이라고 가르쳐 왔다. 이러한 억압과 금욕의 도덕관이야말로 도리어 성을 왜곡하여 인간성을 비뚤어지게 만들었다. 오늘의 불능화된 '바보들의 행진' 의 취주악이 된 것이리라.

젊은 시절, 본능적인 자위행위도 그러한 죄악감 속에서 자행했었다고 기억된다.

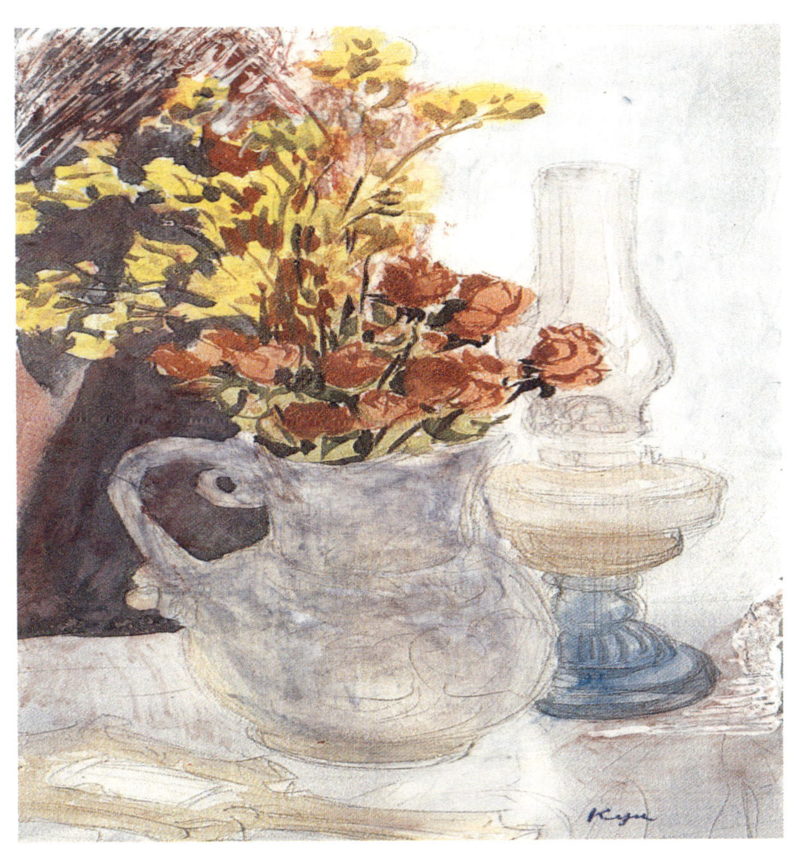

1, 팔

나를 만지기보다

너를 만지기에 좋다

팔을 뻗어봐 손을 끌어당기는 곳이 있지

미끄럽게 일그러트리는, 경련하며 불이 나는

장식하지 않겠어

자세를 바꿔서 나는

깊이 확장된다 나를 후비기 쉽게 손가락엔 어떤 반지도
끼우지 않는 거다
고립을 즐기라고 스스로의 안부를 물어보라고
팔은 두께와 결과 길이까지 적당하다

2. 털
이상하기도 하지 나무에, 나무에 털이 피었다 밑동부터 시커
멓게 촘촘한 터럭, 멧돼지가 벌써 건드렸구나
밑에서 돌다가 한참 버텨보다가 몸을 날렸을 것이다 굶주린
짐승, 높디높은 굴참나무를 들이박기 시작했다 뭉텅뭉텅 털이
뽑혀나가는 줄도 몰랐을 한밤의 사투, 살갗이 뜯겨나간 산은 좀
울었을까
나는 도토리 한 알을 발견했다 가련한 짐승이 겨우 떨어뜨리
고 채 찾아가지 못했나 멧돼지가 쫓겨가고 나서야 나무는 던져
주었을까
도대체 길 잘못 든 나는, 손톱을 세워 나무를 휘감는다 한 움
큼 털을 강박적으로 비벼댄다 메시지 온다.

김이듬의 「지금은 自慰 중이라 통화할 수 없습니다」 부분

나는 김이듬 시인이 쓴 이 시를 읽고 나서 자위행위를 하며 수
치스럽게 생각했던 내가 적이 부끄러워지기도 했다.
자연스럽고 본능적인 성을 수치스럽고, 범죄시하는 것이야말

로 오히려 건강을 해치고 인간의 육체와 마음을 파괴하는 결과
를 가져오게 하는 부도덕스런 것이 아닐까. 성 해방의 제1보는
이런 오랜, 그릇된 관념에서 벗어나는 일부터 비롯되어야 한다.
이렇게 말하는 나 역시 스스로 고독하게 만들고, 때로는 우울증
에 빠지고 고정관념과 인습에 젖어 있곤 하지만 말이다.

　　그 누구도 주인으로 돌아갈 수 없는 곳
　　신(神)이 질 속으로 마구 파고들어 가는 구제적인 도시
　　우리 눈앞에서 벌어지는 추상적인 음란행위들
　　나무들, 죽은 손가락들을 창조해 내려고 신은 쩔쩔맨다.

　　숨 가빠 펄떡거리는 심장, 우리는 거슬러 올라간다 공격으로
　　사람들이 들끓는 마을들 챔피언들로 터질 듯한 마을들
　　야행성 혈관들의 흐름을 또 거슬러 올라간다 무감동한 심장에
까지

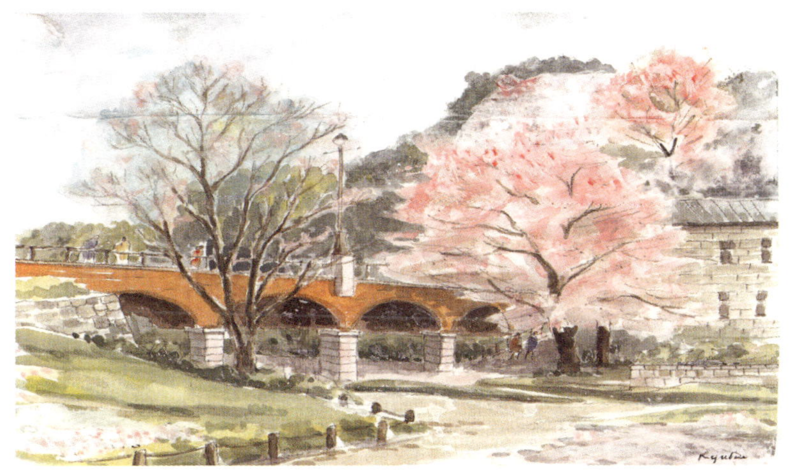

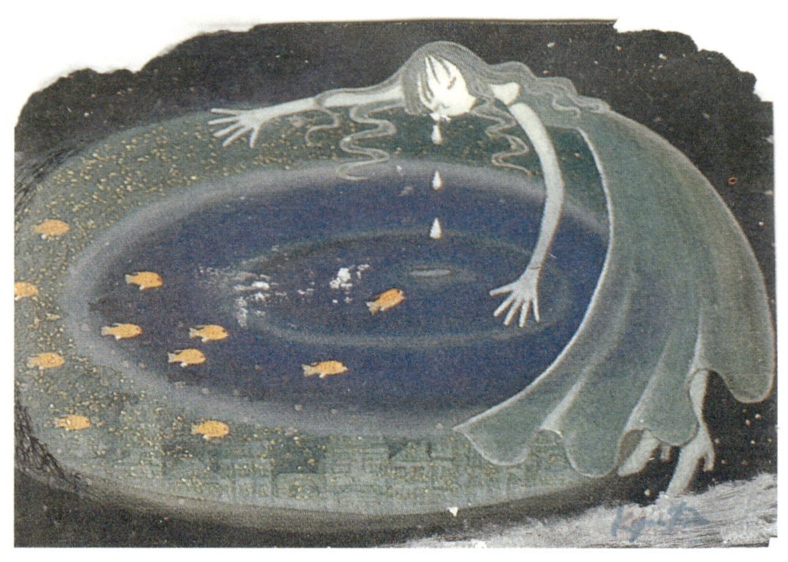

그곳에는 우리의 기도들이 잠들어 있다.

심실(心室) 깃발 여러 나라들의 나팔

황새들이 대기 속에서 액체로 흐느적거리면

타조들에게 사랑받는 버릇없는 아이는

도리없이 죽을 지경이 되고 말 것이다.

로베르 네스노스 「무제」 부분

　내가 보기에 위의 시들은 초현실주의 자동기술법을 기연미연
간에 원용한 작품인 듯싶다. 특히 네스노스의 시는 전체적인 문
맥이나 시인의 의도 등을 꼬집어서 말하기는 어렵지만, 무의식
또는 원초적 본능을 의식과 버무려서 절대적 현실성, 그러니까
시인들이 이처럼 나름대로 본원적 욕구를 이렇게들 형상화 시켜

본 것 같다. 한편의 슈퍼 리얼한 회상 앞에서 굳이 무엇을 그렸느냐고 물을 필요가 없듯이 이들 시의 행간을 읽으면서 그들이 내보인 이미지를 통해 시인들이 수치를 아예 넘어서 버리며 던진 삶과 성의 의미를 독자 여러분은 나름으로 느껴 보길 바란다.

그들은 기성의 위선적인 틀에서의 해방을 꿈꾸는 잠재의식 속에서 이렇게 대담한 표현을 통해 프라고나르의 회화 세계처럼 진솔한 '정욕의 시'가 잘 들어나 있으니 말이다.

나도 와병 중에 이런 시들을 써보았다.

산이 물을 만나면
한추위 속에서 가슴을 달군다
준초한 산을 오르면
온 몸이 땀으로 범벅이 되고
계속해서 솟구치는 희열이
샘물되어 싱그럽다
깊게 숨 내 품으면
물줄기는 산타고 오르다가
하늘 속에 갇힌다
물은 산 위에 오르고
산은 물속에 숨는다
산과 물은 뻐근하다

졸시 「산수도 1」에서

내 시와는 달리 유승우 시인은 하늘과 바다의 음양 조화를 그의 시 「속옷」에서 구성지게 잘 메타포하고 있다.

하늘이 하늘하늘 내려앉는다
바다가 바다바다 품에 안는다
알몸으로 섞이는 커다란 몸짓
철썩철썩 옷을 벗는다
벗어서 발치께로 밀어 던지는
사랑 앓는 큰 가슴의 깨끗한 속옷
하얀 물결이 물을 적신다

하늘과 바다를 의인화하고 이를 다시 의성화해서 독자의 상상력을 자극하고 있다. 한자어 한마디도 넣지 않고 쉬운 순우리말을 품사를 바꾸고 다른 뜻으로 변용하는 등 절묘한 발상으로 형상화하고 있다.

최근 미국의 여성 해방 운동가인 앳킨슨이 『오르가슴의 신화』에서 자유로움 속에서 성적 절정감을 누릴 수 있는 자만이 인간다운 삶과 참 행복의 의미를 터득하게 되리라고 강조하고 있다.

고전을 평생 연구해 온 내가 고전적인 성의 부활에 인색할 필요가 뭐 있겠는가 하고 병마에서 차츰 벗어나 오기 시작하면서 깨달아간다. 시간이 가져다준 내 의식의 변화가 스스로 생각해도 대견하다.

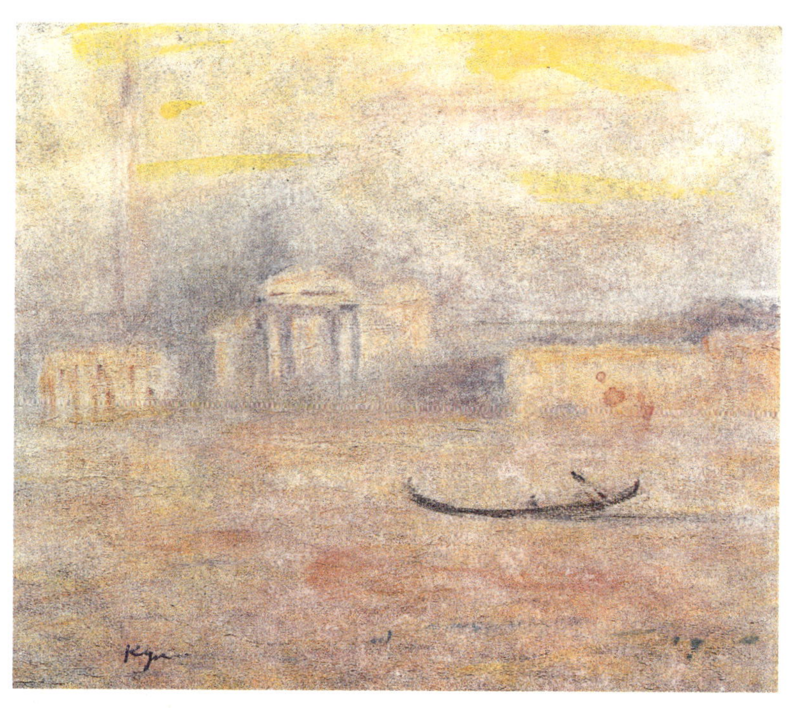

아 신생의 새벽
금빛 햇살에 그대가 깨어나서
부드럽게 흔들리며 공기를 울리고
눈가에 진주를 잡으며 웃는 듯하면
부활이여! 온 세상 울리는 금빛 종
쨍그랑쨍그랑 노래 부르며
일어선다.

강계순 「당신은 나의 바다가 된다」

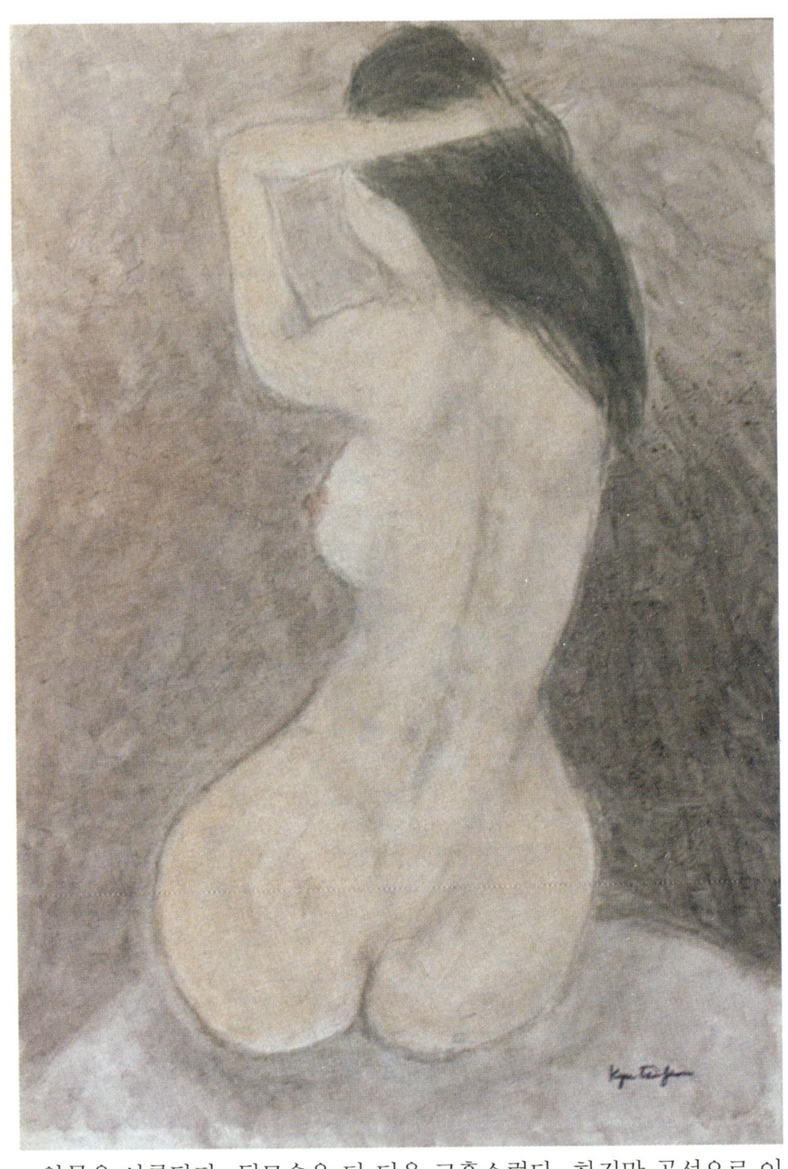

알몸은 아름답다. 뒷모습은 더 더욱 고혹스럽다. 하지만 곡선으로 이
루어진 윤곽은 정말 놀랍다. 참을 수 없이 빨려들어가는 그 신묘함을
해명할 길이 없는 아스라한 이 원초의 힘,

IV. 아름다움의 이미지

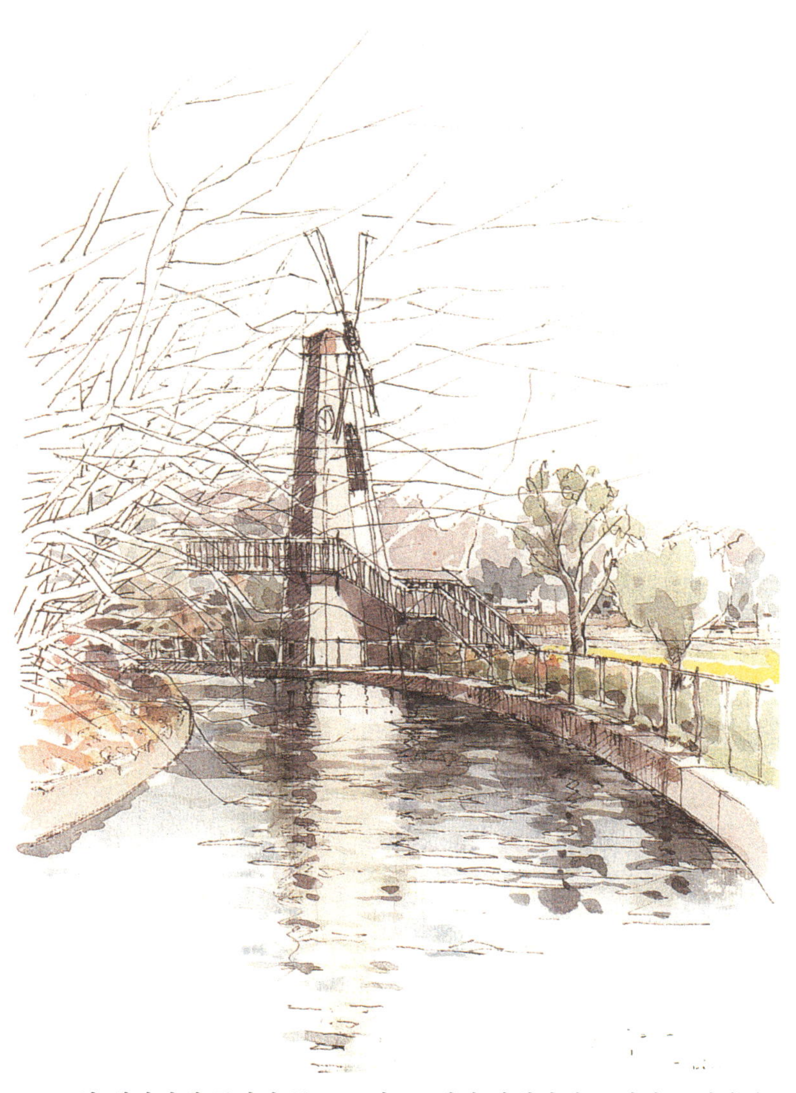

소조한 실바람에 풍차가 돌고 돈다. 고갯짓 살래살래 요정이 무색한데
은은한 그 향기의 비소(秘所)는 어딘지 모르겠네.

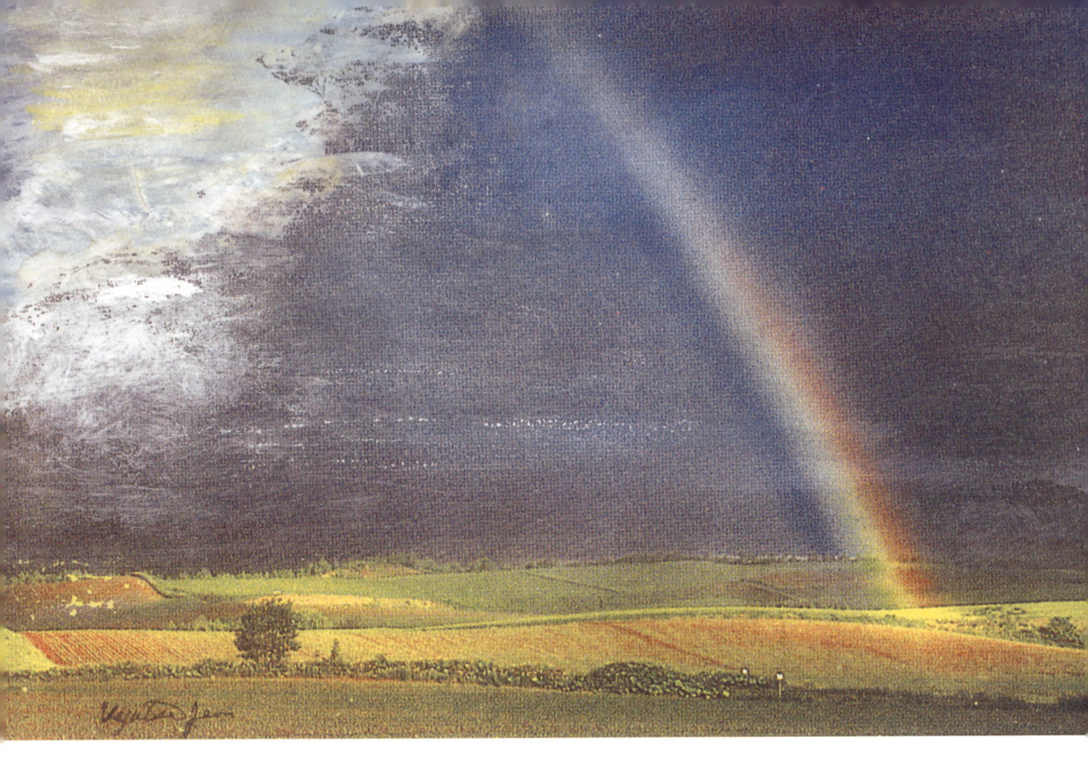

어릴 적 그것은 신비였다

꿈을 깨고 어느듯 없어진 꿈

꿈은 꿈일 뿐이란 걸 알아버린 뒤

길 몰라 헤매다니는

어릴 적 그것은 천둥소리였다

그 소리 잡으러 얼마나 빨리 달려갔는지

어리석다 어리석다

천둥 뒤에 숨어 천둥처럼 울었다

천둥소리 그리고

꿈은 하얗게 공중으로 날아갔다.

천양희 「무지개」에서

누드 미술의 매혹

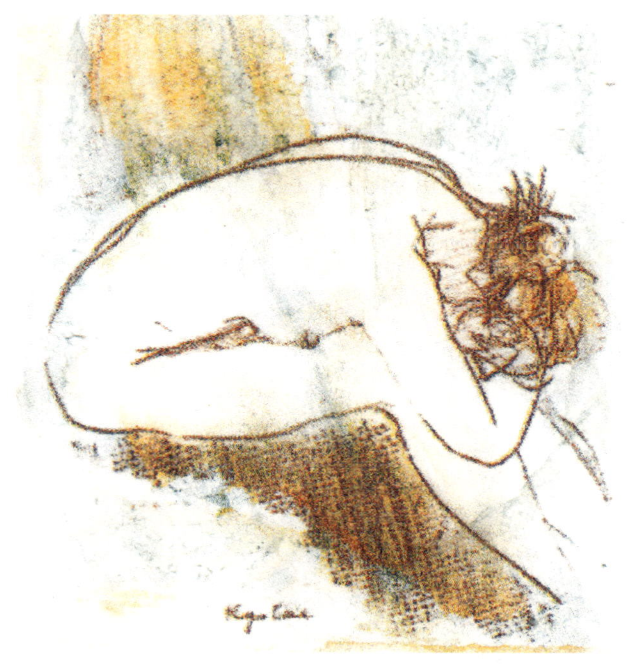

하나님이 창조하신 최고의 걸작

　인체를 그리는 것은 조형미술 공부의 기본이라고 생각한다. 여체만큼 아름다운 것은 또 없으리라. 나부를 그려보면 여체가 '하느님의 창조물 가운데 최고 걸작'임을 새삼 느끼게 된다. 풍경화나 정물화에서는 느낄 수 없는 깊이와 안온함이 알몸에 고즈넉이 깃들어 있다. 여체의 외양만이 아니라 그 속 깊이 간직된 매력을 퍼 올릴 뿐 아니라 때로는 무에서 유의 미를 창출하게 된다. 마티스가 말했듯이 '균형과 순수 속의 고요하고도 생명감 있는' 나상 또한 창조할 수 있다. 이어 보나르는 고혹적인 굴곡을 이룬 나부의 자태를 빛의 파도에 적셔 마치 시를 창작하듯 그렸었다.

　화가나 조각가는 정열을 쏟았던 시정을 상기하며 이 여체 속에 스스로 정념을 불어넣어 새기고 그린다. 스스로 열정을 바치며 그리움을 노래하며 나름의 데포르마시옹을 살린다. 그 나부상 속에 스스로 애욕을 연소시키고, 독자적 마티에르로 스스로 엑스터시의 묘표(墓標)를 세운다. 물론 극단적 리얼리즘 때문에 예술성의 문제가 이따금 도마 위에 오르기도 하지만 용암처럼,

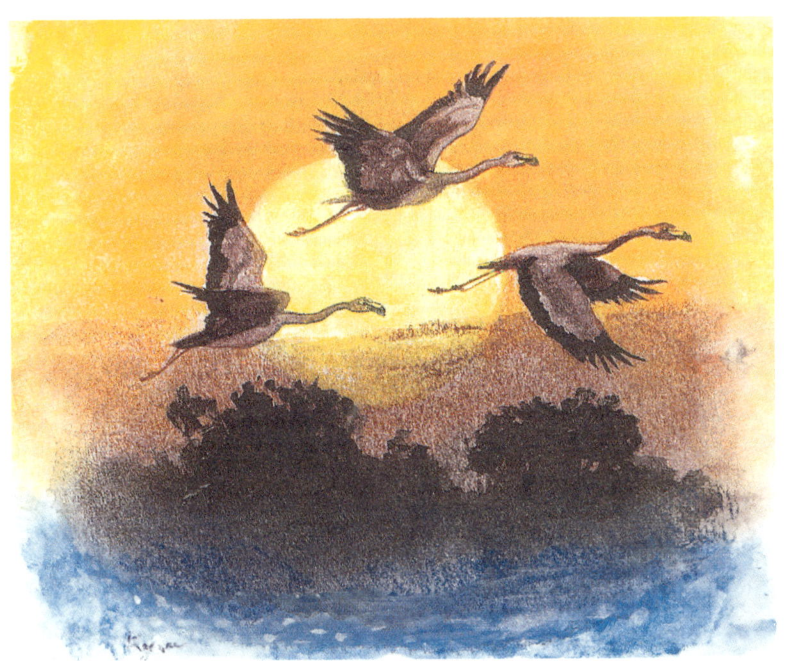

또는 헤드로 같은 전통을 하나의 임팩트로 해서 침입해오는 자
발적인 원리의 용해(溶解)에 의해 처리된 새로운 창작 연금술이
뒤이어 나오기를 기대해본다. 그러한 천재와 그 천재를 발휘시
킬 역사적 조건이 갖추어질 때 시와 미가 만나는 또 하나의 마르
지 않는 조형의 샘으로 감동적인 누드시대를 기대할 수 있으리
라.

회화 예술에서 나부는 한낱 벌거벗은 외설체, 곧 네이키드
(naked)가 아닌 예술적, 미적 대상으로서의 누드(nude)이며 그
것은 모든 장르의 상위에 놓여 있다. 화가는 스스로 정념을 여기
에 쏟고 애욕을 고백한다. '누드'는 한낱 형상 미의 규범이 아니
라 화가 스스로 불타오르고, 생동하는 열정을 표백하는 형상미
라야 한다. 만약 그런 열정이 없었더라면 3만여 년 전에 나부 미
술은 아마도 탄생하지 않았으리라.

'나부 미술'이 고대 그리스 조각에서 비롯된 것은 결코 아니
다. 이집트 시대에 이미 있었다. 투투모스 4세 시대 호렘헤브의
벽화 〈우는 여자〉나 나크트 무덤 속에서 발견된 〈악기를 켜는
여인들〉이 일찍이 있었고, 나부 미술은 조각과 회화가 동시에
함께 발달하였던 것으로, 조각이 결코 선행했던 것은 아니다. 회
화 작품의 유품이 많지 않은 것은 그림의 보존이 용이하지 않았
고 또한 많이 소멸하였기 때문일 따름이다. 고대문명이 찬란했
고, 유럽 문화의 원천이기도 한 인도의 하라파나 근동의 수메르,
메소포타미아 등지에서 점토판이나 테라코타 소소(素燒)의 도판

에 수많은 나부상이 그려져 있고, 이들 나부가 선각(線刻) 묘사
된 사실만 보더라도 이를 잘 알 수 있다.

　나부를 그린다든가 새긴다고 하는 창조 행위는 순수한 미적인
충동 활동이기에 앞서 인간의 본능인 애욕 행위의 승화라고 할
수 있다. 일찍이 플라톤이 그의 역작「향연」의 ‘대화’ 편에서 말
한 바와 같이,　이 행위는 이른바 황홀감의 한 표현이고 감성의
노래이며 아름다움의 완벽한 뭉쳐짐이다. 그리고 좀 더 구체적
으로 말한다면 자칫 쉽게 사라지기 쉬운 황홀감의 불멸화 작업
이기도 하다.

　여체, 그 무엇이라고 딱히 꼬집어서 말하기 어려운 감미롭고
도 짜릿하며 또한 신비롭기도 한 매혹 아니 고혹! 세차게 밀려오
는 어쩌지 못하고 감당하기도 어려운 관능, 황홀하리만큼 눈부
신 나신과 그 차진 촉감, 이성인 남성의 눈에 띈 휘황한 형상미
는 여인의 육체성을 초월하여 그 지극한 미적 존재로 오롯이 바
뀐다. 그게 바로 나부 미술이 아닐까.

　그런 나부를 눈앞에 두고,　또는 시적 상상력을 동원하여 실존
이상으로 미화 또는 승화시킬 때 화가는 그 여체 속에, 좀 더 현
실감 있게 말한다면 실오라기 하나 걸치지 않은 자연 그대로의
알몸 속에 스스로 정념과 영혼을 불어넣어야만 한다. 스스로 젊
음이나 열정을 송두리째 전력투구함으로써 연시(戀詩)를 짓는
마음으로, 또는 사랑의 세레나데를 부르는 심정으로 그 나부상
속에 순고한 자기 애욕을 연소시키고 자신의 엑스터시의 묘표를

세워야 하는 심정으로 그려야
한다. 여체는 원초적 생명의
고향이고 영원한 영혼의 고향
이기도 하므로 더욱 그러하다.

회화 예술 가운데서도 누드
화는 모든 장르의 외측에 있으
므로 화가들은 그 더욱 자신의
정념을 스스럼없이 토로하고
애욕을 서슴없이 고하게 되는
듯싶다. 나부는 한낱 형상미의
규범이어서는 안 된다고 생각
한다. 그보다는 화가의 타오르

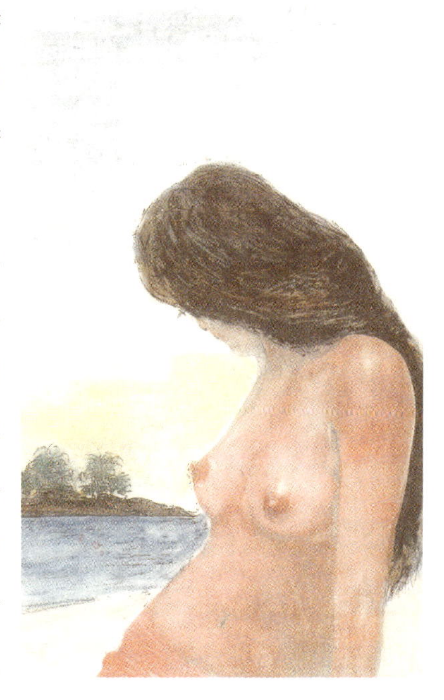

는 싱그럽고 순수한 정념을 표백하는 형상미이어야만 오롯한 형
상미로 구상화될 수 있다고 본다.

오늘날 우리의 나부 미술의 현주소를 놓고 볼 때 우리의 화가
들의 이런 자세가 절실하다고 본다. 역사적으로 일천한데 비해
우리 나부 미술은 매우 풍요롭다. 더욱 풍요로운 미래는 우리가
충분히 기대할 만한 여건과 토양을 우리 화단은 간직하고 있기
때문이다. 그 까닭을 굳이 예술로 든다면 누드 미술에서 우리는
서구 화단과 견주어 '모럴' 면에서 자유롭다는 점이다. 우리는
서구처럼 금욕적인 도덕률, 특히 원죄의식에 크게 얽매이지 않
는 미의식을 지니고 있다는 점을 우선 들 수 있다. 어린 시절부

터 그런 종교적인 사고에 젖어 왔던 서구인에 비해 우리는 옹근 인간성의 자각. 미의식의 발로가 면면히 흘러온 그런 역사를 지 니고 있기도 하기 때문이다. 또한, 우리의 문화사를 놓고 볼 때, 관념적인 유교에 얽매였던 조선조 전반기를 제외하고 우리 겨레 는 여성이 존중되고 남녀 관계가 자유로운 풍토를 지니고 있었 기 때문이다. 그러므로 화가들이 더욱 더 적극적으로 앞에서 말 한 미적 자각을 하고 창조의 날개를 크게 편다면 에로스의 기름 진 옥토에 아름다운 과실을 풍요롭게 거두게 되리라고 믿는다.

나는 최근 『세계 누드화의 흐름』을 도서출판 서문당에서 상재 했었다. 이 책은 역대 서양화가들의 걸작 누드 화집이다. 이 화 집이 증명하고 있듯이 나부라는 주제로만 한정하더라도 세계 미 술의 흐름을 충분히 운위할 수 있을 정도이고, 각 시대의 미술적 특성으로부터 각 민족의 정신구조, 그리고 선사의 지모신(地母 神)시대부터 현대미술의 나부에 이르기까지 여성의 나체 표현을 통해서 예술에서 '에로스'라고 하는 매우 흥미로운 심연(深淵) 을 만나게 되지만, 동시에 우리는 시적이기도 한 예술적 경지로 도달하게 된다.

'신이 만든 최고의 미'를 그리면서 화가는 삶의 의미를 시적 상상력을 통해 끊임없이 표현하고 있다. 옛사람들의 '시와 그림이 둘이 아님(詩畵無二)' '시는 정을, 그림은 뜻을 보임(詩情畵 意)'(畵卽無聲詩 詩卽有聲畵), 이 말은 곧 시와 그림의 궁극적 접점이 하나임을 웅변으로 말해주고 있다고 하겠다. 이 문제를 여기서 다 말할 수는 없지만, 우리가 대상으로 삼는 예술작품과 포르노그라피와는 전혀 이질의 것임을 감상을 하면서 독자 스스로 느낄 수 있으리라 믿는다.

그것은 지나친 노출이나 적나라한 일상의 엿보기가 아니라 나부상에서 시와 삶의 의미를 찾아내고, 그 에로스를 삶의 원천과 희열, 그리고 영원으로 잇고자 했던 화가들의 모티브를 이해하는 계기가 되었으면 한다. 누드화집은 자칫 프로노 집으로 오해하고 그런 방향으로 몰아붙이는 입질을 하는 이들도 더러 있으나, 나는 아예 전혀 신경을 곤두세우지 않는다. 오히려 누드 찬가를 서슴없이 노래하고 있다.

'오쓰이 쓰이 탓우 마파쓰'
타히티 아가씨의
그 부푼 가슴이 탐스러워
매끈한 고혹(蠱惑) 속에 수줍음의 포물선
눈으로 쓰다듬어도 보드라운 그 촉감

사뿐히 고개 숙인 수선화 꽃 자락이
무형(無形)의 물방울도 수정처럼 구승되는
살결엔 바닷가 햇살마저 그림자를 잃누나

선악과 따먹은 큰 허물보다는
그 어느 긴 한숨이 에워싸는 동정(童貞)

티 없이 아름다운 천성 알뜰한 사랑이여

먼 옛날 까마득한
태곳적 요술이
이브의 깊푸른 심장을 꼬여내어
부끄럼 간직하게 된
불끈한 저 유방
그 그늘엔
사랑을 머금은 '노아 노아'

졸시 「타히티의 고혹」에서

"오쓰이 쓰이 타이 마파스"는 "나의 탱탱한 젖가슴이 뛴다"라는 뜻이고 "탓우마파스"는 "향내 그윽한"의 뜻이다. 나는 고갱을 꿈꾸며 한동안 타히티에 머물면서 원주민의 고혹한 누드를 즐겨 그렸었다.

시와 그림의 접점

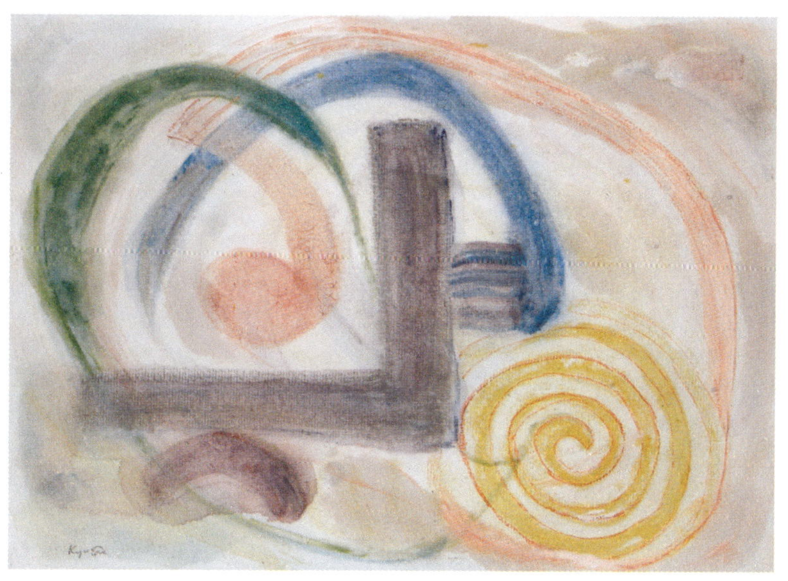

내 나름의 그림

우리는 어떤 사물을 보고 아름답다 하고 그렇지 않다고도 한다. 그러한 느낌이나 생각을 흔히 미적 감각, 또는 미적 경험이라고 말한다.

나는 미술 세계에 관심을 두게 되면서부터 그와 같은 감정이나 경험을 받쳐주는 것이 과연 무엇일까에 대해 골똘히 생각해 왔다.

나는 전문적인 미술가는 아니지만, 한때 화가 지망생이었던

관계로 전공인 문학에 열중해 오면서도 늘 미술에 대한 향수를
떨쳐버릴 수가 없었다. 그래서 국내는 물론 세계의 화랑가를 자
주 기웃거리기도 하고 〈신미술회〉에 참여하여 일요일이면 야외
에 나가 사생을 즐기기도 했고 유럽 여행 땐 스케치를 많이 했
다. 〈대한미술원〉에 가입하여 본격적인 미술 활동을 하기도 했
다. 그리고 틈만 나면 세계의 유명 미술관을 찾아 명작을 감상하
는 것을 큰 낙으로 여기며 살았다.

뛰어난 미술 작품을 보고 큰 감동을 느꼈을 때 향수자의 삶은
심오한 의미로 충족된다. 그땐 그 사람의 삶은 크게 충만 될 뿐
만 아니라 그런 미적 체험을 통하여 한층 사물을 보는 눈이 달라
진다.

나는 주치의의 권유에 따라 치유법의 한 방편으로 그림을 그
리기 시작했다. 그로 말미암아 시화집도 냈는데 이제는 그리지
않을 수 없는 강렬한 습성으로 바뀌어 버렸다. 누가 나더러 왜
그림을 그리느냐, 시를 쓰느냐고 묻는다면 당신은 왜 사느냐고
반문할 수밖에 없다.

십수 년 전 대수술을 받은 후, 재발을 막기 위해 선진 의료계
를 전전하면서 요양생활을 해왔다. 내가 이제껏 목숨을 이어오
고 있는 건, 아마도 그동안에 "생각의 자락을 놓고 자연을 벗
삼아" 세계를 유랑하면서 시와 그림 그리기를 게을리하지 않았
던 때문이 아닐까 하는 생각마저 든다.

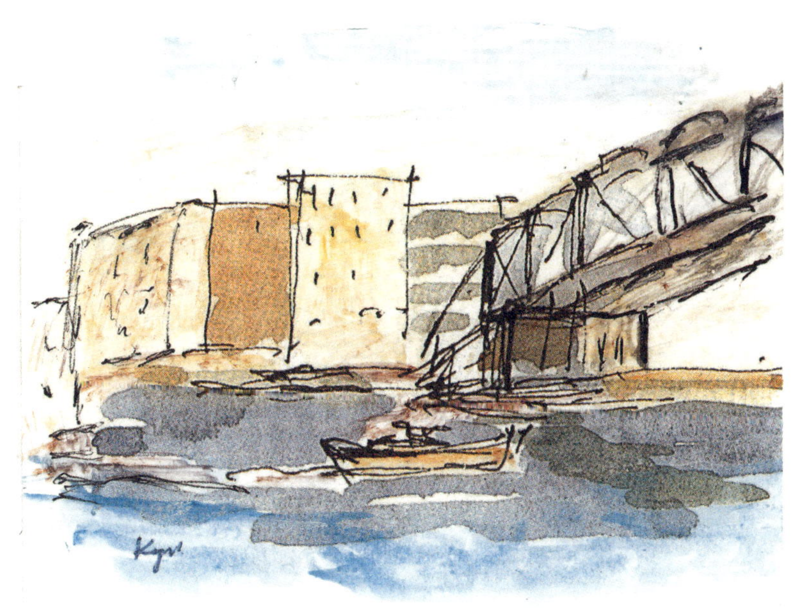

시적 상상력과 일상의 만남

사람의 벌거벗은 알몸을 예술의 한 표현으로서의 누드화로 부활시킨 것은 말할 나위 없이 르네상스의 큰 공적 중의 하나다. 딴은 나체, 특히 여자의 알몸 그 자체는 기독교가 기피하는 대상이었다. 하지만 남녀 관계에 엄격했던 중세에서조차 누드화는 존재해 있었다.

인간의 이원성, 즉 기원을 달리하는 정신과 육체의 존재를 전제로 할 때 육체에 정신에 대한 우월성을 주장하는 기독교가 나체 표현, 특히 원죄의 원인이 되기도 했던 이브로 상징되는 여체를 혐오하는 것은 어쩌면 당연한 일이기도 했으리라. 따라서 동방 기독교 세계의 비잔틴 미술은 화상에 두꺼운 의복을 입혀 나체라고 할 수 없는 육체 그 자체를 폄하시 해왔음은 알려진 사실이다.

하지만 그러한 기독교 미술에도 나부를 필요로 하는 주제가 불가피했으며 그에 따라 나부 표현이 시대를 넘어 끊임없이 이어져 왔다. 창세기의 아담과 이브, 벌 받는 죄인, 연옥, 최후의 심판, 벌거벗은 채 순교한 성녀들, 그리고 수산나의 이야기 등을 그리려면 나부가 불가피했다.

한편, 정적인 동방 기독교 세계와는 달리 다이내믹한 서방 기독교 세계의 미술은 8~9세기 카로링 르네상스를 경험하고 난 후부터였다. 로마네스크로부터 후기 고딕에 걸쳐 미술에는 3차성을 부활함과 동시에, 모순되는 표현이지만 기독교적인 나체상

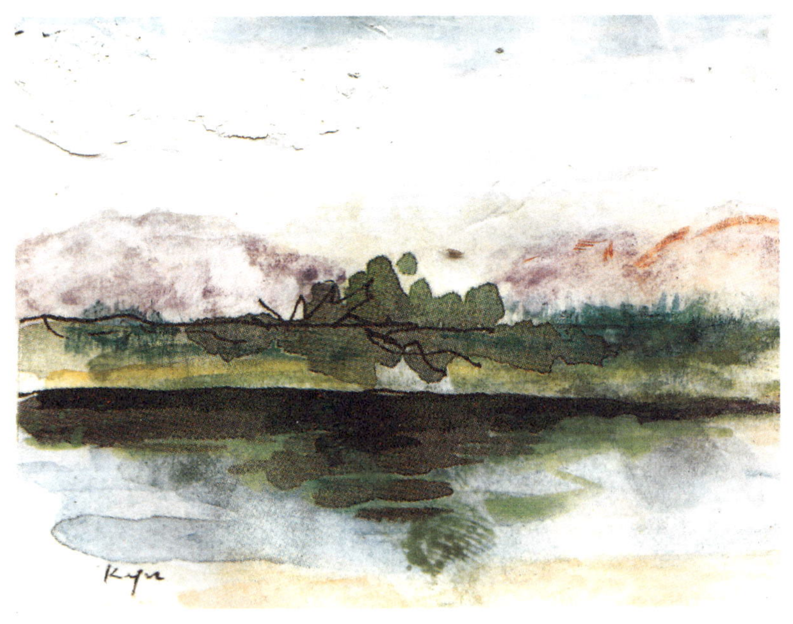

과 나부상을 점진적으로 완성하기에 이른다. 그리하여 인간이란 신을 닮고자 하는 불완전한 피조물로 본 중세 기독교의 소박하고 솔직한 시각이 차츰 자연스럽게 인체를 바라보기에 이르렀다. 유채화 기법을 새롭게 개발한 네덜란드 교회 및 궁정 화가 얀 반 아이크는 겐트의 신트 파프 대성당 제단화를 그리면서 좌단과 우단에 아담과 이브 누드를 불가피하게 그릴 수밖에 없었다, 이 누드는 화사한 색채와 선명한 화상 표현으로 누드 화법의 새로운 길을 열었다는 점에서 보석 같은 완벽함이 님치는 기념비적 걸작으로 꼽힌다.

기독교의 모럴이 가장 엄격했던 중세에는 특히 여성의 알몸이란 죄를 유발하는 것으로 여겼고, 따라서 이를 노출하는 것이 죄악시되었다. 그러니까 선악과를 따먹은 이브는 유방과 치부 등을 제일 먼저 가리고 수치심에 몸을 움츠렸다.

중세 말기 가장 흥미로운 화가였던 히에로니무스 보스는 종래의 인습적인 생각에서 에덴동산으로부터 추방된 인간의 '쾌락의 동산'을 그렸는데, 나부들이 대체로 깡마른데다가 창백하게 묘사함으로써 독특한 성적 심벌리즘과 죄업의 묘사를 퍽 매력 있게 연출해냈다. 특히 여체를 왜소하게 묘사함으로써 인간의 나약함과 아울러 독특한 에로티시즘을 드라마틱하게 표현하였다.

하지만 감추어 왔던 여체의 아름다움, 특히 유방과 둔부가 새롭게 발견된 것은 르네상스 무렵이었다. 17세기에는 이들 성적 심벌이 작은 만큼 매력적이었고 프랑스 혁명을 전후해서 풍만한 몸집이, 그리고 나폴레옹 시대에는 또한 '큐티'한 몸매가 아름답다고 여겨졌다가 19세기 후반에 인상파 화가들의 풍만하고 육감적인 여체의 매력이 새삼스레 강조되기에 이르렀다.

모든 예술이 시적 상상력과 일상생활의 만남, 그 접점에 의해서 널리 융성해왔듯이 회화 역시 일상 속에서 그 넓힘의 접점을 찾게 된다. 시가 고대 신화와 성경 그리고 숱한 고전문학 작품에 의해 무한한 소재를 공급받았듯이 서양의 회화도 화가들에게 모든 상상적 정경을 묘사하는 구실을 시가 주었고, 특히 여자의 알몸을 그릴 핑계와 알맞은 새 주제의 공급원이 되기에 이른다. 신화나 성경에만 의존하는 누드화를 벗어난 생활 속의 나부상을 그리기 시작한 것은 네덜란드의 풍속 화가들이었다. 이는 이른바 로마이즘에 대한 반발이었고, 또한 시민적 프로테스탄트 사회의 산물이었다. 일상생활에서 나부란 본시 밀실 속에서의 '버전'은 아니었던 것이다.

모든 예술이 주요 관심사는 각 시대상의 반영이며 일상생활의 예술적 기록이라고는 하지만 이는 결코 시대 및 풍속사적 관심만은 아니다. 인간들이 면면히 꾸려온 삶 속에서 영원한 아름다움을 찾는 것, 또는 적어도 영원을 향한 속삭임의 의미를 묻는 것이기도 해야 할 것이다. 여기에 풍속화의 묘미가 있다고 하겠다. 따라서 우리는 들을 통해 시와 현실을 맴돌며 환희를 짐짓 향수하게 될 것이다.

일찍이 누드를 그릴 적절한 주제의 공급원이었던 성경이나 신화는 물론 후대에 이르러 일상 풍속에서도 여성의 나신은 시를 낳기에 이르렀다. 르누아르의 목욕하거나 물놀이하는 발랄한 여

체도, 비용의 노래하는 유녀(遊女)도 시라면 로트레크나 루오가
그린 혹박(酷薄)한 창부도 또한 시(詩)일 것이다. 이렇게 화가들
이 찾아보려 하고 묘사하고자 한 것은 미와 시의 접점이었던 것
이다.
  나는 루브르에서 르누아르의 대작 〈대욕녀(大浴女)〉를 본 다음,
그의 예술 세계에 매료되어, 『르누아르론』을 두 권이나 상재했

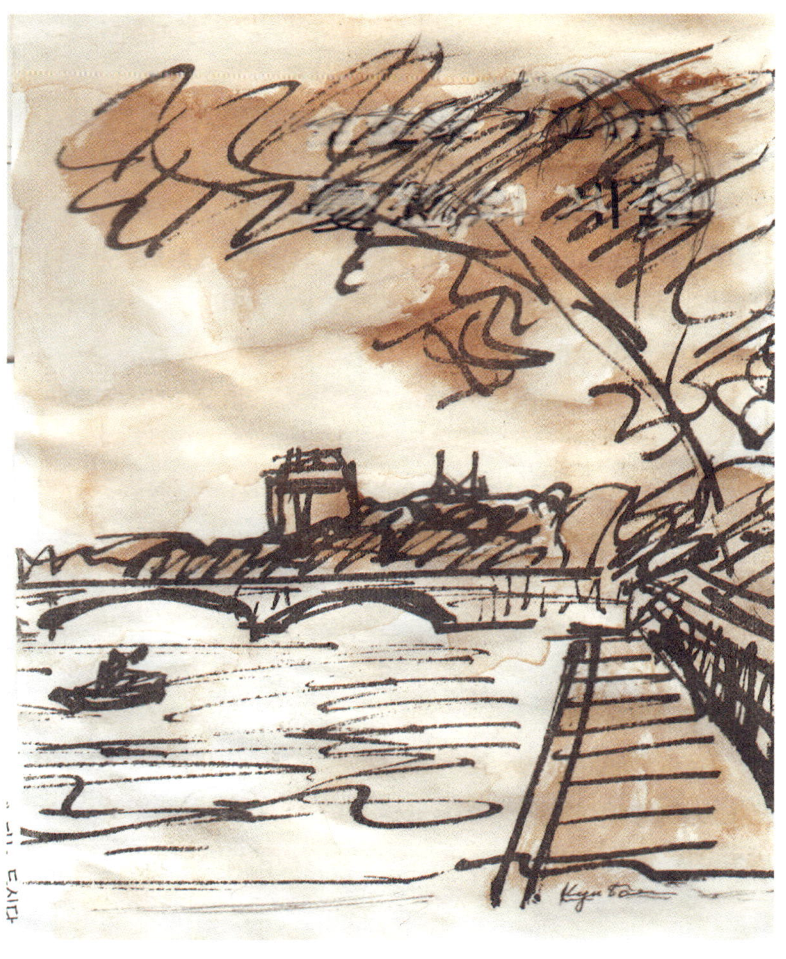

고, 누드화를 그리는 계기가 되기도 했다. 이 작품은 〈물의 행로〉의 프랑수아 지라르동에 의한 베르사유 궁 분수대의 조각 작품인 물과 친숙한 님프들, 그 중 한 님프가 허리를 구부려 안변(岸邊)의 두 님프에게 물을 끼얹으려고 한다. 그러자 그들은 소리를 지르며 피하려 든다. 르누아르의 작품에서는 물속의 소녀가 혼자이고 제각기 나체를 포착하는 시각(視角)이 사뭇 다를 뿐 기본적인 구도에는 변화가 없다. 이른바 '앵그르의 위기'에 직면하여 고전적인 구성을 제 것으로 삼으려 했던 르누아르의 경우를 이 작품을 통해 가히 짐작할 수 있다. 하지만 이 신화의 주제나 구도도 분명히 르누아르 자신 속에 도사리고 있었던 별개의 시(詩)에 조응(照應)하고 그 접점에서 창조해낸 아름다움임이 틀림없다.

신화를 소재로 한 많은 나부상은 그 시대마다 취향이라고나 할까. 이른바 세속적인 미적 기준을 각각 다루고 있다. 옛 신화에 나오는 여신을 본격적인 누드로 그리기 시작한 것은 북방 미술에서였고 비너스를 관능적으로 묘사한 것은 이탈리아 화가들이 고대의 비너스 조각을 모델로 삼아 여기에 관능적인 필독을 가하기에 이르렀다. 또한, 이 시기의 로제티 역시 시인으로서 뿐만이 아니라 천부적인 재능을 지닌 화가이기도 했다. 카리스마적인 성격의 소유자인 로제티는 약관의 나이에 영국 문학(특히 시)과 미술의 개혁에 노력했다. 특히 화단에서는 라파엘 전파의 중심적 인물로서, 그가 선호했던 문학과 미술의 주제는 모두가 아름다운 여성이었다. 그가 임종하기 전 20여 년간 여성 이외에는 그리지 않았고 뒤샹, 특히 뒤를 라포르크의 시에서 많은 화재

(畵材)를 찾아내어 이상적 대상을 부각했다.

또한, 영국의 낭만주의 시인인 윌리엄 블레이크도 르네상스를 불러일으킨 단테의 『신곡』 등은 테마로 하여 매우 상징적으로 누드화를 낭만적 시인답게 그려냈다. 블레이크는 시, 회화 공히 '낭만주의 시대의 천재'라고 높이 평가하고 있지만, 생전에는 제대로 인정받지 못해 어렵게 살면서 지상의 세계보다는 상상의 순고한 정신세계에서 살다가 누드처럼 아름답게 생을 마쳤다. 그의 말처럼 "예술가에는 시련이 모질수록 옹근 작품이 창조된다"라는 것을 믿고 나도 낙조처럼 그리고 누드처럼 생을 곱게 마무리하고 싶다.

일찍이 하버드 리드가 '마르지 않는 조형의 샘'이라고 격찬했던 피카소도 그의 '신고전주의 시대' 이후에 쉬르레알리즘의 시를 많이 쓰고 또한 시적 상상력이 담긴 화풍의 누드화를 많이 그렸다.

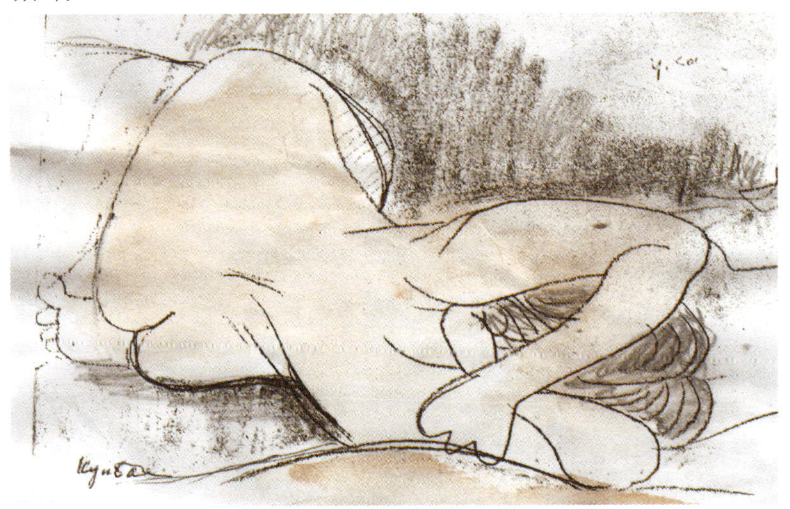

네덜란드 풍속화도 제법 시적 분위기가 감돌기도 한다. 디아나들의 물놀이하는 정경은 곧 시 자체이기도 했다. 하지만 그러한 신화적 주제나 구도라는 것도 그들 속에 있는 또 다른 시와 조응하곤 했다.

한편, 이탈리아의 시인 아리오스토의 시를 소재로 한 〈안젤리카를 구출하는 로제〉의 실제 모델과 이 그림 속의 누드를 비교해보면 생명감이 넘치는 실재감을 실감할 수 있다. 프랑스의 궁학파의 영수 격인 앵그르의 〈오달리스크〉는 가슴과 등의 곡선이 강조되어 더욱 실체감이 느껴지고 〈발팽송의 욕녀〉는 그의 관능적인 나부상의 기념비적인 작품으로 간소화된 이상적인 포름, 즉 이중의 추상적인 완벽함을 추구한 명작으로 손꼽힌다.

근대에 이르러 환상(幻想) 누드로 물의를 일으켰던 귀스타브 모로는 시적 영감으로 많은 누드를 그려 '이교(異敎)의 시인' '희한한 문학 화가' 라는 별칭으로 특히 인상파 화가들의 갖은 비난을 받았지만, 그의 누드는 시적이며 환각적이다.

발튀스도 이런 부류의 시적 상상력이 풍부한 화가였다. 또한, 마르셀 뒤샹도 문학적인 상상력의 화가다. 그는 프랑스 상징주의 시에서 많은 영감을 얻어 〈계단을 내려가는 누드〉 시리즈를 계속 제작하였으며 〈세례받은 나무〉는 그의 중요한 모티브로 유화에서도 시적 이미지를 형상화하는데 열중했다. 그의 누드는 그래서 '팝 스타일' 의 화풍이 많다.

그는 또한 비트겐슈타인, 구름 등 철학자들의 영향을 받아 이른바 철학적 에로티시즘의 그림을 곧잘 그렸고, 보나르는 무방비 상태로 노출된 나부를 통해 고혹적으로 연출하는 좀 끈적한 에로티시즘의 솜씨를 보이기도 했다. 파스킨도 유성물감을 수채화처럼 써서 누드의 존재감을 환상적으로 시화하기도 했다.

고혹의 알몸에서 느끼는 주검

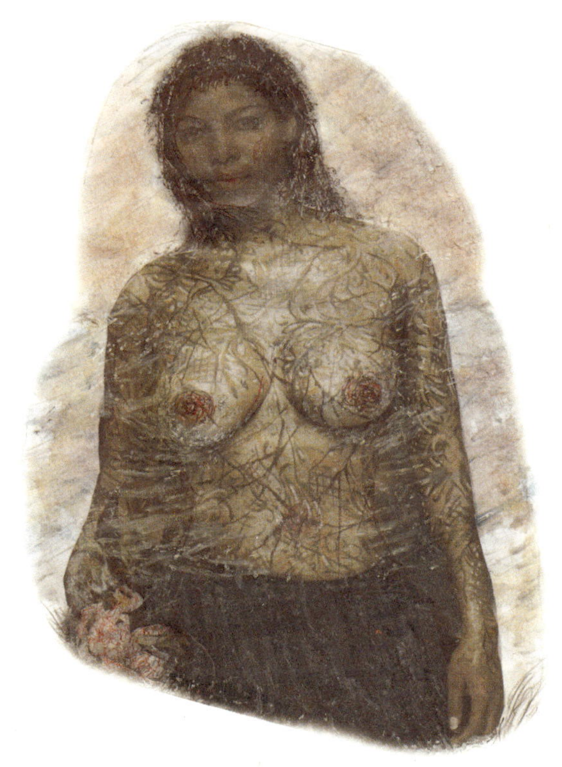

누드에 깃든 죽음

내 아틀리에에 들릴 때마다 친구들은 두서없이 널려 있는 누
드화를 빈정거리며, 포즈가 너무 고혹다워 외설적이라느니 아니
면 정반대로 견디다 못해 주검이 된 듯, 이 시간이 멈춰진 모습

같다며 극과 극의 평가를 하곤 한다.

내 누드는 절대 고독 속에 함몰되다 보니 욕구불만의 해소책이라고 빈정거리는 이도 있지만, 그보다는 어쩌면 내가, 시 세계에서 추구해오던 '원초'에 대한 그리움의 회화적 고백인지도 모른다. 생명력 자체에 대한 메타포일 수 있겠고 인간의 육체 중 눈에 보이지 않는 '요소'의 일부로 표상하고 싶어서인지도 모르겠다.

솔직히 털어놓지만 나는 모델을 보며 그리는 경우가 매우 드물다. 물론 내 뇌리에는 어린 시절에 오매불망 그리웠던 어머니의 앞가슴이 크게 각인되어 있고, 어쩌다 보는 나녀를 오래도록 입력 저장하는 그런 능력이 고맙게도 내겐 있어 다행이기는 하지만……

그러나 모델 없이 그리는 경우가 많아서 내 누드화가 주검 또는 어쩌면 죽은 듯한 생명체로 둔갑하곤 한다. 그리스 신화에 나오는 메두사의 사안(邪眼)과도 같은 묘법(?)을 나도 모르게 갖게 된 것인지 모른다.

나는 강조하고 싶은 나체 일부를 지나치게 과장하며 탄력적인 포름이나 하얀 살결의 질감, 그러니까 '텍스처'를 강조하기도 한다. 김흥수 화백은 내 습작을 볼 때마다 포름을 무너뜨리고, 과감하게 살결 위에 원색을 덧칠하라고 권하곤 한다, 재미 시절 그의 음양 하모니즘 이론 정립에 일조했던 나이긴 하지만 구상의 추상화를 화폭 위에 구현하기란 정말 어려운 것 같다.

고갱을 닮고자 타히티로

김 화백의 충고를 따라 우윳빛 피부에 원색을 살짝 덧칠했더니 두드러진 생체 감각이 죽은 듯한 여체를 조금은 살아 있는 님프로 환원시킬 수 있게 되었다.

이 책에는 나의 누드 크로키만 삽입했겠지만 화보는 따로 상재해 보았으면 한다. 그러기 위해서는 내 나름의 미의식을 좀 더 고양하는 노력이 있어야 하겠다. 특히 에로스의 생명력이 내 분신이라는 마음가짐이 필요할 것 같다. 프랑스 화가들이 흔히 기피하는 '나추르 모르도(죽은 자연)'가 안 되도록 힘써 보려 한다. 비록 내 전업은 아니지만……

나는 고갱을 닮고자 타히티 섬에 한동안 머무르고 있었다. 굳이 모델을 살 것도 없이 널려 있는 원주민의 상반신을 마치 보디 페인팅 하듯이 덧칠해 본 적도 있다. 나 스스로 생각해도 생명력이 넘치고 만지고도 싶은 고혹을 느끼는 누드였다.

이제까지의 내 누드화를 굳이 변명하자면 '스틸 라이프' 같은 누드다. 죽음이 운명 지워진 인간의 모습이나 죽음이 고양된 생자의 알몸을 통해 '메멘토 모리(죽음의 상념을 떠올리게 하는)' '그로테스크한 이마쥬'를 느끼게 하는 매체이기도 하다.

아름다움과 사랑의 한계

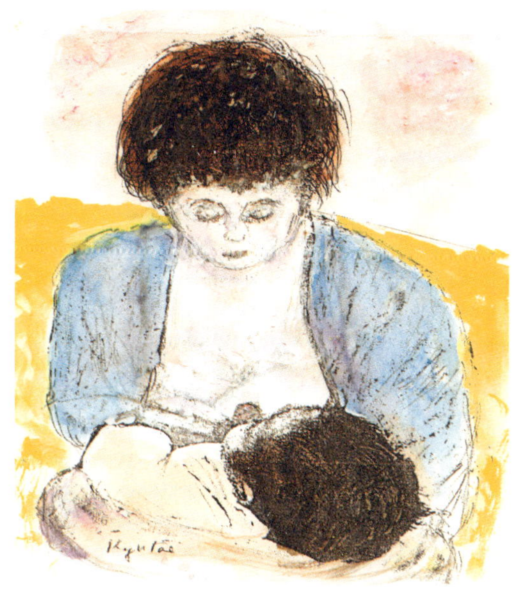

젖 주는 어머니의 아름다움

미에 대한 글을 쓰면서 나는 내 클래스 학생들에게 '이제까지 무엇이 가장 아름답다고 느꼈는가?' 라는 설문을 한 적이 있다. 그 대답 중 가장 많은 항목이 '예술' 그다음 꽃, 산, 하늘 등 대자연이었다.

학생 가운데 단 한 명만이 질문지에 적은 항목 아닌 기타란에 '갓난아기에게 젖을 빨리는 어머니' 라고 대답했다. 나는 질문지를 읽으면서 한 대 얻어맞은 것 같은 감동을 하였다.

나는 이러한 어머니의 모습을 그동안 어떻게 느껴왔던 것일까 하고 곰곰이 생각해 보았다.

나는 갓난애 때는 물론이고 유치원 다닐 무렵까지만 해도 어쩌다 오시는 어머니의 젖을 만지는 것을 무척 좋아했던 것으로 기억된다. 하지만 어머니는 직장관계로 객지생활을 하고 계셨기 때문에 늘 젖을 그리워하곤 했다. 그런데 나는 갓난아이들이 젖 빠는 장면을 보고 아름답다고 느껴 본 적은 별로 없었던 것 같다. 내가 어렸을 때만 해도 우리나라 어머니들은 남 앞에서도 서슴없이 앞가슴을 열고 아이에게 젖을 먹이곤 했다. 그런 광경은 꽤 자라서도 보았지만, 별반 강한 인상으로 남아 있지는 않았다.

나는 한때(하나님을 믿기 전) 죽고 싶다. 사는 게 무의미하다. 무의미한 삶을 영위한다는 것은 자기모순일 뿐만 아니라 생애 대한 모독이라고 생각했던 적이 있다. 젊은 시절에 이런 니힐리즘의 사상(이라기보다는 실은 기분에 지나지 않는 것이겠지만)을 지녔던 시절과 관련이 있는 것인지도 모른다. 사상이 현실을, 그리고 더 나아가 미를 보이지 않게 할 수도 있는 것이니까 말이다.

용기와 결단성이 없기 때문(이라고 하기보다는 젊은 생명의 에너지가 넘쳐나 사상을 압도했기 때문이라고 보는 것이 사실에 가까울 게다)에 자살을 시도해 보지도 못했고, 그러다가 6·25동란 후 어려운 상황에서 어렵사리 결혼했고, 1년 만에 딸을 낳았다.

아이는 살아 있는 기적인 듯만 싶었다. 정말 놀랍고 대견스러웠다. 도스토옙스키의 말마따나 "인간은 세 살까지 천사"처럼 여겨졌다.

그렇지만 나는 속으로 딸 아이를 몹시 귀여워하면서도 겉으로 나타내질 못했다. 젖 먹이는 아내의 모습을 보는 것이 아름답기는커녕 겸연쩍어하기까지 했다. 삶을 부정적으로 보는 나의 어쭙잖은 사상이 내 감각에까지 삶의 혐오감 같은 것을 불어넣어 준 것인지도 모른다.

동네 사람들은 딸아이가 매우 예쁘다고 칭찬을 아끼지 않았지만, 나는 듣기 좋아하라고 하는 소리로만 여겼다.

내 딸이 천사처럼 소중하다고 생각하기는 했지만 예쁘다는 생각은 전혀 없었던 것이다.

그렇다면 그때까지 나는 도대체 무엇을 아름답다고 보고, 무엇이 참다운 미(美)라고 생각했던 것일까. 그 당시 나는 그런 물음을 자신에게 던져 본 적이 없었다. 하지만 새삼스레 지금 그런 물음을 던진다면 어떻게 대답할까.

글쎄, 대답은 모호할 것 같다.

'인생 반환점'이라는 엉뚱한 생각을 지니고 있었던 내가 그 무렵에 가장 골똘했던 것은 언제 완성될지 모를, 아니 죽어도 제대로 마무리 지을 수 없을 것 같은 시(시 같은 것)를 만드는 작업을 제대로 시도하는 일이었다.

그렇지만 돌이켜 생각해보면 어처구니없는 일이었다. 그때 나는 시와 미를 같이 묶어서 생각해 보지는 않았다. 절대로 감전(感電)시키는 장치, 그러니까 인식의 도구, 그것이 시라고만 생각했을 따름이다.

니힐리즘과 사랑

미가 짜릿한 존재감을 가지고 내 중심에 섬광(閃光)을 발하게 된 것은 훨씬 훗날의 일이었다.

나는 어렸을 때부터 '감각 인간' '명상 인간'이 아니라 오히려 '윤리 인간' 쪽에 가까웠다. 그런데도 내가 시를 쓰게 된 것은 6·25동란 때 종군 중 종군작가단에 소속된 시인들과 두터운 친교를 맺고 있었던 때문이다.

나는 어떻게 하다 보니 시인이 되었고, 그래서 시를 많이 쓰다 보니 어느 만큼 '감성 인간'이 되었고, 그러다가 '사랑'의 의미 등을 깨닫게 되면서 남태평양 시절에야 비로소 '갓난애에게 젖을 빨리는 어미'가 아름답게 느껴지기 시작했다.

사랑의 의미를 터득하면서 삶의 분출, 생명 넘치는 에너지의 염원이 일순에 응축하여 일시에 분출하는 것 같은 감동에 젖을 때가 이따금 있었다.

생명 그 자체가 순진무구한 갓난애. 완전히 발가벗은 채로 무방비 상태의 이 비인칭 존재가 영양공급을 요구하고 있다. 그 요구에 충실히 따르는 엄마를 보고 아름답다고 느낀다. 그런데 그런 아름다움을 발휘시킬 수 있는 원동력은 바로 비인칭 존재이다.

"미(美)란 사람과 마찬가지로 하염없는 것"이라고 말하면서 그러한 내용을 담은 소설집을 엮은 프랑스의 시인 쉬페르비엘은 그 책 제목을 「저 세상에서의 제일보」라고 붙였다.

현대는 '저 세상에의 제일보'가 아닐까. 이 책에는 아우슈비츠의 장교가 모차르트의 감미로운 멜로디에 도취하면서 가스실에 유대인 포로를 집어넣게 하는 명령서에 사인을 한다. 또한, 마피아 조직을 묘사한 이탈리아 작품에는 아름다운 시구(詩句)에 큰 감동을 한, 한 보스가 그 순간 부하에게 살인을 명령한다. 음악을 들으면서 로마시가를 불태운 네로도 아마 그런 심정이었으리라. 그리고 보면 예술의 번영은 어쩌면 인간 멸시 사상의 만연(漫然)과 정비례하는 듯싶기도 하다. 미란 그렇게 허망한 것일까.

미가 인간의 죽음을 초월하지 않는다는 점에는 아름다움이란 허망한 것이다. 비록 미를 소유했다고 실감했을 때에도 그 미는 어떠한 죽음도 막을 수는 없다. 세계의 종말이 닥쳐왔을 때 미는 아무런 구실을 하지 못한다. 이런 데까지 생각이 미치고 보면 미가 허망하다고 여길 수도 있다.

하지만 미가 인간의 삶을 초월한다고 하는 점에는, 미란 결코 허망한 것일 수 없다.

내가 최근에 읽은 작품 가운데 가장 아름답게 느꼈던 것은 장지로두의 희곡 옹딘(Ondine: 물의 精靈)이다. 물의 정령 옹딘은 인간인 기사(技士) 한스를 사랑한 끝에 결혼하게 된다. 그런데 한스는 옹딘을 배신하게 된다. 옹딘은 하는 수 없이 물속으로 돌아오게 된다.

하지만, 옹딘은 육지에서 한스와 함께 생활했던 방안 세간을 모두 물속으로 옮겼다.

그리고는 그녀는 한스에게 이렇게 말한다.

"······난 안락의자에 앉아 라인 강의 불을 하나하나 경대 위의 촛대에 점화하겠어요. 거울에 비친 내 얼굴도 자세히 들여다볼 거고······ 시간에 맞추어 괘종시계도 울리겠어요. 깊은 물 속에 내 방이 그대로 옮겨지는 거예요······. 그렇게 되면 망각과 죽음의, 연령과 종족에 의해 서로가 멀리 떨어져 있다 해도 우리는 서로 마음이 교통할 수 있겠지요. 서로의 사랑에 충실할 수 있겠지요. 육지의 의식이 만든 방을 물속에 무의식의 세계까지 끌어내려 지난날의 달콤했던 생활을 연장하려는 거죠" 이 작업이야말로 참사랑이 아닐까. 이러한 사랑의 작동이 일지 않는다면 결코 미의 분사(噴射)란 기대할 수 없는 노릇이 아닐까.

옹딘의 사랑

그와 같은 상대적인 것도 개별적인 것을 꿰뚫고 에너지가 방사(放射)해야 한다는 것이다.

그런 점에는 미란 진실과 공통된 것을 지니고 있다. 요즘 '차별은 부당하다(이건 진실이다)' 라는 소리가 높다. 여러 가지 차별 철폐운동이 세계 곳곳에서 일어나고 있다.

아인슈타인의 상대성 원리라는 것을 새삼스레 생각해 본다. 그 위대한 원리가 가공할 원자, 수소 폭탄을 탄생하게 했다. 진리(진실)가 세계를 진동시켰다. 후쿠시마 참사를 보라, 생각할수록 처참한 일이다.

인류는 오랫동안 미의 천재를 낳아 왔다. 그 때문에 과연 세상
이 점점 아름다워져 왔는가. 많은 미의 발견과 성취(예술 작품)
가 천재들에 의해 창조되지만, 그럼에도 아이로니컬하게도 세계
는 더욱 추해져만 가는 것 같다.

왜 그럴까.

그동안 많은 미의 천재들이, 그리고 철학자들이 이 문제를 놓
고 고민해 왔다.

미(美)란 앞에서 잠깐 말한 것처럼 비인칭적 작용이다. 본시
인간을 위해 존재하는 것이 아니며 처참한, 그리고 초월적인 에
너지인 것이다. 그런 점에서 미란 핵 에너지에 견줄 수도 있다.
잘 선용하지 않으면 도리어 무서운 존재로 바뀔 수도 있다.

인간이 신(절대자)을 점점 믿지 않게 된 이래로 비인칭 존재인

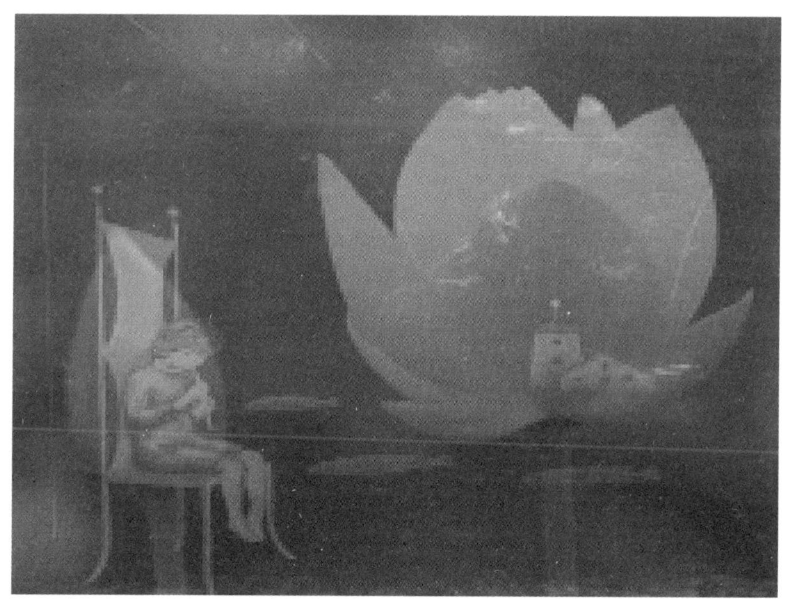

에너지는 야성 상태로 되어 간다.

미란 인간의 공기(狂氣) 속 이나 사회의 균열(龜裂) 속에 서만 섬광적(閃光的)인 작용 을 한다. 우리 인간은 우선 우리 속에 잠자고 있는 자연, 관능, 감각 등을 해방해야 한 다.

앞서 고백한 것처럼 나는 제대로 사랑을 해 본 적이 있 다. 그건 이상하게 고양(高揚)

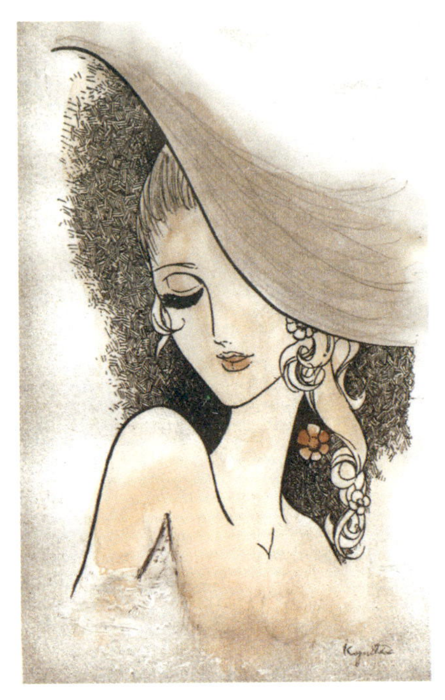

된 미의 세계다. 요즘 젊은 사람들에게는 전혀 믿기지 않는 세계겠 지만, 우리는 여러 번 기회가 있었는데, 손가락 까딱하지 않았다. 결코, 윤리나 도덕관 때문에 웅딘이 말한 '우리의 방'을 마련하지 못하고야 말았다.

내가 사랑한 것은 분명치 않지만 어쩌면 그녀라기보다는 그녀 를 통해서 본 나의 미적 관념이었는지도 모른다.

사랑이 아름다운 열매를 맺으려면 미적 관념만으로는 불가능 하다. 감각이나 관능의 참가에 의해 구체적으로 교류되지 않는 한, 관념만으로는 결코 자기 증식(增殖)도 타기(他己) 분열도 일 으킬 수 없다.

웅딘은 "서로 사랑에 충실해야겠다"라고 말했다. 하지만 나는 나의 미적 관념에만 충실했던 것이다. 서로가 충실할 힘이야말로 '인간적인 아름다움'이라고 부를 수 있지 않을까.

이따금 나는 전혀 새롭게 변신한 지구를 상상해 본다. 그리고 내가 지구 바깥의 한 지점에 떠서 그 지구를 바라보는 꿈을 꾸어 본다.

이런 나의 상상을 술자리에서 어느 친구에게 얘기했더니 나더러 병적이라고 나무랐다. 하지만 그런 새로운 세계를 꿈꾸어 보는 것이야말로 미의 본질이 아닐까.

지금 나는 프랑쿠르가 쓴 『밤과 안개』의 마지막 장면, 즉 나치의 손에 의해 처형되기 전날 저녁 붉게 물든 놀을 바라다보면서 한 유대인 포로가 간절하게 "나는 곧 죽는다/ 하지만 세상은 왜 이렇게 아름다운 것일까……."라고 노래했던 구절이 강하게 나의 뇌리를 스치고 지나간다.

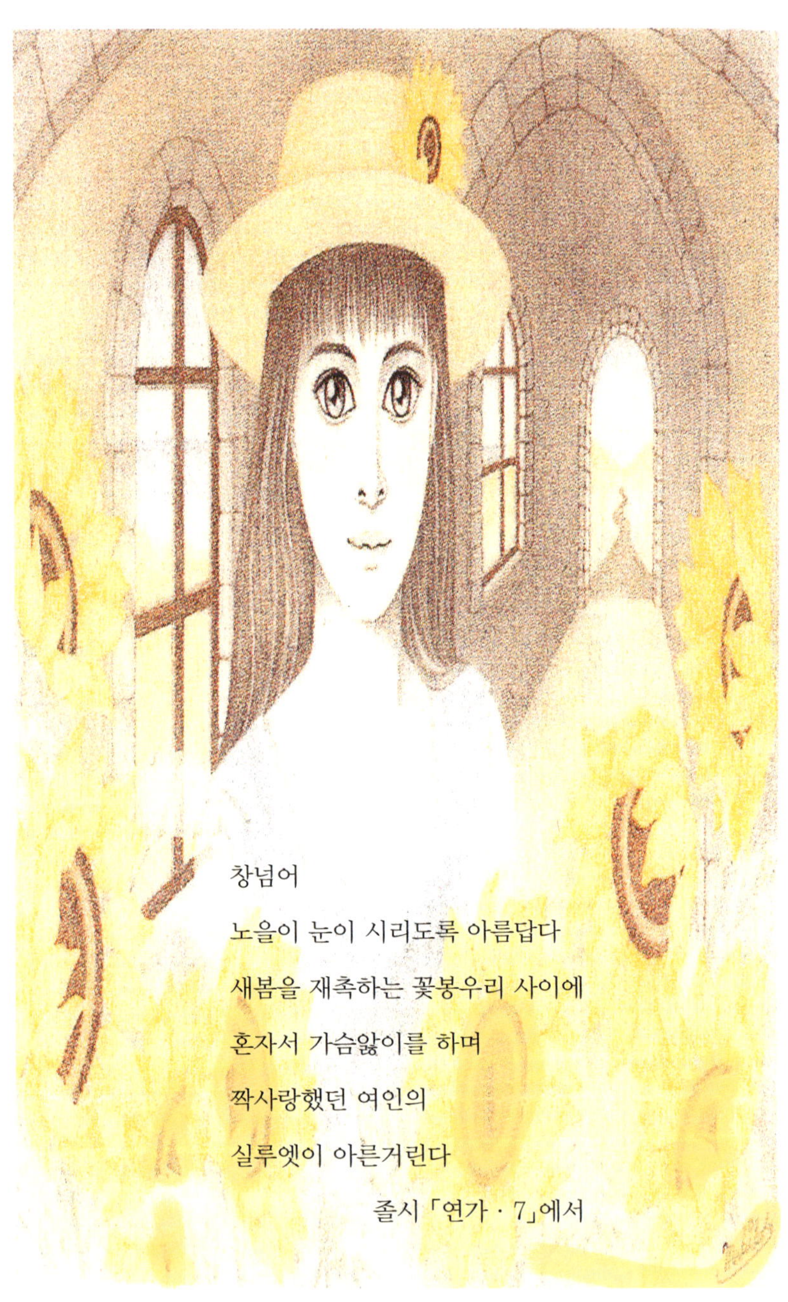

창넘어

노을이 눈이 시리도록 아름답다

새봄을 재촉하는 꽃봉우리 사이에

혼자서 가슴앓이를 하며

짝사랑했던 여인의

실루엣이 아른거린다

졸시 「연가 · 7」에서

V. 사랑과 죽음, 그 환희의 찬가

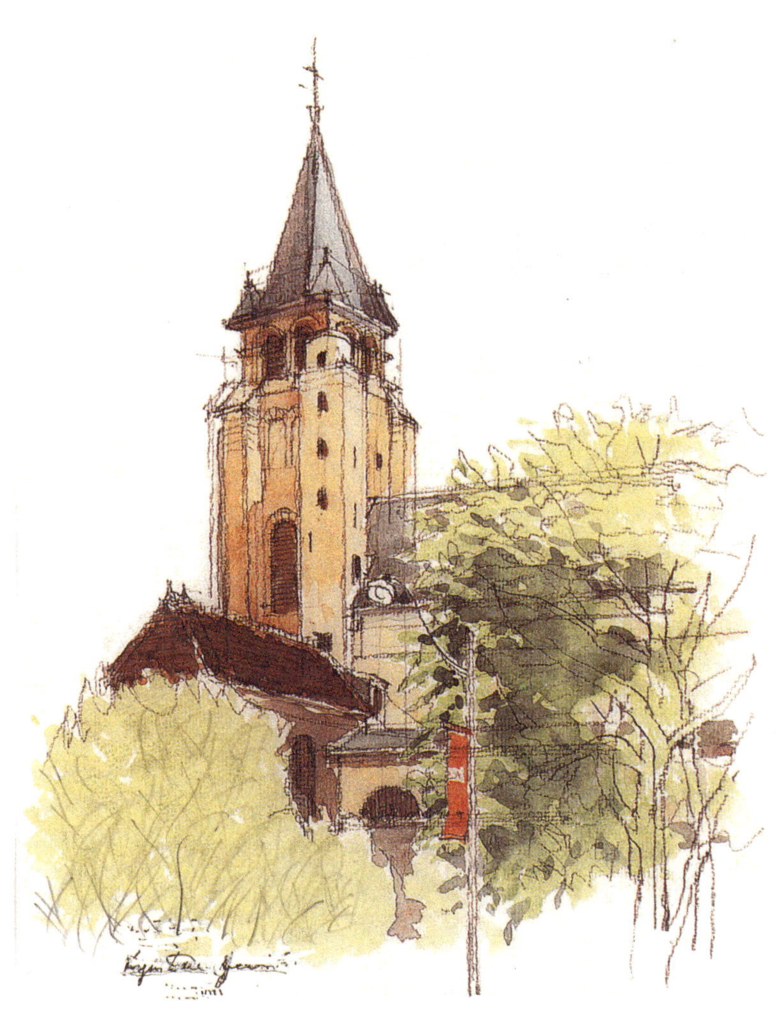

아쉬움을 견디면 그리움이 되는 것가 안으로 타는 이 열기, 다소곳이
보듬어서 둘만의 자물쇠를 강물에 띄어 볼까

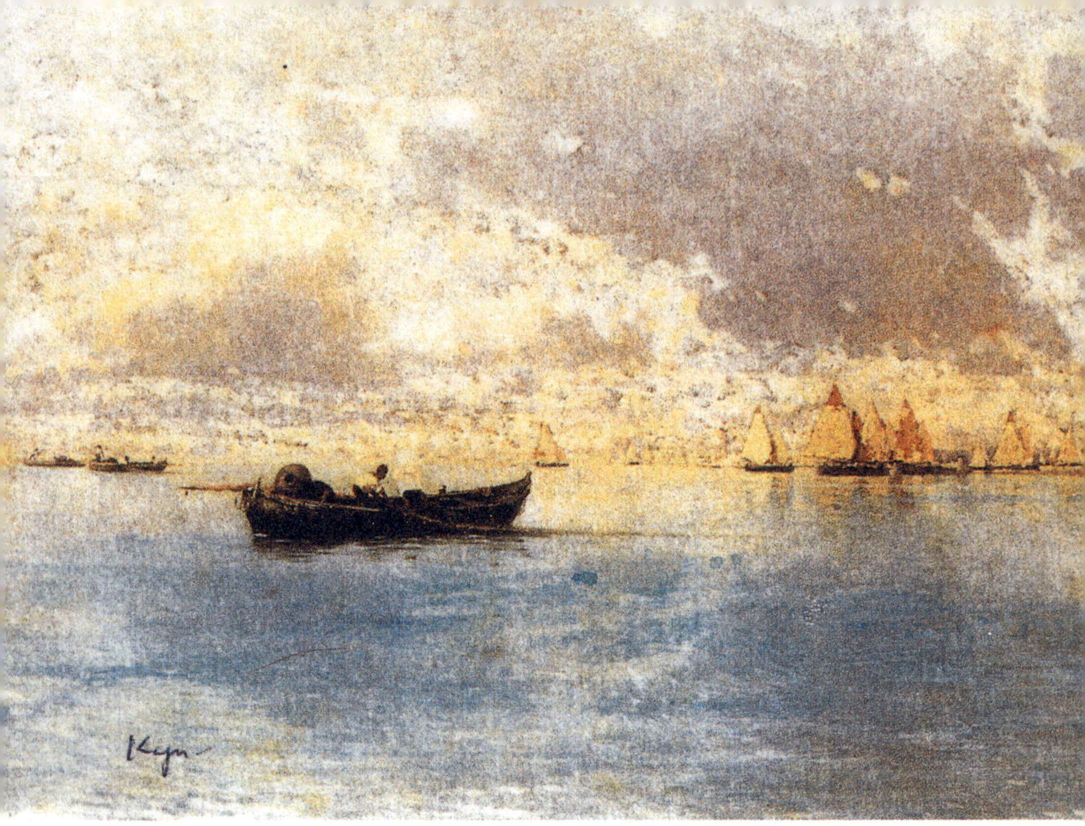

무인도나 될까부다
쪽배 가듯 살까부다

해금강 청솔만 같던
그대 멀리 떠나던 날,

노을은
파도를 품어
꽃이 되고 있었네

– 유지화 「그날」

아벨라르와 엘로이즈

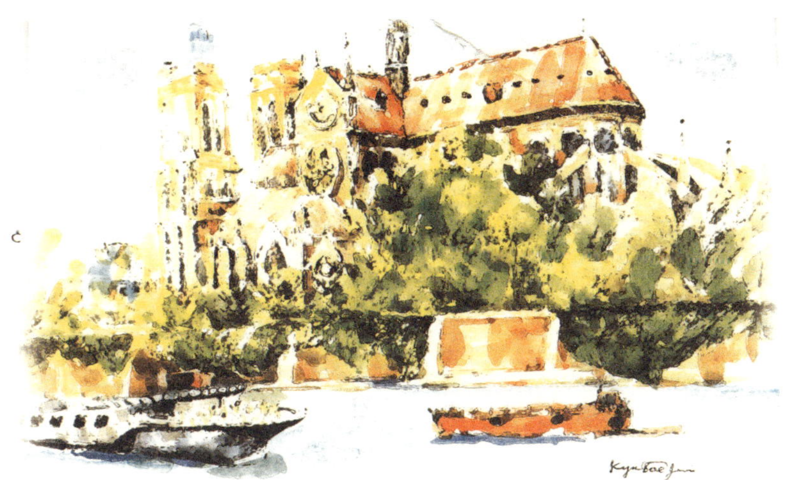

유증(遺贈)의 노래

일찍이 보부아르는 "외국을 이해하려면 그 나라의 문학가를 통해 들여다봐야 한다"라고 했다. 그녀는 또한 문학의 영원한 소재인 "사랑과 삶을 이해하려면 파리 시테 섬을 찾는 게 좋다"라고 권고했다.

시테 섬에는 빅토르 위고의 명작 『노트르담 드 파리』의 무대였던 노트르담 사원이 있다. 사원 종탑에 올라가 보면 거기 새겨져 있는 'Anantke'(그리스어로 '숙명'을 뜻함)를 보는 순간 에스메랄다를 위하여 죽음에까지 따라간 꼽추 카지모도를 떠올리며 보부아르가 말한 뜻을 이해하게 된다.

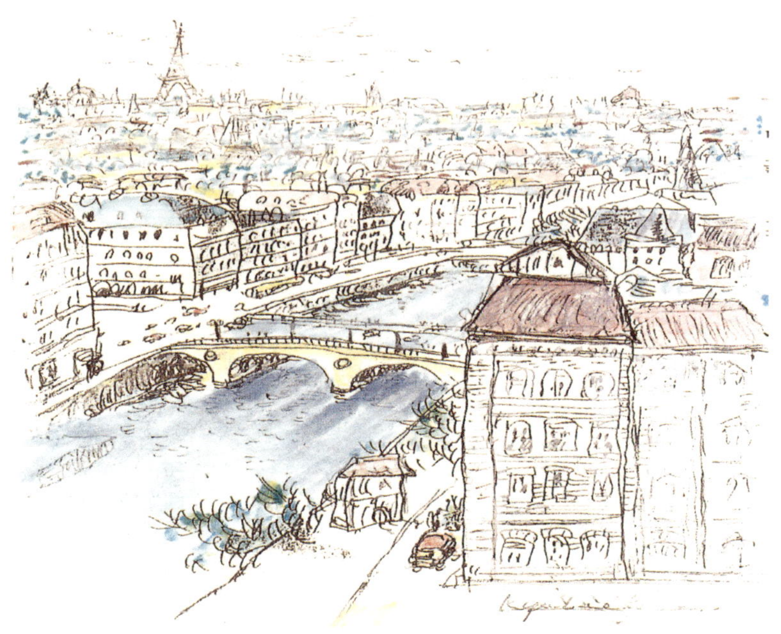

그리고 종탑에서 내려다보면 섬의 뾰쪽한 끝자락에 내가 20대에 번역하여 출간했던 연애 서간집 『사랑과 죽음의 그늘에서』의 주인공인 아벨라르와 엘로이즈가 살던 집이 보인다. 진정한 사랑이 무엇인지를 극명하게 보여준 두 연인의 애끓는 서간집, 그 주인공의 집!

프랑스 최대의 서정시인 프랑수와 비용(F. Villon)은 16세기 중엽, 방랑의 세월을 보내면서 예민한 감성에 의해 스스로 숱한 과오를 시에 의탁하고 또한 옹근 인식에 의해 이 세상의 온갖 아름다운 것의 피안에서 죽음의 환상을 응시할 수 있었다. 그는 시집 『유증(遺贈)의 노래』에서 아벨라르와 엘로이즈의 사랑을 이렇게 노래했다.

지금쯤 어디에 있을까, 재색을 겸비했던 엘로이즈는
그녀 때문에 궁형(宮刑)을 받은 아벨라르는 성 드니 수도원에
잠적했다.
이 같은 고뇌도 그 사랑 때문에
또한 뷔리당(Buridan)을 부대에 넣어 센 강에 던져 버리라고
명령했던 그 여왕은 어디에 가 있을까

그리고
지난해의 눈(雪)은
지금쯤 어디에 있을까?

F. 비용은 이 시에서 엘로이즈 뿐만 아니라 역사상 또는 전설적인 아름다운 사람들의 면영(面影)을 점경(點景)하면서 모든 것을 공무(空無)로 돌려 버리고 마는 죽음에 대한 상상력의 영원한 현전성(現前性)을 말하고 있다.

해가 저물면
개그맨의 허황한 소리만이 겉도는
방 안에서
내 세포는 빠른 속도로 죽어간다

한 번 숨을 쉴 때마다
또 하루를 잃어버린다
권태의 시간

한 걸음씩 다가오는 죽음

내 눈은 시간을 좇고
내 귀는 시간을 듣고
육체는 불합리한 폭력을 감지하면서

시간은 흐르리라
내 속의 고유한 시간이 멈춘 뒤에도
모든 게 끝나 버린 다음에도
시간은 계속 흐르리라.

졸시 〈시간〉에서

이러한 공무의 의식을 비용은 지나간 눈의 꿈에 비유함으로써
아름답게 이미지를 부조시키고 있다.
　일찍이 호이징거가 『중세의 가을』에서 노래했듯이 비용이 살

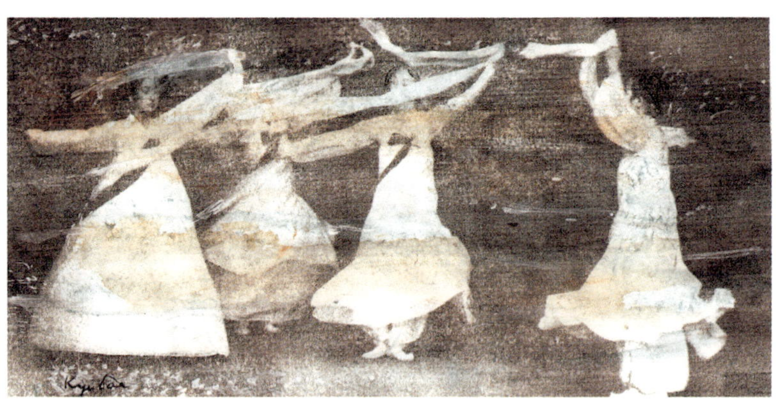

고 있었던 무렵, 죽음의 암흑 속에서 신음했던 민중들의 '당스 마카브르(죽음의 무도)' 였던 중세 말기의 시대 상황이 비용의 시에는 그런대로 잘 반영되어 있다.

비용이 특히 이 시에서 엘로이즈를 특별히 상찬한 것은 그 자신이 쓰리고 아픈 사랑의 경험이 있었기 때문이었던 것 같다.

그 때문에 3세기 전에 있었던 아벨라르와 엘로이즈의 세기적인 사랑에 대해 그는 동경하고 선망했었던 듯싶다.

아무리 진실하고 갸륵한 사랑이라고 힐지리도 죽음 앞에서는 '공무' 한 것이라고 비용은 노래했다. 확실히 이 세상 모든 일은 "지난해의 눈" 처럼 허망하고 하염없는 것임이 틀림없다.

물론 알뜰히 사랑했던 사람들의 육체는 소멸한다. 하지만 그 사랑이 진실한 것이라면 사랑했던 사실은, 육체를 뛰어넘어 사랑의 깊이와 비례하여 사랑을 보고 듣고 읽는 사람들, 그 사랑에 공명하고 감명받은 사람들의 마음에서 마음으로 옮겨지면서 그 내부에 남아 꽃피는 것이 아닐까? 언어는 그 사랑을 전하고, 이 세상에 사랑이라는 것이 존재하는 한, 사람들은 '그랑 다 무르(위대한 사랑)' 를 깊이 잊지 못하리라.

라이너 마리아 릴케는 이를 『말테의 수기』에서 "사랑하는 사람들은 부단히 고뇌하고 또 위험 속에서 살게 마련이다. 아, 그들은 이내 몸의 존재를 초월하여 사랑을 위하여 희생하고 제고(提高)되도다. (중략) 그들에게는 오직 확실함만이 있다. (중략) 그들 속 깊이 고즈넉이 비밀이 도사리고, 소쩍새 마냥 피 흘리며 운다. 하지만 자연 전체가 그 소리에 화답하고―이는 영원자를

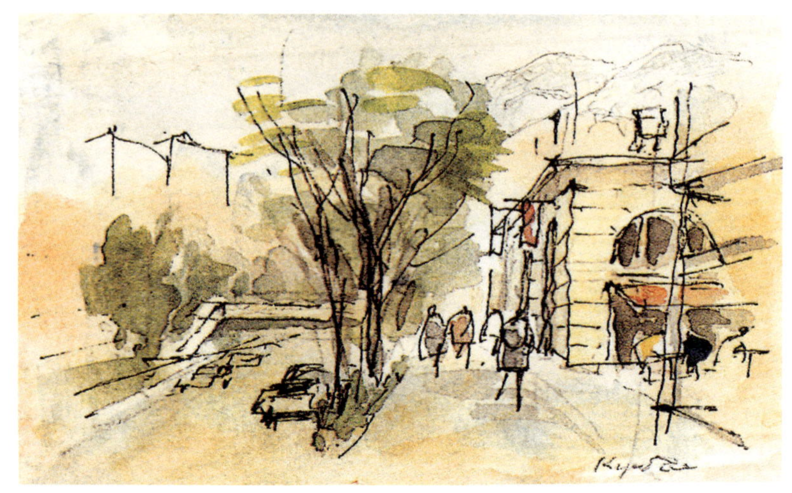

갈구하는 탄식으로 화한다"라고 차탄한 바 있다.

여기서 "자연의 아름다운 소리"란 사랑하는 사람들의 소리를 듣는 모든 사랑의 가능성이며 이는 화창(和唱)이 됨으로써 시간과 장소를 초월하기에 이른다.

이처럼 '그랑 다 무르'는 시공을 초월하여 불멸의 삶을 이어간다. 우리에게 널리 알려진 아벨라르와 엘로이즈의 사랑 이야기는 바로 이러한 '그랑 다 무르'의 한 좋은 표본이다.

포화하지 않은 상태

피에르 아벨라르는 1079년 프랑스 브르타뉴의 낭트 근교에서 태어났다. 그가 엘로이즈와의 왕복 서간문집에서 자신이 브르타뉴 출신임을 강조하면서 여느 프랑스인이 지닌 성격과 대비시킨 점을 주목할 필요가 있다. 그는 같은 그리스도 교도들로부터 박

해를 받아 브르타뉴 지방으로 추방되었을 때 "프랑스인의 질투심은 나를 서국(西國)으로 추방했다, 마치 로마 민족이 히에로나무스를 동국(東國)으로 몰아낸 것처럼"이라고 술회하고 있다. 이는 당시 유명한 논리학자로서 뛰어난 재능을 발휘했던 아벨라르에의 강한 질투심 탓이었다.

그는 첫째 서간문에서 자신이 어렸을 때부터 철학·신학 등에서 천분(天分)의 재능을 보여 많은 논적(論敵)을 눌러 이겨 명성을 떨쳤다. 그 때문에 학계에서 강한 질투심과 증오심을 불러일으켜 늘 위험 속에서 살았음을 밝히고 있다.

「중세의 철학」을 집필한 에드와르 죠노는 아벨라르의 업적에 대해 논술하면서 그는 "보기 드문 천재였다"라고 칭송했고 최근의 철학자인 장 조리베는 "12세기 여러 철학자가 보편의 문제에 관해 제출한 해결법 등은 아벨라르 앞에서는 모두 빛을 잃었다"라면서 "그야말로 중세 최대의 철학자"라고 역설했다. 빅토르 꾸장은 그를 "12세기의 데카르트"라고 지적했다.

죠노는 아벨라르의 논리 구조가 무엇보다도 '지(知)'에 의한 강한 욕구이며 여기에서 출발하여 신의 문제에 접근하려 했다는 점에서 인식론적으로 보아 데카르트의 방법과 유사한 데가 있다고 보았는데, '지(知)'보다 '신(信)'을 중요시했던 12세기에는 자칫 이단시될 소지를 그의 논리는 많이 지니고 있었다.

아벨라르는 첫째 편지에서 "나는 이미 밤하늘에서 지워져 가는 철학자라고 여기고 그에 따라 어떠한 공격도 두려워할 필요가 없다고 생각했다"라고 자신의 과실을 자책했는데, 그는 이 같은 뛰어난 재능과 오만 때문에 쉽사리 두각을 나타냈으나 많은 적을 주위에 갖게 되었다.

아벨라르의 불행은 '중세 최고의 철학자' '변증법의 기사(騎士)'라는 영광 탓만은 아니었고, 그의 유창한 언변, 그의 뛰어난 용모, 시작(詩作)과 그림과 노래 솜씨 그리고 작곡 등 남다른 재능으로 많은 여성을 매료시킨 점에도 있다.

엘로이즈는 두 번째 편지에서 이렇게 증언한다.

"정말 어떤 철학자가 명성이 있어 당신을 따를 자가 있겠습니까. 어떤 지방, 어떤 도시, 어떤 마을치고 당신을 맞아들이고 싶어하지 않은 고장이 있겠습니까. 어떤 유부녀, 어떤 처녀치고 마음속으로 당신을 동경하고 사랑에 빠지고 싶어하지 않은 자가 있습니까. 어떤 여왕이나 귀부인치고 임의 기쁨과 사랑을 선망하지 않은 이가 있었던가요. 솔직히 말해서, 당신은 모든 여성을 깡그리 매료시킬 만한 세 가지 요소를 지니고 계셨지요. 그건 시작(詩作)과 그림, 그리고 작곡의 재능이었지요. 여느 철학자에게서 도저히 찾아볼 수 없는 그런 재능이었지요. 이 두세 가지에 의해 당신은 학문 연구의 피로를 스스로 덜게 되었고, 그리하여 숱한 사랑의 시, 사랑의 곡과 그림을 남겨놓으셨어요. 그 선율과 가사의 매력 때문에 인구(人口)에 끊임없이 회자(膾炙)하지 않았던가요. 무학자(無學者) 조차도 당신을 존경하고, 또한 선율의 감미로움에 홀려 당신을 흠모했었지요. 모든 여자는 당신과 접촉하고 싶어 안달입니다"

아벨라르가 이처럼 사랑의 시와 그림, 그리고 곡을 남겼는지

는 아직 분명치 않다. 하지
만 그가 수도원에 잠적한
뒤에도 엘로이즈가 찬송가
를 지어 달라고 부탁했을
때 세 차례에 걸쳐 그림을
곁들인 작시를 하여 보내주
었다는 기록이 남아 있는
것으로 미루어 보아 신앙시
이외에도 연가도 많이 창작
했으리라고 짐작된다.

이와 같은 아벨라르의 예
술적 재능은 철학상의 뛰어
난 업적이 더하여 금상첨화
가 되었던 것이다.

명성과 사랑을 한꺼번에
만끽한 아벨라르는 철학,
신학, 문학 탐구자이면서

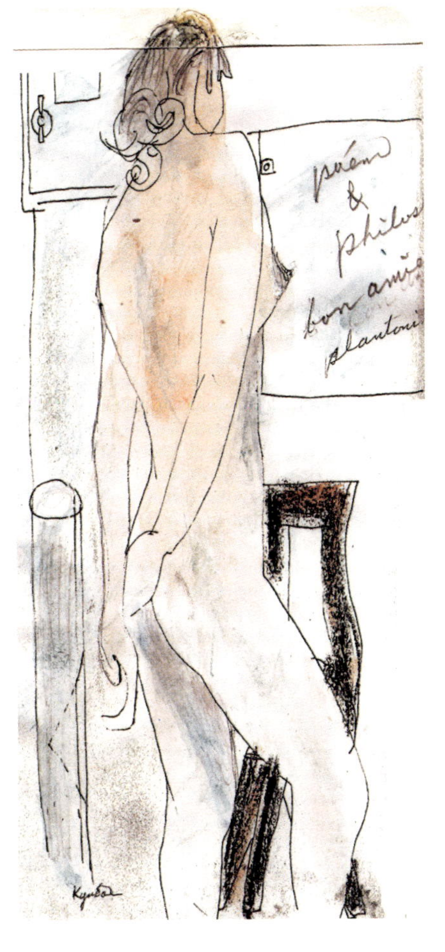

동시에 세속적인 영광 또한 한껏 누렸던 것이다, 재색을 겸비한
엘로이즈는 이 같은 팔방미인 아벨라르에게 끌려 다른 많은 여
성의 질투와 선망을 받아 그녀 역시 비극의 수렁에 빠지게 된 것
이다.

엘로이즈가 아벨라르를 알게 된 것은 열일곱 살 때의 일이다.
그때 아벨라르는 서른아홉 살이었다. 엘로이즈는 파리 노트르담

대성당 참사회원이었던 풀베르의 질녀였다.

아벨라르는 당시 5백여 청중이 강의실을 메울 만큼 인기가 대단했다. 아벨라르 역시 노트르담 참사회원이었는데, 풀베르는 뛰어난 재능과 향학심에 불타는 질녀의 교육을 아벨라르에게 의탁했다. 그녀는 세네카를 비롯한 고대의 학문을 배웠고, 라틴어, 그리스어, 히브리 어 등을 그에게서 연수했다. 아벨라르의 박식은 그들의 왕복서간문집에 잘 나타나 있다.

아벨라르는 엘로이즈를 개인지도하는 동안 차츰 사랑이 싹텄다.

"교육이라는 핑계로 우리는 간단없이 사랑에 빠져들었다. 학문 연구라는 명목이 사랑에 필요한 공간을 우리에게 제공해주었다. 책은 열려 있었지만, 학문에 관한 것보다는 사랑에 관한 말이 더 많이 오갔으며 설명보다는 달콤한 키스를 더 많이 했다.

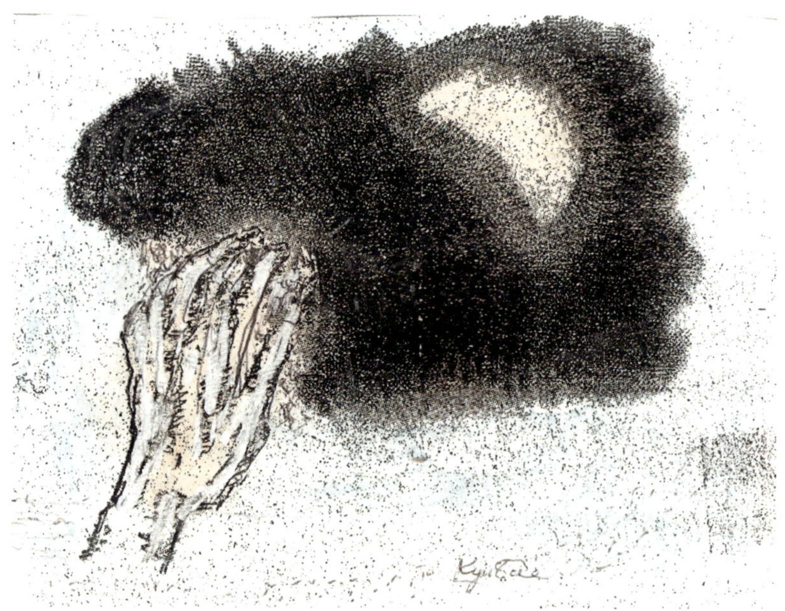

나의 손은 책보다 그녀의 탐스럽고 탄력 있는 젖가슴으로 더 많이 갔다. 나의 눈은 활자보다도 부드러운 그녀의 몸뚱이에 더 쏠렸다. 이로 말미암은 즐거움이 우리에게 새로우면 새로울수록 탐닉했다. 아무리 사랑이 차고 또 차도 포화상태에 이르지 않았다"

아벨라르는 사랑의 시작을 이렇게 회고했다. 그의 회고담에는 그들이 어떻게 사랑이라고 하는 '자연'에 빠져들어 몰아(沒我)의 상태에 이르게 되었는지 그 경위가 잘 묘사되어 있다.

그의 서간문에 따르면 아벨라르는 연애에서도 그 시대 최대의 지식인으로서 '승리'하고 싶은 욕구가 있었던 것 같다. 그런데도 그는 사랑이라고 하는 '자연'에 몸을 맡겨 그 속에 탐닉했다.

그런데 두 사람을 사로잡은 뜨거운 사랑이 과연 '지고(至高)의 영혼을 정화(淨化)에 이르게 한 사랑'이었을까? 하고 의문을 제기하는 이도 있다. 아벨라르는 편지 한 구절에서 스스로 "정욕의 포로"가 되었음을 밝히고 이를 "육체의 유혹"이라고 표현하기도 했다. 엘로이즈의 여자로서의 능력과 육체미가 대단했음을 충분히 짐작하게 하는 대목도 적잖이 눈에 띈다.

하지만 사랑의 불꽃이 한참 타오를 때 영혼이냐, 육체냐를 누가 분별(分別)할 수 있으랴. 갈구하는 마음에 따라서 몸이 움직이는 것은 '자연'이고 사랑이 마음으로부터 우러나와 육체를 움직이는 것이라면 육체가 마음을 받아들이는 것이므로 이 또한 '자연'인 것이다. 사랑이란 곧잘 질서 바깥쪽에 나가기 일쑤이며 사랑이 달아올랐을 때에는 육체가 더 뜨거워지게 마련인 것이다.

사랑의 슬픔은 자연과 영혼과의, 또는 자연과 세상의 규범과의 틈바구니에서 잉태되기 쉽다. 그렇지만 사랑에 깊숙이 빠져 들게 되면 슬픔조차 시계(視界)에 들어오지 않는다.

같은 방향을 추구하며 나아가는 두 사람에게는, 파스칼이 지적한 것처럼 속박도 속박으로 느껴지지 않으며 고뇌도 고뇌로 받아들여지지 않는다. 정욕이 앞서느냐 영혼의 만남이 앞서느냐를 따질 겨를조차 없다. 아벨라르가 "정욕의 포로"니 "육체의 유혹"이니 하고 표현한 것도 사랑이 정리된 다음의 말이다.

이 점에서 엘로이즈의 경우, 사랑이 차분히 가라앉은 다음에도 전혀 그런 말이 없다. 아벨라르가 수도원에 잠적한 뒤, 자신도 수녀원에 들어가서 아벨라르의 "정욕" "육욕" 운운에 대해 이렇게 비판한다.

"당신과 나를 묶어 준 것은 우정이라기보다는 색정이며 격렬한 정욕이었던 것이 아닐까요. 그러기에 당신의 육욕이 멎은 현재, 그 욕망 때문에 저에 대한 사랑의 감정도 아울러 식어 버린 것이 아닐는지요.

사랑하는 그리운 이어, 이는 저 혼자만의 상상이 아니라 모두 그렇게 생각하고 있답니다. 아, 차라리 저 혼자만의 생각이라면 얼마나 좋을까요. 또한, 당신의 사랑을 변호해 주어 저의 이 괴로움을 조금이라도 덜어줄 사람이 있다면……! (중략) 제발 부탁이에요. 당신의 옛날과 같은 뜨거운 사랑의 말로 그 그리운 모습 다시 보고 싶군요"

엘로이즈는 세상의 평판에 대해 자신들의 사랑이 결코 정욕에 머물렀던 것이 아님을 아벨라르에게도, 그리고 자기 자신에게도 희구해 마지않았다. 엘로이즈는 수녀원에 칩거하며 밤마다 아벨라르의 영혼을 위해 불을 밝히며 기도만을 일삼았다.

내가 패기만만한 문학청년이었던 시절, 펜이 적잖게 있었다. 그 가운데 열렬한 한 펜은 내게 편지를 보낼 때 일찍이 엘로이즈가 아벨라르에게 보낸 편지 모두에서 "나의 하나님, 나의 아버지, 아니 스승, 아니 사랑, 나의 친구"라고 꼭 썼듯이 그녀도 그렇게 니를 호칭하곤 했었다.

나의 주치의가 당분간 금기 사항인 'S'를 꼭 지키되, 여행할 때에는 단테가 베아트리체를 찾듯 잃어버린 연인을 찾아가는 심정으로 다니라는 말이 문득 떠올라 파리 시테 섬을 일부러 찾아갔다. 그때 이곳에 다시 오기를 정말 잘했다는 생각이 들었다.

그들이 살던 집안에 들어서는 순간 "운명이 그이를 영영 떼어놓거든 내 슬픈 사랑을 생각하시오. 달콤했던 그 시절을 생각하시오, 아프고 고달프지만 살아 있는 동안은, 아니 죽어서라도 잊지 않으리라는 것을 늘 생각하고 견디시오. 쓸쓸한 꽃잎이 하나둘 무덤 위에 피면 땅속에서라도 내 사랑 위해 큰 목소리로 노래하리니" 알프레드 드 뮈세의 시를 윤색한 샹송이 흘러나오고 있었다.

비극적인 운명이었지만, 아벨라르처럼 만인의 가슴에 길이 남을 수 있는 문인으로 기억될 수 있다면 얼마나 좋을까…….

만의 일이라도 그럴 수만 있는 숙명이라면 만년의 고달픈 이 삶도 훨씬 용이하게 견딜 수 있으련만……

샹젤리제를 위하여

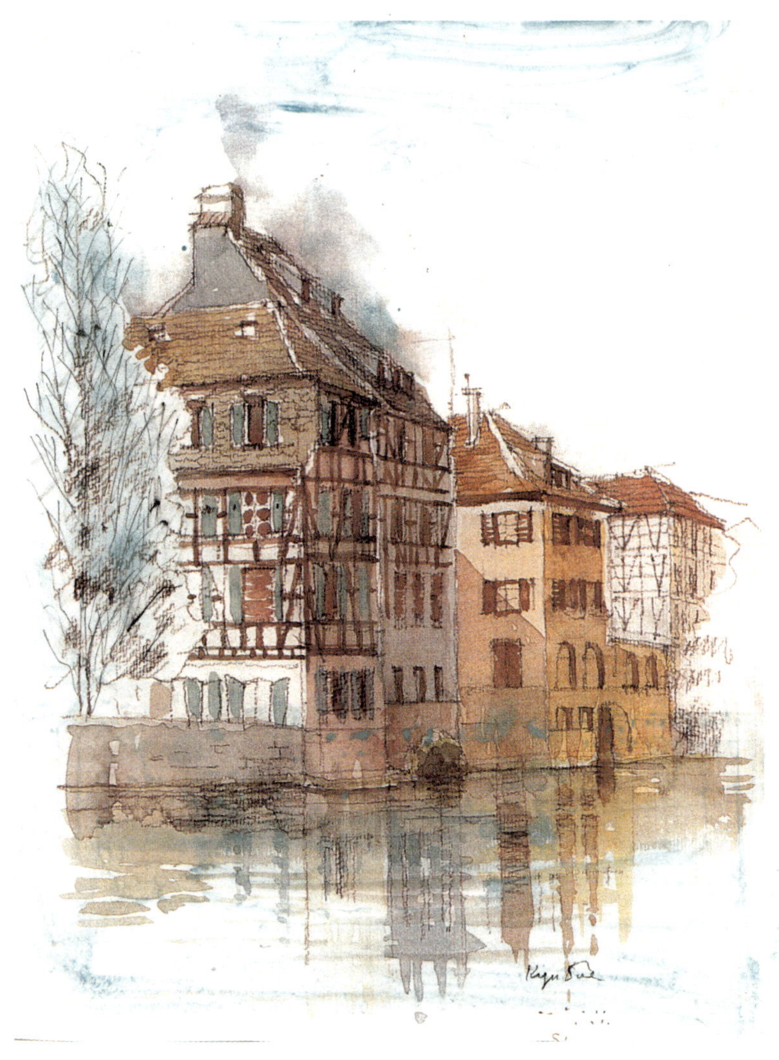

강가 아벨라르와 엘로이즈가 살던 집

원초적 본능 속에서 찾은 사랑

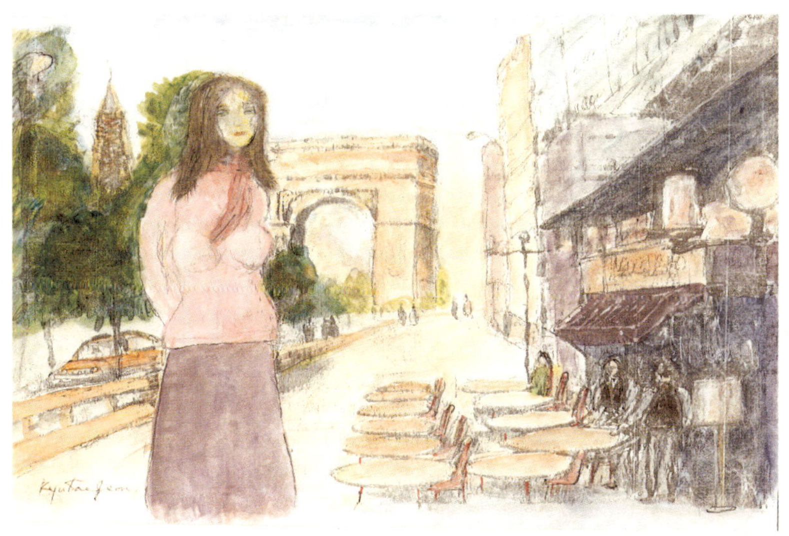

　　프랑스의 주지주의 사상가 알랭은 대학 입학을 앞두고 전공 선택 문제 때문에 무척이나 고심했다고 한다. 가수가 될까? 화가가 될까? 아니면 문학이나 철학을 할까. 문학을 한다면 소설? …… 그는 고교 시절에 특히 여러 예술 분야에서 그 재능을 각각 뛰어나게 인정받았기 때문에 그 고민을 가히 짐작하고도 남음이 있다.

　　나도 어쩌다 작가가 되긴 했지만, 어렸을 때부터 남달리 노래와 그림 그리기를 좋아했다. '딴따라' 가 되는 것은 절대 용납할 수 없다는 엄격한 가정 분위기 때문에 결국 고전 연구라는 고리타분한 전공을 택하게 되고 말았지만, 음악과 미술 분야에 대한 향수를 늘 지니고 살아왔다. 집에서는 고전 음악만을 들어야 했지만 나는 유독 재즈를 좋아했다. 재즈 곡으로 처음 좋아했던 넘버는 마일즈 데이비스 시리즈였다. 늘 고음의 트럼펫이 배경으로 깔린 멜로디였다. 아련한 블루스의 리듬을 깐 「라운드 어바웃 미드나잇」 「릴랙싱」도 좋아했고, 존 콜드레인의 스윙 재즈에도 한때 열광하곤 했다. 「오레」 이후 그는 차츰 재즈 연주에서 이른바 '코드 진행'을 숫제 무시하면서 무한한 '자유'를 선택했다. 현실의 속박으로부터 깡그리 벗어나며 '니그로 스피릿'을 부르짖었다. 인종을 가릴 것 없이 사랑의 영혼은 자유로워야 한다. 하물며 영혼을 소중히 하는 재즈야 말로 그게 지상의 것이 되어야 하리라고 나는 생각했다. 당시 크게 유행했던 「마더 페이버릿 싱스」 「러브 슈프림」은 바로 그런 내용을 담은 곡이었다. 특히 후자는 '죽도록 사랑하라, 사랑을 위해서 내 목숨도 아낌없이 줄 수 있다'라는 이른바 '지상(至上)의 사랑'을 노래하고 있어 나를 더욱 매료시켰다.

그 후 나는 20대 후반에 '러브 슈프림'을 다룬 아벨라르와 엘로이즈의 순수한 연애편지 모음을 『사랑과 죽음의 그늘에서』라는 제목으로 번역할 만큼 조숙했다고나 할까.

법정 스님의 저작물마다 '무소유'의 화두가 배어 있듯이 나의 저작물만이 아니라 노래나 그림에도 '사랑'은 늘 중요한 화두로 등장하곤 했다.

내 책이 처음으로 베스트셀러가 된 것은 고려원에서 출간한 에세이집이었다. 제목은 『사랑의 의미』였다. 당시 베스트셀러 메이

커인 고려원의 편집장이 최승호 시인이었는데, 제목이 너무 무겁다며 『내 사랑 너를 위하여』를 고집하여 그의 의견에 따르기로 했다, 그 제목이 적중했으며, 얼마 전 귀국 후에 낸 첫 시화집의 제목도 「여정(旅情)은 연정(戀情)인가」로 내가 붙인 것을 출판사에서 「너를 사랑해도 되겠니」로 고쳐 이 역시 화제의 책이 되었다.

나는 암 수술 후 되도록 '삶의 여항(閭巷)'을 떠나라는 주치의의 권고를 따라 먼저 가까운 일본의 말기 암 환자요양소에서 비하라 승 정토교(Vihara Monk)로부터 '비하라'의 깨우침을 받았었다. 그리하여 나는 사랑과 죽음이 생명 윤리의 한 영역임을 배웠다. 나는 이 요양소에서 호스피스의 각별한 간호를 받으면서 얼핏 인연이 먼 듯 보이는 '사랑'과 '죽음'은 둘 아닌 동일 선상에 놓인 개념이라는 믿음이 생겼다. 그리고는 문득 한때 호스피스이기도 했던 박혜숙 시인의 시가 전광석화처럼 내 머리를 스치고 지나갔다.

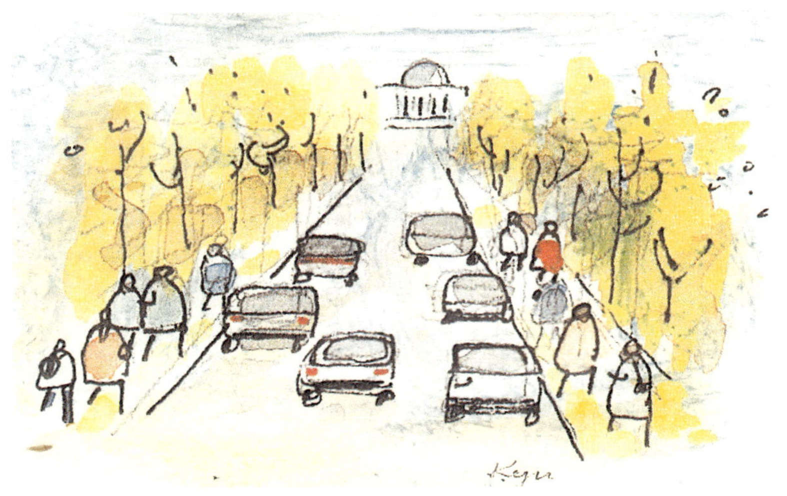

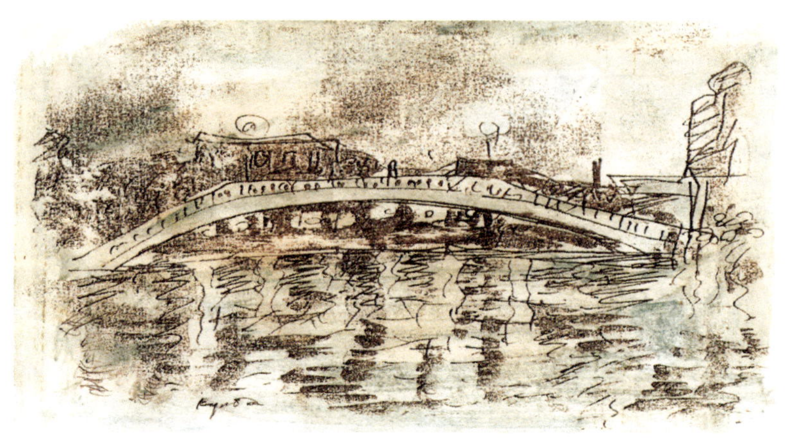

한 걸음씩 다리를 절룩이며

하늘로 이어지는

빛의 다리를 놓고 있다

내 입김을 불어넣은 그림자

가느다란 숨소리 따뜻하다

모든 것을 내어 준다는 건

또 하나의 빛이 아닐까

너풀거리며 길 한가운데서

춤추는 당신 춤사위에

아무 거리낌 없이 나를 실어 본다는 건

또 하나의 다리

행인의 눈초리에 믿음의 다리 뚝 끊긴다

아무것도 몰라

부끄러울 것 없는 삶은 없는가

서성거리던 적은 없는가
하늘로 가는 마지막 다리 끝에 주저앉아
눈꺼풀이 내리감긴
당신을 만진다 쓰다듬는다
내 등을 밟혀 당신을 하늘에 올리고 싶다

박혜숙의 「하늘 다리」 전문

이 시를 읽고 수술대 위에서 느꼈던 절박한 상황이 떠올랐다. 더 나아가 삶과 죽음도 다름 아닌 또 하나의 접선이며 사랑과 죽음의 욕구도 같다는 생각이 드러나는 다음과 같이 노래하기도 했다.

질 속이 보인다 질척질척
한 발자국
두 발자국 세 발자국
숨이 가빠진다 절정이 다가온다

졸시 「수술대에서」 부분

암컷을 찾아 나선 수컷
기억 저편의 바다에 빠지고 싶다
따뜻하고 끈적한 '질' 그 너머에의 그리움

일찍이 노닐었던 절대의 그곳

요나처럼 그 속에 빠졌다가 되살아나고 싶다

졸시 「회귀 본능」 부분

병은 이처럼 삶의 본원과 자기 자신을 되돌아 보게 한다. 병은 나를 절망하게 했지만, 그 깜깜한 절망으로부터 일어나는 법을 가르쳐 주고 삶을 더 깊이 깨닫게 한다는 것을 가르쳐 주었다. 마치 근원과 우주를 수용할 수 있게 되는 것만 같다.

기도하듯 흐르는 재즈

소멸을 인정하고 또 받아들였을 때

비로소 느끼는 그 짜릿함

악보도 필요 없고

질서도 아랑곳하지 않는 절규

선을 따라 지키다가도

어느새 깡그리 뭉개지는 그 리듬 속에는

오직 환희와 자유가 있고

철학 아닌 철학이 도사리고

절정과 슬픔이 알맞게 녹아내리며

원초의 질척한 고향이 그리워진다

기대 속에 안주한다

짜릿하다 편안하다
꿈꾸는 듯하다 졸린다
이제 잠자고 싶다

졸시 「재즈」에서

위의 시는 병상에서 누워 있으면서 까마득하게 잊고 있던 「리브 슈프림」을 다시 듣고 지은 작품이다. 깨달음 뒤의 깨달음이라고나 할까. 외로움과 괴로움, 배반과 상실들을 더 큰 즐거움으로 바꿈질하겠다는 차탄이 절로 새어 나오는 듯했다.

콜드레인도 나 같은 이런 심정으로 기도하듯 노래하고 있었다. 아니 노래하듯 기도하는 듯도 싶었다.

이 노래를 부를 당시 존 콜드레인의 파국을 예언한 예조(豫兆)였다고 생각된다. 이는 어느 의미에선 음악, 문학, 회화 등의 세계에 있어서 인간의 숙명과도 같은 것이리라. 죽음은 사랑을 낳고 또 하나의 삶으로 이어지고……

기성의 틀에서 벗어나고 싶다. 좀 더 자유로워지고 싶다, 좀 더 자유로운, 좀

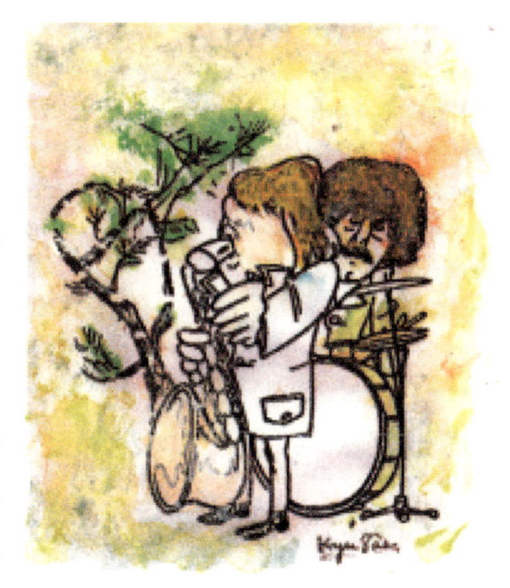

더 영혼 깊숙이 파고 들어가고 싶다—이것은 나만이 아니라 예술을 하는 인간의 기본적이고 원초적인 욕구가 아닐까…….

의식의 흐름을 문학에 도입한 '더블린 시인' 제임스 조이스의 「율리시스」는 기성을 철저히 파괴했다.

단순한 파괴가 아니라 더욱 풍요해지기 위한 파괴였다. 창조를 위한 창조였다.

그런 점에서 나는 존 콜드레인과 조이스를 좀 닮은 데가 있는 듯싶다.

숙명은 무엇에 의해 보상되는가, 무엇에 의해 숙명은 숙명으로써 후세에 수긍되기에 이르는 것일까…….

나의 숙명은? 내 영혼의 자유는?

문득 모던 재즈 곡인 「스피리추얼 유니티」와 샹송 「자유」를 개선문 앞에서 불렀던 생각이 난다.

파리의 가로수 아래서

샹젤리제를 회상하며 나영자 시인은 샹젤리제를 회상하며 나영자 시인은 샹젤리제를에서 여정에 흠뻑 취해 『파리의 가로수 아래』라는 글을 썼다.

1789년 시민혁명이 일어난 후 200주년을 맞이한 프랑스는 온 나라가 설레며 출렁이고 있던 때였다.

'—프랑스 혁명은 자유를 의미한다.—'는 선조의 큰 뜻을 받들어 축제 물결이 일고, 거리마다 상품마다 샹송 「자유」가 물결치고 있었다. 곳곳마다 댄스파티가 화사하게 열리고도 있었다. 프랑스인의 축제라기보다 세계인의 축제인 듯 지구촌의 관광객들을 불러들이려는 인상이 짙었다.

당시 파리장의 정감을 이루 다 표현할 수 없지만 하여간 잊을 수 없는 기억으로 가슴에 남아 있기에 나 시인은 글을 남긴다고 했다.

"한참 지나고 조병화, 한무숙 선생님은 제자들이 모시게 되었고, 김후란, 이일향 시인과 나 세 사람은 전규태 교수님을 따라 호텔로 갈 수밖에 없었다.

전 교수는 벌써 수차례 파리를 다녀간 후인지라 지하철을 타고 우리 세 사람을 호텔까지 안내하겠다고 했다. 그러나 우리들의 기분은 지하철을 타고 땅속을 가기보다 거리의 아름다운 분위기에 끝없이 젖고 싶었다. 그래서 이일향 시인이 전 교수님에게 제안을 했다. 걸어서 호텔까지 갈 수 없겠느냐고? 우리는 약속이나 한 듯 일치감으로 샹젤리제에서 개선문 쪽을 향해 걷고 있었다.

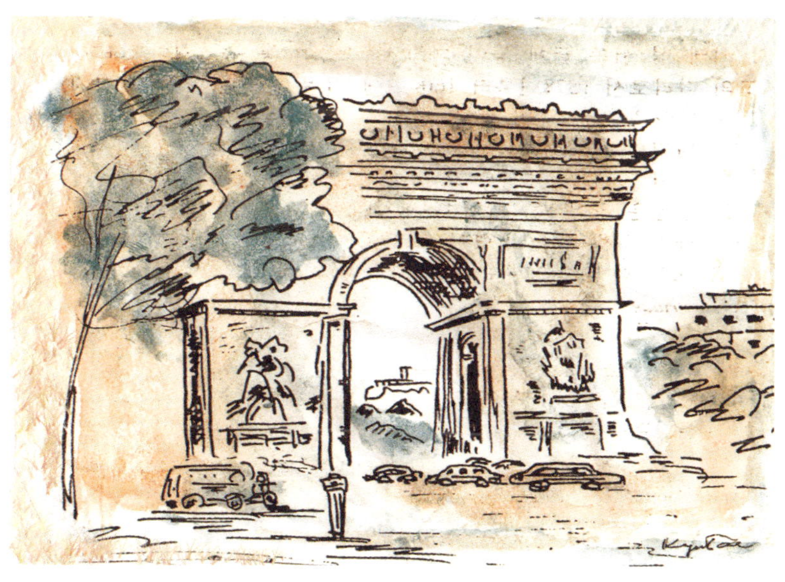

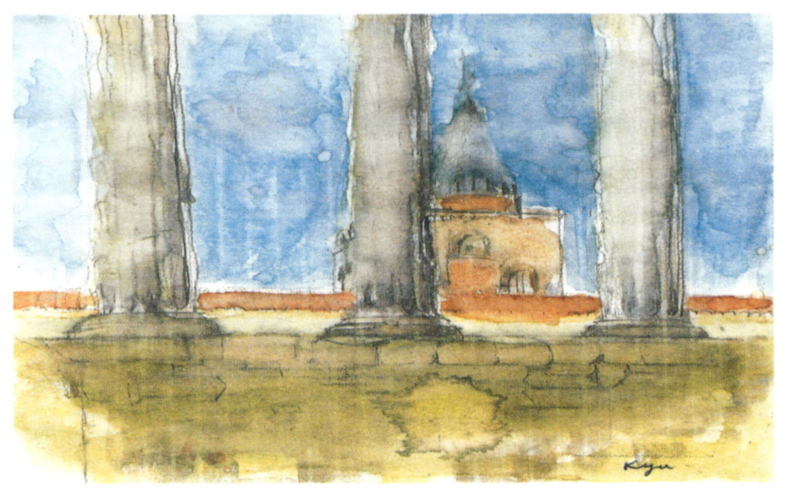

　5월의 싱그러운 바람이 마로니에 잎을 흔들어 불빛에 반짝이게
했고, 센 강물내음이 몰려오는 듯 물씬 코끝을 스친다. 우리는 얼
마쯤 걷다가 쉬어가기로 하고 가로수 아래 벤치에 앉았다. 네 사
람이 앉기에는 약간 좁았지만, 쫑쫑 끼어 앉아 날아갈 듯한 기분
에 흥얼거리기 시작했다. 누군가 먼저랄 것도 없었다. 전교수의
매혹적인 저음의 샹송 「낙엽」은 다시 한번 듣고 싶은 놀라운 수
준이었다. 달콤하고도 매우 호소력 있는 목소리는 우리들의 가슴
을 흥건히 적셔 주었다.

　파리와 관계되는 글이나 사진을 볼 때면 문득 그 음성이 귓가
에 맴돈다. 모스크바에서도 통역을 맡아 외국어에 능통함은 익히
알고 있었지만, 프랑스어로 부른 샹송마저 뛰어난 솜씨인 것을
처음 알게 되면서 교수님의 뛰어난 재능과 멋에 그저 감탄할 따
름이었다. 김후란 시인이 독창으로 한 자락 뽑았고, 이일향 시인
도 그때 기억을 더듬어 시 한 편을 썼다.

문단에 발 디디고
처음 떠나 본 나들잇길
고사리 마을에서 듣던
분위기 있던 노래
한뫼 당신은
산수 한 자락
펼쳐 보인 시인이었다.

문득 오늘 일렁이는
음각된 세월의 저편
차창을 흔들던 아카시아 꽃
구름으로 무너지고
떨어지는 낙일(落日) 밟으며
같이 했던 센 강 언덕, 그리고 샹젤리제
흐느끼던 집시의 달도 나직이 밀물져오고
거닐던 파리의 밤도 한뫼의 낙엽 노래 깃들인
잊을 수 없는 추억으로 남으리니……

이일향의 「한 장의 파노라마」에서

이렇게 여러 여류 시인들의 추억으로 남을 노래솜씨였다면
병들어 쇠 된 목소리 되기 전에 내 노래를 녹음이라도 해둘 것
을…… 추억을 위하여, 샹젤리제를 위하여……

에로스는 전 감각을 주고 뺐는 황홀함

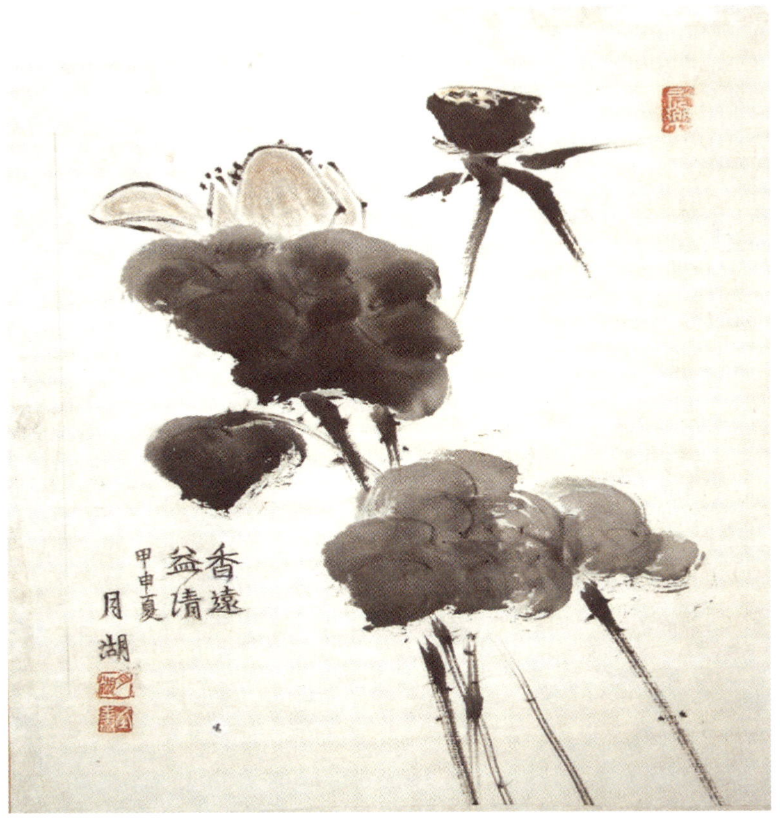

제2의 성

『네바 강 가의 황홀한 키스』를 읽었다는 어느 여류 시인이 스스로 경험했던 황홀한 얘기를 내게 들려주었다. 버클리 대학의 생물학 연구실에서 그녀는 남성의 정자와 여성의 난자가 맺어지

는 현란한 결정적인 순간을 현미경으로 직접 들여다보았을 때의
황홀함을 내게 말해 주었다. 그것은 신비스럽기 이를 데 없었다
며 꿈꾸듯이 상세하게 일러주었다.

하지만 그녀가 본 것은 아마도 인간의 정자와 난자의 결합 장
명은 아니었을 것도 같다. 인간은 현미경 아래에서 이런 순간을
실험적으로 보는 것은 불가능하리라고 여겨지기 때문이다.

만일 그녀의 말이 사실이라면, 그건 아마도 인간 이외의 어느
생물의 결합 상태이었을 것만 같다.

이 이야기는 오래전에 들은 것이지만, 그녀는 이 순간을 설명
하면서 마치 취하기라도 한 듯, 몽롱한 눈빛을 띠며 스스로 황홀
해진 듯 보였던 기억이 떠오른다.

그리고는 여성이란 결국 수동적인 존재이고 이는 생물학적으
로 이미 결정되어 있기 때문에 결코 회피할 수 없는 숙명적이라
여겨졌다. 보부아르가 말했듯이 '제2의 성'일 수밖에 없음을 깨
달았다고 차탄하기도 했다. 그녀의 애기가 너무나도 드라마틱해
마치 비밀 상자를 엿보는 듯한 분위기였던 것과 같을 거리라 느
껴졌다.

그녀는 퍽 감각적인 어쩔 수 없는 시인이다. 그녀는 인간을 알
고, 진실을 알기 위해 세계를 틈나는 대로 돌아다니는 로맨티시
스트였기 때문에 약간 허구의 옷을 입힌 듯한 그녀의 말을 다소
곳이 들어주었다.

그녀는 이 생물학 연구실에 한동안 묵으면서 이 장면들을 여
러 번 보았다고 한다. 드디어 무언가 큰 깨달음이 있었다며 사뭇

진한, 그리고 끈끈한 이야기도 내게 들려주었다.

그녀의 얘기를 들으면서 인간은 본시 자기가 만들어낸 이미지로 사물을 보게 마련이라는 생각을 해보았다. 예컨대 유럽이나 미국으로 나그넷길을 떠나는 관광객은 유럽 또는 미국에 대한 스스로 원망과 기호에 부응한 이미지를 숱한 정보를 통해 미리 지니게 마련이다. 그리하여 실제로 그 고장에 갔을 때에는 이미 지니고 있던 이미지를 통해 느낀다. 그러니까 일반적으로 사람들의 외국여행은 스스로 만든 이미지를 확인하기 위해 떠나는 것인지도 모른다.

이 여류 시인의 경우도 현미경을 들여다보기 이전에 이미 성에 대한 그녀 나름의 이미지가 만들어져 있었고, 현미경은 그 결론의 확증인 것에 불과한 게 아닐까. 또한, 그녀는 '비트'의 발상지가 버클리라는 사실 때문에 콜린 윌슨의 소설『암흑의 축제』의 '열린 지퍼'의 성 승화론적 이미지가 이미 형성되어 있었던 것인지도 모른다.

일찍이 이 대학에서는 학생들이 조직한 자유대학이 마련되어 있었다. 이 자유대학은 학생들이 요구하는 신설과목으로「환각제 체험」「명상을 통한 성의 황홀경」「감수성 훈련」「새로운 형태의 성」 등이 개설되어 있었다. 이들 교과목에 공통된 특징이 있다면 그것은 기존 대학 교과목과 기존의 지배적인 사상의 패턴에 대한 결함을 보완하는 전위적인 역할을 감당하려는데 목적이 있었다.

그 당시 학생들이 관심을 뒀던 LSD에 의한 '싸이코데리시어

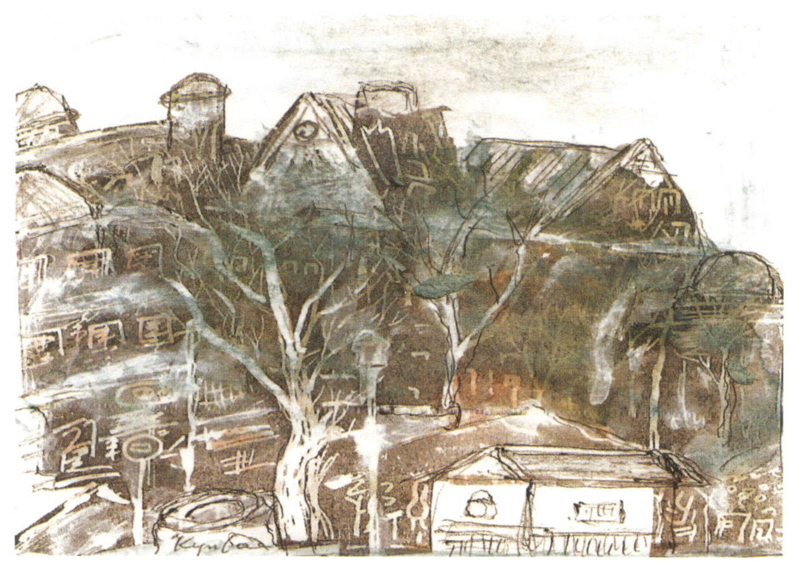

스(의식 확대)’ 한 생체험, 즉 인공적인 ‘엑스터시(황홀경)’의 연출이었다. LSD는 그 하나의 방편에 불과하다. 굳이 LSD가 아니더라도 여류 시인이 현미경을 보고 이미 포장한 이미지의 픽션화를 통해서도 가능해진다. 마치 비유럽적인 인간의 복원은 지각 단련에 의해서 얻어지듯이 말이다. 본시 그러한 이미지화는 생물로서의 인간이 본시 가지고 있는 자연 그 자체를 통해서 어렵잖게 얻어질 수 있겠다.

나는 수술 후 오랜 금욕 생활을 어렵사리 해왔다. 욕망 억압의 채찍을 통해 만들어지는 ‘제2의 성’과는 다른 성이란 어떠한 것을 기반으로 해야 하는가를 한동안 생각해 볼 계기가 되기도 했다.

마셜 매클루언은 “에로스란 전 감각으로 느끼는 황홀함”이며 이는 미디어의 변화를 통해 그 필연성을 주장하고 있다. 언어 미디어, 그 가운데에서도 특히 인쇄로 된 언어 미디어는 이성 중심의 정서적인 인간을 만들어 냈다. 그런데 일렉트로닉 시대의 즉물적 아날로그 시대에서 다시 디지털 시대로 접어들었다. 그래서 촉각적인 5감 미디어의 발달로 말미암아 아날로그 시대는 이제까지 가사(假死) 상태에 있었던 인간의 자각, 감각을 눈뜨게 하였다. 이러한 다원정보 시대의 산물이 바야흐로 전감각적인 에로티시즘의 기반이 되고 있다.

참 자유를 찾는 길

『에로스 문명론』의 저자 H. 마르쿠제는 "새로운 테크놀로지의 발전이야말로 인류가 참 자유(특히 성의)를 얻게 되는 좋은 기회"라고 본다. 그러나 전통적인 야심, 경쟁, 계층, 혐오 등 모

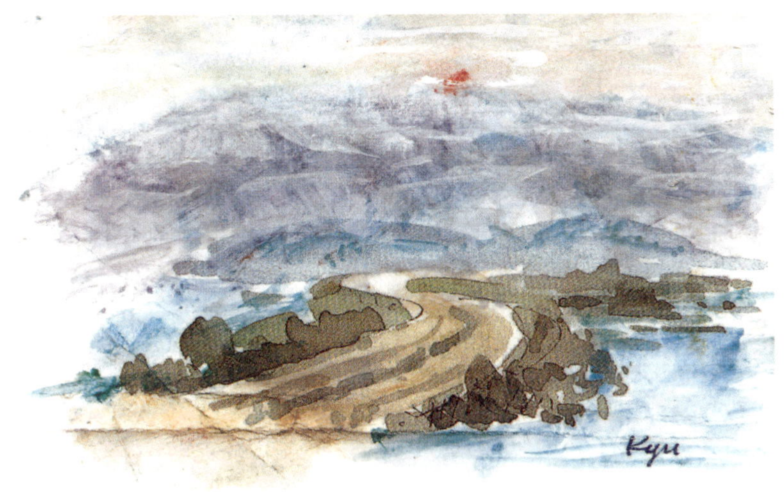

든 '생산-소유-소비'의 경제 체제에 기반을 두었던 기존 질서의 붕괴가 일어나지 않는 한 이런 소중한 자유를 얻지 못할 것이다"라고 주장하고 있다.

테크놀로지의 엄청난 발달은 오히려 물질에의 고집으로부터 멀어지게 하는 것이 아닐까.

요즘 나 자신이 처지를 통해 이를 절감하곤 한다. 법정 스님 열반 후 한때 화두가 되었던 '무소유'의 상황에 내가 다다른 것은 실마 아니겠지…….디지털 시대에는 인간의 자기 확대, 그리고 인간이 일찍이 지니고 있었던 자연의 회복(성의 자연화, 자유화를 포함해서)이 계기가 될 수 있었으면 좋겠다. 보부아르의 예언을 기다릴 것도 없이 성의 자유, 그리고 많은 여성도 궁극적으로는 테크놀로지의 발전에 힘입게 되리라 기대를 해본다.

나 역시 아날로그에서 디지털 시대에 발맞추어 사고는 물론 특히 행동을 하루빨리 바꾸어 나가야겠다고 생각한다.

여류 시인은 정자가 난자에게 제시하는 저돌성을 상기시키면서, 사랑이란 본능적으로 주는 것이라고 여겼는데 현미경으로 본 이후부터는 사랑은 특히 남자의 사랑은 본능적으로 빼앗는 것임을 깨달았다고 술회했다. 그런 사랑은 개성의 포만과 자유만을 누릴 뿐 의무와 희생을 모르며 획득에 대해 환희하기만 한다는 것이다.

그런 사랑이 의무를 모른다는 것은 이해할 수 있지만, 희생과 헌신이 없다는 것은 좀 독단이다. "모든 쾌락 중 최대의 쾌락은 즐기는 데 그치지 않고 사랑하는 자에게 헌신하며 쾌락을 주는 것"이라는 뷰 페르의 말이 생각난다.

만일 사랑조차 전부 빼앗는 것이 '에고'라면 인간생활에서 주는 것은 망연해지는 것이 아닐까. 이는 살육이며 공동생활이 파멸을 초래하게 되리라. 아직 인간생활에서 남녀관계가 지속하고 있는 것은 어디선가 주는 사랑이 존재하기 때문일 것이다. 나는 불우해진 다음, 이를 절실히 경험하며 절감하고 있다. 결코, 에고만으로 사회가 존재할 수 없다고 본다.

기독교나 불교 그리고 공자가 가르치는 것은 오직 주는 사랑일 뿐이다. 그러나 특히 남녀 간의 사랑은 주기도 하고 빼앗기도 하는 것이 아닐까. 연애를 하게 되면 상대방을 소유하려 들게 된다. 소유하고 독점하려 들면 아무래도 스트레스를 적잖이 받게 되리라. 그 때문에 나는 혼자 산다는 것 이외에는 사랑할 엄두를 못 내곤 한다.

독점하려는 것은 바꿔 말하면 빼앗는 것임이 틀림없겠다. 진정 사랑을 하게 될 때 독점욕도 생기지만 자기 몸을 던져 희생하고 싶은 욕구도 뒤따른다는 것을 나는 체험을 통해 알고 있다. 자기를 파괴하는 것조차 서슴지 않는 사랑의 속성을 아벨라르와 엘로이즈의 연애편지를 옮기면서 문득문득 감탄하며 느꼈던 기억이 새롭다.

인간의 꽃 핌

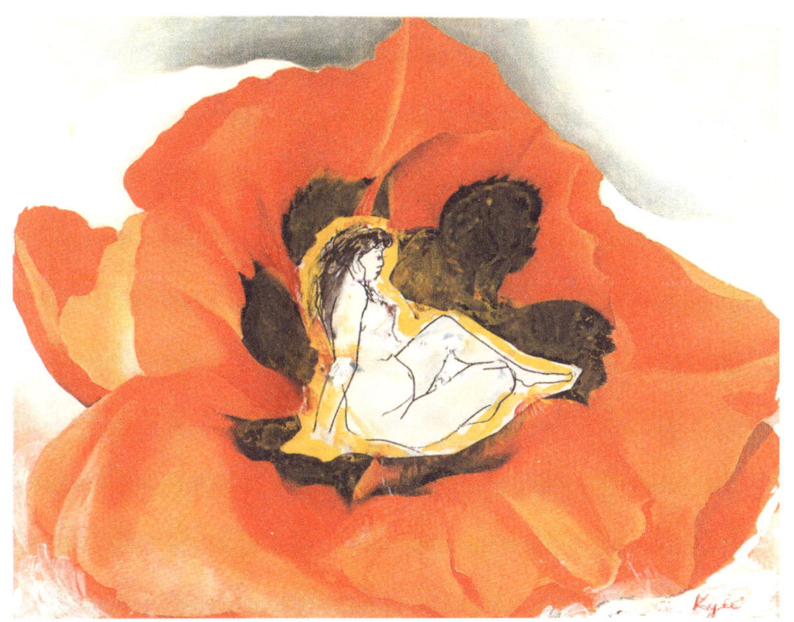

스스로 해체

손발을 못 쓰지만
영혼의 소리를 내고 싶다

말문은 막혔지만
온몸이 악기 되어
노래하고 싶구나.

움직이지는 못하지만
온몸을 던져 사랑하고 싶구나.

결핍에서 소망의 꽃은 피느니
넉넉하고 싶구나.

– 졸시 「소망」에서 –

내가 병상에서 쓴 이 시를 읽고 어느 평론가는 "성의 변형"이라고 평했다. 죽음의 그림자가 드리워져 있는 그런 상황에서의 이 '소망'이 과연 그런 것이었을까 하고 새삼 그 당시의 심정을 헤아려 보곤 한다.

회화도 시도 소설도 모두 성의 변형이라고 말하는 정신분석학자도 있다. 하지만 왜 그런 감정을 '성의 변형'으로 몰아붙여야 할까. 그런 감정은 많은 사람이 마음으로 생각하고 강하게 추구하며 불가사의한 '꽃피움'을 마음속에 경험한 일이 있으리라.

그런 감정은 많은 사람이 마음으로 생각하고 강하게 추구하며 불가사의한 '꽃피움'을 마음속에 경험한 일이 있으리라.

일찍이 사람들은 사랑에 의해 항상 비약하게 되리라는 걸 절감하게 해주는 편지를 한쯤 받은 적이 있으리라.

"햇빛이 반짝이며 내 어깨 위에 내려앉듯이, 봄날 오후 수많은 꽃잎이 하늘을 덮고 흩날리면서 쏟아지듯이, 그렇게 사랑은 내게로 왔습니다.

갑자기 세상은 한 개의 금빛 종이 되어 쨍그랑 쨍그랑 노래 부르듯 울렸지요. 펜 회의차 일본에 들렀을 때, 천양희 시인과 함께 하꼬네 사화산을 지나면서 아름다운 경치라기보다는 내 사랑은 분화구에서 내뿜는 연기 같다는 생각이 들었지요. 그 무렵 하늘 저쪽에 무지개가 피어오르고 있었지요. 순간, 이상하게도 무슨 따듯한 빛이 나를 감싸는 듯했습니다. 마치 잃어버렸던 나의 일부를 찾아낸 것 같은 안도감이 나의 가슴을 서서히 밀고 올라와 알 수 없는 충족감으로 나를 설레게 했습니다.

개성적이고 자유로운 독신의 삶 속에서 일과 성취욕에 팽팽하게 부풀어 있던 여태까지의 나의 인생이 얼마나 많은 결핍으로 가득 찬 것이었던가를 깨닫게 해 주었던 그날 오후 선생님과의 만남은, 긴 여행의 끝에 도달한 안온한 가정의 평화와도 같은 느낌, 불완전한 외쪽 바퀴로 타력(惰力)에 의하여 마구 달리던 수레가 다른 한쪽의 바퀴마저 달고 비로소 안정감을 얻은 것 같은 균형을 몸으로 느끼게 해주었습니다.

나의 이성(理性)이 거부할 수 없는 어떤 힘, 나의 강한 이기심으로도 결코 부정할 수 없는 어떤 운명 같은 것이 조금씩 나를 해체(解體)시키면서 따뜻하게 무너뜨리기 시작하는 것을 나는 느꼈습니다. 그날 밤 멍청히 엎드린 채 뜬눈으로 새웠습니다"

이 짤막한 글이 한동안 실의에 빠져 있었던 내 마음에 순간 활짝 꽃을 피우게 했고 따뜻한 기쁨이 움트고 있음을, 그리고 잔잔한 평화가 채워져 가고 있음을 자각하면서 이상한 행복감을 느껴 본 경험이 있다.

아무리 무심하고 둔중한 사람이라 할지라도 이런 글을 받으면 자기도 모르게 메마른 황무지 같은 곳에서 무엇인가가 움터 오를 수밖에 없는 그런 경험을 하게 될 것임이 틀림없다.

일상을 뛰어넘는 힘

사랑은 어떻게 너에게로 왔을까.
햇빛이 부어내리 듯, 꽃들이 눈처럼 내리듯
기도처럼 너에게로 왔을까–
그것을 말해다오.
하나의 행복이 빛나면서
하늘에서 내려와
그 날개를 크게 펴고
내 불타는 영혼 위에 앉았습니다.

(라이너 마리아 릴케『사랑의 노래』)

릴케의 이 시에서처럼 그 세계에는 일상을 뛰어넘는 무엇인가가 있다. 거기에는 신비와 필연과 기도가 있다. 거기에는 앞서 말한 '성의 변형'이라고도 볼 수 있지만. 그 이상의 것이 있다.

그것은 회화나 시, 소설이 인간의 영혼을 추구하는 것과도 같은 것이다. 예술의 추구하는 바를 성의 변형으로 보는 것은 서글픈 시각(視角)이 아닐까.

사랑이 개인적이고 타인에게 있어 무한한 매력을 지니는 것임을 누구나 알고 있다. 하지만, 그와 동시에 인간의 삶에서 가장 중요한 의의를 지니는 것이기도 하다.

사람의 삶이란 사람의 집합에 의해 성립된다. 사람들이 사회 속에서 제멋대로만 살고 남을 배려하지 않는다면 그 사회는 제대로 성립될 수가 없다. 남을 존중하고 협력해야만 한다. 이것이 사회생활인 것이다.

그런데 사람이 남에게 도움을 주고 또한 서로 조화로워 나가는 감정을 마음으로부터 가르쳐 주는 것이 바로 사랑이라고 나는 생각한다. 인간이 자기를 뛰어넘는 것을 가르쳐 주는 것이 바로 사랑이다. 사랑한다는 것은 어떻게 살아야 하는가를 가르쳐 주는 것이다.

프랑스의 철학자 구스타브 티본은 "신은 통일을 일깨우고 가르쳤다. 인간의 비극은 이를 분리하려 들면서 생겨난다. 인간은 종교를 부정함으로써 신으로부터 분리하려 들었고, 증

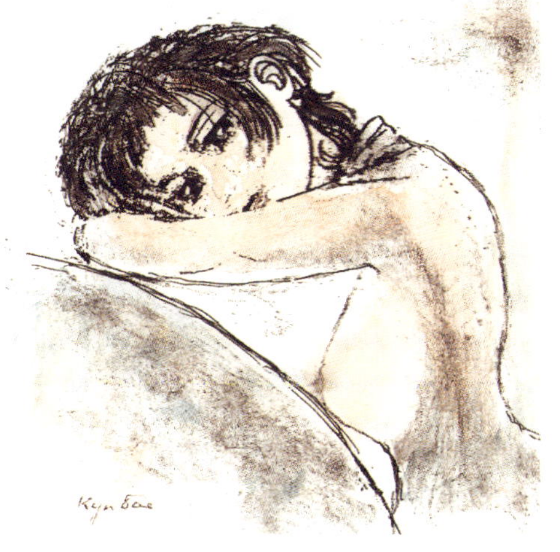

오와 전쟁에 의해 가족, 형제들과 분리되어 오곤 했으며, 지나친 물질을 추구하다가 결국 자기 자신으로부터 분리되기에 이르렀다”라며 인간 비극의 원인을 규명하려 들었다. 그런데 사랑은 모름지기 결합과 조화를 사람들에게 가르쳐 왔다.

예수 그리스도는 “사랑이야말로 영원히 끊이지 않으리라”라고 하셨고 공자는 ‘인(仁)’을 석가모니는 ‘자비’를 말하면서 인간의 분리를 막고 인간 생활의 비극을 더욱 높은 이상으로 승화시켜 인간을 구원하려 들었다. 이처럼 동서양의 성현이 한결같이 최고의 덕목으로 사랑을 말하고 있는 것은, 사랑이야말로 인간이 삶을 영위함에서 가장 소중한 덕목을 지니고 있기 때문이 아닐까.

아낌없이 주는 사랑

종교적 사랑이 아닌 남녀 간의 사랑에는 질투나 투기 그리고 배타 감정이 따르기도 한다. 하지만 그 밑바닥에는 모든 것을 아낌없이 주고 싶은, 이해를 초월하며 생명의 발화(發火)로서 선악을 뛰어넘는 아름다움과 강력함이 깃들어 있다.

보들레르는 “사랑이 유일, 지상(至上)의 쾌미(快味)는 악을 범하기도 하고 물리치는 신념에 있다”라는 의미심장한 주장을 했다. 이 말은 사랑은 악조차 두렵지 않을 만큼 열렬하고 진솔한 것임을 역설적으로 말한 것이다.

이는 예술의 속성과도 유사하다고 할 수 있겠다. 즉, 예술이란

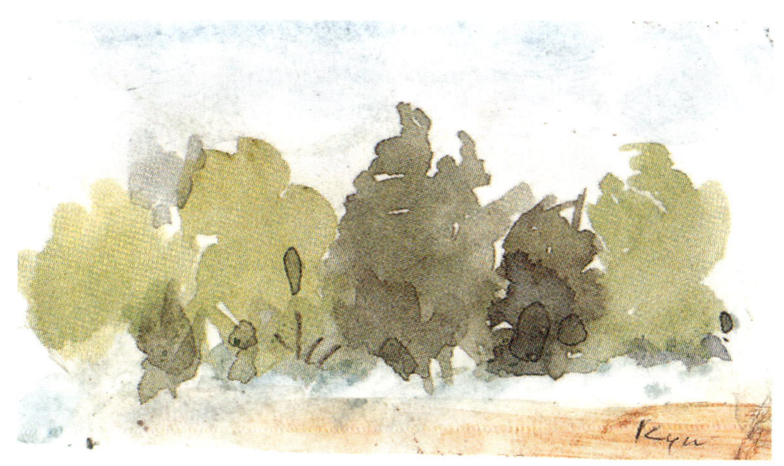

미덕과 더불어 악덕조차도 동시에 그리고 있으니 말이다. 예술은 도덕이나 종교와는 달리 항상 인간의 감추어진 것, 그늘진 것도 아울러 밝혀내기 때문이다. 예술은 선악의 피안에서 인생을 생각하는 것이니 말이다. 연애소설이 때로는 불륜의 사랑을 그리면서도 그것이 언제나 사람들을 매료시키는 까닭은 그 연애라고 하는 것이 '생명의 폭발'과도 같은 강한 힘을 지니고 있기 때문일 것이다.

나는 여태껏 사랑의 감정을 폭발시키지는 못했고 아가페 사랑으로 일관하다가 마무리하곤 말았는데, 그런 점에서는 늘 예술가답지 못한 나의 속성을 속상해하고 후회도 하고 있다.

사람은 태어나면서부터 '에고(자기 사랑)'로부터 시작하고 편지 글에서처럼 차츰 자기와 닮은 사람에게 끌리면서 이성의 존재에게 에고를 뛰어넘는 최초의 시도로 사랑을 느끼고는 연애 감정을 경험하게 된다.

사랑하는 사람을 위해 뭔가를 하고 싶다. 그 사람을 위해서는 어떠한 어려움도 감수할 수 있고 나아가 희생할 수도 있다는 자각이 생긴다. 이제껏 자기를 지탱했던 에고와 논리적 사고가 무너져 내리게 된다. 그것은 열정으로 나타나 인간의 사회생활을 위한 주요 요소인 봉사, 헌신, 협력, 그리고 본능적으로 타인에의 신뢰의 감정을 가르쳐 주게 된다고 본다.

이러한 생각은 연애론에서 벗어난 애기일지도 모른다.

하지만 나는 연애의 심리가 지니는 사회적인 의미로서 이를 경험론적으로 늘 강조하고 있다. 어떤 연애론에서도 운위하지

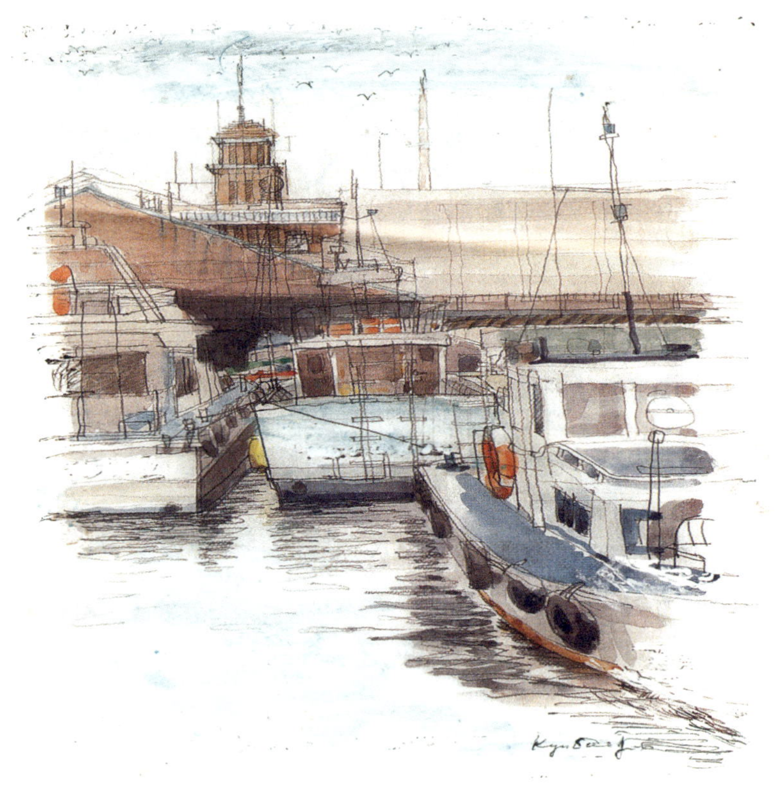

않을 얘기일지 모르지만, 이것이야말로 '인간의 개화(開花)'이
며 동시에 사랑의 건전함에 대한 주요 요체라고 나는 믿는다.

그러므로 나는 연애란 늘 도덕의 중심으로 존재해야 하고 이
는 끊임없이 소설로 얘기하고 시로 노래 불리며 회화의 소재가
되리라고 믿고 있다. 사람들은 이를 통해 새삼 사랑의 의미를 골
똘히 생각하게 되고 눈물을 흘리게도 되리라.

예술가가 한 작품을 아름답고, 흥미롭게 마무리하는 한낱 소
재로서 다만 연애를 다루었다면 그것은 잘못된 자세라고 나는
생각한다.

좀 고루한 생각이라고 여기는 이가 있을지 모르지만, 예술가
란 깊이 도덕적 근본 문제에 대해 고민하고 사회에 있어 예술이
지니는 의미와 역할을 인지하면서 사회에 참여한다는 자세가 필
요하다고 생각한다. 내가 그동안 연애에 관한 여러 가지 노트를
제공하고 사랑의 명언들을 자주 집대성해놓는 이유도 바로 여기
에 있다.

파스칼은 "연애란 도를 넘치지 않으면 아름답지 않다"라고
했고, 또한 "사랑에 함몰되어 만사를 잊거나 애인에게 연착(戀
着)하게 되면, 이제까지 지니지 않았던 여러 가지 좋은 속성이
생겨나게도 된다. 훌륭하지 않았던 사람이 훌륭해지기도 한다.
인색한 이도 사랑을 하게 되면 넉넉해지고 자비로워진다"라고
덧붙이기도 했다.

새로운 존재의 의미

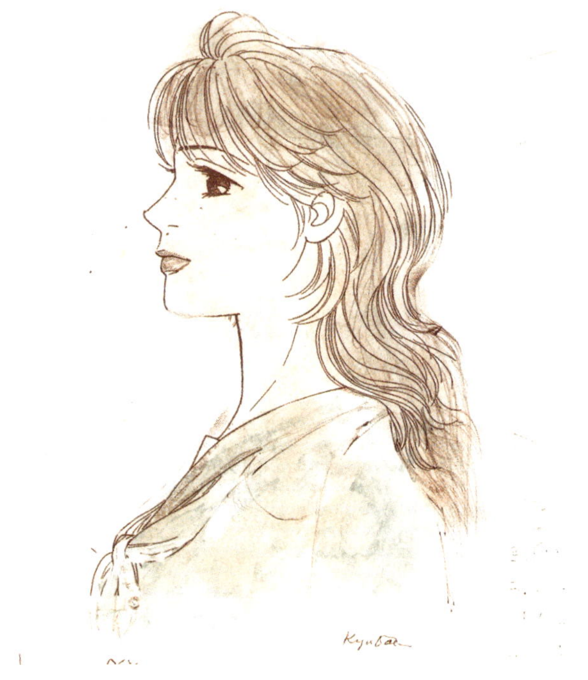

소중한 만남

우리나라에는 정사(情事)소설은 있지만 옹근 연애소설은 아직 없다는 내용의 평론을 일찍이 쓴 적이 있다. 그리고 그 때문에 여러 반론이 제기되기도 하고 한때 난처해진 적도 있다.

예부터 인간의 정사를 다룬 소설은 많았고 나 역시 그런 시나 평론을 써 왔다. 하지만 한동안 본의 아니게 사랑의 여러 양태를 다룬 단편소설집과 정사를 다룬 역사소설로 신문 연재를 써 본 적이 있다. 그런데 그런 작품의 모티브는 미녀도였다. 그리고 그런 작품을 쓰면서 나는 곧잘 아름다운 여인의 모습을 그려보곤 한다.

우리에게 본격적인 연애소설이 드문 것은 아마도 우리나라에는 기독교가 지니고 있는 정신적인 요소나 중세의 기사도 정신, 즉 약자를 보호하고자 하는 정신에서 연면히 발전되어 온 여성 숭배의 관념이 없었던 때문이 아니었을까.

그러힌 관념이 바람직한 것이었던 가에 대한 여부는 별개로 하고, 순수하게 승화된 연애의 관념이 우리에겐 결핍되어 있었던 것만은 사실인 듯싶다.

정사는 넘쳐 나는데, 참 연애 얘기가 없었다는 것은 어쩐지 쓸쓸하고 서글프기조차 하다. 흔히 서구의 그런 순수한 사랑은 가공적인 픽션으로만 생각하기 쉽다.

우리도 이제 연애라고 하는 것이 인간에게 주는 운명적인 신비감, 우주의 무한이라고 한 의미를 깨닫게 하는 그런 연애 얘기가 나와야 하지 않을까.

영국의 시인 셜리는 「사랑에 대하여」에서 “우리 마음속에 잉태한 아름다운 환영이 다른 사람의 마음속에도 새로이 움터나기”를 바랬다. “나도 나와 더불어 버무려져 하나가 되는 그런 사랑 얘기를 쓰고 싶다”라고 했다.

나는 ‘불타오르는 입술에 화답하기 위해선 내 입술이 결코 얼어붙어 있어서는 안 된다’ 라는 의미심장한 글을 쓴 적이 있다.

세상의 많은 사물, 많은 사람 가운데서 특히 내가 애정을 가지

고 바라보는 사람이나 사물이 있다면 그것은 이미 단순한 사물
이나 사람이 아니고 어떤 '의미'가 된다.

　모든 사람은 저마다 이름을 갖고 있지만, 그 이름은 세상에 자
기를 나타내는 기호에 지나지 않을 뿐 특별한 뜻을 지니는 것은
아니다.
　내가 연인을 '나의 연인'이라고 불렀을 때 그것은 보편적인
이름이 아니고 나의 운명 속에 자리 잡은 하나의 특별한 이름이
어야 하는 것이다. 세상에는 여러 종류의 만남이 있지만 진정 사
랑하는, 어쩔 수 없이 사랑할 수밖에 없는 힘으로 스스로 뒤흔들
어 놓는 만남, 기쁨과 고통의 극단까지 오가게 하는 만남, "당신
에게 가서 나는 '무엇이' 되고 싶어요"하는 그런 간절한 마음,
그가 내게로 와서 이렇게도 큰 기쁨, 이렇게도 큰 희망, 그리고
큰 그리움과 슬픔이 되는 것처럼, 자기 자신도 그에게로 가서 그
런 존재가 되고 싶은 열정, "나의 이 빛깔과 향기에 알맞은 무엇
이라고 나의 이름을 불러주십시오. 그러면 나는 당신에게로 가
서 가장 큰 기쁨과 위로, 최후에 나의 생명을 그것과 바꿀 가장
큰 사랑이 되고 싶습니다"라는 그런 소망!
　임에게서 자신과의 동질성(同質性)을 발견하고, 또 그가 오래
전부터 나와 함께 살아온 사람과 같은 친숙하고 편안한 짝으로
생각되고 현세의 욕망이나 이해타산으로부터 멀리 떨어져 있는
듯한 넉넉하고 자유로운 느낌마저 들 때 바로 참 연애는 시작되
는 것이리라.

내가 그의 이름을 불러주기 전에는
그는 다만
하나의 몸짓에 지나지 않았다.

내가 그의 이름을 불러 주었을 때
그는 나에게로 와서
하나의 꽃이 되었다.

내가 그의 이름을 불러 준 것처럼
나의 이 빛깔과 향기에 알맞은
누가 나의 이름을 불러다오.
그에게로 가서 나도
그의 꽃이 되고 싶다.

우리들은 모두
무엇이 되고 싶다.
너는 나에게 나는 너에게
잊혀지지 않는 하나의 의미가 되고 싶다.

(김춘수 『꽃』)

사랑은 기도처럼 와야

사랑은 마치 기도처럼 온다. 꼭 그렇게 와야 한다.

스스로 영혼을 깊이 울리면서 천상(天上)의 어느 곳을 향하여 손을 모으고 무릎을 꿇게 하는 겸손하고 맑은 기도처럼 그렇게 와야 한다.

이 대지 위에 발붙이고 살고 있음을 감사하고 스스로 영혼이 그리움의 고통으로 닮아가고 있음을 또한 감사하는 순정(純正)한 기도처럼 와서, 나뭇잎 하나로 신(神)의 모습을 발견했다는 시인 릴케의 시 「사랑의 노래」처럼 그렇게 와야 한다.

플라톤의 「향연」에서 시인 아리스토파네스가 말했듯이 연애란 잃었던 좋은 반쪽을 찾는 일이다.

내가 호주에서 상주하고 있을 무렵, 어머님 장례 때문에 잠시 귀국했을 때였다. 장례식장에서 잠깐 스치듯이 만난 이로부터 이런 글 쪽지를 받은 적이 있다.

좋은 반쪽

"선생님은 먼 이국(異國)에서 오셨고, 또 언젠가는 떠나갈 사람이라고 했습니다. 잠깐 머물렀다 떠나갈 당신이 내게 새롭게 발견된 또 하나의 '나 자신'인 것으로 순간 느낀 그날 오후, 한 몸의 연인을 반으로 나누어 세상의 끝과 끝으로 던져 놓았다는 짓궂은 신화 속의 '베타 하프(Better half)'를 상기했습니다"

짧은 쪽지였지만 무척이나 당황스럽고 충격적인 사연이었다.
호주로 돌아간 뒤에도 크리스마스카드에 깨알만 하게 이런 사연
을 보내주었다.

"이 기쁨과 설렘은 나의 꿈속에서조차 따라와 긴 밤의 어둠을
물리칩니다.
아침에 일어나 뜰에 내려서면 상쾌하게 발목을 적시는 풀잎
위의 이슬들처럼 나의 육신과 영혼을 맑게 적셔 줍니다.
이슬들이 이토록 신선하게 느껴지는 것을, 새벽바람이 이토록

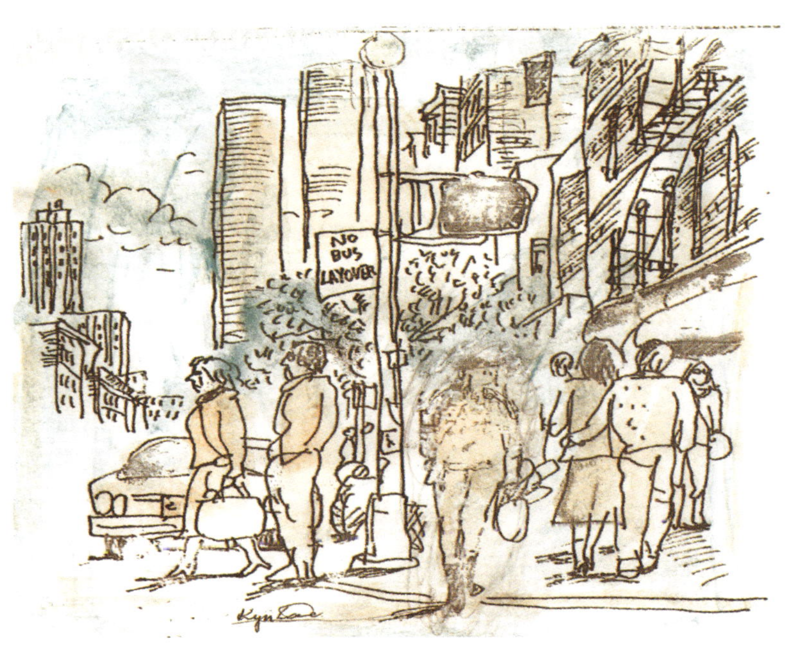

맑은 향기를 품고 있는 것을, 세계가 이토록 내게 잘 어울리는 한 벌의 옷처럼 따뜻하게 느껴지는 것을, 예전에 나는 미처 경험하지 못했습니다.

선생님을 향해 열린 창을 통하여 세계를 내다보고 선생님의 말씀을 통하여 세계를 알고, 선생님의 눈과 마음을 통하여 세계를 인식하는 이 사랑의 신비한 감옥 안에서 아벨라르 같은 새 아벨라르여. 나의 삶은 마치 잘 익은 빵처럼 부풀고 감미로워, 나는 선생님을 위하여 알뜰하고 깨끗한 식탁을 마련하고 기다리는 신부(新婦)가 됩니다"

난 이 편지를 받고 난 후, 거리에서 문득문득 그녀의 환영을 보고 소스라치게 놀라곤 했었다. 꿈속에서도 물론이고……

새삼 아리스토파네스의 탁상연설 중에 나온 '베타 하프'의 신화 이야기를 떠올렸다. 그리고는 실제로 인간이 찾는 사랑의 추구 방법은 이처럼 반쪽이 반쪽을 찾는 것과 같이 치열하고 강렬하다는 것을 온몸으로 느끼고 놀라기도 했다. 그러니까 사람이 자기 반쪽을 발견했다고 느꼈을 때에는 물불을 가리지 않게 되고 잠시 자기를 잃는 몰아의 경지로 빠지게 되며 헌신적, 봉사적인 자세를 갖추게 된다.

이런 감정은 연애 심리의 깊이와 열렬함을 직접 경험하지 않고서는 이해하기 어렵다.

플라톤의 「향연」은 천지, 삼라만상―해도 달도 별도 숲도, 시내도, 모두가 사랑함으로써 상보 관계에 있음을 말해주고 있다.

그 때문에 자연은 조화되고 아름답다는 것이다. 인간의 연애가 그지없이 아름다운 것도 이 같은 자연현상의 흉내를 내기 때문이라고 플라톤은 설명하고 있다. 인간의 행위를 우주 전체 속에서 파악한 이 말은 사랑의 참 의미를 깊이 깨닫게 하는 좋은 비유이기도 하다.

그 때문에 자연은 조화되고 아름답다는 것이다. 인간의 연애가 그지없이 아름다운 것도 이 같은 자연현상의 흉내를 내기 때문이라고 플라톤은 설명하고 있다. 인간의 행위를 우주 전체 속에서 파악한 이 말은 사랑의 참 의미를 깊이 깨닫게 하는 좋은 비유이기도 하다.

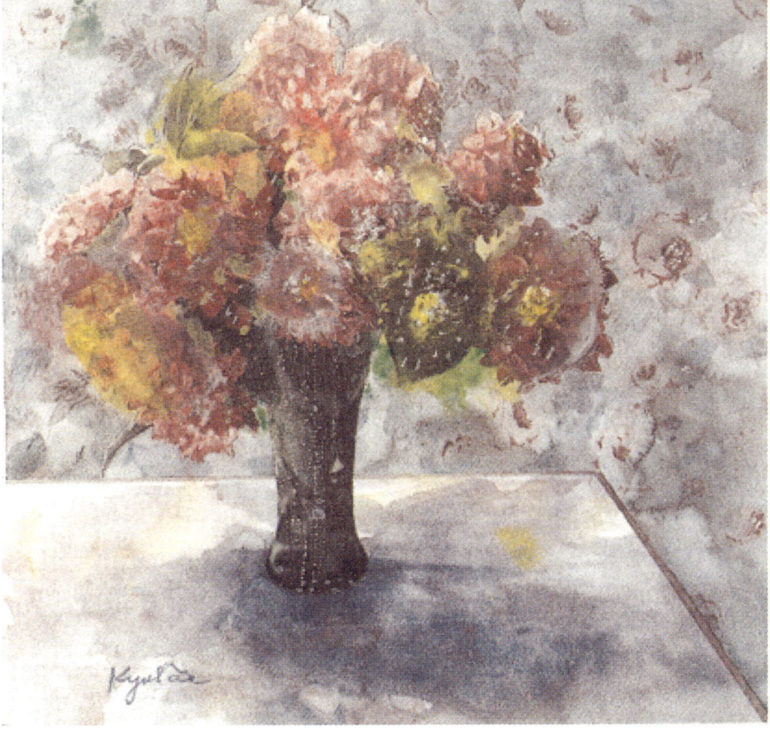

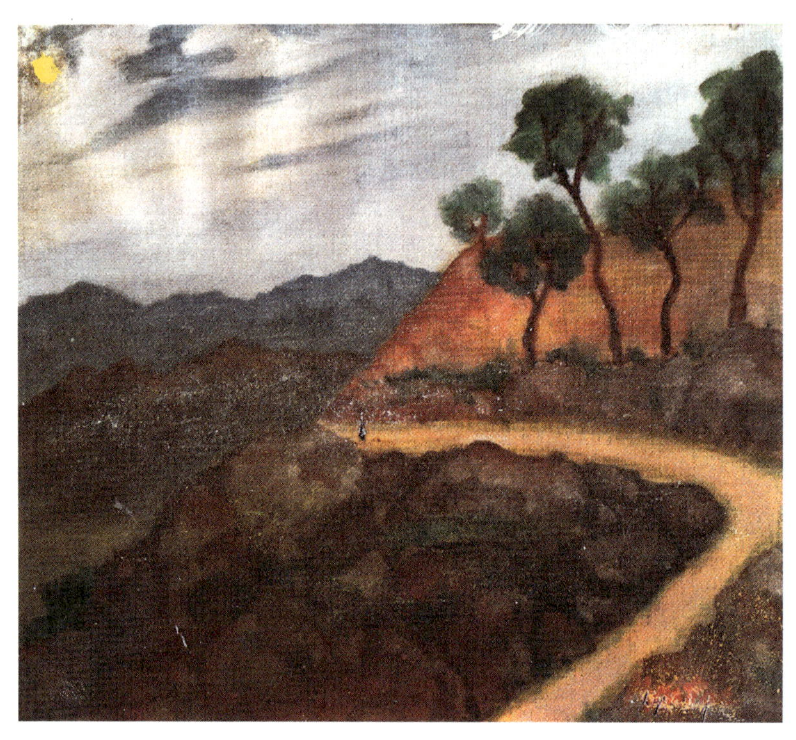

안개 속으로 걸어가고 있네
그 넓은 등
안개 속에서 안개를 밀치고 있네
축축한 세상 찬 바람
바람이 되며 밀어내고 있네
안개 속에 쉬임없이 긴 그림자 던지고 있네
그 넓은 그림자 따뜻이 길을 덮어주네
아, 따뜻이

– 강은교 「길」에서

VI. 아스라한 나그넷길

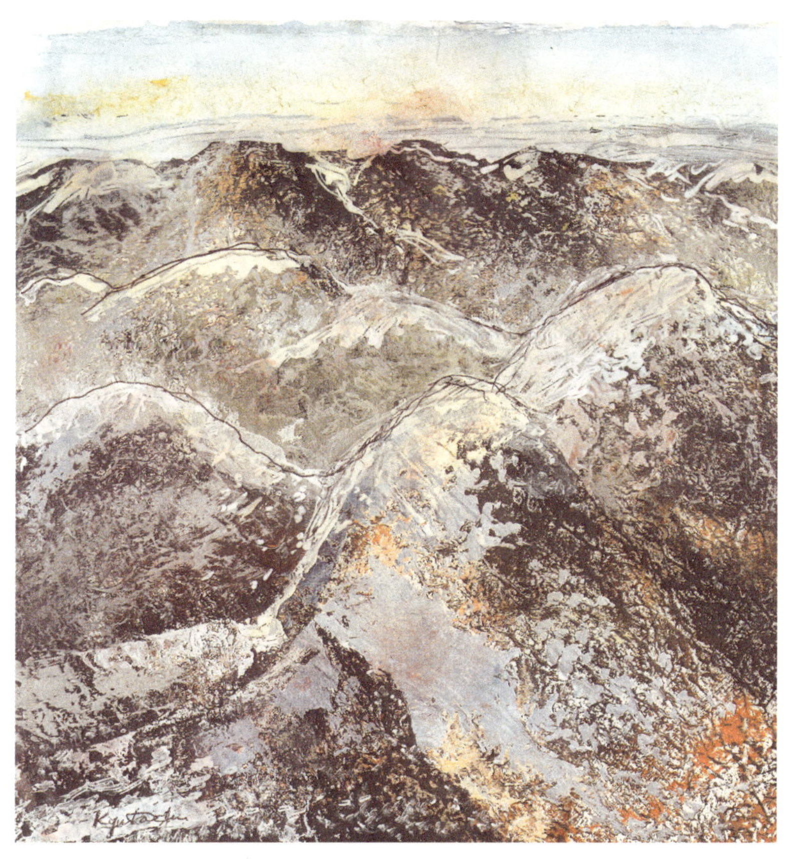

굳은 날 어둠 속에서도
살붙이고 산 남자의
오랜 심성을 알고 있듯이
구석구석 희끗희끗
벗겨져 나간 바위 모서리까지
다듬듯 환히 보인다

강계순 「산·3」에서

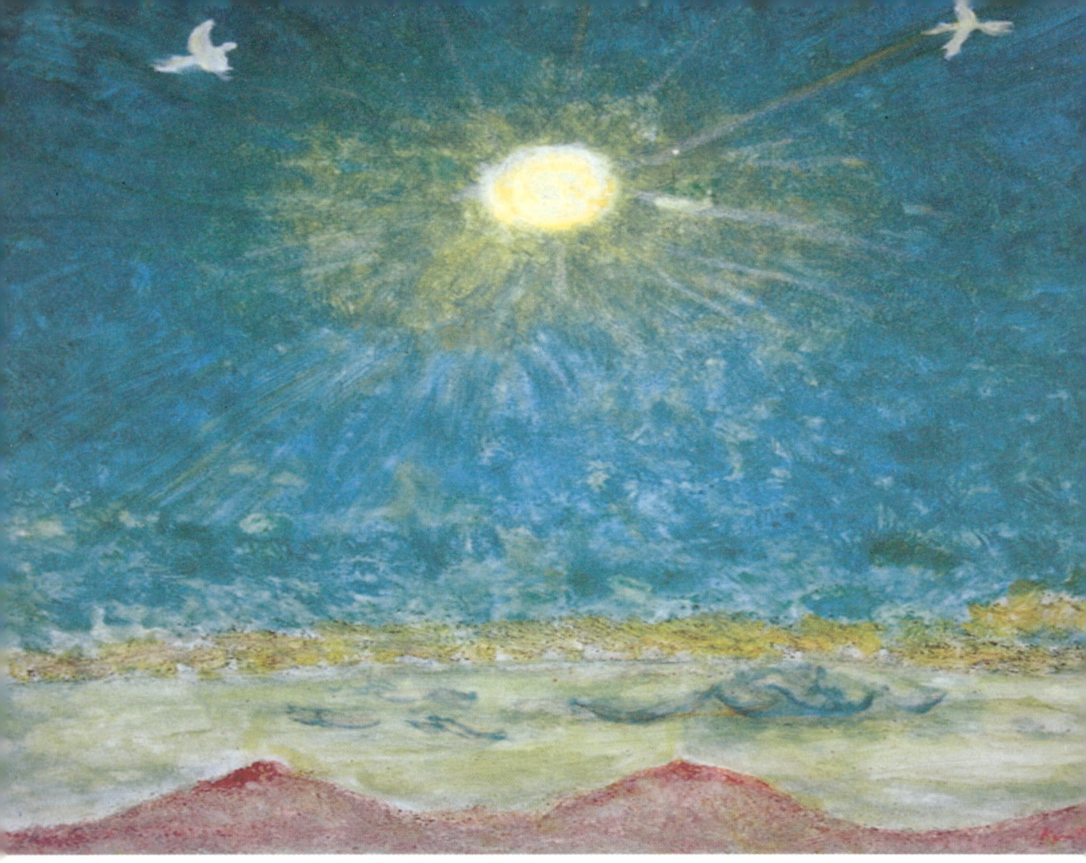

살기 찬 태풍 눈총에

뿌리째 갉아 먹혔어도

때 이른 연초록 옷으로 곱게 단장하고

푸른 것들 무색게 하는

한 그루 세계수

저리도 환하게 갈무리하고

미련 없이 가는 하늘길

아, 나 마지막 떠남도

저처럼만 할 수 있다면

– 신동명 「저리할 수 있다면」

화사한 와인 투어

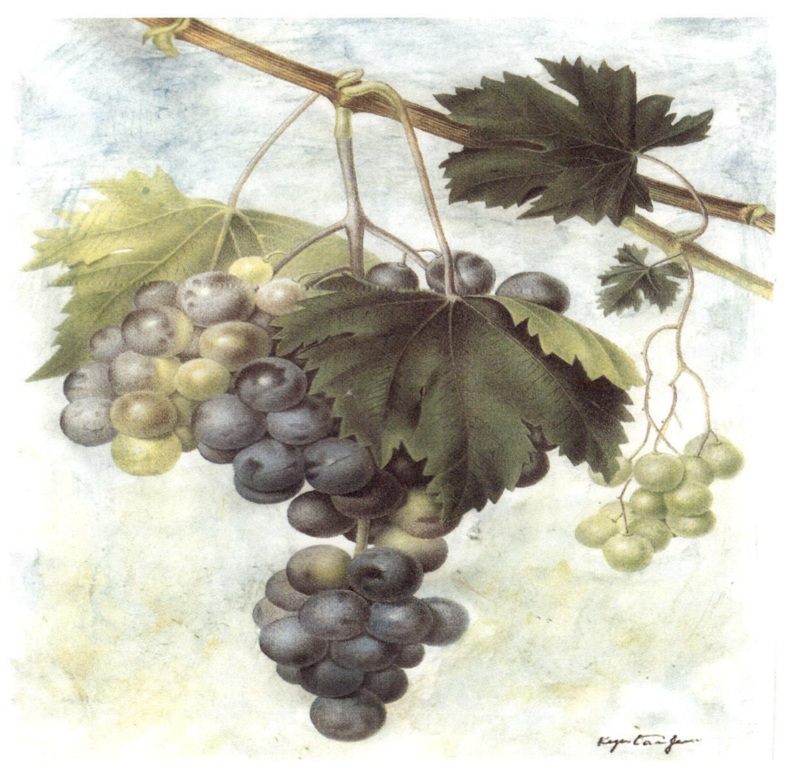

라인 강을 따라 둘러본 옛 성

외국여행이 자유롭지 못했던 시절에도 나는 운이 좋아 내 돈 안 들이고도 세계 여러 나라를 누비고 다닐 기회가 많았다. 그 때문에 나만의 특별한 테마 여행을 즐길 기회가 퍽 많았었다.

나는 와인 마니아는 아니지만, 포도주에 관한 에세이를 몇 번인가 쓴 적이 있다. 그 때문인지 두산 그룹에서 독일 포도주 양조장과 프랑스 보르도를 포함해서 유명 와인 생산지 탐방 여행을 지원해 줄 테니 다녀오지 않겠느냐는 뜻밖의 제의를 받았다. 거기에다 각각 독일어와 프랑스어에 능하고 드로잉과 카메라에 능한 두 여류를 동행한다는 호화로운 옵션도 곁들여 나의 여행 벽을 자극했다.

나는 강의 중이었고 신문사 칼럼까지 맡고 있어서 수락하기가 어려운 제의였으나 이런 행운을 놓치고 싶지 않아 일상적인 일을 과감히 떨치고 호화 여행을 떠나기로 했다.

깊어 가는 가을 "은은한 포도주의 맛과 향기가 그리운 데, 유럽의 이름난 포도주 명산지인 모젤라와 보르도를 와인 향기에 취하며 더군다나 시인과 함께 떠난다니 그지없이 행복하다"라는 두 여류의 '오세지'(과분한 인사말)를 받으며 우리는 프랑크푸르

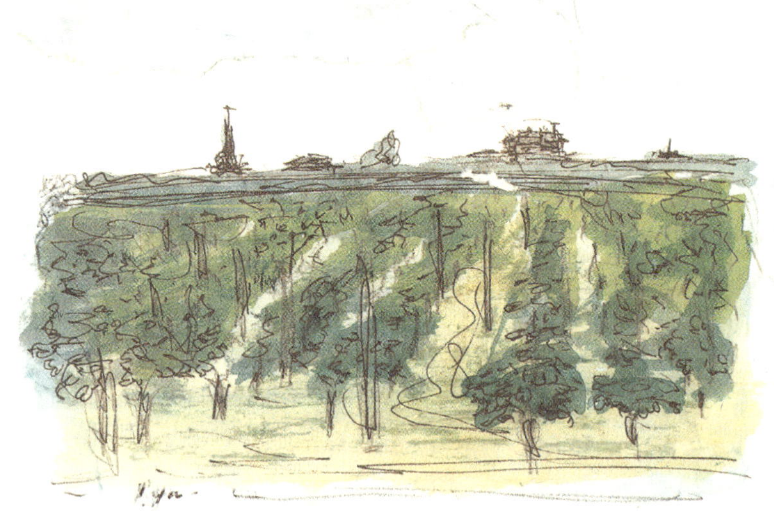

트행 비행기에 몸을 실었다.

　라인 강, 모젤 강을 따라 둘러본 포도밭과 와인 명산지 근처에는 으레 옛 성이 홀연히 우뚝 솟아 있다. 강변에 백여 개의 성이 있다니 곳곳에서 눈에 띌 법도 하다. 이들 옛 성은 오늘날 호텔로 바뀌어 있어 독일 여행의 마니아들은 대도시 호텔보다 옛 성 호텔을 즐겨 찾는다.

　강변의 독일 고성에는 역사적인 사건들이 많았지만 으레 사랑 이야기들이 많이 전해 내려오고 있다. 우리는 되도록 성(城) 호텔에서 묵었고, 그럴 때마다 정열적인, 또는 애틋한 러브 스토리를 여류들에게 들려주었다. 그들은 이런 분위기라면 사랑을 불태우지 않을 수 없겠다고 입을 모아 찬탄해 마지않았다. 여자는 그만큼 분위기에 약한 모양이다.

　호텔에서 걸치는 가운이나 파자마도 그지없이 화려하다. 화려하다기보다는 로맨틱한 분위기의 한 몫을 담당할 법도 하다. 색깔도 화려하거니와 촉감도 매끄럽고 디자인도 고혹적이다. 벽에 걸린 그림들도 이런 분위기에 가세하고 있다.

　특히 여자용 파자마의 디자인은 남자 앞에서 보이기에는 너무 부끄러울 만큼 대담한 디자인이라고 한 여류는 얼굴을 붉히며 내게 살짝 귓속말로 일러 주었다. 얼핏 '엘레강스' 해 보이지만, 문양과 디자인은 섹슈얼리티 그 자체라고 한다.

　노출형 파자마 이야기를 듣고 보니 문득 호주에서 누디스트 클럽의 한 멤버가 내게 일러준 말이 떠올랐다. 호주는 이런 클럽이 많고 누드 비치도 곳곳에 산재해 있어 알몸의 노출에 비교적 둔감한 사회다. 『개새끼』로 유명했던 소설가 정을병 씨가 시드니에 왔을 때 나더러 누드 비치에 꼭 한번 가 보고 싶다고 해서 나도 가본 적이 없다고 사양했다. 그래도 안내를 꼭 부탁해서 입구에 내려다 주고 나는 느긋하게 주차장에서 기다리고 있었다. 그런데 채 20분도 되기 전에 그는 허겁지겁 차에 올라앉더니, 그 첫마디가 "아! 참 나는 셰퍼드 앞에 개새끼야, 아니 똥개새끼였어"라고 큰 소리로 외쳤던 기억이 새롭다. 그리고 그 후 킹스크로스 환락가에도 그는 들렸다고 한다. 그리고는 알몸보다 옷을 살짝 걸친 반라의 여인이 그지없이 아름답더라고 했다.

누디스트 클럽의 멤버 역시 누드는 별로 에로틱한 게 아니라는 것이었다. 그래서 에로티시즘을 연출할 수 있는 복장을 고안해 냈다는데, 그 디자인은 남녀 모두 '유니섹스'화 되어 간다는 것이다. 벽 그림 중 독일 중세 여인들은 긴 로프를 입고 있었는데, 정말 누드 못지않을 만큼 고혹적이다. 중세의 시화집 『장미 이야기』에 보면 그 당시 특유의 에로티시즘이 잘 나타나 있다.

프랑스 보르도의 샤토 호텔방에도 중세 여성들의 초상화가 으레 걸려 있는데, 특히 빅토리아 왕조 시대의 여인 초상화는 유방이 대부분 노출된 복장을 하고 있다. 많은 장식품도 섹슈얼리티의 한몫을 담당하고 있는 점도 눈여겨볼 만하다. 토머스 칼라일은 『의상의 철학』에서 "장식이 의복보다 앞선다"라고 단언한 바 있다.

10월에 으레 열리는 독일과 프랑스의 외인 축제는 지방마다

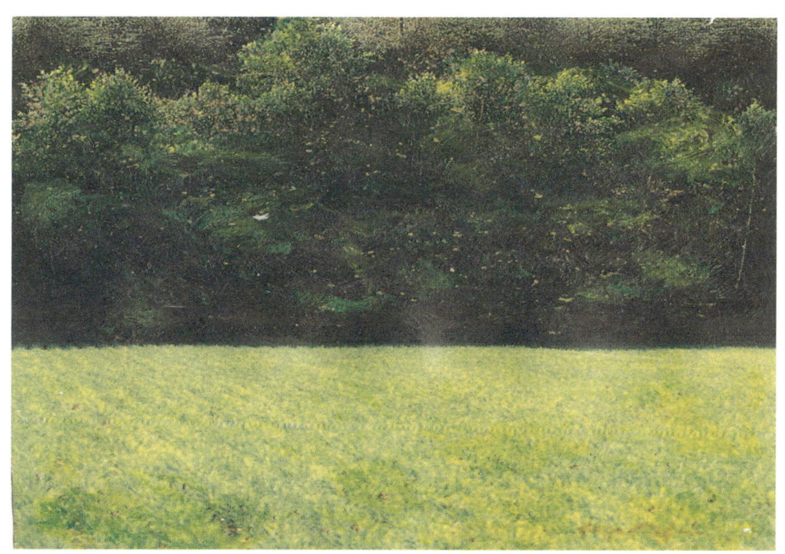

특색이 있고 한 곳도 날짜가 중복되지 않아 우리는 와인에 한껏 취한 채 두루 축제 분위기를 즐길 수 있었다. 각 지방 축제마다 뽑은 '포도주 여왕'의 복장도 고장마다 조금씩 다르기는 하지만 요기가 넘친다.

옛 성 그리고 성(性)

우리가 머물렀던 성 중에는 잔혹한 설화가 전하는 곳이 적지 않았다. 그런 성의 지하실에는 아직도 변태 성욕을 만족하게 하기 위해 사용했던 체형기구가 남아 있어 야릇한 전율을 느끼게 한다. "현대적 상식으로는 도저히 상상하기 어려운 일들이 왜 일어났을까요?"라는 한 여류의 질문에 나는 자신은 없지만 이렇게 대답했다.

　"중세의 시골이
라고 하는 성 주변
의 배경을 놓고 생
각해 보면 어떨까
……. 중세의 시골
사람들은 아마도
버섯, 개구리, 심
지어 뱀까지 잡아
먹고 살았다는 얘
기가 전해지고 있

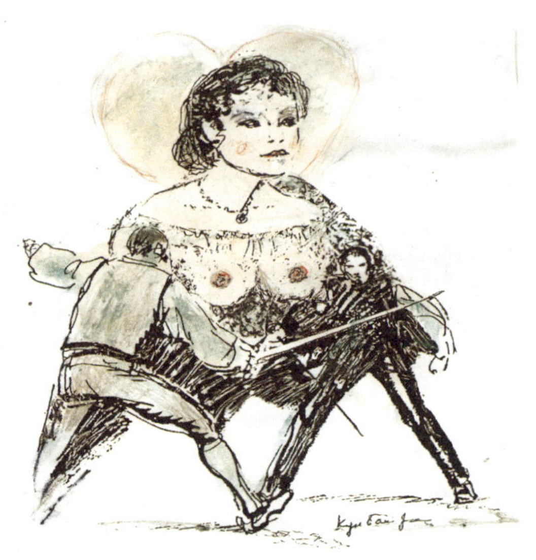

어요. 이 성을 보세요. 커다란 '암벽' 끝에 세워져 있잖아요. 그
리고 밤이면 야생 동물들이 좋아하는 습지와 숲으로 둘러싸여
있으니 밤중에 먹을 것을 찾아 성 주변을 웅성거리던 아낙네들
이 인간으로 보이지 않았겠죠. 그들은 성주를 신처럼 느꼈을 거
고요. 그래서 성주의 고독을 충족시켜주기 위해 이런 잔인한 축
제로 이어졌다고 봐요. 일상에 대한 제사는 어느 시대 어떤 겨레
나 인간에게 있는 상식(常識)이겠지요. 이 '라이추얼(제사)' 겸
축제의 시간에 도취했을 때, 인간이 미치광이 같은 이상 상태에
빠지는 거지요. 원시인들이 정기적으로 '원초적 발라드(歌舞)'
를 즐기며 모두가 황홀 상태에 빠지도록 연출한 것은 매우 뛰어
난 지혜가 아니었을까요?"라고 얼버무렸다. 여류들은 잘은 모르
지만, 좀 섬뜩한 느낌이 든다면서도 그런 잔혹 설화를 계속 듣고
싶어 했다.

　나는 사랑을 얻기 위한 성주들의 혈투와 사녀(蛇女) 이야기도 환상적으로 각색해서 들려주면서 그들의 반응을 즐기곤 했다. 구약 성서 아담과 이브의 이야기에도 뱀이 등장하지만, 옛날의 설화들에도 뱀이야기가 많다. 여기에는 남성과 여성의 원리가 잘 녹아 있다. 그리스 올페우스 신화에서 연유된 것이나 이를 크게 각색한 이야기들이다. 성(城)이 강변에 자리하고 있기 때문에 성에 관한 고대 이래의 '콤플렉스'가 녹아 있다. 즉 '물의 여성'에 내한 환상 내지는 셰익스피어의 『햄릿』에 나오는 오리피어 환상, 여성의 성에 대한 남자의 동경과 두려움 등이 이들 설화에서 문학적인 분식(分飾)이 없는, 그러니까 '새디스틱'한 놀이의 황홀로 연출되고 있다.

　한 여류는 내 소설집 『여자의 성』의 '성'도 뭔가 성적인 것의 축약이 아니냐고 묻기도 했다. 나는 여류들에게 앞으로 강과 성을 순례하다 보면 성이 지닌 내포적 의미를 곧 알게 될 것이라고 말했는데, 순례를 마친 다음 그들은 이구동성으로 짜릿할 만큼 알게 되었다고 고개를 끄덕여 주었다.

　라인 투어 축제에 관해서 하고 싶은 이야기가 너무 많아 좀 더 추억을 넉넉하게 반추해 가며 따로 한 권으로 마무리하기로 하고 여기서 이만 줄인다.

내 삶의 한 갈림길

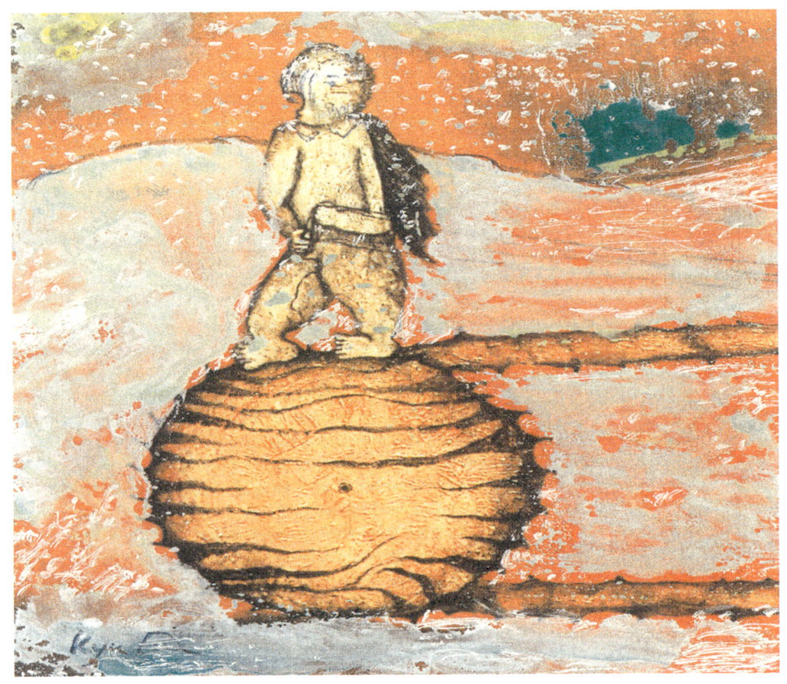

문학의 원형을 찾아서

지나온 세월을 돌이켜 보면, 별로 대수롭지 않았던 일이 훗날에 적잖은 변화를 가져다주는 계기가 되는 경우가 적지 않다.

본시 나는 여행하기를 좋아하긴 했지만, 고대문명의 유적지나 험준한 오지 답사여행에 열중하게 된 것은 1970년대부터이다. 문화인류학에 대한 관심을 두게 되면서부터였고, 그 계기가 된 것이 바로 하버드 옌칭 프로그램에 참여하게 된 때문이었다.

그 당시 나는 급한 일 때문에 예정일보다도 훨씬 늦게야 대학 연구소에 도착했었다. 연구소 사무국에서는 비어 있는 옌친(燕京) 연구실이 없다면서 옆에 있는 고고 인류학 연구소에 연구실을 마련해 주었다. 늦게 온 죄로 불평도 못하고 마지못해 한 학기 동안 불편한 생활을 감수해야 했다.

하지만 이 한 학기 동안 나는 고고 인류학에 대한 견문을 넓혔고, 젊은 혈기 탓이었겠지만 이 새로운 학문에 함몰되었었다. 한 때 뒤늦었지만, 전공을 바꿔볼까 하는 엉뚱한 생각마저 했었다.

하버드 대학은 세계가 선망하는 일류 대학답게 각 분야의 석학들이 운집해 있는 것 같았다. 이 대학에선 하루에 두 차례씩 휴식(커피 브레이크) 시간이 있는데, 짧은 시간이긴 하지만 저명한 인류학자로부터 흥미롭고 진기한 얘기를 많이 듣곤 했다.

인디오의 유적지로

이에 크게 자극되어 마야·아스테카·잉카 유적지는 물론, 아직도 원시적 삶을 영위하고 있는 아마존, 나일 강 주변의 밀림 지대를 방학 때마다 답사하기에 이르렀고, 국내 잡지 등에 「몽고반점을 찾아서」 「마지막 원시인」이란 색다른 제명의 글을 연재하기도 했다. 그때 학계나 문단의 반응은 대체로 좋지 않았었다. "프로이트나 융을 들먹거리더니 이젠……" "팔방미인이 또 병 도졌다"라느니, "갈 길을 잃고 샛길로 빠져만 나간다"라느니 하고 비난의 소리가 대세였다. 한 때 구설수 때문에 답사여행을 그만둘까 하는 생각도 해보곤 했다.

다만, 두 문인이 나를 격려해 주었다. 서정주 시인은 "내가 평생 꼭 한번 해보고 싶은 여정이었는데, 시도했다가 고산병으로 좌절했었다"라면서 부러워하며 격려 서한도 보내 주었다, 원형갑 교수는 "……미치광이처럼 밤을 지새우며 문헌을 뒤지고, 한 달 두 달 원시문화의 현장을 찾아다니는 전규태의 그 의욕과 정열은 놀랍다. 그가 쓰고 있는 오지 고대유적 등의 기행문에서 감동적으로 만나 볼 수 있다. 해발 4천여 미터의 잉카문명 고적을 피를 쏟으면서 탐사해야 하는 이유도 다만 전규태의 그 불굴의 지적 정열에 대한 도취에서이며……"라고 옹호해주었다.

공교롭게도 인디오 문명 연구의 바로 본거지인 하버드 토저 도서관 안에 내 연구실이 있었고, 이곳에서 그다지 멀지 않은 인디언 박물관, 스미소니언 및 카네기 연구소 등을 쉽게 드나들 수 있는 출입증이 있었기 때문에 여기서 얻은 소중한 원자료를 토대로 하여 몇 차례에 걸쳐 중남미 여러 나라를 수개월 동안 그야말로 미친 듯이 떠돌아다녔었다. 지금 그때를 생각해 보면 오싹 전율을 느낄 만큼 위험한 고비도 있었지만, 갑자기 아름다운 풍광을 만나는 감동적인 순간도 많았었다.

잉카 천재들의 마지막 유적인 정교한 산상 비밀 도시 마추픽추에 올라갔을 때, 그리고 잉카 옛 화가들의 풀리지 않는 비밀이 담긴, 나스카 사막의 수수께끼인 거대화를 고공에서 부감했던 순간의 감격을 지금 돌이켜 봐도 뇌리에 전율이 흐를 만큼 생생하다.

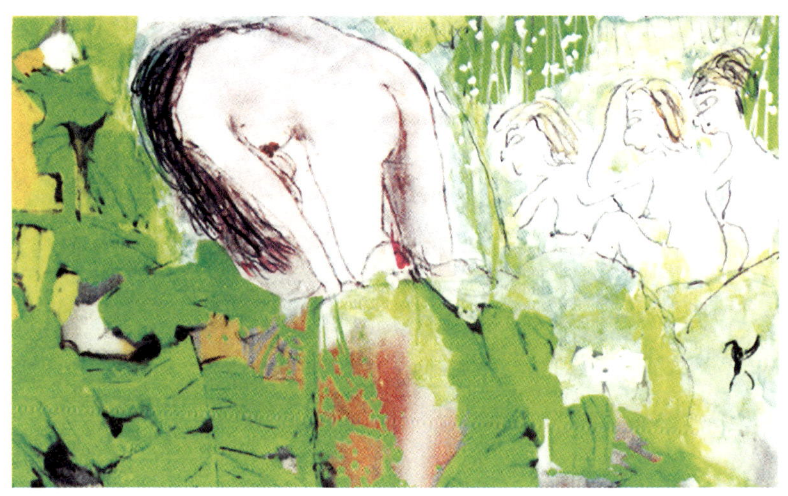

잉카는 우리나라처럼 천손 강림(天孫 降臨)의 신화를 지니고
있고, 해모수 해부루 등 우리 북방계 신화에서 보이는 것처럼 해
의 아들임을 자부한 흔적이 오지의 특이한 괴기 문화에서 쉽사
리 찾아볼 수 있었다.

잉카만이 아니라 아스테카, 마야, 차빈 등 여러 인디오 문명의
경우에서도 우리와 너무나도 흡사한 신화, 전설, 전기, 습속 등
을 많이 찾아볼 수 있다. 나는 그 후 계속 방학 때마다 연재 중인
「몽고반점을 찾아서」의 내용을 더욱 심화시키기 위해 유적지
답사를 강행했었다.

이 험난한 나의 이 '필드 워크'는 하버드 고고인류학 팀의 도
움이 없었더라면 거의 불가능한 일이었다.

이런 작업을 계속하면서 나는 특히 신화와 비교문학적 연구에
골몰하기에 이르렀고, 문학비평 작업 또한 신화 비평적 접근에

치중하기에 이르게 되었다.

프로이트와 프라이

20세기 초엽 프랑스 문학에 큰 영향을 미친 쉬르레알리즘(surrealism)은 현실과 공상, 과거와 미래, 전달 가능한 것과 불가능한 것이 결코 서로 모순되지 않는 정신의 한계점을 구하여 고도의 현실성과 꿈의 전능성에 대해서 전폭적인 신뢰로 문학의 새로운 영역을 개척하였고 특히 인간의 심층의식을 다루기에 이르렀다. 이는 의식적으로 반수(半睡)의 정신 상태에 달한다는 방법을 취한 것인데, 이러한 점에서 20세기 들어 발전된 현대문학이 프로이트의 심층심리학(정신분석학)에서 많은 영향을 받은 것이다. 그에 따라 꿈이나 환각이나 광기 또는 무의식 등이 가장 가까운 테마로 다루어지게 되었고 창작만이 아니라 문예비평에서도 아리스토텔레스 이래 최대의 비평가로 지칭되는 프라이(N.Frye)는 정신분석학 등의 다면적 접근을 통해 신화비평 및 원형(原型)의 이론을 확립하기에 이르렀다. 프라이(Frye)는 이 이론을 전개하면서 인류학, 기호이론, 그리고 신화론, 특히 신화소를 통한 심층심리의 규명에 성공하였다. 그는 신화란 근원적으로 인간이 살아나가는 데 필요한 여러 가지 문제에 대해 어떠한 회답을 얻으려고 하는 태도, 내지는 이러한 과정에 대한 옛사람들의 전승된 생각, 특히 의식의 표현이라고 했는데, 따라서 한 겨레의 신화는 그 겨레의 사고의 원형(archetype)이며 생의 근원적인 얘기다.

그러므로 그들의 삶을 이해하는 데 있어 꼭 필요로 하는 기본적인 요소이다. 그러기에 원초적이고 원형적이며 인간적이기도 하다. 예컨대 우리는 비록 짤막한 단군신화나 박혁거세 신화의 파편(신화소)에서도 우리 겨레의 원초적인 사고의 원형을 충분히 찾아볼 수 있다.

신화의 내포성

'신화'라고 하는 말은 흔히 일반 회화 속에 꿈 이야기에 가깝거나 황당무계한 것을 가리키는 말처럼 여겨지기도 한다. 이는 신화라고 하는 이야기가 곧장 이 세상의 상식이나 경험으로서는 헤아릴 수 없는 일들을 말하고 있기 때문이다.

하지만 신화는 '진실을 말하고 있다'라고 신화(또는 원형)비

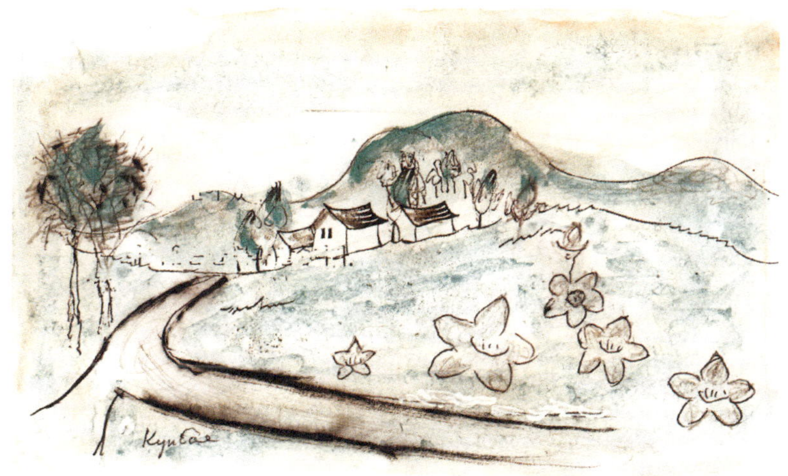

평가들은 역설한다. 예컨대 사람이 '알' 속에서 태어났다고 하는 난생 창세신화는 실제로 일어났기 때문에 진실인 것이 아니라 고대인의 사고의 원형이 이 속에 내밀해 있기 때문에 그 속에서 진실을 추출해낼 수 있다는 것이다.

신화를 이렇게 보려는 문학적인 시각이 생기게 된 것은 정신분석학자인 프로이트와 융 이후의 일이다. 그 영향을 받아 정립된 신화비평적 방법은 종래의 분석비평에 맞서서 문학을 보는 총체주의적이고 유기적인 시야를 갖게 된다. 나아가 한갓 신화와 문학 사이의 상관성을 추구하는데 그치지 않고 초월적 세계와 현상 세계, 감각 할 수 없는 것과 감상의 대상인 것, 원초적인 것과 오늘의 시대사상이어서 인간들이 잃어버린 매듭을 되찾아 세계와 인간의 삶을 총체적으로 보고자 했다. 그 총체적 시야 속에서는 우주와 지상 세계, 자연과 인간, 영혼과 사물 사이의 하나의 언어와 그 갈림, 그리고 동일한 어법이 존재하게 된다. 그리하여 오늘날의 문학은 신화를 소망하게 된다. 이때 문학은 세속의 문자언어에서 벗어나려고 한다.

현대에 접어들어 문학은 번번이 신화에서 모티브를 빌려 쓰고 줄거리를 얻어다 쓴다. 그러면서도 더불어서 신화의 세계를 증폭시키면서 신화를 오늘에 활성화하려 드는 경향이 적지 않다.

예컨대 토마스 만이 「요셉과 그 형제」, 릴케가 「오르페우스에 부치는 소네트」을 펴내어 이들 고대의 주인공은 오늘을 사는 인물로 재생되는 경우를 들 수 있는데, 우리나라의 신화 속 인물의 문학적 재생의 경우도 마찬가지다.

우리 문학이나 특히 인기연속극 TV 드라마의 경우에서 보듯이 아득한 옛날의 신화나 역사 속의 인물들을 오늘의 인물처럼 재생시키고 있고 일반대중들은 현대극이나 소설의 인물보다 훨씬 더 큰 관심을 두고 있음을 보게 된다.

'임'과 '나'를 위한 한스러운 관계

또한 우리 문학에 끊임없이 나타나는 '임'과 버림받은 '나' 사이의 한스러운 관계를, 단일신화의 파편에서 여옥의 공무도하가(公無渡河歌), 신충의 향가인 원가(怨歌) 고려가요의 「가시리」 「정과정곡(鄭瓜亭曲)」 정철의 「사미인곡(思美人曲)」 「속미인곡(續美人曲)」 등으로 접맥시켜 보는 데에도 이를 찾아볼 수 있다. 우리의 임 신화에서는 「공무도하가」에서 보는 것처럼 버림받은 것은 영웅이나 임이 아니라 비영웅적이고 나약한 여성으로, 이는 기본신화의 한국적인 변조(變調)라고 할 수 있다.

이러한 시가의 흐름에서 가장 정제된 「가시리」는 그 구성이나 형태, 그리고 기교면에서도 우리 현대시의 원형임을 알 수 있다. 「가시리」와 김소월의 「진달래꽃」을 견주어 보면 이를 쉽게 이해할 수 있다.

또한, 두 작품은 기·승·전·결의 구성을 같이하고 있는데다가 3연에서 상황의 괴를 통해 똑같이 '아이러니'의 기교를 보여주고 있는 것이다. 이러한 패턴은 정지용의 「유리창」 한용운의 「님의 침묵」 박목월의 「경상도의 가랑잎」에서도 찾아볼 수 있다.

소설에서 한 보기를 공무도하가(公無渡河歌)의 신화 파편과 고소설 「심청전」과 채만식의 「탁류(濁流)」의 경우에서도 찾아볼 수 있다. 나는 현대소설 자체 내에서 해결할 수 없는 문제를 여태껏 전해 내려온 문학의 형태적인 상징, 장르 등의 인습적인 것에 의해 투시주의적 고찰을 했다. 쉽게 문제를 해결할 수 있다.

즉 탁류의 주제를 이루고 있는 희생정신이 왜 비극적 요인이 되느냐는 작품 자체 내에서 아무리 분석해보아도 해결될 수 없는 문제다. 그러나 그 희생정신이 한국인의 의식구조 속에 어떻게 작용하고 있으며 여태까지의 설화나 고소설 속에서도 어떤 형태로 재현되고 있나를 살펴보면서 「탁류」의 주인공 초봉이나 심청의 가족과 아버지를 위한 희생이 그들의 능력으로나 투쟁으로서 갚는 희생이 아니고, 한국인의 의식구조 속에 뿌리박혀 있는 '우연에의 신앙', 즉 앞에 놓인 요행에 대한 기대가 무의식 속에 포착되어 있음을 볼 수 있다.

이처럼 나는 '원형' 찾기에 골몰하면서 그 당시 학계에선 생소했던 '학제 연구(inter-disciplinary approach)에 매몰되어 팔방미인' 이란 소리를 더욱 듣게 되곤 했다.

하지만 '원형 찾기' 란 그 민족의 사고의 근원뿐만이 아니라, 삶의 근원적인 것을 찾는 작업이라고 여겼고, 그런 역사적 의식의 강조는 과거는 과거라는 지각에서 뿐만이 아니라 현재라는 지각까지 포함되는 것이다. 이는 시인, 작가로 하여금 현 세대라는 시대의식에서 글을 쓰게 할 뿐만이 아니라 넓은 의미의 문화 전체와 자국 문화나 문학 자체에서 존재하는 동시적 질서를 구

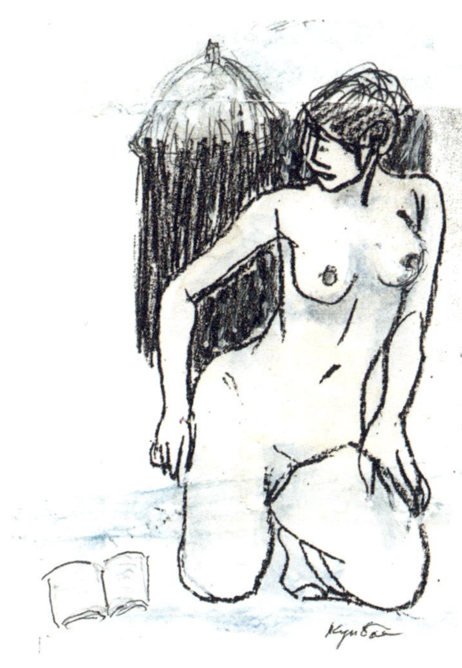

성하게 된다고 나는 생각했었다.

문학 작품은 독특한 역사적 사건이며 한편으로는 한 개인의 작품이긴 하지만 시인이나 작가가 작품을 쓸 때 기억이 단절된 상태에서 작품을 쓸 수 없는 노릇이다. 그래서 똑같은 작품 제작은 불가능한 노릇이다. 그렇지만 유사한 소재나 주제는 물론 계속 반복될 수 있다. 이는 인간이 추구해온 궁극적 문제가 과거나 현재나 변함없이 추구되어 오기 때문이 아닐까.

그러므로 우리 사회에서 계속 전해 내려온 생활 전통과 같이, 우리 문학 속에 끊임없이 전해 내려온 우리 문학의 전통은 원형 찾기를 통해 추출해 내야 한다고 나는 믿었다. 이는 원형인 식물의 씨앗과 같은 '문학 속의 씨앗' 찾아내기라고 여기고, 한 작품의 자체뿐만이 아니라 그 나라, 그 민족, 그 인간 자체의 의식 구조 또는 심층 구조를 찾아내어 그 인습적 원형의 이미지를 확장, 발전시키는 작업을 꾸준히 계속하곤 했었다.

문학을 문학 자체의 전통적인 장르라던가 인습적인 상징의 체계 속에서 단일한 원형을 추출해 보기로 했다. 한 작품의 공시성과 동시성을 함께 포함한 문학 자체의 관계 속에서 역사와 관련을 시켜나가곤 했다. 그래서 지금은 우리의 학계에서도 두루 원용되고 있다.

그 당시에는 생소하기도 했던 학제적 접근을 하다 보니 팔방미인이 될 수밖에 없었다. 한 작품을 문학이라는 '좁은 테두리'(그때 나는 그렇게 생각했다) 안에서만 고찰할 것이 아니라 단일한 원형으로 '환원' 시키기 위해서는 여러 분야의 도움으로 더욱 더 융통성 있게 고구되어야 한다고 믿었다. 그때 나는 영어의 'universal'이란 단어를 곧잘 즐겨 쓰곤 했지만 '팔방미인'의 구설수는 좀처럼 가라앉지 않았었다.

하지만 그런 와중에서 나의 이런 접근 방법을 조금은 긍정적으로 바라보며 나의 학문이나 문학 세계가 '일원적 이중구조'로 되어 있다고 조금은 호의적인 반응이 나타나기도 했다. 즉 "시간상으로는 과거와 현재, 고전문학과 현대문학을 자유로이 왕래하는 상상의 기동성을 발휘하면서, 공간적으로는 동양과 서양을 종횡무진 자유로이 넘나드는 순발력의 역동성을 나타낸다"라든가 "종교적으로 불교적 가슴을 지니고 있고, 우뇌는 도교적인데 좌뇌는 기독교적이며 몸속의 세포는 유교적 지배를 받고 있는 코스모폴리탄이다"라고 평가해 주기도 했다.

'학제(學際)'에서 '예제(藝際)'까지

부지불식 간에 학문의 경계를 넘나들더니 또 본의 아니게 예술의 장르를 넘나드는 계기가 '운명적'으로 닥쳐왔다.

췌장 수술 후, 주치의는 몇 가지 금기사항 가운데 특히 글을 쓰지 말 것을 요청했고 문필 대신 화필을 들라고 권유했다. 그리고 방사(房事) 대신 누드화를 그려보거나 감상하기를 즐기라고도 덧붙였다.

그에 따라 나는 미술 세계에 관심을 두게 되어 르누아르 등의 화첩을 섭렵하기도 하고 이에 대한 해설서를 쓰기도 하며 누드 크로키에도 열중하면서 색다른 미적 감정 또는 미적 경험을 하게 되었다. 인체가 지니는 그 무한한 신비와 아름다움이 삶의 의욕을 갖게 했고 자칫 위태로웠던 순간들을 지탱해 주는 활력소가 되기도 했다. 물론 풍경화도 많이 그렸으며 명화를 감상하는 것을 큰 낙으로 삼기에 이르렀다. 그러면서 뛰어난 미술 작품을 보고 감동을 느꼈을 때 향수자의 삶은 심오한 의미로 충족된다는 것과 이런 미적 체험을 통해서 한 층 더 사물을 보는 눈이 달라진다는 사실을 알게 되었다.

이렇게 10여 년 동안 암 다스리기의 하나로 그림을 그리기 시작했던 것이 이제는 그리지 않을 수 없는 강렬한 습성으로 바뀌어 버렸다. 그러다가 시화집을 내게 되었고, 또 이 때문에 '예제의 팔방미인' 소리마저 듣게 되었다.

하지만 "미를 추구하는 것은 즐거움을 추구하는 것"이며 "병 치유 그리고 더 나아가 행복의 약속"이라고 한 스탕달의 말을 생각하며 자위, 안분하고 살려 한다.

말도 많았던 지난 세월을 돌이켜 보면서 나는 이제까지 살아
온 세월과 내가 해왔던 일들을 후회하지 않고 그저 자연태의 삶
을 이어 가고자 한다.

몽고반점을 찾아서

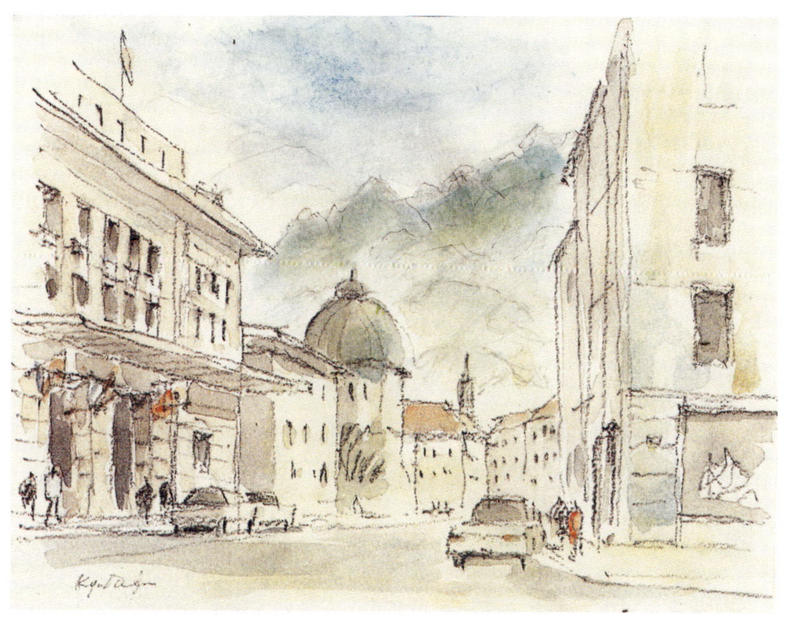

큰 돌이 뜻하는 것은

젊은 시절, 잉카 거석(巨石) 문명 답사를 위해 잉카 제국의 옛 수도 쿠스코 공항에 내리자 갑자기 어지럽고 구역질이 나 견딜 수가 없었다. 배에 힘을 주어가며 참고 견디다 못해 산소마스크를 걸치고서야 가까스로 안정을 되찾을 수 있었다. 고지대에 왔음을 그제야 실감했다. 페루의 쿠스코는 해발 3천5백여 미터나 된다. 공기가 매우 희박하다는 얘기는 짐짓 들었지만 이렇게도 적응하기 어려울 줄은 미처 몰랐다.

쿠스코 근교에 있는 사크사이와만 대방벽은 쌓아놓은 돌 하나하나가 내 키의 3배가 될 정도의 큰 바위로 구축되어 있다. 정교하게 다듬어 만든 석벽은 그 옛날 잉카 석조 기술의 정수를 확인할 수 있었다.

나의 거석 문명 답사는 쿠스코보다 천여 미터나 더 높은 볼리비아의 티아우아나코 유적지까지 2개월 남짓 동안 강행되었는데, 새삼 잉카 석조 제국의 수수께끼 같은 유적에 감탄을 금할 수 없었다.

귀국한 후 전에 답사했던 유럽 북쪽의 스웨덴으로부터 영국의 스톤헨지, 그리고 남쪽의 포르투갈 및 몰타 섬에 이르기까지 서유럽 곳곳의 언덕이나 들판 숲 속 등에 있는 메갈리트 거석 답사기를 묶어 어느 잡지에 불가사의한 거대 석조 구조물에 관한 글을 연재한 적도 있었다.

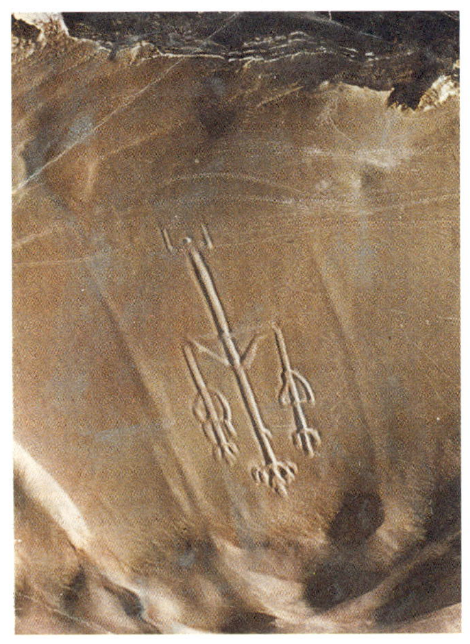

연재하는 동안 방송국이나 신문사의 기자는 물론 많은 독자로부터 숱한 질문을 받기도 했는데, 특히 스톤헨지는 컴퓨터였던가? 잉카 신전은 태양과 어떤 연관이 있으며 마야 석관

조각은 그 옛날 우주회로가 있었음을 보여주는 것이 아닌지? 등등 인류의 우주 탐색 노력에 대한 문의가 많았었다.

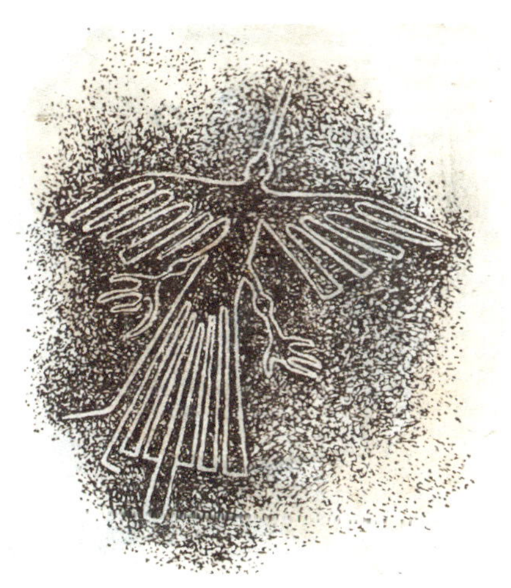

인류의 역사가 시작되면서부터 인간은 돌을 이용해서 갖가지 문화를 이룩해왔다. 구석기 시대와 신석기 시대가 그러했고 그 이후 기념비처럼 지구상 곳곳에 건조물들이 헤아릴 수 없이 많다. 그 대표적인 유물이 지금으로부터 4천여 년 전에 230만 개의 돌을 쌓아 만들었다는 이집트의 피라미드(세계 7대 불가사의 중 현존 유일의 유물)이다.

옛사람들이 거석으로 남겨놓은 유적들은 몇 천 년이 지나도록 아직껏 많은 수수께끼를 안고 있다. 최근에는 탄소 동위원소라든가 컴퓨터 등을 동원하여 매우 정밀한 연구가 계속되고 있지만, 최신 과학 장비들도 풀지 못할 만큼 놀라운 비밀들은 아직도 무궁무진하다.

나는 반평생을 이런 유적 탐사에 많은 돈과 정력, 그리고 시간을 할애했지만, 건강이 회복되면, 또 이런 답사를 계속하고 싶다. 왜냐하면, 거석문화는 내가 노력을 쏟아온 신화, 민속고고학 등과 깊은 연관이 있기 때문이다.

특히 우리의 거석문화는 신라 등의 난생(卵生) 신화와도 깊이

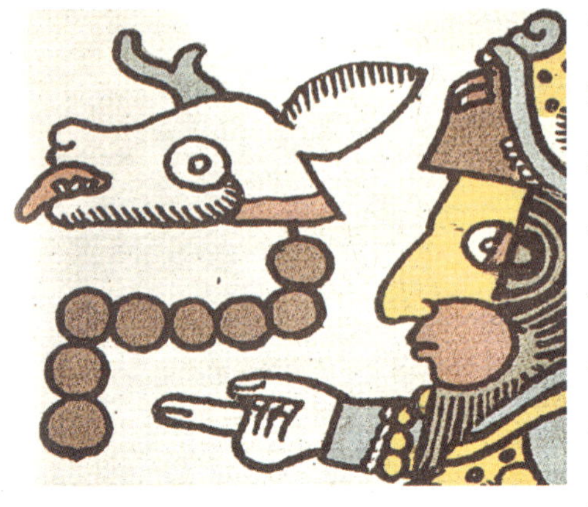

연관되어 있고, 또한 잉카, 아스테카 거석문화, 그리고 서유럽의 거석 건조물이 태양, 달 등 우주 천체와도 연관된 것이니 말이다. 아울러 이집트, 마야, 우리의 고인돌 등은 사후 인간의 영혼 문제와도 연관된다고 본다.

젊은 시절, 이런 답사 여행 시의 아슬아슬하고 황홀했던 기억이 요즘 나의 답답한 삶을 한결 손쉽게 틔워주는 아름다운 추억거리이기도 하다. 나스카 고원에 새겨진 거대화를 하늘에서 제대로 보기 위해 아찔한 곡예비행을 하던 그 순간을 지금도 생생히 기억한다.

나스카의 신비

나스카는 나무 한 그루, 풀 한 포기 없는 허허벌판이다. 완만한 기복의 거대하고 펀펀한 거대석 같은 이 대지(臺地)는 천여 미터의 고공에서도 시야 가득, 하지만 아스라이 전개되어 오싹하리만큼 기이한 풍경을 자아낸다.

이윽고 숱한 평행선이 보이기 시작했다. 그런가 하면 십자선과 사선(斜線), 그리고 여러 가지 각도로 교차한, 마치 제도(製

圖)한 듯 기하학적 모양의 선들이 누르스름한 표면을 면도날로 자른 듯 사뭇 날카롭게, 섬세하게 뻗쳐 있었고, 이런 선들은 작열하는 태양광선에 반사되어 한결 또렷이 보이기 시작했다.

드디어 평원 일대에 마치 우주를 향해 표현하고 있는 듯이 보이는 거대한 기하학적 모형이 보이기 시작하는데, 이런 도형은 지상에서는 도저히 관찰할 수 없다.

도형을 제대로 부감할 수 있도록 조종사는 비행기의 고도를 낮추면서 좌우로 곡예비행을 하기 시작했다. 페루의 리마 박물관에서 사진으로만 보았던 그 엄청난 도형이 눈앞에 전개되기 시작했다. 뭐라고 형언하기 어려운 감동 때문에 심장이 멎는 것만 같았던 그 순간! 마치 뒤통수를 얻어맞은 듯 한참 멍청해지는 듯도 했다.

이들 거대 도형 속에 도사린 동물화의 모티브는 박물관에서 본 나스카 토기 문양과 너무나도 닮은 것 같았다.

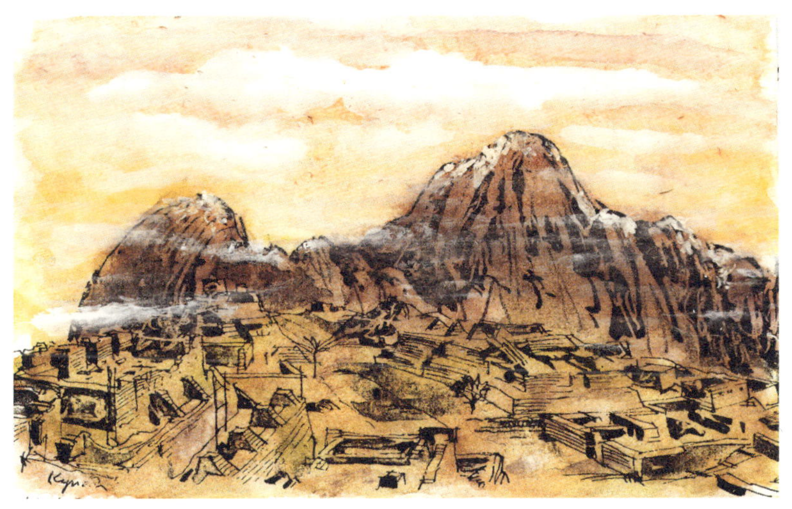

그런데 비행기가 약간 저공비행을 하기 시작하자 이상하게도 갑자기 선과 그림이 사라져 버렸다. 망원경으로 자세히 살펴보아도 갈색의 지표(地表)가 펼쳐져 있을 따름이다. 나중에 알게 된 사실이지만, 어느 일정한 시각(視角)에 한해서만 지상화가 보인다는 것이다.

비행기가 또 선회하자 다시 지상 도면 같은 것이 보이기 시작했다. 다른 한쪽에는 아까 보지 못했던 직선들이 여러 방향으로 곧게 뻗쳐 있었다.

"지상화가 보였다 안 보였다 하는 데 웬일이지요?"

라고 내가 묻자 조종사는 하늘을 가리키며,

"그건 저 신의 명령을 받들어 이 같은 그림을 그린 옛 조상의 비밀이죠. 그러니까 인디오 신관(神官)만이 지상화가 보이는 지점을 알고 있었지요. 이 그림들은 아무하고나 와서 볼 수 있는

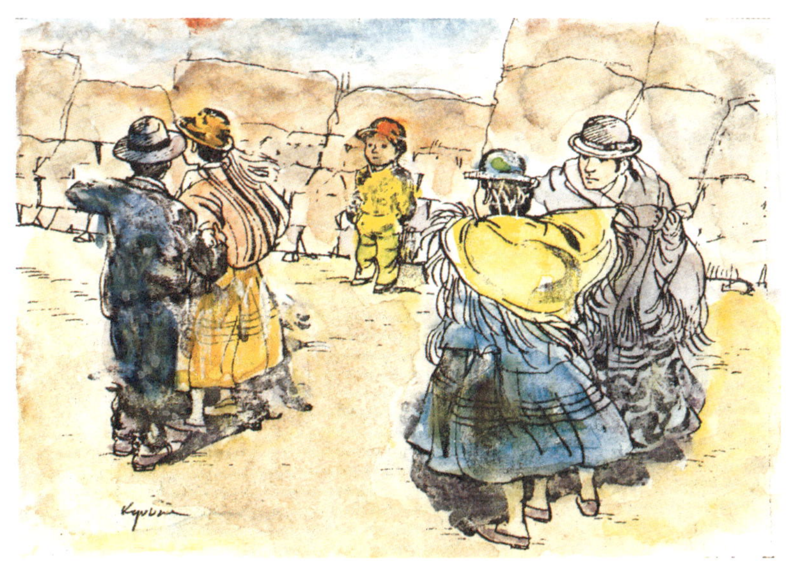

게 아니에요……."

옛 설화를 들어가면서 농담조로 내게 장황한 설명을 제법 유창한 영어로 해주었던 기억이 떠오른다.

이 거대화가 일정한 각도에서만 보이는 까닭이란 실은 바람 탓이라는 학설도 있다. 즉 나스카 고원에는 겨울철(우리의 여름철)에 특히 일방풍이 강하게 불어 도랑인 그림의 선을 바람으로 가득 채우기 때문에 보이지 않게 된다는 것이다.

환상적인 이 도표를 어느 고고학자는 제8의 기적이라고도 하는데, 이들을 공중에서 굽어보면서 새삼 이를 수긍케 됐다. 그런데 왜 이들은 힘들게 이런 거대화를 마련해 놓았을까. 어떤 학자의 가설처럼 우주의 다른 위성인들과의 교류를 위한 것이었을까……. 이런 호기심들이 나를 줄곧 부채질하곤 했다.

건강 탓도 있지만, 이제는 경제적인 이유 때문에 이런 탐사 여행은 엄두도 내지 못하고 있다. 하지만 좀이 쑤셔 못 견딜 때가 이따금 있다. 그런 때면 나는 국내의 유적 답사 여행에 나선다. 특히 산재해 있는 고인돌을 찾아 나서기를 좋아한다. 엄청 큰 돌과 돌을 파고 그 위에 사람의 힘으로는 들어 올리기 힘든 머릿돌을 그 위에 얹어 든든한 보금자리를 만드는 일, 그리하여 갖은 세월의 풍파로부터 그들의 혼을 지켜주는 일, 이는 산 자가 죽은 자의 마지막 길에 해 줄 수 있는 최고의 정성이자 애도이기도 했던 것일까…….

그들은 아마도 육체란 명이 다하더라도 영혼은 다른 형태로 길이 이승에서 살아갈 것으로 생각했었을 것이다.

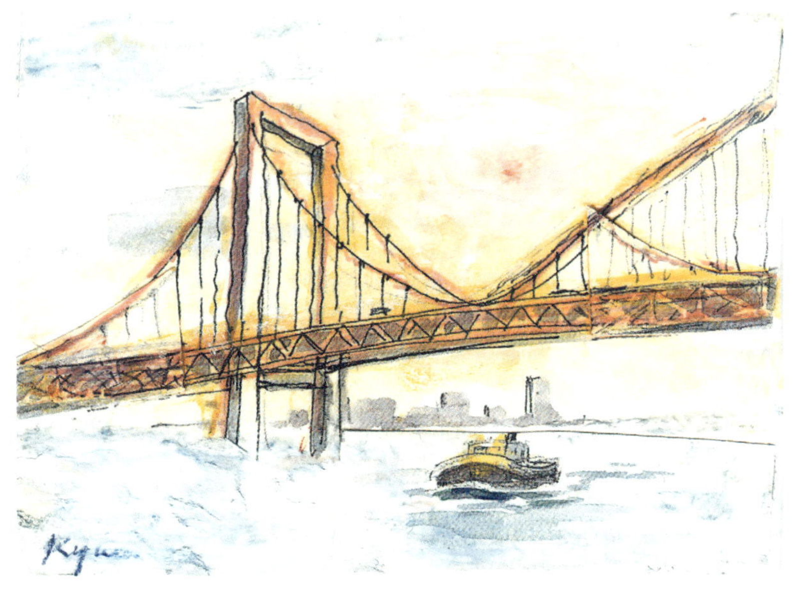

　그들은 죽은 자와 함께 그들이 쓰던 물건을 넣어 그의 다른 생의 행복을 빌어주었다. 여기에는 그들 나름의 까닭이 있었을 것이다. 그 갸륵한 마음 씀씀이에 영혼을 달래던 옛사람들의 온기로 내 가슴 언저리에 따뜻해지는 것만 같다.

　아마도 저 큰 돌 아래에는 한 부족을 호령했던 거인이 잠들어 있을 것이다. 무덤의 영혼이 길고 긴 세월을 넘어와 곁에 서 있는 듯이 느껴지기도 하여 영혼에 대하여 새삼 생각에 잠기기도 한다.

　그 옛날 우리 조상은 해를 숭상했고, 그리하여 시베리아 초원을 오랜 세월 동안 유랑하며 차츰 해가 떠오르는 동쪽을 향해 거처를 옮겨 오다가 한반도 북쪽에 정주하기 시작했고 국호를 부여라 일컬었고, 그 부족장을 '해'(삼국유사에 보면 한자로 解라고 기록해 놓았다)라고 존칭 했다. 그들의 일부는 다시 한반도로 내려와 백제와 신라를 건국하기도 했다.

「연오랑세오녀」의 설화에도 잘 나타나 있듯이 이들 또한 죽은 이의 유택을 마련할 때에 같은 겨레인 남미 인디오들처럼 이러한 신앙을 고즈넉이 지키며 살아왔다.

떠오르는 해를 바라보던, 수십, 수 백기의 유택 머릿돌! 이를 테면 '해바라기 돌무덤'이었다. 이 무덤 속에서 주검들은 찬연한 정열적인 해바라기 꽃술처럼 잠들어 있다.

일찍이 박두진 시인은 해를 바라보면 해바라기 꽃이듯, 그렇게 누워 있을 주검을 –

'무덤 속 어둠에
새하얀 촉루가 빛나리
향기로운 죽음의 내도 풍기리'

그의 대표 시 (「묘지송」에서) 이렇게 노래하지 않았던가.

샌프란시스코에서 있었던 일

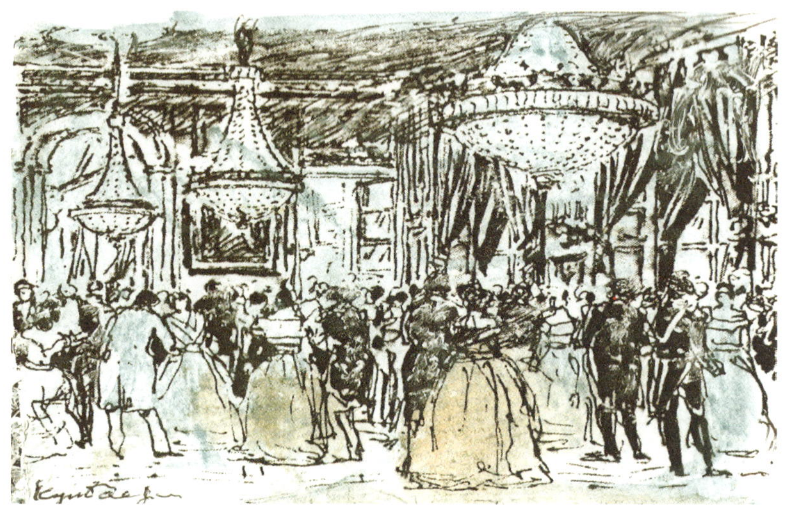

동양으로의 회귀

1981년 여름 시의 본향(本鄕)이라고 불리는 미국 샌프란시스코에서 열린 제5차 세계시인대회는 내 인생의 한 '절정'이기도 했고, 전환점이기도 했다. 그래서 많은 추억을 머금고 있다.

국제회의에서 처음으로 주제발표를 했고, 이 발표 때문에 인도 정부의 초대를 받아 인도 전역을 여행하면서 새로운 가치관을 심는 계기를 마련하기도 했다, 또한 맑고 고운 지성을 겸한 여류 시인들과의 많은 추억거리도 아울러 갖게 되기도 했다.

나는 타고르과 한용운과의 비교를 통해, "타고르은 그의 시 「기탄잘리」에서 인간과 신의 융합과 인간 정신의 훌륭한 승화를 우리에게 보여주었고, 한용운의 시집 『님의 침묵』에도 역시 "일관하여 자아(自我)와 만유(萬有)의 일치된 각오가 서로 교환되어 있다. 이런 우파니샤드적인 인도 정신은 날로 거칠어져 가는 오늘의 현실에 커다란 윤활유가 될 것이며, 특히 미국처럼 고도의 기계문명 발달에 따르는 인륜과 인정이 메말라가는 사회에서는 그 교육적인 의미가 매우 크다"라는 내용의 주제 발표를 하였다.

내 강연은 그 당시 이 도시에 팽배해 있었던 동양회기주의자(east turner)들의 주목을 받기도 했다. 그 무렵 이 고장의 젊은 시인들 사이에는 이런 경향과 더불어 '시민종교'를 포함하여 미묘한 변화가 일고 있었던 터라 회의 기간 중 내내 그것이 화두가 되기도 했다.

회의가 끝난 다음에도 버클리 대학 등에서 동양관계 학자들을 만났다. 그들도 '지금 미국은 겨울이다' 라고 비유하기도 하면서, 기독교인이나 '그들의 神'이 그들 눈에 보이지 않게 되자, 동양적인 시 작품을 통해서 불교 등 동양 종교에 그런 무언인가가 있으리라는 기대를 걸어 보고 있다는 의견을 펴기도 했다.

과연 동양의 종교에 이러한 요소가 있느냐, 없느냐 하는 것은 별문제로 하고, 어쨌든 일부 미국 시인들이 기독교에 대해서 실망한 끝에 불교 등에서 그런 것을 간절히 기대해 본다는 것인데, 그렇게 하지 않을 수 없는 데에는 물론 그들 나름의 고충이 있을 것이다. 불교 등에 관심을 두는 시인들 가운데에는 미국 안에서도 젊은 유대계와 극히 일부의 가톨릭계가 포함된 것 같았다.

우상이 될뻔한 뜻밖의 사건

그런데 이 회의에 하마터면 참석 못할 뻔했던 사건이 LA 공항에서 일어나 여류시인들의 관심의 대상이 되기도 했다.

그런 시인 가운데 박정희 시인이 썼던 회고담 일부를 간추려 그 아름다웠던 추억을 반추해 보고 싶다.

"항공기가 LA 공항에 착륙한다는 기내 방송이 나오자 옆좌석의 한 여류는 전 교수에게 무슨 문제인지 논의하기 시작했다. 그리고는 안심한 듯 입국신고서 작성을 마치고 제출했다. 그렇게 제출한 한 장의 신고서로 나를 포함해서 전 교수와 그녀, 셋이서 스무 시간 가까이 본의 아니게 표류하게 된 것이다, 그녀(Y)는 평소 차분하기로 소문이 난 여자다. 그녀가 신고서에 지참 금

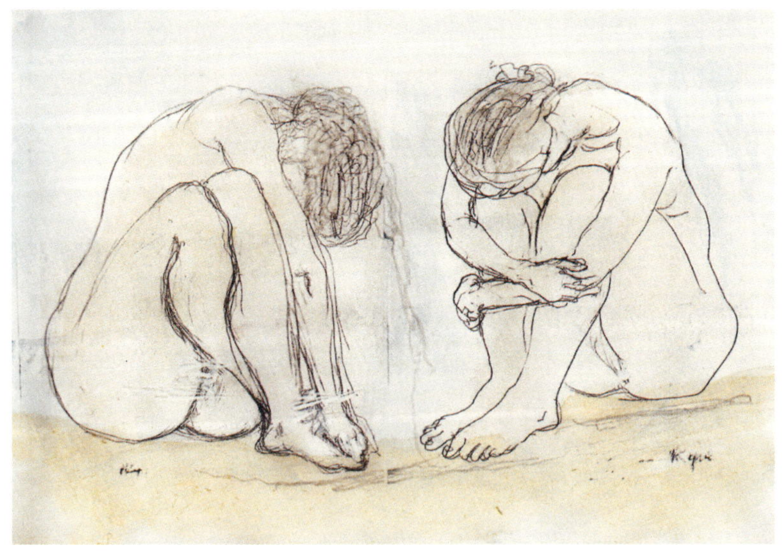

액을 틀리게 적어 넣으리라고는 상상을 못했다. 그녀가 안절부절못하며 그 액수를 적어내는 일에 그의 도움을 요청했을 때 그도 역시 그런 거금을 지니고 있으리라고 생각지 못했을 것이다. 우리는 생전 처음으로 국제회의에 참가하러 가는 길이었다. 시인들 대부분은 빠듯한 여비를 지참했을 뿐이다. 그 후에 그 여류에게서 들은 얘기지만 누구 부탁으로 문제의 거금을 전해주는 임무를 수행하는 길이었다고 했다. 그런 줄도 모르고 강계순 시인과 나는 처음 밟는 미국 땅에 대해 긴장과 설렘으로 공항 입국 수속을 밟았다.

후덥지근한 공항 한 모퉁이에서 환상을 더듬다가 나는 그녀의 뒷차례 검색을 받게 되었다. 그런데 문제는 얼른 해결이 나지를 않았다. 다른 시인들은 잽싸게 줄을 바꿔 쉽게 쉽게 나가버렸다. 이제 우리 일행 중에 남은 사람은 아무도 없었다.

그때 그는 뒤에서 천천히 나타났고 유창한 영어로 그녀를 변호하기 시작했다. 그러나 그녀가 지닌 거금을 잘못 적은 넣은 액수도 문제가 있었지만 그 금액을 보관한 이상한 방법 때문에 더 큰 오해를 불러일으켰다. 여러 개의 팬티스타킹 봉지 안에서 수북한 고액지폐가 쏟아져 나온 것이다.

그곳 공항 사람들은 경악하고 뒤따라 그녀를 둘러싼 우리도 당황하지 않을 수 없었다. 그러나 이때 처음으로 그 유창한 영어로 또 한 번의 완벽한 변호가 잠시 후 효력을 발휘하는 것 같았다. 시인대회에 참가하는 시인들이며, 특히 그는 주제 발표자라는 말에 수사관은 당황하기 시작했다. '부유한 시인(rich poet)

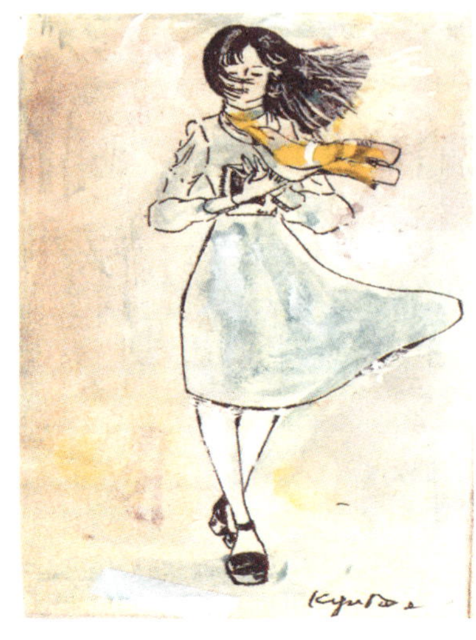

'이라며 못마땅한 표정을 지었다.

누런 편지 봉투 속에 거금은 압류를 당했고, 우리 셋은 입국이 허락되지 않았다. 이때 전 교수는 국제대회 주제 발표자임을 강조하면서 만일 회의 참석이 어려울 때 전적인 책임을 입국사무소에 묻겠다고 으름장을 놓자, 당황해진 담당 직원은 상부와 전화도 하고 그도 안되니까 찾아가 가까스로 허락을 받은 후 일주일 안에 돈을 찾는 방법을 그에게 설명한 후 수사관은 우리에게 가도 좋다는 이상한 시늉을 해 보였다.

짐까지 잃은 우리 셋은 휘청거리는 걸음으로 텅 빈 공항을 헤맸다. 국내선으로 연결하는 통로를 찾기에 동분서주했다. 저녁 나절에 도착해서 땅거미가 진 어둠이 사방에 막막하게 깔리도록 우리는 제한 구역에 있었던 것이다.

미국 초행길의 기착 지점에서 국제 미아가 될 뻔한 두 여류 시인은 든든한 보호자 때문에 잃었던 짐을 찾는 등 톡톡히 도움을 받았다. 그 바람에 심야에 샌프란시스코에 도착한 우리는 욕실도 없는 허술한 중국식 숙소(그것도 흑인가에 위치)를 가까스로 찾아내어 첫날밤을 보낼 수 있었다"

중국인이 경영하는 허술한 호텔 앞에 내릴 때까지 위험스러웠던 상황을 돌이켜 보면 지금 생각해도 아찔하기만 하다.

두 젊은 여인을 데리고 차에서 내리자, 길거리엔 벤치에 앉아 있었던 험악한 얼굴의 흑인들이 휘파람을 불며 가까이와 찝쩍거리기 시작했다. 여류를 껴안으려 들기도 했다. 비명에 때마침 호텔 직원이 뛰어나와 위기를 모면하기는 했지만, 하마터면 나를 살해하고 두 여류가 납치당할 뻔했다. 겁에 질린 여류들은 각방에서 한 방에서 뜬눈으로 밤을 지새웠다. 방안에 욕실이 없는데도 피곤하니 목욕을 하고 싶디고 히소연을 했다. 나는 공동욕실에서 목욕을 다 마칠 때까지 문지기 노릇을 기꺼이 해주었다. 박 시인의 글은 이렇게 이어간다.

"전 교수는 우리가 공동욕실을 사용할 때에도 밖에서 지켜 주었다. 불안해하는 우리를 보호, 위로해 주었다.

무더위가 가버린 가을 날씨 같은 샌프란시스코의 새벽에 커피를 나누어 마시며, 우리는 어젯일을 옛날인 듯 잊어가고 있었다. 고통을 함께한 동지 같은 우정을 갖게 된 건 그때부터의 일이다.

귀국 후에도 우리 셋은 전쟁터의 위기를 함께 넘긴 전우에 못지않는 각별한 사이로 만나서 차를 마

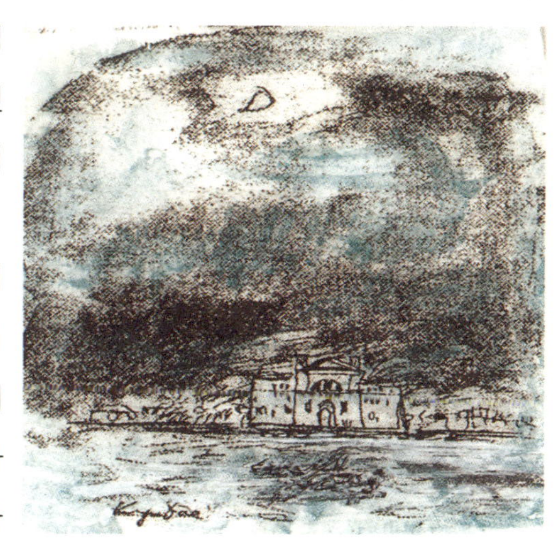

시고 그때를 이야기했다.

나는 버릇처럼 그에게 도움을 청하기 일쑤였고 그때마다 그는 묵묵히 거들어 주었다. 학교 문제로 고민할 때 그는 내게 용기를 주었고 막막하고 답답할 때 길이 보이는 창구를 열어주기도 했다.

대학 강단에 뒤늦은 지각생으로 동서남북 더듬을 때 언젠가 이역의 공항에서 불쑥 나타나 도와준 것처럼 힘이 되어 주었다. 그때 그 도움을 받았던 여류시인도 이제는 그 일을 까맣게 잊어버린 듯 이따금 만나도 그 얘기는 입 밖에 내지도 않았다. 어쩌다 만나면 반가웠지만, 고작 커피나 마셨고, 헤어질 때도 "하이"하고 뒤돌아 보지도 않았다. 나 또한 첫 강의를 맡게 해주던 그의 고마움을 자주 잊고 산다.

두 여류가 그 사건 이후 내게 고마워하지만, 내가 오히려 그분들에게 늘 감사하고 산다. 그지없이 아름다운 추억을 갖게 해 주었고, 또한 한때 내가 분에 넘치게 우상화되기도 했으니 말이다. 특히 욕실 문지기 노릇은 지금 생각해도 짜릿한 추억이다.

L 시인 역시 그 고마움을 「평생 잊을 수 없는 분」이라고 피력한 글을 쓰기도 했다. 내가 실의 끝에 외국에 장기간 체류 예정으로 떠날 때 그녀는 『적극적인 기도』라는 책을 공황까지 나와 작별 인사를 나누며 선사해 주었고 격려를 아끼지 않았던 분이다. 나 역시 늘 고마운 배려를 해주어 감사하고 있다.

멀티 칼러의 나라

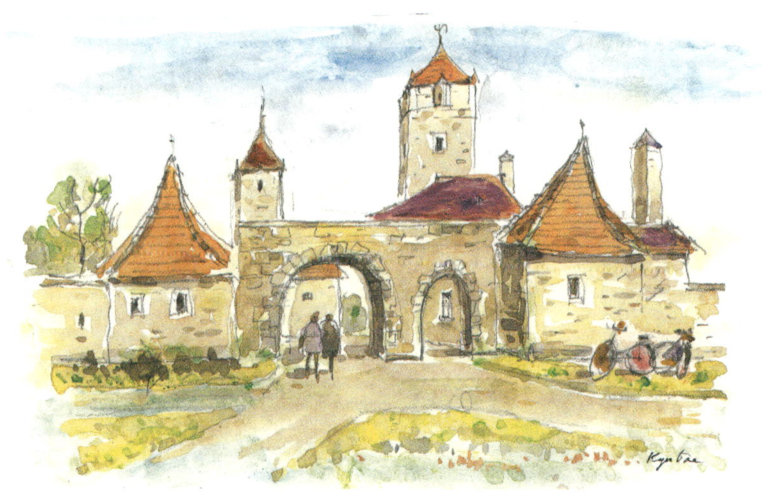

뉘앙스의 차이

요즘 우리나라에서는 프랑스에서 들어온 외래어가 곧잘 애용되고 있다. '뉘앙스'도 지식인들이 자주 쓰는 유행어의 하나가 돼 버렸다.

미묘한 색감의 차이를 즐겨 찾기 때문일까……. 모든 것이 자꾸만 획일화되어 가고 있는 현대 사회에 대한 하나의 반발 심리일까.

내 전공(비교문학) 탓으로 나는 무엇이고 비교해 보는 것을 좋아하는데, 그럴 때마다 이 '뉘앙스'의 묘미를 느끼곤 한다. 나는 중남미를 여행하면서 우리와 같은 '몽골로이드'인 인디오들의 언어 습속이나 유물 등에서 묘한 친밀감을 느꼈다. 다소 '뉘앙스'의 차이가 있긴 하지만 우리와 닮은 점을 너무나도 많이 발견하여 적이 놀라곤 했다. 그런데 오늘날 라틴 아메리카 문화를 놓고 볼 때에는 우리 문화와는 바늘과 막대기의 견줌과 같은 현격함을 느끼게도 된다.

우리나라가 '뉘앙스' 문화라 한다면 라틴 아메리카는 '멀티 컬러'의 문화라고 할 수 있을 것 같다. 주민의 피부 빛깔도 희고, 검고, 노란 사람들이 버무려 살고 있다는 점에서도 다색(多色), 다원(多元)의 나라들이다. 이러한 지역에서는 뉘앙스의 차이란 문제시되지 않는다. 지역과 지역 사이에, 문화와 문화 사이에 너무나도 현격한 차이가 있기 때문이다.

라틴 아메리카에서는 스페인어와 포르투갈어가 공용어로 사용되고 있다. 이것쯤이야 상식이라고 여겼는데, 북미 사람들도 예

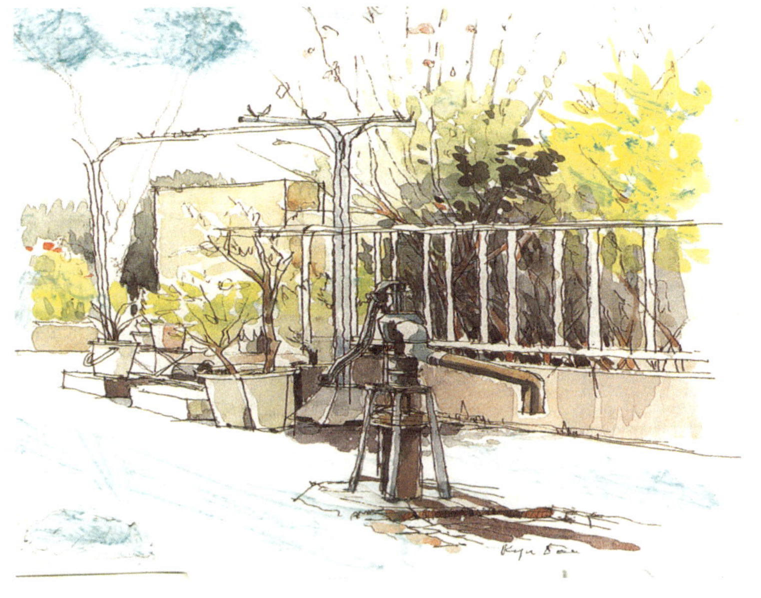

상 외로 이런 상식에 어두운 사람들이 많다. 그러고 보면 아메리카는 이 지구상에서 아직도 '잘 알려지지 않은' 지역의 하나인 것 같다.

처음에는 광산 자원이 많은 태평양 연안 쪽이 유망한 땅으로 주목을 받았었다. 그래서 페루가 스페인 식민지의 정치적, 경제적 중심지였다. 즉 스페인을 종주국으로 하고 식민 제1국이 페루, 그 밑에 아르헨티나, 칠레 등이 예속되어 있었다. 그런데 페루보다 '뒤늦은 나라'였던 아르헨티나가 프랑스 혁명의 여파로 재빨리 독립하여 남미에서는 제일 먼저 선진적(유럽적)인 나라가 되었다. 이 역시 아이러니가 아닐 수 없다.

스페인권은 오늘날 페루. 볼리비아, 칠레, 아르헨티나 등 여러 나라로 갈리어졌는데, 이는 스페인 식민지 지배의 형태가 그대로 독립국으로 인계되었기 때문이다. 그런데 이를 촉진한 것은 각 지방 토착민(인디오)의 숱한 문화가 끈질기게 지역 사회로 지향시킨 힘이었다고 나는 본다. 페루는 페루의 인디오에 의해 문화적으로 좌우됐고, 볼리비아는 볼리비아 인디오에게 좌우된 셈이다. 아무튼, 이 대륙의 '로컬티'는 우리나라의 지방성과는 비교가 안 된다.

구식민자들은 일반적으로 무의식중에 토착 문화에 대해 두려움 같은 것을 지니고 있었는데. 이는 지금도 마찬가지다. 이것이 북미와 크게 다른 점이다. 가령 포르투갈권의 브라질에서도 옛 종주국 포르투갈은 전혀 무력하다. 브라질 사람들은 새로 온 포르투갈인이 섣불리 우쭐거리다가 망신을 당하는 일이 적지 않다는 것이다.

브라질의 어느 도시 거리에서도 백인 여자가 흑인 아이 손을 잡고 걸어가는 모습을 흔히 볼 수 있다. 이 백인은 보모가 아니라 흑인 아이의 실모(實母)인 경우가 많다. 백인끼리 혼인했는데도 검은 피부의 아이가 곧잘 생긴다는 것이다. 선대에 흑인과의 혼혈이 적지 않았기 때문에 후세에 돌연히 나타나는 예가 많다고 한다. 브라질에서는 그래서 흑인 차별이 거의 없다는 것이다.

포르투갈인이 모멸당하는 경우는 많지만 흑인이 차별 대우받는 일은 별로 없다고 한다. 브라질은 이처럼 이상한 나라다. '멀티 컬러'의 나라임을 나는 이 고장에 와 보고 더욱 실감케 된다.

오늘날 우리나라에서도 문화의 다원성에 대해선 그렇게 간단히 운위할 수 없는 것 같다. 어쩌면 다원성이란 모순과 혼돈의 도가니인지도 모른다. 이는 '멀티 컬러'가 지니는 미래에의 가능성이기도 한다. 중남미의 다원성 국가에서는 '뉘앙스'를 찾기가 무척 어려워가고 있어 보인다.

다양한 그 빛깔

'컬러 얘기가 나왔으니 도시의 빛깔에 대해서 새삼 생각해 보게 된다. "도시에는 빛깔이 있다"라고 말한 것은 역사학자 맨포드다. 그는 유럽의 중세 도시를 가리켜 "붉은 시에나, 흑과 백의 제노바, 회색의 파리, 그리고 금빛 베네치아' 라고 일컬었다.

지금도 이탈리아의 중세 도시에 가보면 분명히 빛깔을 느낄 수 있다. 시에나의 지붕들에는 아르노 계곡의 테라로사(赤色土)로 구운 붉은 기와를 얹어 놓았기 때문에 도시 천체가 온통 붉은

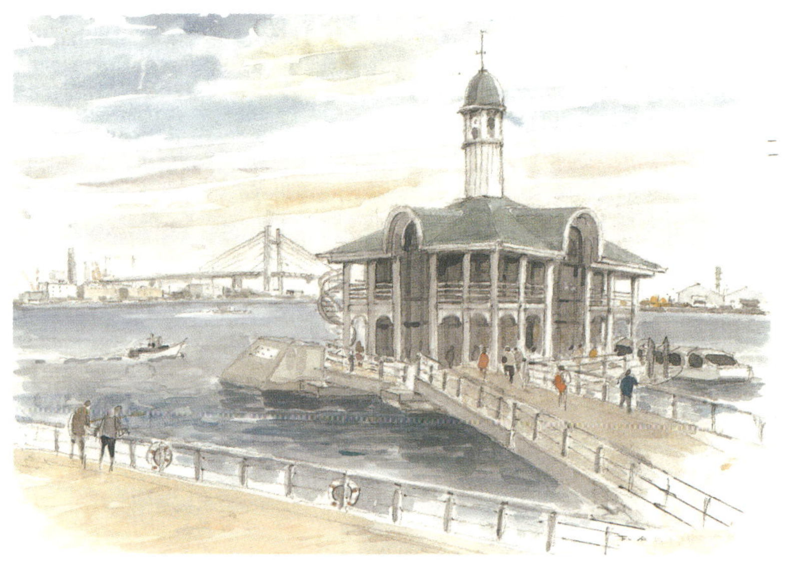

빛깔로 가득하다. 제노바의 공공건물 벽면은 리구리아 산록에서 풍부하게 채취되는 흰 대리석과 검은 대리석을 버무려 붙여놓았다. 파리는 오랜 석조 건물들이 잿빛으로 보이고, 베네치아에 산재한 각 사원의 첨탑은 동방 무역에서 얻은 황금과 금박으로 범벅되어 금빛이 휘황하다.

유럽 여행의 즐거움 중의 하나는 새 도시에 들어섰을 때 구도시와는 다른 건축 양식과 색채의 차이를 느끼는 일이다. 도시마다 나는 제각기 다른 건축 양식과 색채의 차이를 느껴 화필을 놓을 수 없었다. 도시는 제각기 다른 풍토와 문화에서 우러나오는 고유의 빛깔 고유의 모노크롬을 지니고 있다. 그런데 라틴 아메리카는 같은 유럽인들이 건설한 도시지만, 사정이 좀 달라 보인다. 리만, 사우바도르, 마나우스, 부에노스아이레스 등지의 많은 공공건물은 물론 일반 서민들의 주거 건물도 그 벽면이 제각기 다르다. 제멋대로다.—청색. 녹색, 핑크, 세피아 등 그 색조는 대체로 파스텔컬러 형식으로 담백하고 밝다는 점이 특색이라고나 할까.

이처럼 색채가 유럽에는 전혀 없느냐 하면 그런 것도 아니다. 노르웨이, 덴마크, 독일, 포르투갈 거기에다 이탈리아 반도, 발칸 반도의 일부 도시나 마을에서도 그 같은 파스텔컬러를 볼 수 있다. 남미 대륙의 파스텔컬러 풍의 폴리크롬—즉 컬러풀한 색채는 위에 든 유럽 지역의 빛깔과 매우 흡사하다.

물론 라틴 아메리카는 16세기에 백인들에게 '발견'된 그 같은 '발견' 이후 구대륙인 유럽 문화가 물밀 듯 옮겨 심어졌으므로 양자 사이에 문화적 연관성이 있다는 것은 어쩌면 당연한 일인지도 모른다.

그런데 한 가지 의문스러운 것은 라틴 아메리카가 왜 유럽의 폴리크롬의 색채 문화를 수용하면서도 모노크롬적인 것은 제대로 받아들이지 않았느냐 하는 점이다. 그런 색채 문화의 상위점 등을 생각하다가 문득 부에노스아이레스의 항구마을 보카가 머리에 떠올랐다.

보카는 탱고의 발상지로도 유명하다. 이 고장에서는 유럽 각지로부터 건너온 마도로스와 노동자 이외에도 아프리카 앙골라에서 흑인 노예의 후예, 카리브 해에서 온 어부들이 얼키설키 섞여 살면서 희망과 활기, 그리고 아쉬움과 서러움을 나누고 있다. 보카는 그러니까 매우 익조스틱한 마을이다. 탱고는 그런 분위기 속에서 떠돌이 사내와 술집 여자들 사이에서 생겨난 것이다.

보카는 탱고 춤의 멋 그대로 다양한 빛깔의 마을, 원색(原色)

의 가각(街角)이기도 하다. 대서양의 매서운 바람에도 퇴색되지 않고, 남반구의 눈부신 햇살을 받아 컬러풀하게 늘 빛나고 있다. 이 원색은 유럽의 폴리크롬과는 좀 다른 색조다. 약간 아프리카적인 색감이라고나 할까.

세찬 바닷바람을 맞으면서 나는 이런 생각을 해보았다. 이런 강풍에 견디려면 나무도 벽도 두꺼운 페인트 피막(皮膜)으로 감싸지 않으면 안 되는 게 아닐까. 그건 선박의 도장(塗裝) 원리와도 같다고 느껴졌다. 그러니까 조수에 견디는 선박의 도장 기술이 그대로 육지에 올라와 건축의 벽면에까지 뒤덮은 게 아닐까. 우리나라에서도 어촌에 가보면 배를 칠한 뒤 남은 페인트로 담장이나 벽면을 칠한 것을 흔히 볼 수 있다.

모노크롬의 채색법은 원색을 그대로 드러내는 이른바 '알몸 문화'라고 말할 수 있다. 그런 모노크롬 문화는 유럽에서도 내륙지방에서도 찾아볼 수 있다. 남미에서는 안데스 산중에서 볼 수 있다. 페루의 쿠스코에는 스페인 풍의 하얀 벽면이 연속되고 볼리비아의 라 파스는 흙벽돌 집이 많아 흙 빛깔 일색의 도시가 전개되고 있다. 이러한 채색에 비해 폴리크롬의 채색법은 재료 위에 페인트를 도장(塗裝)하는 '화장(化粧) 문화'가 아닐른 지. 화장이기 때문에 그건 '모노톤'일 수도 있으나 '컬러풀'일 수도 있다.

그렇게 생각하고 보니까 보카 마을도 친밀감을 더하게 한다. 그건 우리나라의 거리에도 늘어나고 있는 젊은 여성들의 '컬러풀'한 자태와 닮아 보인다. 노르웨이, 덴마크, 독일, 포르투갈 거기에다 이탈리아 반도, 발칸 반도의 일부 도시나 마을에서도 그 같은 파스텔컬러를 볼 수 있다. 남미 대륙의 파스텔컬러 풍의 폴리크롬─즉 컬러풀한 색채는 위에 든 유럽 지역의 빛깔과 매우 흡사하다.

물론 라틴 아메리카는 16세기에 백인들에게 '발견' 된 그 같은 '발견' 이후 구대륙인 유럽 문화가 물밀 듯 옮겨 심어졌으므로 양자 사이에 문화적 연관성이 있다는 것은 어쩌면 당연한 일인지도 모른다.

Ⅶ. 원초에의 그리움, 알 속의 환상

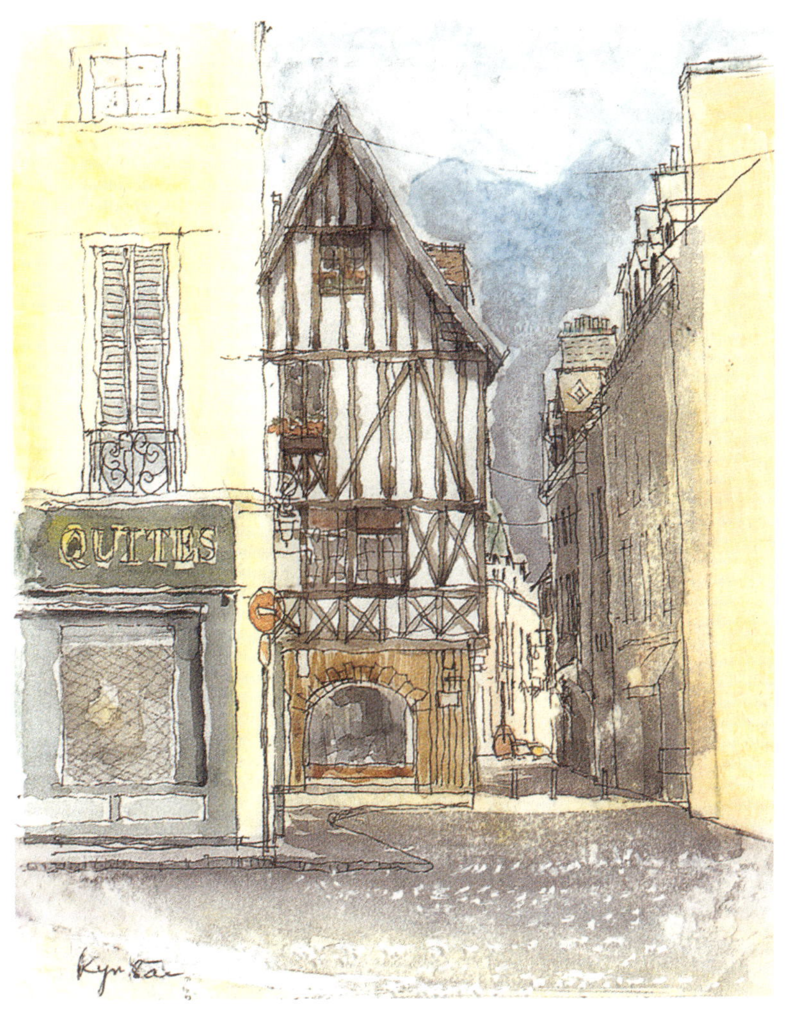

따뜻하고 부드럽고 아늑한 그 속에의 그리움
아스라한 절대의 그곳에 빠졌다가 되살아나고 싶다.

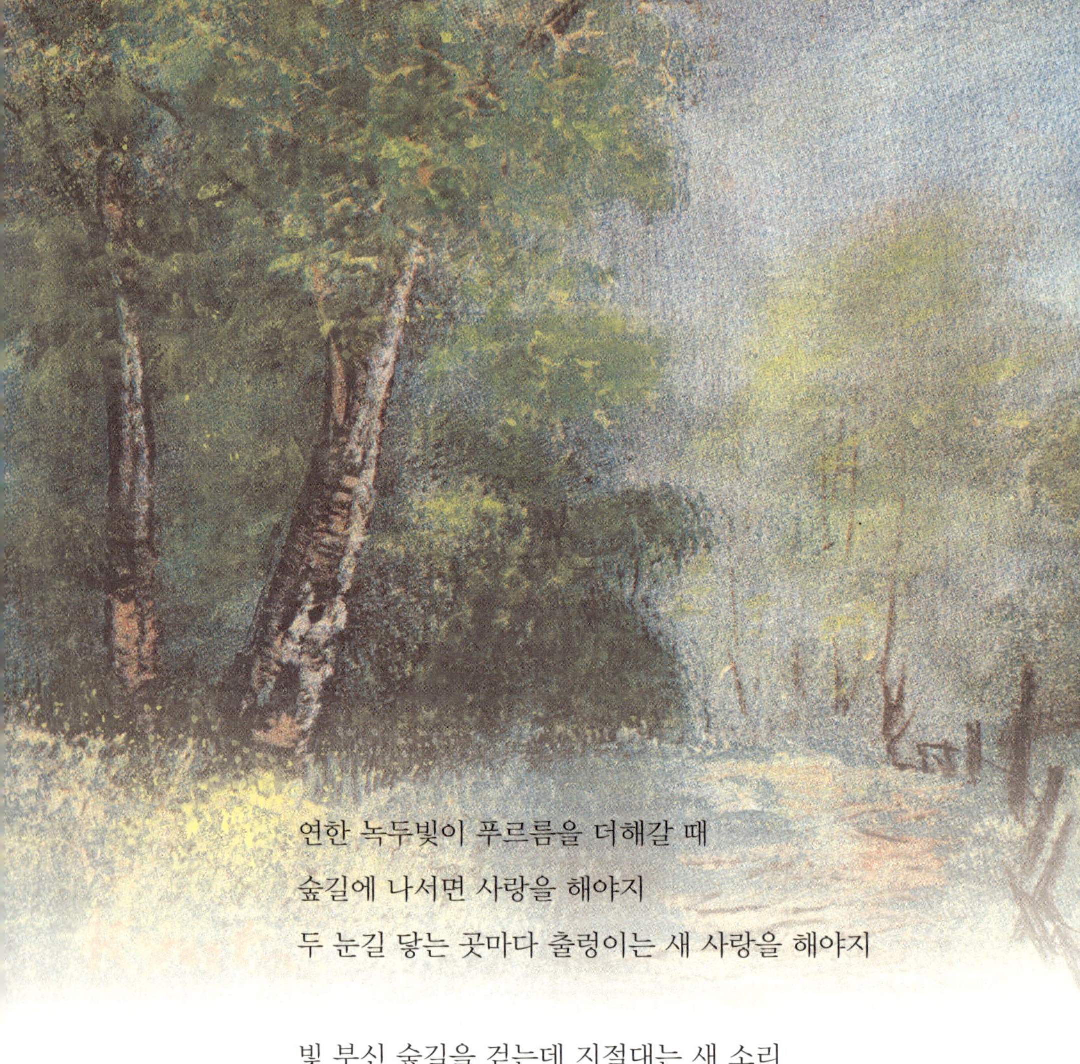

연한 녹두빛이 푸르름을 더해갈 때

숲길에 나서면 사랑을 해야지

두 눈길 닿는 곳마다 출렁이는 새 사랑을 해야지

빛 부신 숲길을 걷는데 지절대는 새 소리

티없는 바람 또한 우리 사일 넘노난데

한 떨기 풀잎엔들 데면데면하랴 새 사랑을 해야지

　　　　－ 최승범 주관『전북문학』표지화에 붙인 시

　　　　　　－ 전 교수의 호주대 풍경화에 붙여

무한한 밭갈이

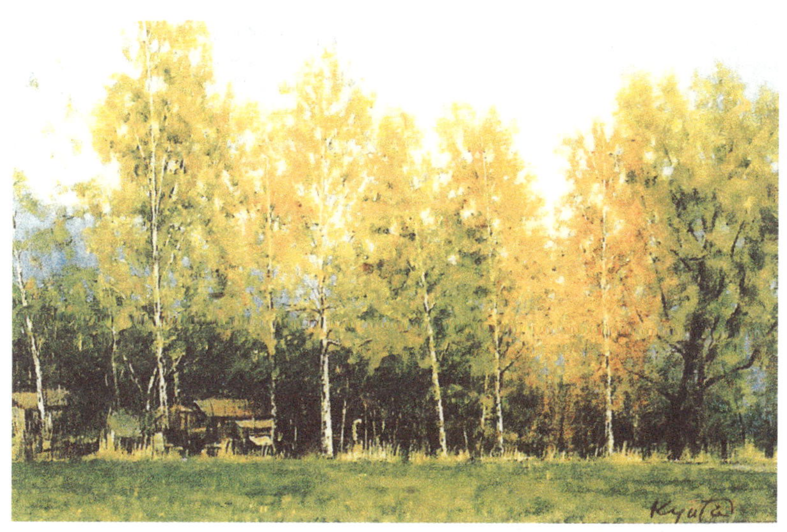

제자를 먼저 보내고

울창한 숲 사이
곧게 뻗은 이 길은
자유를 지키는 진리의 샘터
나 아닌 또 하나의 나와 걷는 길……

십오 년 만에 귀국하여 우선 모교를 찾았다. 백양로 길을 거닐
었다. YBS 방송국 마이크에서 흘러나오는 이 노래를 들으며 젊
은 시절이 주마등처럼 내 눈에 아른거렸다. 위의 시 「백양로의
노래」는 내가 학창 시절에 작사한 것이지만 노래로 작곡되어 공

식적으로 '연세의 노래' 가운데 하나로 채택되기에 이른 것은
이 제자의 극성 때문이었다.

내가 이 길을 오르내린 것은 아마 서른다섯 해 남짓 된다. 스
물다섯 해 동안 교수로 봉직했고 학부, 대학원 재학 시절까지 합
치면 내 인생의 반쯤에 걸쳐 이 길을 오간 듯싶다.

백양로의 추억

시 「백양로」를 음악대 작곡과 교수에게 떼를 써 곡을 만들고
이를 응원가에 포함해 전교생이 애창하게 한 바로 그 학생이 갑
자기 자살한 것이다.

그것도 백양로에서!!

그는 단신 월남하여 '사고무친' 외로웠기 때문에 그의 친구들
과 지도 교수였던 내가 그의 장례를 치러 주었다.

유언에 따라 화장을 하고 학교 뒷산 청송대에 잿가루가 된 그
를 흩뿌리며 이 노래를 불러 주었다. 자유를 외치며 학생 운동을
한 투사였기에 어쩌면 그의 장송곡답기도 했다.

죽음을 택하기 전까지는 '밝은 내일이 내다보이는 젊은 그가
왜 자살했을까' 라는 의문이 꼬리를 물었다. 차츰 '몸은 불타 한
줌 재가 되었지만, 과연 그의 영혼은 어디로 갔을까' 라는 궁금
증으로 바뀌었다. 이 물음은 예나 지금이나 이따금 문득문득 떠
오르곤 한다. 이는 누구나 할 것 없이 늘 궁금해하는 일반적인
명제이겠으나 아끼던 제자의 죽음 앞에서 그 명제가 더욱 아프

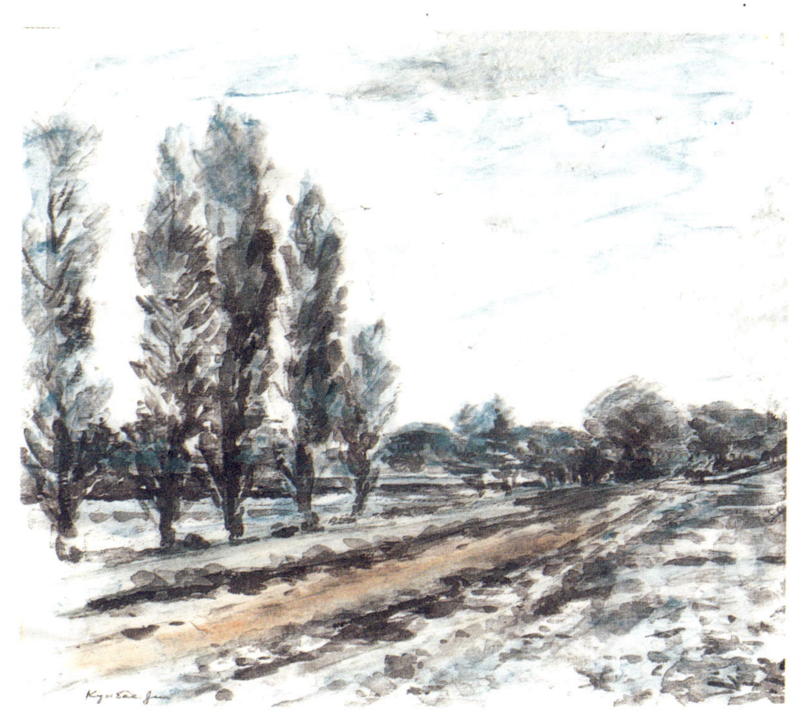

게 다가왔다.

실제로 고대는 물론 선사(先史) 시대에서도 대체로 사람들은 영혼 불사(不死)를 믿고 있었다. 그러기에 미개인의 사회에 있어서도 죽은 자를 방치하지 않았고 떠난 영혼을 달래는 의식을 으레 가졌었다.

민족학은 어느 시대 어느 지역에서나 우리에게 사후의 세계를 믿게 한다. 그리고 영혼의 삶과 환생에 관한 신앙이 으레 여기에 연맥되어 있다. 또한, 영혼이란 불멸이며 그 영혼을 불러들여 대화할 수 있는 사자나 무당을 인정하기도 했다. 「황금의 가지」의 저자 프레이저는 죽은 자에 관한 신앙과 영혼불멸의 신앙에 관

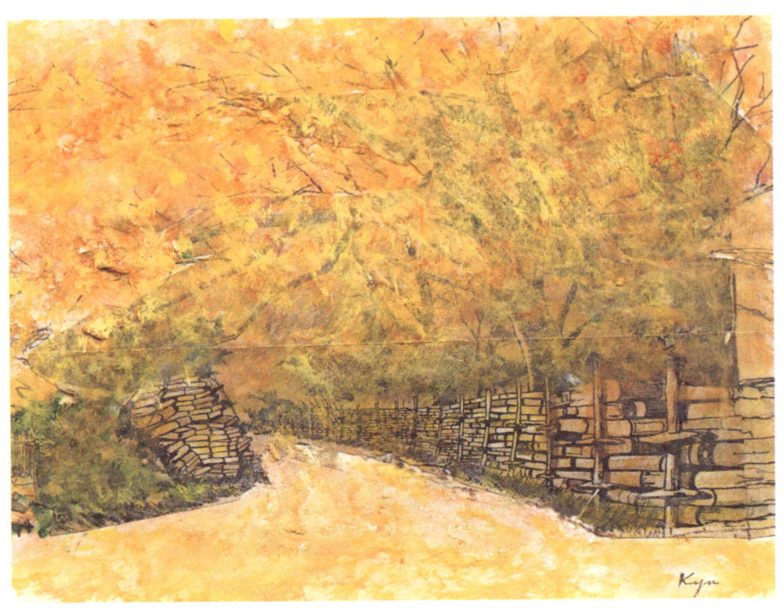

한 가장 기념할만한 목록을 우리에게 남겼는데, 자기 작품의 하나를 다음과 같이 결론지은 바 있다.

"영혼 불사에의 신앙, 그 끈질김, 그리고 그 보편성에 깊이 파고 들어갈수록 실로 너무너무 경악하지 않을 수 없다"라고.

이 '불사'를 프레이저는 다시 "어떤 부정(不定)한 기간, 하지만 반드시 영원한 것은 아닌 기간의 생의 연장"이라고 정의하고 있다. 우리나라에서도 법정 스님이 열반하신 후 다시 이 영혼에 관한 문제가 한동안 화두로 떠오르기도 했다.

생명이 있는 것들은 스스로 목숨이 유한함을 잘 알면서도 그 사실을 까마득히 잊어버리고 천년만년 살 것처럼 착각한다. 이 문제에 대하여 요즘 나는 문득 송나라 시대에 이루어진 한 사제 지간의 소박한 문답을 반추하곤 한다.

"사람이 죽고 난 다음에는 과연 어디로 가는 것일까요?"

"불 꺼진 뒤에 남아 있는 한 줄기 띠풀이니라"

이 간단한 스승의 말에서 우리는 어떤 달관의 경지를 느끼게도 된다. 그저 이렇게 왔다가, 이렇게 갈 뿐인데, 보낸 이들의 머릿속은 여전히 어지럽고 마음 한쪽은 저림과 함께 하염없는 허전함에 휩싸이곤 한다.

제자의 '수목장'을 치르고 청송대를 내려오면서 "그래 낙엽은 뿌리로 돌아가는 서지……. 그래 죽지 않는 자가 어디 있을까. 죽지 않는 생물은 생물이 아니거니……"라고 되뇌어 보았다.

그때를 떠올리며 다시 그 백양로를 거닐었다. 뒤늦게 장례식에 나타나 따라 죽겠다며 처절하게 울부짖던 제자의 연인 모습이 아련히 떠오른다. 지금쯤 어떻게 살고 있을까……. 벌써 다른 임을 만났겠지……. "그래 자연은 순리대로 돌고 돌게 마련인 거지. 모든 인간사도 역시 그러하지 않을까……."하며 새삼 그 노래를 반추하였다.

잎이 거의 떨어지고 가지만이 앙상한 나무 사이를 비집고 내려오면서 조락의 계절임을 새삼 느끼게 된다. 늦가을 바람은 나무들로 하여금 불필요한 것을 모두 털어내게 한다. 그리고 스스로 가지치기까지 마친다. 옛사람들은 이런 풍광을 보고 「체로합풍(体露合風)」이라고 했겠다.

아까 한 줌의 재로 변한 제자를 나무 밑동에 뿌리며 "드넓은 학문의 밭을 갈아 큰 업적을 남기고 죽겠다더니……"하고 중얼거리던 여자친구의 푸념이 좀처럼 잊히질 않는다.

빈손으로 와서 빈손으로 가는 건데

'空手來空手去' 빈손으로 태어나고, 또 이승을 떠나갈 때엔
아무것도 가져가지 못한다고들 말한다. 미처 학자가 되기 전에
죽은 그는 아예 아무런 학문적 업적을 남기지도 못했다. 하지만
그가 죽지 않고 유명한 학자가 되어 그의 꿈대로 학문의 큰 밭
을 일구어냈다고 치자, 그 학문적 업적의 밭은 물론 저 세상으로
옮겨가지는 못했겠지만, '무한의 밭'은 시간과 공간을 뛰어넘는
게 아닐까?

우주가 바로 복밭인 것을

황소가 부지런히 밭을 갈 듯이 '무한한 밭'을 갈아 본 자에게
는 우주가 바로 '복밭'이 아닐까? 보이는 세계와 보이지 않는
세계가 모두 스스로 '복밭'이며, 허공계 일체의 존재들이 모두
자신의 '복밭'일 것이다. 눈을 떠도 눈을 감아도 모든 것이 무한
의 옥토가 아니겠는가……. 온 우주가 자기 자신에게 씨 뿌리고
갈아주기를 간절히 바라는 옥토일 것이다.

사람들은 이 세상의 땅 몇 평에다 목숨을 걸기도 한다. 우리가
삶을 영위하면서 만나는 삼라만상(森羅萬象)이 바로 '복밭'인데
이를 움켜쥐기만 하면 무슨 소용이 있는 걸까…….

오랜만에 귀국하자, 출판사를 하는 가까운 친구가 죽은 줄로

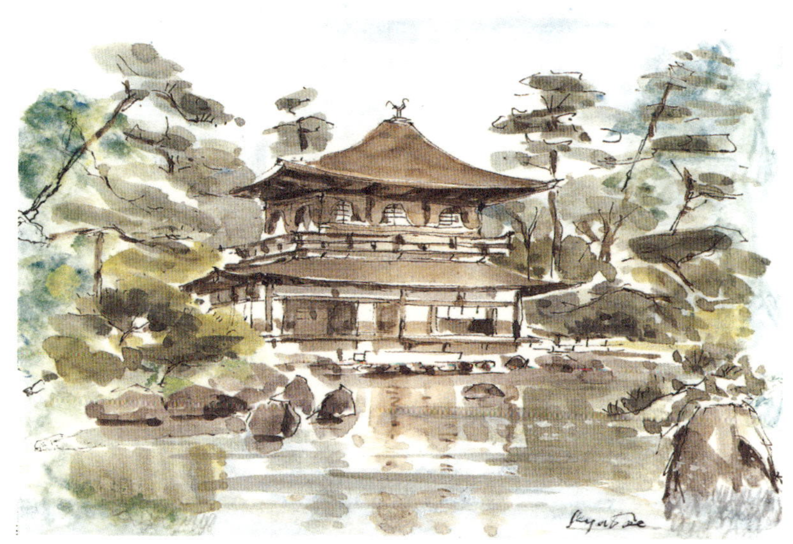

알았던 시인이 생환한 셈이니 문단에 재등록하고 새 출발하는 기분으로 시집을 하나 펴내자고 제의해 왔다.

하지만 주치의의 권유에 따라 그동안 절필을 했고, 대신 화필(畫筆)로 그림만을 그려 왔다고 했더니 그럼 시화집을 상재하자고 나를 부추겼다. 굳이 조건이 있다면 제목은 출판사에서 붙이겠다는 것이었다. 망설이던 끝에 발간을 수락했더니 유행가 가사 같은 타이틀의 시화집을 발간한 바 있다. 그리고 그게 단초가 되어 최근 2백여 명의 시인, 화가들의 육필 시화집을 상재하고 인사동에서 전시회도 가졌었다. 그 과정에서도 모두 빈손으로 가는 건데, 사람들은 욕심, 특히 양명욕이 너무들 많구나……. 하는 것을 또 한 번 느꼈다. 행사를 마치고 묵고 있는 토지문화관 창작실에 돌아오니 또 문득 박경리 선생이 생전에 하신 말씀이 떠올랐다. "다 버리고 이제 더 버릴 게 없으니 떠나기 편하게 됐다"라며 행복해하셨던 그 모습이 떠오른다.

「福」이란 한문의 오른편을 보면 한 입이 밭을 간다고 되어 있다. 즉, '口'가 '田'이다. 말이 씨가 되고 생각이 씨가 되며 행동이 씨가 되는 것이다. 특히 문인이나 학자는 말과 행동을 도구로 잡초를 뽑아내고 '무한의 밭'을 경작하는 소임을 맡아 이승에 선택된 자들이 아닌가 하는 생각을 토지문화관에 한동안 묵으면서 절실히 깨닫곤 했다.

'무한한 밭'이기에 우리가 해야 할 언행도 신중해야 한다. 떠나는 사람의 뒷모습도 아름다울 수 있도록 해야 할 것 같다. 오래전의 일이긴 하지만 일본의 노벨문학상 수상작가인 가와바다 야스나리나 소설 「금각사」로 유명한 미시마 유키오의 삶을 지켜보면서 작가라는 공인으로써 삶의 마무리가 얼마나 중요한가를 느끼곤 했다.

농사를 지으려면 갖가지 어려움이 뒤따르게 마련이듯이 무한한 밭갈이도 마찬가지일 것이다. 아니 농사일보다도 문인이나 학자의 일과 마무리는 몇 배 더 힘들 수도 있을 것이다.

견디기 어려운 고난을 겪는다고 해서 결코 중도 포기해서는 안 된다. 그 어떤 어려움도 견디고 오히려 주어진 상황에 자족하고 감사하며 더 나아가 사랑해야 한다. 이는 독자 여러분께 드리는 도움말이라기보다 나 스스로 던지는 다짐말이기도 하다.

참나무가 그렇게 곧고 단단한 것은 거센 비바람, 폭풍우 때문이 아닐까. 고난과 시련은 견디기 어렵지만, 복을 가져다주는 촉매가 아닐까!

나의 이 어려움도 큰 축복이다! 시련 없는 완성이란 있을 수 없는 법, 고난은 크나큰 발전의 전기가 됨을 주변에서 흔히 보게 된다. 참 인간은 특히 훌륭한 문인, 예술가는 그가 도달한 위치에서가 아니라 그가 극복한 장애물에 의해 크게 가름 되는 것이 아닐까.

인간 내부에 있는 '무한의 밭'에 대한 깨달음이 위대한 자와 그렇지 못한 자를 가름한다는 것을 토지문화관에 머물면서 새삼 절감하게 된다. 전력을 다해 '무한의 밭'에 씨를 뿌려야겠다. 그리하여 죽을 때까지 회한 없는 삶을 살아야겠다.

온 힘을 다해 '무한의 밭'에 씨를 뿌리다 보면 늘 희망을 지니게 된다. 희망을 품게 되면 자연을 거역하는 마무리란 있을 수 없다. 희망을 지니면 삶의 질이 달라지게 마련이며, 기쁨도 슬픔도 스쳐 흐르는 물결이다. 웃음도 눈물도 사랑도 욕망도 미움도 모두가 스쳐 지나가는 바람일 따름이다. 그리고 순간 속에 영원을 살게 되리라.

제자를 보내고 돌아오던 길목에서 부지런히 씨를 뿌리는 '영원의 농부'이게 노력할 것을 스스로 약속했던 그 다짐은 지금도 한결같다.

몇십 년 만에 모교에 찾아와 지금은 울창한 숲 사이는 아니지만 그래도 곧게 뻗은 백양로를 거닐며 울적한 오늘의 심정을 달래보았다.

충실함 너머 공허가

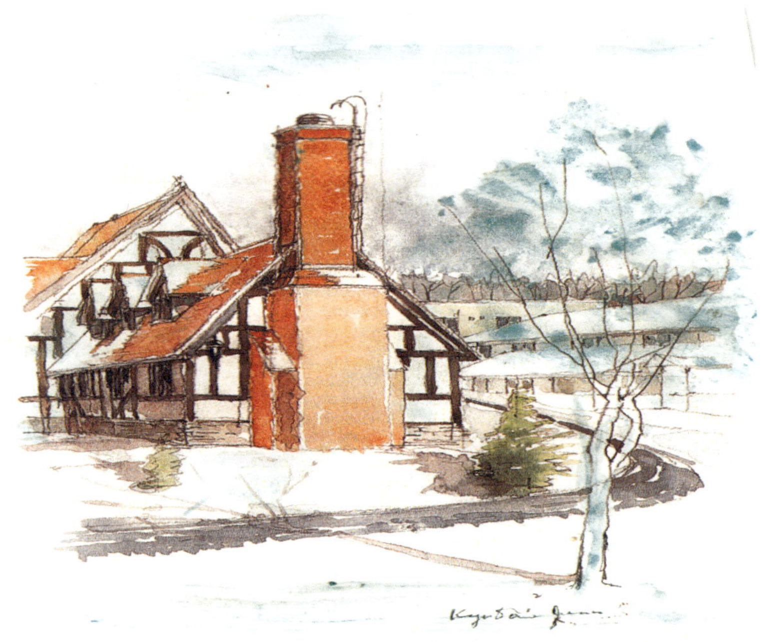

고난을 통한 성찰

새 정부 들어 예술가를 지원하는 정부 지원금이 해마다 줄고 있다는 소식이다. 얼마 전 어느 예술 단체의 한 책임을 맡은 친구를 만났더니 '불법 시위 불참 확인서'를 제출해야만 그나마 깎인 돈이라도 내주겠다고 말단 관리가 으름장을 부리더라는 것이다. 그런 굴욕적인 요구마저도 수락할 수밖에 없는 것이 이 땅의 가난한 예술가의 현실이다.

글 쓰는 사람이 되는 데는 대체로 두 가지 조건이 있다고 어느 철학자가 고백한 글을 읽은 적이 있다. 그 하나는 정신적 조건이고 다른 하나는 물적 조건이라고 말하면서 극심한 우울증을 앓지 않았더라면 그리고 돈에 조금 궁핍하지 않았더라면 자신은 글쓰기를 하지 않았을 것이라고 덧붙이기도 했다.

그리고 보니, 요즘 내 경우가 꼭 그렇다. 나도 역경에 처하면서 자살을 꾀하기도 했고 우울, 염세증에 시달리면서도 나이답지 않게 여러 잡지에 어쭙잖은 글을 쏟아내고 있다. 그런 졸고일망정 게재해 주는 출판사나 잡지사가 무척이나 고맙기는 하지만, 먹기 위해 글을 쓴다는 것은, 마치 '먹기 위해 산다' 라는 말과도 같다.

최근의 통계에 의하면 우리나라 사람들, 특히 60세 이상 노인들의 자살률이 OECD 국가 중 최고라고 한다.

프로이트는 자살이란 삶의 욕망보다 죽음의 욕망이 커졌을 때 나타나는 현상이라고 했다. 그리고 보면 어느 신문에서 꼬집었듯이 우리나라는 죽음의 욕망을 키우는 사회인 것만 같다.

새삼스레, 또 죽음을 생각하게 된다. 더 오래 살고 싶은 마음, 금방이라도 죽고 싶은 충동은 인생을, 아니 이 고해(苦海)를 살아가면서 누구나 경험하는 심정이요, 혼돈일 것이다. 굳이 프로이트의 말을 빌린다면 리비도(libido)와 타나토스(thanathos)가 인간에겐 공존하기 때문이다.

이런 상반되는 심정은 어쩌면 먼 옛날로부터 인류가 희구해 마지않았던 불사(不死)를 믿고 싶은 마음과 연맥되는 마음일 것이다. 그런 보편적인 인간심리와 삶은 괴로움의 연속이라는 중압감이 아마도 숱한 종교를 낳게 된 것인지도 모른다.

인생은 왜 고난의 연속일 수밖에 없을까? 라는 물음은 먼 옛날부터 오늘에 이르도록 계속되어온 인간의 오랜 명제이기도 하다. 일찍이 성경의 욥기에도 이 문제가 제기되었고, 그리고 이후의 숱한 철학자의 주요 과제이기도 했다. 그러면서도 인간은 이 승에서의 영생을 부단히 꿈꾸기도 했다.

흔히 괴로움이란 견디기 어려운 것이라고 여기고들 있다. 하지만 마음가짐 여하에 따라 괴로운 순간을 짧게 할 수도 있다.

또한, 괴로움은 인간으로 하여금 전에는 미처 모르던 새로운 인식을 하도록 해주기도 하고, 전에는 엄두도 못 내던 새로운 힘을 얻게도 한다. 그리고 극복된 고통이 똑같은 방법으로 되풀이되는 일은 없다.

인간이 커다란 진보를 이루는 길은 언제나 고통에 따라 열리기도 하는 것이며, 특히 각오가 된 의지는 괴로움에 선행되는 격려이기도 하다. 그러므로 그 같은 경험을 되풀이하다 보면 행복하다고 여기게 된다. 그 순간에는 매우 신중하게 되어 닥쳐올 시련에 대해 생각하고 미리 준비하게도 된다. 이와 반대로 어려움을 당할 때에는 마음속에 두려움이 인생의 새로운 통찰과 단계를 준다. 고난은 분명히 억제를 가르쳐 준다.

그러므로 시련이 닥치는 것은 '복된 날들이 사라지고 괴로운 나날이 닥쳐오는 것' 이 아니다. 참으로 위대한 사람들의 삶의 길은 시련의 연속이었음을 우리는 역사를 통하여 익히 알 수 있

다. 그리고 그런 위
인은 죽음을 부활의
믿음으로 감당할 수
있게 된다.

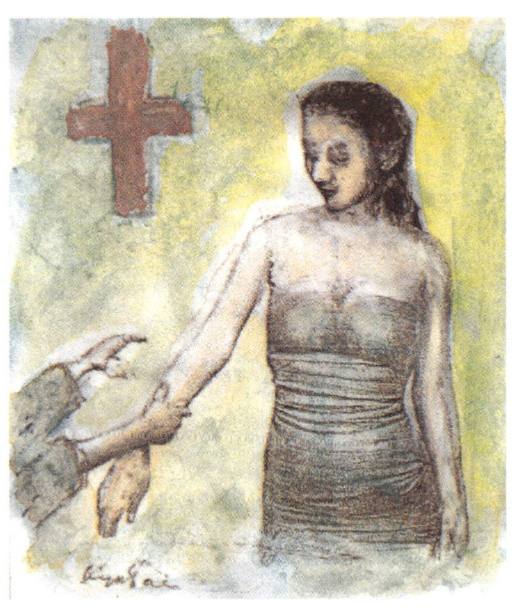

그런데 고난을 겪
을 때 가장 참기 어
려운 것은 세상 또는
인간에 대한 분노이
다. 작은 고통조차도
그 때문에 참기 어려
워진다.

이와는 반대로 큰 고통도 거기에 어떤 목적이 따르고, 어려움
이란 우연한 것이 아니라 불가항력적인 흐름이라고 여기고 이를
따르면 이미 그 괴로움은 반감되는 효과를 가진다. 이렇게 생각
한 끝에 고난이 극복되면 자기 인생의 커다란 전환의 계기가 되
었다는 감사의 마음조차 우러나오게 되는 것 같다.

괴로움이 사람의 마음을 비뚤어지게까지 않는 한 그것은 인간
에게 한결 깊이를 더해 준다. 평소에 사람의 마음을 덮고 있던
피상적인 생각이나 두터움의 장막은 괴로움 속에 깊이 사라지고
그 대신에 영험하여지고, 인생의 모든 일에 대한 평가를 올바로
하게 되며, 감정 또한 진실해지는 것 같다.

전에는 아무리 노력을 해도 할 수 없었던 일들이 괴로운 가운
데 뜻밖에 쉽게 이루어지는 것을 경험하고 나면 "괴로움은 축복

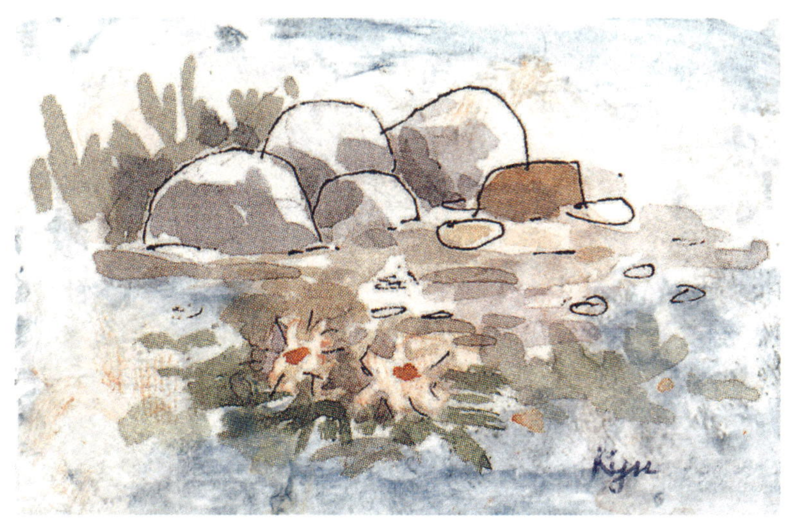

이다"라는 역설적인 의미를 새삼 깨닫게 되며 고난의 작용이 어떤 것인가를 깨닫게도 된다.

죽음 그리고 고난을 심도 있게 생각해보는 것은 값진 삶을 영위하기 위해 꼭 필요한 보약이며 그것은 참 '不死의 길' 이다.

타나토스적인 죽음관

타나토스(thanatos)적인 개인주의는 극한에서 '코즈모폴리터니즘' 이 되고 만다. 개인성으로 향하는 운동은 그러한 보편성으로 향하는 운동이다. 하지만 코즈모폴리터니즘은 어떤 경우에는 공민(公民) 정신이나 세계정신에의 전인류적인 확대이다. 모든 편견으로부터의 탈출이다. 혁명적인 관점에서 말한다면 '인터내셔널리즘' 이라고 할 수 있지만, 달리 보면 세계 속에의 개인

성의 격리이며, 모든 것으로부터의 이탈이고 고립이다.

여기서, 후자는 개인은 스스로 인생에서 멀어지게 되고, 죽음을 잊게 해줄 수 없는 사회에 대해 이의를 제기하게도 되리라. 왜 사회적 강제냐? 왜 전쟁을 하느냐? '구제(救濟)와 불사(不死)'와 같은 신화적인 집단이 멸망해서는 안 된다고 했는데 그럼 신념이란 무엇인가? 그리고 명예란 무엇인가? 등등…… 많은 철학자나 문학자들이 오랫동안 추구했던 영웅들, 예컨대 열광적으로 정복에 몰입했던 알렉산더나 칭기즈칸이나 히틀러 등의 생애 스토리가 새삼 궁겁다.

견유파(犬儒波)에 속했던 디오게네스가 영웅에게 "내게 햇빛을 차단하지 마라"고 내뱉음으로써 소위 영웅의 하잘 것 없음을 알렉산더에게 보여준 얘기는 너무나도 유명하다. 하긴 사고라고 하는 것은 늘 견유파적인 것이라고 하겠다. 그러니까 자기 자신을 신격화(神格化)시키다 보면 죽음에 대한 극단적인 불안이 생길 수도 있다. 그 결과 자살을 감행하게도 된다. 자살은 환경과의 협조이고, 퇴행적인 행위이며 절망과 협조라고 하겠다.

모리스 알브바슈는 그의 「자살의 원인」에서 자살이 어느 의미에선 사회생활의 불가피한 산물이고, 또한 전쟁 시에는 현저히 감소하는 추세임을 밝혀냈다. 또한, 그는 고대 사회에 있어서는 자살이 큰 범죄 행위로 간주하고 오늘날에도 영국 등 주요국가에서도 중죄로 다스리고 있음을 밝히고 있다. 하지만 희생적으로 목숨을 끊는 것은 공민적, 또는 종교적인 하나의 충실을 의미하는 것이므로 이를 범죄시 하지 않았다. 그러나 자살은 개인적인 것과 시민적인 것과의 전적인 분해를 성화(聖化)하는 것이다.

영생을 믿고 싶은 마음

인간에게 있어 스스로 죽음에 대해 명석함을 보이는 것, 즉, 죽음에 의해 마음의 상처를 받는 것, 불사의 신화를 부각하면서 죽음을 부정하려고 노력하는 것, 그런 것은 바로 인간의 개체성이다. 그리하여 그 명석함은 종(種)의 지혜를 의식적으로 받아들이려 하지 않는다. 그건 개인적인 것을 포착하는 하나의 의식의 소산이다. 인간이 결국 죽을 수밖에 없다는 것을 알게 된 것은 보들레르가 지적한 것처럼 "오랜 경험에 의해 얻어진 것"이다. 그러니까 인간의 죽음은 개인으로서는 하나의 획득물인 셈이다.

그러므로 인간이 언제나 죽음에 대해 놀라워하는 것은 죽음에 대한 그의 지식이 외적인 것, 배운 것, 생태적으로 얻어진 것이 아니기 때문이다.

프로이트는 이에 대해 "우리는 사고, 병, 전염병, 노쇠 등 죽음의 우연성을 늘 강조하며, 그렇게 함으로써 죽음의 필연성을 모호하게 만들어 죽음을 마치 우연한 사건으로 돌리려는 경향이 있다"라고 지적한 바 있다.

하지만 죽음이 필연적인 것이 아니라고 보려는 것은 그다지 중요한 문제가 아니다. 죽음이 불가항력이고 불가피하다는 의식을 환기하려 하는 것은 어떻게 보면 '새로운 마비 현상이라고 볼 수 있다' 괴테는 측근의 사람들이 죽음이 언제나 "믿기 어려

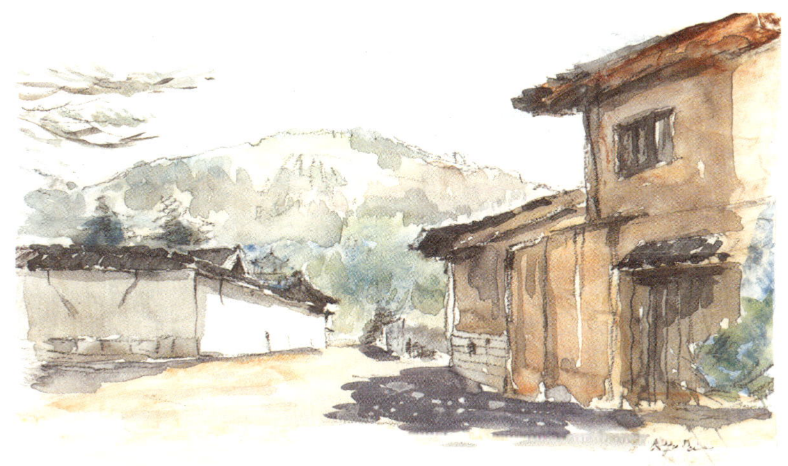

운 만큼 역설적(逆說的)인 것"이며 "순간에 현실로 바뀌어 버리는 하나의 불가피한 것(에커먼)으로 인정하는 것은 아무래도 어려운 노력이 아니다" 그리하여 이 현실이 하나의 사고나 벌, 착오나 또한 한갓 비현실적인 것으로 보이는 것이다.

죽음에 관한 주술이나 주문이 마법으로서 설명되곤 하였던 고대의 신화는 죽음의 "믿기 어려움"에 대한 반응이라고 할 수 있다.

따라서 인간은 본래, 죽음에 대해 맹목적이었으므로 끊임없이 이를 배우고, 생각하도록 강요했다고 볼 수 있다. 그리하여 죽음으로 말미암은 상흔은 정작 현실에서 죽음이나 죽음의 의식이 이 맹목의 중심 화두가 되곤 했던 것이다.

그러니까 이 맹목을 '죽음의 의식 '을 늘 내포하고 있는 불사의 긍정과 혼동하기 쉽지만 그래서는 안 될 것이다. 이러한 영역에는 프로이트의 말이 자칫 혼동을 일으키게 하곤 한다. "정신분석학파는 그 누구도 마음속에서는 자기 자신의 죽음을 믿으려 들지 않는다"든가, "모든 사람이 무의식중에 자기 자신은 절대 죽지 않는다는 확신을 하고 있다"라는 말 등을 통해서 말이다.

자기 자신의 죽음에 대해 생각해보지 않는 것과 자신은 절대 죽지 않는다고 믿는 것과는 전혀 별개의 것이다. 이에 대해서도 프로이트는 언급하고 있다. "불사는 미래의 삶에 대한 신앙에서 '불신'과도 같은 것이 아니고 반복해 말하지만, 미래에 대한 생애의 신앙은 죽음에 대한 인식을 포함하고 있는 것이다. 이는 이러한 인식과 무관하게, '개(個)'에 앞서 하나의 무사성(無死性)인 것이다"

무의식이란 하나의 내용이며, 이 내용 속에 죽음에 대한 '동물적 맹목'과 불사에 대한 인간의 욕망이 버무려진다. 이 동물적 또는 생물적인 '무사성'의 내용은 '不死→저승의 생'에 대한 긍정을 뒷받침한다. 이는 '종'의 불사를 '개'가 응용하려고 하는 하나의 혁신적인 의지라고 하겠다.

이리하여 인간이 죽지 않는 천사를 맞이할 때에는 동물과는 유별됨을 프로이트는 인지하면서 예컨대, 죽음이 다가옴을 알고 있다 하더라도, 비록 죽음에 의해 상처받고 있다 하더라도, 사랑하는 사람을 죽음이 빼앗아 갔다고 하더라도, 자기 자신의 죽음을 확신하고 있다 하더라도, 우리는 죽음에 대해 맹목적인 삶을 계속 이어가고 있다는 것이다. 마치 자신의 육친이나 사랑하는 이, 그리고 '나'는 절대 죽지 않으리라 착각하고 살아가고 있는 경우가 많다.

요컨대 인간의 죽음에 대한 의식은 죽음에 대한 무의식이 발현되려 할 때 그 무의식을 파괴하려 든다는 것이다. 바꿔 말하면 죽음에 대한 생물적 무의식과 인간의 의식과 무의식 간의 경계는 한낱 인간과 생물 간에 있는 것이 아니라, 인간의 내부에도 깊숙이 자리 잡고 있는 것이다. 프로이트의 용어에 의하면 '본능적인 에로스의 영역'으로서 이른바 '종적(縱的)인 소여(所與)'인 셈이다.

'個'와 '生'과의 사이에는 변증법적인 커뮤니케이션이 있게 마련이다. 순수한 의식이나 순구한 물질인 것도 아니다. 그러니까 파스칼의 논거는 쉽게 경청하기 어려운 난삽한 화두일 수밖에 없다.

확실히 현대문명사에 사는 인간이 '죽음'이라는 관념으로부터 도피하려고 하는 경향은 의당 강하게 마련이다. 즉, '죽음'이란 것을 망각하고 싶어지는 것이다.

하지만 이런 망각이란 다만 인간의 마음속에는 스스로 죽지 않으면 안 된다는, 그러니까 언젠가는 죽을 수밖에 없는 존재임을 절감하는 '무지한 무의식적인 동물'이 그 안에 도사리고 있기 때문이다.

그런 의미에서 죽음에 대한 짓눌린 관념은 인간으로 하여금 '죽지 않음을 믿고 싶은 마음'을 갖게 한다. 이는 어쩌면 '삶을 위한, 삶의 해방'이라고도 하겠다. 흐르는 강물처럼 삶은 그렇게 맡겨야 하리라.

어두웠던 세월…… 그래도 詩는

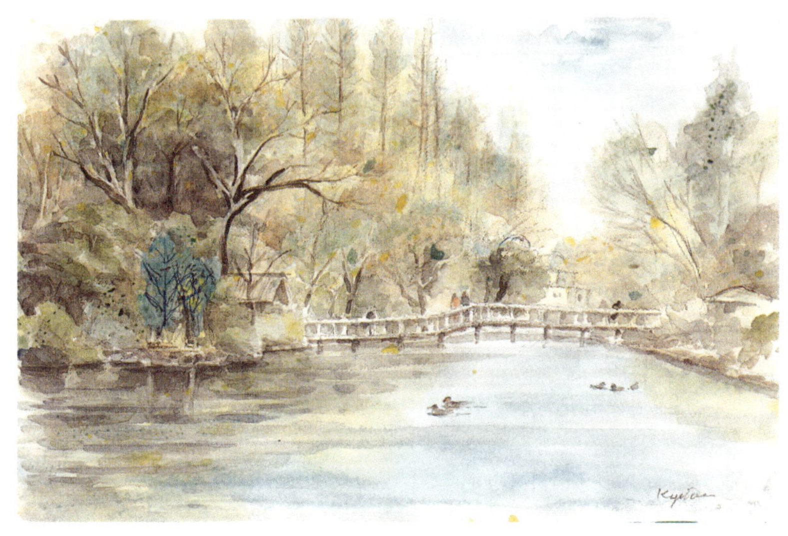

'팔방미인'이 된 까닭

내가 잔뼈 굵어진 곳은 광주에서 그리 멀지 않은 교외의 한 시골 마을이다. 정송강이 외로울 때면 즐겨 찾던 식영정이 멀지 않은 곳이다. 송순, 이서, 유희춘, 그리고 현대에 이르러서는 박용철, 김현승 등도 이 고장 출신의 시인들이다. 하지만 옛날에는 문화적 변방이요, 유배지이기도 했다. 문화 전통이 없는 고장에서 시인이 적잖이 나왔다는 것은 좀 이상할지 모르지만, 역으로 문화적 토양과 전통이 없었던 각박한 땅이었기 때문에 기존의 그 무엇인가에 사로잡히기가 도리어 용이했던 것인지도 모른다.

나는 유복자로 태어났다. 어머니는 너무나도 큰 충격 때문에, 그리고 앞으로의 생존을 위해 일본으로 유학을 떠나셨고 나는 외할머니의 빈 젖을 빨며 외롭게 자랐다. 어린 내가 어머니 생각으로 울먹일 때면 외할머니는 옛날 얘기를 들려주셨고 동요와 민요도 구성지게 불러 주셨다. 지금 생각해 보면 그런 것이 무의식중에 내 정서의 세계에 뭔가 커다란 영향을 미친 것 같다. 내가 이렸을 때부터 노래를 좋아하고 동요 등 글을 많이 쓰고 그림을 그리기 시작한 버릇이 있었던 것도 바로 외할머니의 정한(혼자 살고 계셨음)이 은연중에 내 정서 속에 스며들어 평자들이 흔히들 꼬집는 '고독과 그리움의 나그네 '가 된 것인지도 모른다.

동요를 쓰다가 차츰 시조, 자유시로 옮아가면서 동향 선배들의 자극 또한 크게 받았으리라고 여겨진다. 거기에다 초등학교 동급생이었던 권일송, 안도섭, 그리고 1년 후배인 박봉우 군과의 경쟁 심리도 작용했을 것이다. 특히 이미 고인이 됐지만, 권일송은 비단 시만이 아니라 모든 면에서 나와 경쟁 상대였다.

「한뫼의 종합분석」이란 시에서 그는 장난스레 나를 이렇게 칭찬(?)하기도 했다. "이마가 번쩍번쩍 워싱턴 광장 같지만/알고 보면 끼 있는 사나이/복도 많아 교수에 평론가에 박사 나으리/코흘리개 시절 커서 뭔가 보여줄 떡잎이라 부러움을 샀던 그는/호떡집에 불난 듯이 지구촌을 곱누비고/카메라, 그림솜씨도 뛰어나 아름다운 이방 처녀들을 설레게……/특히 탁월한 건 여성 관리/그것만은 흉내 낼 수 없는 그만의 '노하우 '/꽃밭에 나비

부르듯 예쁜이들 틈에서 늘 행복해 뵈는 그는/탱고도 일송 다음 가는 명수이고/노래는 영원의 맞수입니다⋯⋯."

하지만 이건 좀 과장된 넉살이다. 그보다는 송현숙 시인의 지적처럼 "오히려 진정한 애인은 하나도 갖지 못하는 그의 쓸쓸(?)해야 하는 염복(?)과 주변의 그를 존경하는 여류들도 그의 깊고 시린 고독을 채워줄 리는 없어 보인다. 그의 시 「혼자일 뿐」에서 보여주듯이 가장 순수한⋯⋯ 그리고 같은 속도의 빛을 찾아 헤매다가 모두 놓쳐버리고 마는 어수룩한 순수파⋯⋯ 하지만 이런 주변 환경 탓으로 그동안 진정한 시인 노릇을 해왔다"라는 지적이 옳을지도 모르겠다.

나는 어린 시절에 혼자서 연날리기를 좋아했다. 아득하게 먼 하늘을 향하여 연실꾸리를 풀면 내 꿈은 높고 푸른 창공 속으로 줄달음질치고 가장 멀리, 가장 높이 나는 꿈이 되기 위하여 마른침을 삼키면서 솟구쳐 오르는 나의 꿈을 지켜보았다. 어른이 된 다음에는 이런 꿈이 나로 하여금 이국(異國)을 찾아 헤매게 했고 이 같은 자유분방함이 자연 나의 시 세계에 배어들게 되었으리라. 그리고 이따금 바닷가에 나가 일몰을 혼자서 즐기곤 했다.

나는 대학 졸업 직후 몇 년간 신문기자 노릇을 한 것 이외에는 평생을 대학 교단에서 보냈다. 나는 직장 생활을 별로 탐탁스럽게 여기지는 않았지만 살아가려면 일자리가 있어야 해서 부득불 평생을 직업에 얽매여 살아왔다. 일한다고 하는 것은 다만 노동만을 하는 것이 아니라 어떤 때는 구속도 당하고, 때로는 모함을 당하는 등 언짢은 일도 많이 생기기 마련이다. 하지만 한편으로

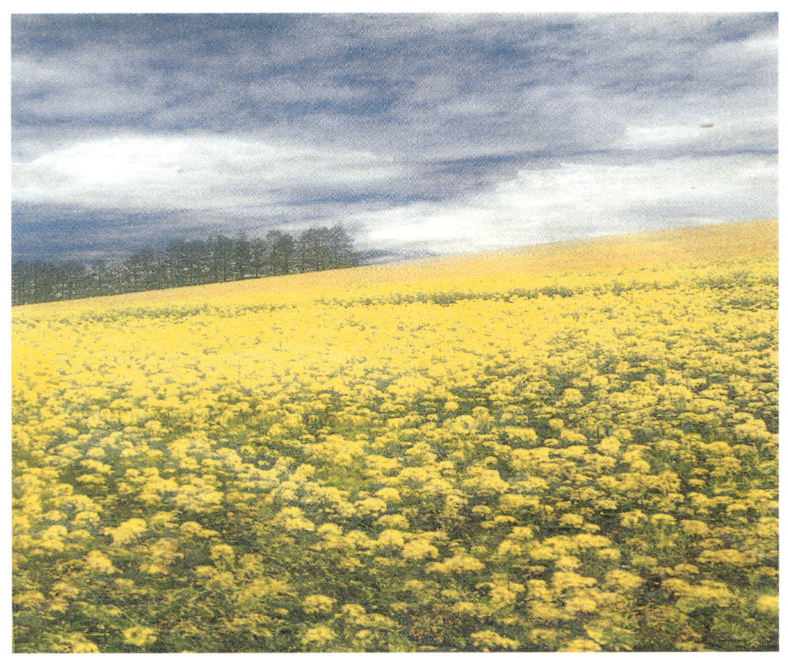

는 자기 자신의 내부세계를 더욱 튼튼하게 구축하게도 된다. 이 같은 상반된 요소들을 자기 속에 하나의 인격으로 통일하는 과정을 평생직장을 통해서 터득했다.

나는 젊은 시절에는 정한의 시들을 많이 썼지만, 나이가 들면서 시를 쓰고 그림도 그리면서 결국 문학과 예술의 역사적인, 시대적인, 혹은 인간 생활에서의 의미 등을 곰곰이 생각해 보게 됐고, 어떠한 형태로든 인생이라는 것과 마주치게 되는 그런 예술을 하고 싶어졌다. 나는 문학만이 아니라 미술, 음악, 무용, 사진 등 다른 예술 장르에 대해서도 깊이 빠져들곤 했다. 이는 사치스런 취미가 아니라 나의 정신적 투쟁을 도와준 문화였다.

그래서 험담가는 나를 보고 "팔방미인"이라고 빈정대기도 했다. 하지만 문인 겸 미술평론가인 박용숙 교수는 다른 시각에서 나를 관찰해 주었다. "색채가 자연의 본질이고 동시에 음악이고 리듬이 무용을 낳듯이 그의 시와 풍경화에서도 채색이 음악적으로 나타내며 원초적 무용의 리듬이 있다. 그는 무엇이든 만나는 대상을 있는 그대로가 아니라 색채와 리듬으로 꾸미려 하며, 동시에 그 색조는 음악적인 계조로 나타나기도 한다. 그가 노래를 잘하고, 자연의 본질을 꿰뚫어보는 시인의 직관력이 있다는 사실이 무엇보다 그의 예술이 그 같은 색조가 결코 우연이 아님을 뒷받침해 준다" 이 글은 나를 평한 외우 박용숙의 평론 일부분이다. 이토록 나를 '팔방미인'으로 만든 것은 앞서 말한 바와 같이 어린 시절의 시골 생활 특히 외할머니의 영향, 그리고 여행벽 때문이었다고 여겨진다.

나의 예술은 퓨전이었다.

나는 「내 앞에는 길이 없다. 내 뒤에는 길이 있다」라는 시를 쓴 적이 있는데 그 때문에 나는 되도록 '개척자'라고까지는 말할 수 없지만 남이 하지 않는(또는 못하는) 일을 하고 싶어 했다.

그래서 학문과 예술 장르를 넘나들기도 했고 동서와 고금을 아우르기도 했다. 그래서 늘 나에게 붙어 다니는 '학제(學際)''예제(藝際)' 그리고 '고전과 현대문학의 동시적(通時的) 연구''등을 했고 아마도 한국인으로서는 최초로 마야·잉카·아스테카 등 고대 유적지를 완전히 답파하기도 했다. 지금 생각하면 무모하기도 했고 욕심이 지나쳤던 것도 같다. 그러나 그것은 나의 내면을 윤택하게 했고 내 학문의 자산으로서도 나를 뒷받침해주는 지렛대 역할을 하기도 했다. 나의 시간과 열정으로 내가 열어 놓은 이 길을 단 한 사람이라도 편하게 걸어준다면 그것으로 족하다.

잃어버린 꿈을 찾아

시대나 생활이나 제도 또는 권력 등에 대해 비판적인 작업을 해온 시인들은 그 이전에 대체로 연애 시에 의해 삶의 방식을 노래하고 있음을 보게 된다. 내가 연가를 많이 써왔다는 것을 굳이 변명하려는 게 아니라 역시 인생이란 사람과의 만남 그리고 어우름이라고 생각한다. 그러니까 미술이나 음악 등 예술 속에서

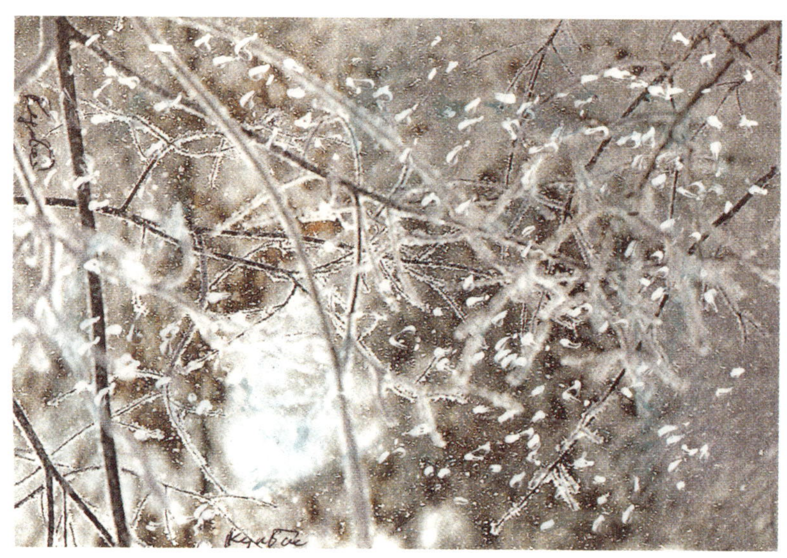

무엇인가를 찾고, 얻어보려는 노력이 필요하다고 여겨왔다. 이는 자기 자신을 살찌게 하는 노력이기도 하다.

나는 한때 채귀에 시달리기도 했다. 회생 가능성이 매우 희박하기도 했지만, 아직껏 살아 있다.

주치의의 권고대로 그동안 나는 일상과 완전히 단절하고 멀리 떠나 심심산중을 떠돌며 살아왔다. 그것이 내가 생명을 연장할 수 있는 유일한 길이라고 그가 강권했기 때문이다. 그래서 한때는 자식들에게조차도 행방을 알리지 않고 외국을 방황하며 투병해왔다. 하루아침에 전 재산이 압류되고 모든 권리가 박탈당했을 때의 충격, 수모, 치욕, 절망, 그리고 정처 없이 방황하며 생존을 위해 얼마나 처절하게 몸부림쳤는지, 아마 자식들조차도 나의 절대 고독과 고뇌를 이해하지 못하고 있으리라. 어쩔 수 없는 선택이었다. 애들에겐 "지구 어디에선가 아직껏 살아 있다는

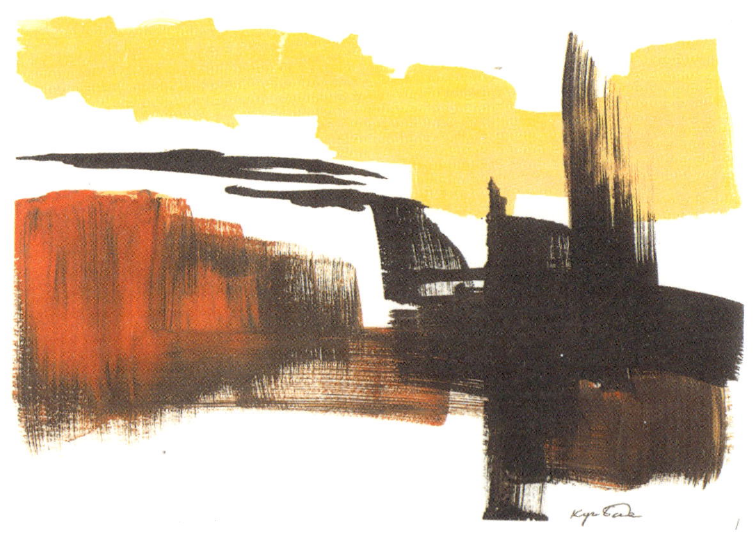

것만으로도 다행이라고 여겨 주었으면 좋겠다"라고 했다. 어쩌면 나는 어느 시인의 말마따나 '운명적인 영원한 낭인(浪人)'인 것도 같다. 내 생애는 고적의 연속이었고, 지금도 외로운 떠돌이다. 의사는 내가 그동안 너무 많이 글을 써 왔으니 이제는 붓을 꺾으라고 했다. 그의 말대로 그동안 나는 거의 절필하다시피 해왔다.

하지만 이제 조심스럽게 다시 붓을 들었다. 앞으로 시를 많이 쓰고 싶다. 왜냐하면, 시란 자기를 넘어서는 과정이고, 실존의 탐구라고 믿기 때문이다.

험난한 어둠의 세월이었다……. 하지만 꿈은 남아 있다.

내 나름의 그림

1970년대 초에 나는 신미술회 사생회에 가입하여 주로 풍경화를 한동안 그려보았기 때문에 수술 후 세계를 주유하면서 곳곳의 풍물화(그중에서도 나는 특히 도시의 뒷골목 풍경을 즐겨 그렸다)를 어렵잖게 즉흥적으로 묘사할 수 있었다, 또 그 때문에 어렵지 않게 세계여행 시화집을 펴낼 수 있게 된 셈이다. 내 작품을 보고 가까운 화우들이 이만한 드로잉 솜씨가 있으면 이제 대상을 있는 그대로만 묘사하지 말고 '포럼'을 한번 과감하게 깨버리는 시도를 하라고 권유했다.

하지만 나는 사실적 묘사에 한동안 충실했었다. 일요일이면 야외로 나가 사생을 즐겼다. 사생도 즐거운 것이긴 하지만 이따금 내 특유의 모험심이 발동할 때가 있다. 내 눈앞에 있는 대상물의 형태를 바꿔보고 싶기도 하고 변용해서 엉뚱하게 재창조하고도 싶어진다.

패턴이나 색채, 형체를 내 나름대로 발전시켜 때로는 단순화시키기도 하고, 또 어떤 때는 크게 과장해 보기도 한다, 데생력이나 관찰의 눈을 심화시켜 본다는 그런 차원에서 보다는 이런 과감한 시도를 하다 보면 모험적 여행을 하듯, 사뭇 즐겁고, 때로는 짜릿한 쾌감을 느끼게 된다. 보석처럼 선명한 여러 물감의 색조는 나만의 세밀성과 장식성을 추구하는데 더할 나위 없는 매체이기도 했다. 내 멋대로 장난스레 갈기다 보면 역동적인 컨트라스트를 보이는 색조나 패턴이 표출되어 스스로 놀라기도 한다.

그림 그리기가 좀 무료해질 때면 그리던 화면 위에 톱밥을 뿌려 보기도 하고, 소금을 흩날려 보기도 한다. 그러다 보면 물감과 엉켜 화면이 울퉁불퉁해지고 소금 기운으로 물감이 굳어지면서 전혀 기대하지 못했던 독특한 효과가 나타나기도 한다. 소금에 의한 이 같은 효과는 설경(雪景)이나 별이 총총한 밤하늘 등 현실적인 대상물의 묘사를 할 때, 매우 유니크한 화면을 창출해 내기도 했다.

추상화에 있어서는 더욱 시적 상상력을 작동하는 여지가 많다. 내가 한동안 반추상을 넘어 좀 이해하기 어려운 난삽한 그림을 그리기도 했다. 내가 단조로운 서정적 사조로부터 시작하여 이른바 형이상학 시에 골몰하던 시작 과정과도 마찬가지로…… 나는 음악을 들으면서 그림 그리기를 좋아한다. 리듬에 맞추어 붓

놀림이 달라지기도 하고 감미로운 멜로디에 유연한 색조를 조성하기도 한다. 내게 있어 이런 멜로디와 리듬이 왜 중요한가 하면 형태와 포럼을 음악적으로 반복하면서 화면을 나름대로 구성지게 마무리하기도 하고 때로는 흩어진 단편들을 응집시켜 전체로서의 효과를 나타낼 수가 있기 때문이다. 그리고 작품의 패턴과 형체가 나름의 디자인을 구성하게 된다. 내가 문장을 쓸 때 단락이나 구두점이 하나의 큰 역할을 하는 것처럼 내 회화에서도 내 문학자품을 더욱 잘 이해하는 데 있어 도움을 주려고 애써본다. 구성이 제대로 된 디자인은 그 그림이 감상자의 시선을 붙잡아 좀 더 깊이 관찰하고자 하는 마음을 지니게 해준다고 나는 믿고 있다. 형체나 선에 대체로 고유의 움직임과 반향성이 있다고 보기 때문에 이를 더욱 잘 유도함으로써 관람자의 시선을 구도 전체로 끌어들일 수 있다고 나는 믿고 있기 때문이다. 나는 화가이기에 앞서 오랫동안 시를 써왔기 때문에 이미지의 투영을 소중하게 생각한다. 이미지를 낳는 것은 보고 느낀 것을 제련하는 작업이 보다 한 걸음 더 나아가야 한다고 여기고 있다.

로댕의 걸작에서 보이는 그 놀라운 데생은 한 모델을 다룰 때 있어서도 이를 각각 다른 여러 각도에서 세 차례나 묘사했기 때문이라고 한다.

또 이를 중첩함으로써 그 데생을 보다 리듬감 있게 창출했다고 한다. 이처럼 짜임새 있는 구도의 확립은 데생 전체를 놓고 볼 때 그 포럼에는 미묘한 차이를 느끼게 된다. 선에도 리듬감을 주고 톤은 새롭게 하는 것 같다.

나는 호주 생활을 오랫동안 하면서 그 옛날 원주민들의 그림(그들은 물고기나 동물을 그릴 때 내장과 뼈까지 그렸다) 이른바 아보리진 투시화를 무척이나 좋아했다. 그런 탓으로 내 그림 중에도 은연중에 이런 원시적인 기법이 투영되기도 했다. 이른바 2차원의 회화를 창출해 내려면 공간 이미지를 재현해 내야 한다.

이를 위해서는 아보리진 투시도법의 원용이 필요하다고 본다, 이를 현대 회화기법으로 발전시킨다면 음영(陰影), 비율, 중의법, 등의 방법이 더욱 효과적으로 창출될 듯싶기도 하다. 그리고 톤에 대해서 보다 고유색, 그러니까 별로 영향을 받지 않은 대상물을 본래의 원초적 색으로 찾아내어 자기 나름의 색조를 구축하여 제대로 감동을 불어넣는 독창적인 접근을 시도하는 것도 필요할 것 같다.

이처럼 나는 색다른 시도를 곧잘 해보곤 한다. 물과 유화물감과는 전연 혼용될 수 없는데, 이 단순한 원리를 활용하여 내 나름대로 텍스처를 마련해 보기도 한다. 이런 당돌한 시도들은 내가 어렸을 때부터 내 안에 내장되어 있었던 모험심 탓이기도 하다.

무소유의 길

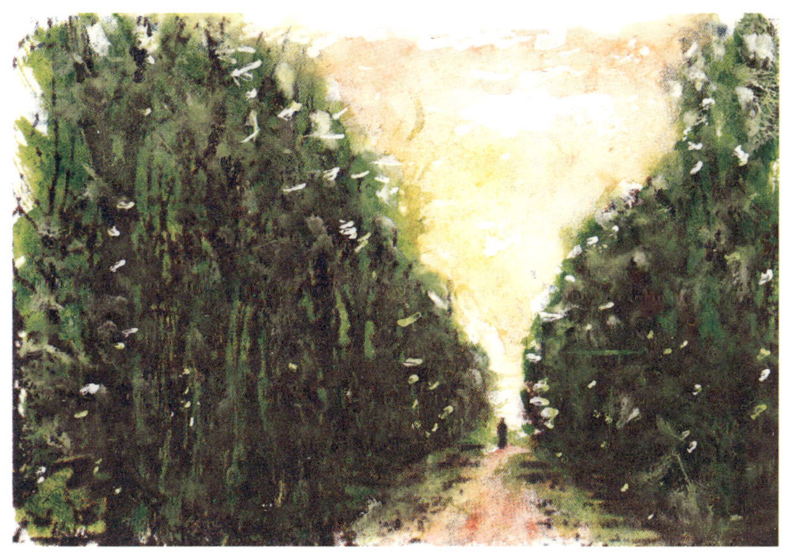

산사(山寺)를 돌며

자율신경의 작동을 위해서는 되도록 심산궁곡에 들어가 살라는 권유에 따라, 나는 퇴원 후 강원도 오대산 일대의 산사를 순례하기로 마음먹었다. 수술 부위가 아물고, 복부 통증이 멎을 때까지는 항공기 탑승이 불가능하다고 했기 때문이다.

나의 첫 순례는 월정사로부터 시작하여, 인근의 상원사, 그리고 손꼽히는 기도처인 설악산 봉정암과 '구곡양장'의 맑은 계곡과 전나무 숲으로 유명한 백담사로 이어졌다.

"천지(天池)에서 비롯되어 명산 금강을 굽이돌다 설악에서 되굽이쳐 오대 성지에 머문 백두대간" 요소에 자리 잡은 이들 명찰은 그야말로 연꽃을 보듬어 안은 '아사달'의 정수다. 겨울철이면 소복이 내린 눈이 그 더욱 명미하여 마치 한 폭의 동양화같이 아름답다. 오랜만에 귀국하여, 나는 다시 오대산 사찰을 순례하고 있다.

특히 눈을 가득 얹은 채 마치 벌쓰고 있는 아이 모양 팔을 길게 늘어뜨리고 서 있는 우람한 나무들을 보면서 '팔이 무척 아프겠구나! 측은한 마음마저 든다.

그 무렵, 나는 비단 나무나 그밖에 여느 식물들만이 아니라 야생 동물들의 힘겨운 겨우살이를 눈여겨보면서 이들에게 내 감정을 곧잘 이입(移入)하곤 했었다.

무거운 눈덩이를 한껏 이고 있으면서도 아무런 불평도 없이

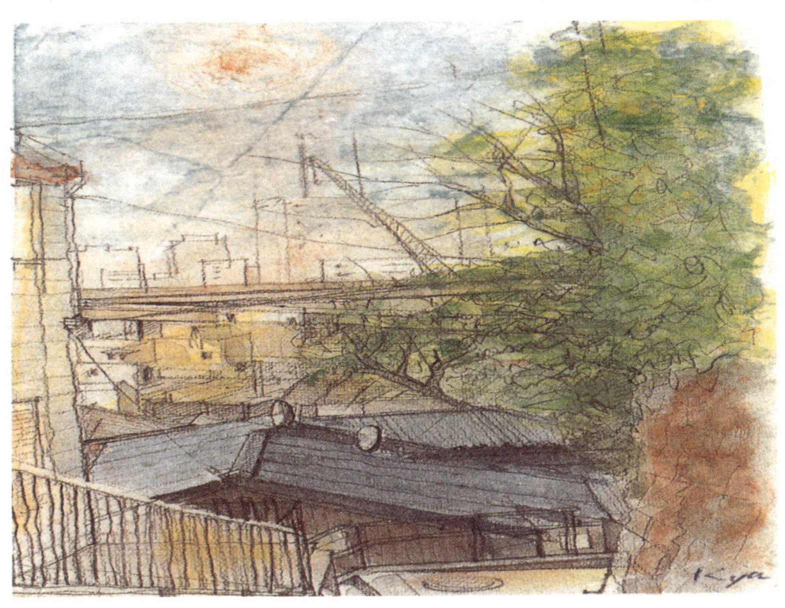

그저 묵묵히 서 있기만 하는 저 '무영수(無影樹) '가 더없이 듬
직하고 믿음직스러우며 또한 아름다워 보였다.

'아, 그렇구나! 믿음직스럽고 아름다워 보이는 것들에게도 아
픔이 있게 마련인가 보구나, 듬직하고 아름다워지기 위해서는
필시 아픔이 뒤따르게 마련인가 보구나! '하고 나는 깨우쳤다.

산속 깊이 들어갈수록 암반이 많고 산세가 험준하다. 그 틈새
에 의연히 버티고 서 있는 나무가 또한 아름답다.

암반 때문에 뿌리를 제대로 못 내리고 혹하에도 어렵사리 견
뎌온 그런 거목들이 흔히 관상수로 선호되는 것을 보면서 역경
을 견디고 이겨내야만 모든 것은 의연하고 아름다우며 남들이
우러르게 되나 보다. 사람의 일도 이와 같으리라고 굳게 믿으며
스스로 자위해 본다.

그런 자위의 마음이 차츰 그동안의 병고(病苦)를 축복으로까
지 여기게 됐다. 행복을 영어로는 'happiness '라고 하는데, 이
단어는 'happen '이라는 말에서 온 것이라고 한다. 이 말은 '
발생한다' 즉 '일으켜진다' 라는 뜻이기도 하다.

이미 닥친 불행에 대해 불평하며 '내 팔자야! '하고 탄식하지
않고 도리어 축복이라고 여기는 마음먹기의 전환을 통해 나는
병을 다스리게 된 셈이다.

'행복하다' 라는 생각을 하게 하는 것은 이성(理性)이지 정서
나 감정에 의한 것은 결코 아니다. 행복은 생각의 전환에 의해서
비로소 일으켜지는 것이 아닐까.

'무영수 '의 의미를 다시금 음미해보면서 또 감사하는 마음가

짐을 늘 지녀야겠다고 다시 다짐해본다. 이 마음은 어려움에 부
닥친 나에겐 더더욱 소중하다.

넉넉하고 편안한 때, 좋은 일에 감사하는 것이야 누군들 못하
랴, 어려운 때의 감사야말로 나 자신을 질기고 다부진 질그릇으
로 만들어주는 덕목이 아닐까…….

요즘, 고목을 바라보면서 나는 또한 겸손을 배우기도 한다. 위
보다 아래를 보고 자기 자신에게 주어진 처지에 자족하고 감사
하는 마음을 늘 지녀야겠다고 스스로 다짐하곤 한다.

조화의 신도 아니면서건만
온갖 걸 다 안다고 으스대지 말라

성대한 행렬
坐長의 등 뒤에는
불길한 그림자도 함께 하더라

부드럽고 찬란한 수사로도
이들의 유혹을 피할 수 없었으니
차라리 작크스의 흐름을 흉내 내어
연극을 만들리라

자! 판을 벌이노니

인간의 분수를 넘은 괴간의 필벌로
네 싸구려 텐트를 정성스레 접어라

위 시는 어쩌면 내가 나에게 주는 잠언인지도 모르겠다. 일흔이 넘도록 세상을 살아오면서 새삼스레 그동안 애써 모은 지식과 경험이 한갓 싸구려 텐트에 불과하다는 생각이 드니 말이다. 그건 아마도 나의 삶이라는 것이 너무나도 일방적인 사고로, 일방적인 통행만 해왔기 때문인지두 모르겠다. 오직 한길만을 앞만 보고 걸어온 좁은 시야의 내 발자국이 더욱 무상하게 생각되기 때문이기도 하리라.

이제 한 가지 일을 제대로 알려면 다른 일에도 또한 착실하고

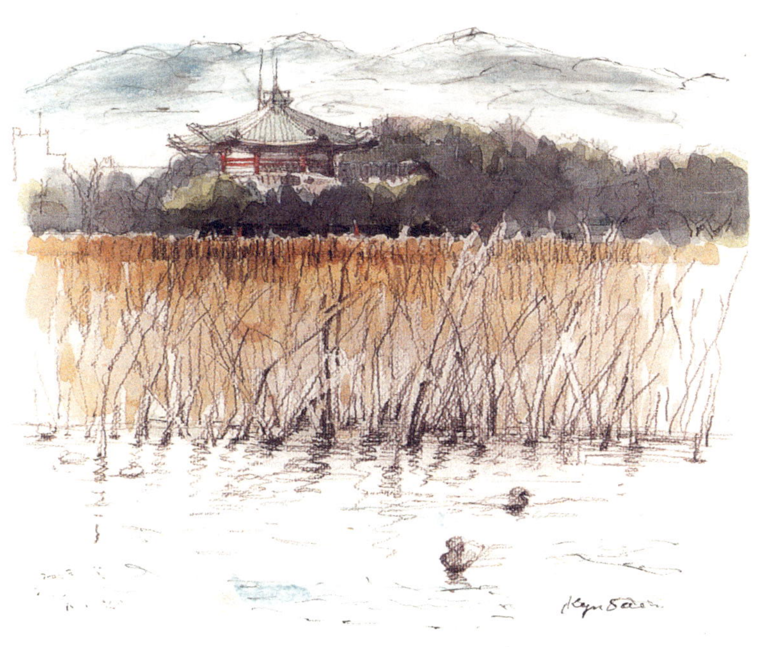

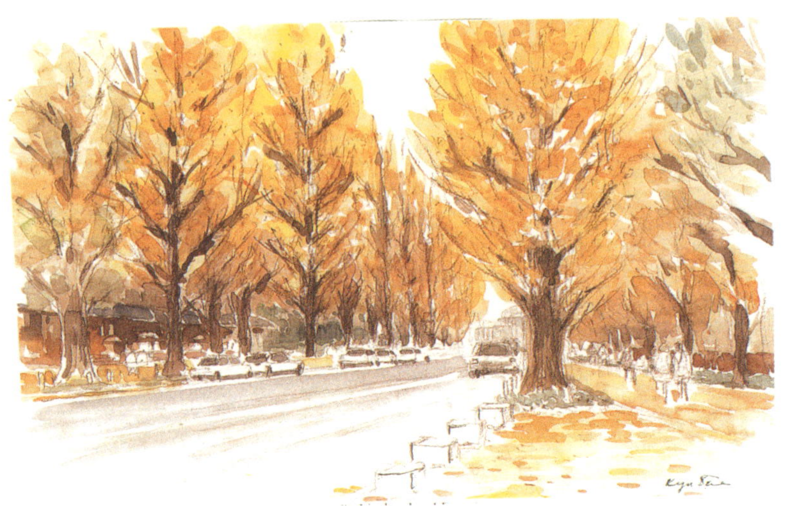

진지한 관심을 둬야만 할 때가 온 것 같다는 생각을 요즘 곧잘 하게 된다.

20대에 대학 교단에 서고, 신문사 칼럼니스트가 되었을 때, 그리고 중년에 들어서도 여러 외국 저명대학에서 강의를 맡았을 때만 해도 계속 잘 나가려니 하고 공연히 우쭐댈 게 아니었다.

이제 초라해진 몰골로 돌아와서 구도자의 길을 걸어온 양, 아니 마치 달관이라도 한 듯이 이렇게 뇌까리고 있으면서도 요즈음 나의 슬픔은 좀처럼 나 스스로 잘 이해할 수 없는 악장(樂章)이다.

하늘의 구름, 아니 그보다 더 높이 나는 그런 꿈이 아니고 끈적끈적 살갗에 엉겨붙는 집념, 과연 내가 '생각의 자락'을 놓아버린 것일까…….

행여 자기 합리화의 수단으로만 삼은 건 아닐까…….하고 자성하기도 해본다.

크기를 한정 않고
스스로 모습도 없이
나타나면 뭐든 비치는
안팎 견줌 없는 실재

나는 이렇게 '여실공경(如實空鏡) '을 읊조렸는데, 과연 제대로 나를 본 것일까. 거울 뒤엔 때가 있기에 반사되는 것이니 제대로 나를 비춰본 게 아니지 않은가……. 거울 속의 나는 한갓 나의 관조자(觀照者)가 아닐까……. 진정 나를 홀가분하게 깡그리 비우려면 사심을 없애야겠다. 내 본연의 자리를 찾아야만 비로소 내 마음이 평화로울 수 있다고 고비마다 자성하곤 한다.

평화롭다는 것은 마음이 편안하다는 것과는 다르다. 평지풍파 없이 일생을 편안히 살아온 사람을 흔히들 부러워하는데, 나는 굳이 그런 안일한 위인이 되고 싶지는 않다. 그런 사람은 의로운 삶을 산 사람이 아니기 때문이다.

나는 대수술 후 10여 년 동안 거의 하루도 거르지 않고 산행을 했다. 언제든 변함없이 그 자리를 지키고 있는 나무와 숲, 쉬지 않고 흐르는 시냇물과 구름, 그 속에 동화되어 살아가는 새와 숲 속 동물, 그 무엇하나 함께하며 살지 않으면 존재할 수 없는 자연의 이치를 배우기도 했다.

깊은 산골을 오래 거닐다 보면 몹시 목이 마를 때가 있다. 그러면 물을 예찬하던 김소엽 시인의 시 「물처럼 그렇게 살 수는 없을까」가 떠오르곤 했다. 그럴 때면 눈이 녹아서 고인 옹달샘 물이 더 없는 오아시스다. 좀 찜찜하기는 하지만 그 물을 마실 때의 그 시원함이라니…… 형언키 이렵다. 수술 후부터 나는 물, 특히 생수를 배가 부르도록 마셨다. 그 바람에 식사량도 많이 줄어들었다. 양껏 마셔도 옹달샘 물이나 산속 약수터 물은 아까 그만큼 또 고인다.

자연을 닮고 싶다

얼마 전 나는 SGI 회장(池田大作)의 사진전을 관람하면서 새삼 자연에 대한 외경심을 느꼈고 생명력을 온몸으로 깨달았다. 과연 인류 평화와 공생의 길을 모색해온 거장의 작품이었다.

물처럼 제 몸의 일부를 증발시켜
아름다운 구름으로 노닐다가
훗날 단비로 내려져서
싱싱한 생명나무를 기르는 물처럼 살고 싶다

— 김소엽 「물처럼 그렇게 살 수 없을까」에서

이 시인이 노래한 것처럼, 나도 그런 물이 되고 싶다. 물은 고일 만큼만 고이고는 아낌없이 아래로 흘려보낸다. 더 지니고 있으려 욕심부리지 않는다. 깊은 산골 물은 목마른 이의 갈증을 언

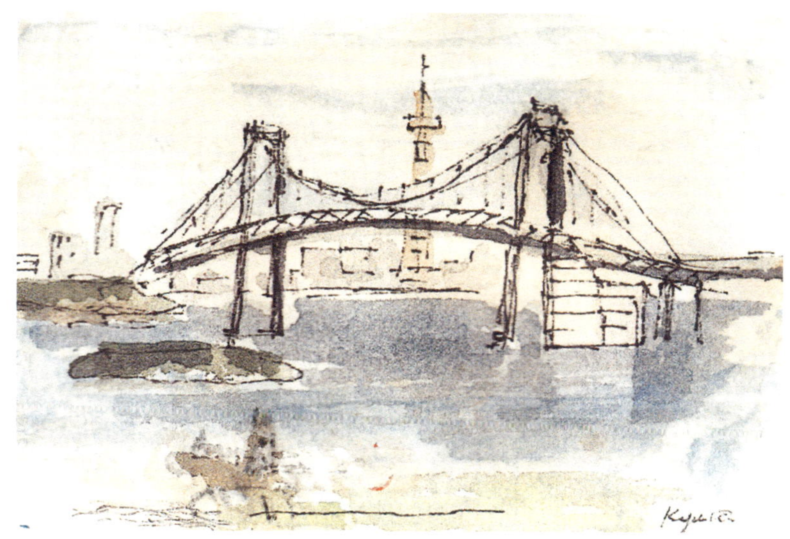

제고 씻어주지만 아무런 반대급부도 바라지 않고 그냥 주기만
한다. 잔뜩 마시고도 고맙다는 말 한마디 없이 떠난다 해도 노여
움은커녕 그저 즐거운 듯 졸졸졸…… 노래만 부르며 흐른다. 어
쩌다 나뭇잎 하나 떨어지면 가만히 미소를 짓기만 한다.

그런 사람이 되었으면 좋겠다. 스스로 처지에 불평 없이 안분
(安分)하며 살고 모든 것에게 고마워하는 사람, 언제나 남에게
도움을 주고, 또한 가진 것을 고루 나누면서도 아무런 생색도
내려 들지 않는 사람, 언제나 친절하고 겸손하며 매사를 긍정적
으로 받아들이는 그런 사람이 그립고, 나도 그렇게 되고 싶다.

그러면서 생각해 본다. '나는 남에게 얼마큼 그리운 사람일까.
나는 누구에게나 고맙고 그리운 사람이 되고 싶다. 그런 사람
이 되려면 나누는 마음, 곧 자비스러운 마음, 그리고 남과 공감
을 쉽사리 나눌 수 있는 마음, 그런 마음을 한자어로 〈仁〉이라

고 한다. 이 어질 '仁 '자는 사람 '人 '변에 두 이(二)자가 덧들여
가 만들어진 회의(會意)문자다. 즉 공감을 나눌 수 있는 마음을
내포한 말이다. 이런 공감하는 능력이 마비된 상태를 한자어로
는 〈불인(不仁)〉이라고 말한다. 이 같은 마비 현상을 회복하려
면 나누는 마음, 자비로운 마음, 더불어 공감하는 마음이 선행
되어야 한다.

대수술 이후 나는 건강회복을 위해 물을 많이 마셨다. 그리고
산속을 속보(速步)하며 땀을 많이 흘렸다. 또한 '仁 '의 마음을
가지려 애쓰다 보니 눈물도 많아졌다.

흔히 웃음이 건강 유지, 또는 회복의 첫째 요건이라고 하는데,
웃음 못지않게 우는 것도 치유의 명약이라고 나는 믿는다. 한껏
울고 나면 마음의 때도 어느덧 깨끗이 씻어내려 간다. 한결 후련
해지고 카타르시스 된다.

나는 이제 크건 작건 간에 남에게 나누어주고 싶은 마음, 그리
고 베풀고 사랑하는 사람이고 싶다. 어느 자선 단체의 캐치프레
이즈처럼 나의 1퍼센트가 남에게 주어져 100퍼센트가 된다면
그 아니 행복할 일인가. 특히 미개발 국가 아동들의 개안(開眼)
시술에 일조하고 싶다.

그것은 꼭 값진 것이 아니더라도 좋다. 준다는 것, 베푼다는
것-따뜻한 말 한마디, 한 그릇의 물, 기대라고 내미는 내 어깨
등, 설혹 없더라도 찾아보면 얼마든지 있다.

난치병인 근위축증에 걸려 학교에 채 한해도 못 다녔던 쇼
녀 주니가 야마모토 선생을 만나 행복한 몇 해를 보내면서 매

번 '고맙습니다'를 교환일기 끝에 썼던 주인공의 감동적인 이야기를 담은 아야노 마사루의 『900번의 고맙습니다』를 읽어보면 나눔이란 어떤 것인지, 그리고 작은 듯 보이지만 따뜻한 가슴을 담은 나눔이 얼마나 많은 것을 변화시킬 수 있으며 때론 기적 같은 일도 일어난다는 사실을 알게 되리라.

우리는 물 없이 단 하루도 연명할 수 없다. 물의 겸허한 나눔의 속성을 생각하며 늘 나눌 줄 아는 마음이야말로 행복을 위한 최고의 투자임이 틀림없다.

하지만 선뜻 주는 일이 생각처럼 쉽지는 않을 것이다. 역지사지의 마음가짐이 필요하다. 이런 마음가짐이 마음은 물론, 몸은 살찌우게 하는 힘이라고 나는 믿는다. 또한, 그런 따뜻한 마음가짐이 작게는 한 개인의 인격의 척도가 되지만 넓게는 한 단체 한 국가나 사회 더 나아가서는 이 시대를 이끌고 가는 보이지 않는 힘일 것이다.

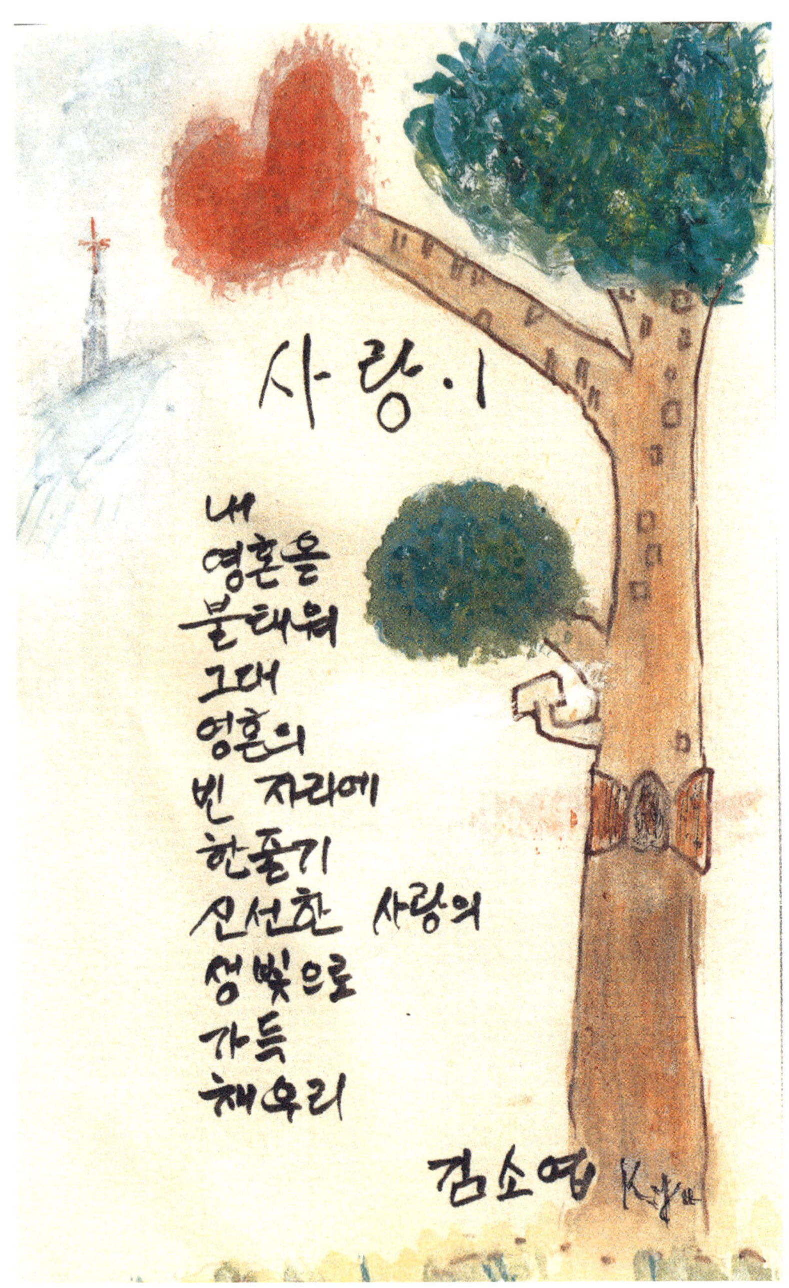

사랑·1

내
영혼을
불태워
그대
영혼의
빈 자리에
한줄기
신선한 사랑의
성빛으로
가득
채우리

김소엽

VIII. 나의 삶 나의 문학

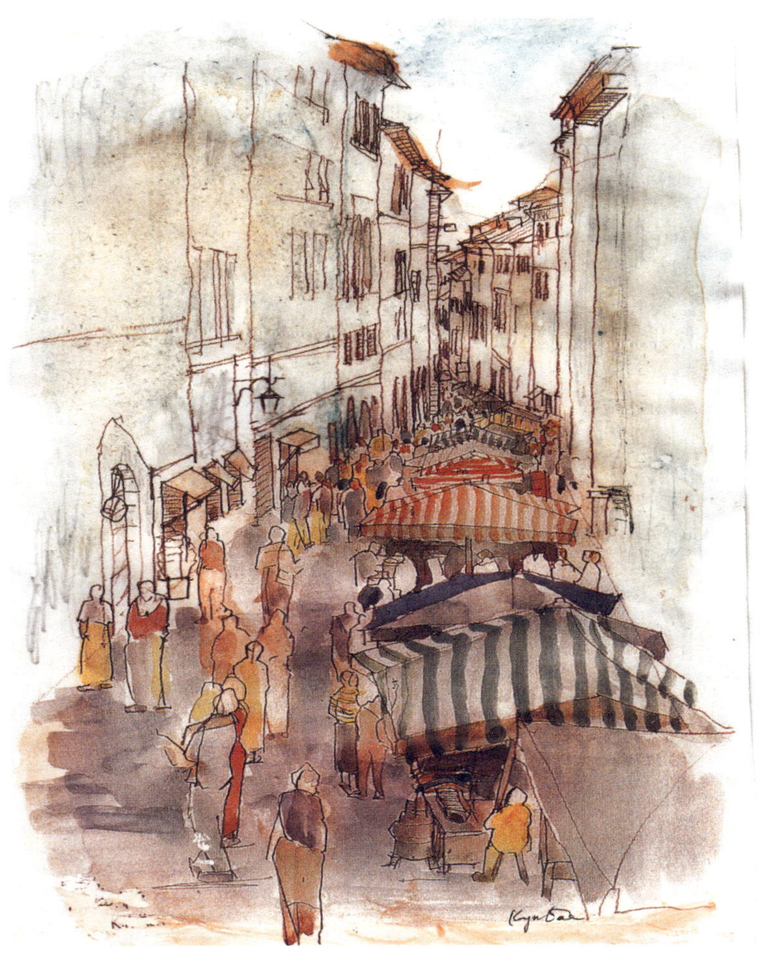

재주는 부릴 줄 모르지만 서툴지만은 않고
나를 발가벗기고 또 하나의 나를 바라보는
나의 분신 나의 신앙 나의 모든 것.

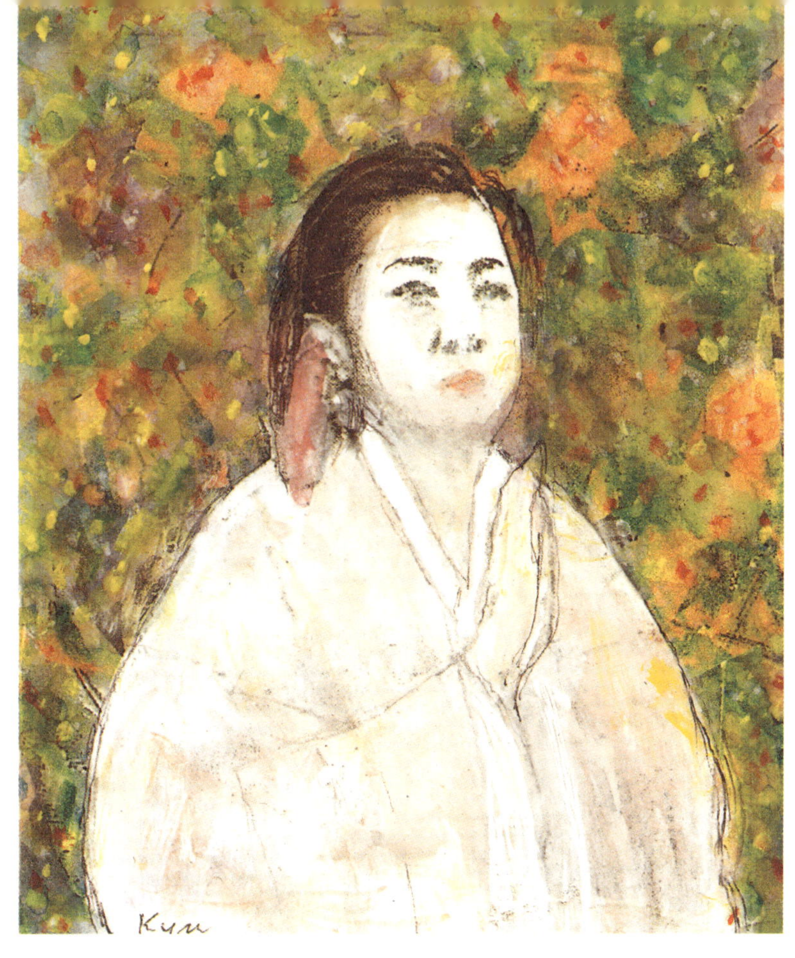

천장을 내리셔도
수절은 못합니다
이 봄날 몸살 담은
저 꽃들을 보소서
강물도 끄지 못하는 불
쇠빗장을 거두소서

              – 최윤정 「告解, 바람 부는 날 서울 춘양이」

동물로서의 인간

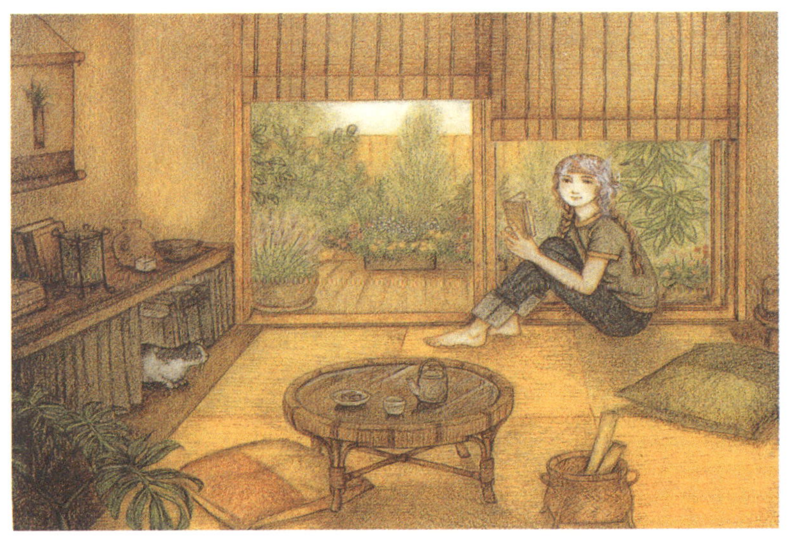

작가의 체격과 성격 그리고 '가사' 상태

얼마 전 나는 '현대문학포럼'에서 「정신분석학과 문학」이라는 주제로 모임의 발제 강연을 해달라는 요청을 받았었다. 썩 자신 있는 테마는 아니었지만, 한때 신화비평적인 평필에 골몰한 적도 있었기 때문에 일단 수락은 했으나 발표일이 다가오자 불안하기도 하여 이에 관한 전문서적을 새삼 뒤적거려 보았다.

우선 내 개인적인 얘기부터 말해본다면, 나는 어렸을 적부터 머리 한구석에 늘 '죽는다'라는 것에 대한 생각이 도사리고 있었다. 웬일인지 꿈속에서도 죽는 사건이 곧잘 나타나곤 했다. 이번에 책을 뒤적거리면서 알게 된 사실인데, 정신분석학에서는 이를 '가사(假死)의 상념'이라고 한다.

이러한 상념은 비단 나만이 아니라, 대체로 초등학교 시절부터 누구나 흔히 나타나는 현상이다. 프랑스의 대작가인 로망 롤랑의 「장 크리스토프」에 나오는 주인공은 열여섯 살 때 이 죽음의 상념에 눈뜨게 된다. 그는 처음으로 죽음의 공포, 인간은 언젠가는 죽게 마련이라는 엄연한 사실을 깨닫게 되면서 이런 공포는 싹트기 시작한다. 내 경우도 그러했다. 이 깨달음은 「장 크리스토프」중에서도 매우 감동적인 장면이다.

나는 장 크리스토프처럼 그렇게 이르지는 않았지만, 그래도 예사 사람들보다는 이런 상념이 좀 일찌감치 다가왔었다.

중학교에 입학을 앞두고 나는 뇌질환을 앓아 사경을 헤맨 적이 있다. 그때 나는 느닷없이 엄마에게 "나쓰메 소세키는 '난 고양이로다'라고 했는데, '나는 개 또는 물고기로소이다'라는 글을 쓴 후 죽고 싶어요"라고 입버릇처럼 중얼거렸다고 한다. 회복된 다음부터 나는 늘 이 상념에 시달렸다. 이를 심층심리학에서는 '초기 노이로제' 상태로 보기도 한다.

그 후 곧 8·15 해방을 맞게 되었고 좌우 이념 갈등으로 민학련과 학련으로 갈려 싸우느라 무척이나 힘든 중학 시절을 보냈었다. 민학련 간부였던 내 짝꿍은 입버릇처럼 "혁명이 실현되어 이상적인 사회가 실현되면 우린 풍족한 삶을 누리게 되어 누구나 아무런 근심, 걱정할 필요가 없게 된다"라면서 민학련에 들어오라고 졸라대곤 했었다.

그럴 때면 나는 "그런 사회가 되면 죽음의 문제는 어떻게 되느냐?"라고 엉뚱한 반문을 던지곤 했다.

그 녀석은 내 물음에 대해 서슴없이 이렇게 답변하곤 했다. "죽음의 문제 같은 것은 대수롭지 않은 문제야. 이상적인 복지사회니까 죽을 때에도 이토록 행복한 삶을 누려왔으니까 이제 사후를 걱정할 필요도 없고 하니 안심하고 편안하게 죽음을 받아들이게 되는 거지" 나는 곧 반격에 나섰다.

"도대체 넌 한 번이라도 죽음에 대해 골똘히 생각해 본 적이 있니?"

그때 그 녀석의 대답은 뜻밖에 간단했다. 한 번도 없었다는 것이다. 이 짤막한 대답이 내겐 큰 충격으로 다가왔다. "죽음에의 상념이 전혀 떠오르지 않는 인간도 이 세상에는 있구나!" 하는 경악이 뒤따랐다.

이때 나는 비로소 인간 가운데엔 일에 대해서만 골몰하는 유형과 죽는 일을 심각히 생각하곤 하는 유형이 따로 있다는 사실에 눈뜨게 되었다.

그 후 소설을 탐독하면서 소설가 가운데에도 이 두 유형이 있음을 알게 되었다.

전자는 현실을 통해 충분히 즐기면서 현실적인 욕망에 크게 지배되는 그런 유형의 인물이 작품 속에 곧잘 등장하며, 작가 자신도 현실에 대응하는 보다 적극적인 에너지를 지니고 있는 경우가 많아 보인다.

그에 비해, 후자는 죽음의 상념이 원시점(原視點)에 있고, 자못 부정적인 기질이 작품 속에 등장하는 경우가 많다. 이런 유형의 작가를 내 대학 동창인 백상창 정신과 의사는 '분열 기질'의 작가라고 했다. 소설을 쓰려면 정신분석학 도서를 읽어보는 게 도움이 될 거라며 그는 『체격과 성격』이란 책을 내게 건네주어 숙독한 적이 있다. 이 책에는 인간의 기질을 분열 기질 이외에도 순환기질, 점착기질 등이 있고 이는 체격과 밀접한 관련이 있는 것으로 분석했다. 그리고는 유명한 예술가의 생애와 작품을 예거하고 있다.

인간의 유형

기질이란 타고난 성격을 말한다. 하지만 앞에서 말한 이 세 가지 유형으로 확연히 구별하기도 곤란하다. 내 경우를 놓고 보더라도 살아오면서 성격이 조금씩 바뀌는 듯한 느낌을 가진다. 특히 암 선고를 받기 전과 그 후는 놀랄 만큼 바뀌기도 했다. 그리고 이 책을 읽으면서 이 세 유형 중, 내가 어디에 속한다고 단정지을 수도 없는 것 같았다. 적어도 두 기질이 버무려져 있는 것도 같았다.

불우했던 어린 시절을 돌이켜 보면, 그때 나는 분열 기질이 적잖이 있었던 것으로 기억된다. 나와 바깥 세계가 분열되어 좀 융합되기 어려웠으니 말이다. 이 기질은 심하면 자폐증에 걸리게도 된다. 나는 어린 나이인데도 뇌질환에 시달리곤 했었다.

이 유형은 너무 민감하다 보니 외계가 자기와는 적대적이라고 여기기가 쉽다. 앞에 예로 든 책에서는 이런 유형의 사람은 대개 훤칠하고 큰 키에 명석하며 이론적이면서도 정서적이라고 보고 있다. 나는 나이에 비해 키가 너무 커서 힘들기도 하였던 어린 시절을 생각하면 그럴듯한 점도 없지는 않다.

그에 비하면, 순환 기질은 매우 적응력이 강하며 적극적인 성격의 소유자다. 문자 그대로 환경 여하에 따라 순환이 용이하여 쉽사리 외계와 융합이 잘 되기 때문에 남과 어울리기를 좋아하고 추진력과 실천력이 강하며, 유머 감각도 풍부하지만, 조울증의 순환도 빠르다.

내가 대학을 졸업하고 곧 언론계에서 일하다가 여러 문예지를 만들었던 무렵에는 이런 순환 기질이 자못 있었던 것 같다. '조' 상태에 있을 때에는 매우 기분이 좋아지기도 하고 한갓 작품을 발표하고자 모여드는 여류들을 나의 변함없는 지지자로 착각하고 들떠 있기도 했다. 그리다가 그 위선이 드러나면 곧 우울해지며 심한 경우에는 무기력 상태에 빠지기도 했다.

『체격과 성격』에서는 이런 기질의 소유자는 대체로 몸이 비대하면서도 매우 활동적이라고 하는데, 그 무렵 나는 무척 살이 쪘었고 활동적이었다.

이 두 기질의 중간쯤에 속하는 점착 기질은 문자 그대로 끈적끈적한 데가 있는 유형이다. 분열 기질이 어둡고 민감하다면, 순환 기질은 밝고 민감한 데 비해, 이 기질은 좀 어슴푸레하고 둔감하다. 하지만 꼼꼼하고 고지식하다. 대학교수 시절의 내가 그러했고, 암 수술 후에는 둔감해야 살아남을 수 있다고 생각했기

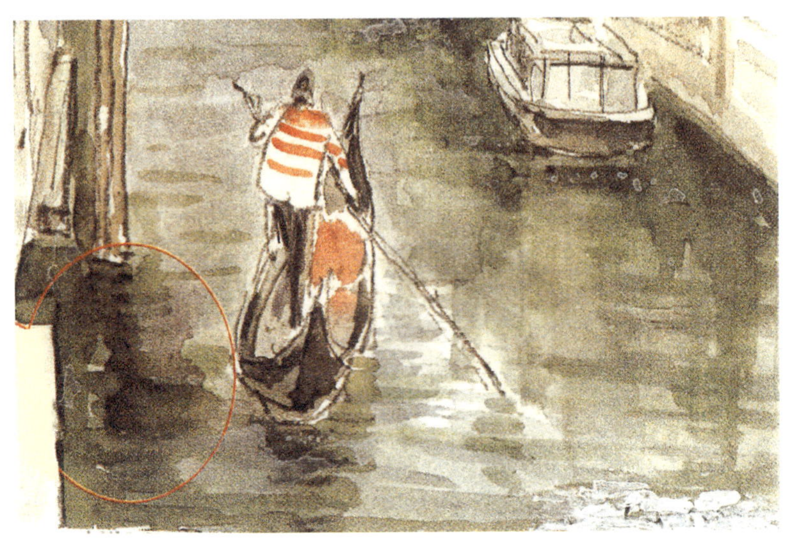

때문에 어슴푸레하고 바보스럽게 애써 살아왔다. 또 건강관리를
위해 근력단련 운동을 열심히 하곤 했다. 앞에 든 책에서는 이런
유형은 대체로 '보디 빌딩' 선수들처럼 근육질이 많다고 한다.
그러고 보면 성격이란 환경과 체형의 변화에 따라 조금씩 바뀌
게 되기도 하는 게 아닐까 하는 생각이 들기도 한다.

전문서적이라기보다 사뭇 대중적인 성격을 띤「체격과 성격」
이란 책은 사람의 성격과 체질과의 조응을 시도해 보았다는 점
이 매우 흥미로웠다. 흔히 우리가 성인만화 같은 것을 보게 되
면 사장이나 행정력이 뛰어난 공무원 등 아랫배가 불쑥 나온 모
습으로 그려졌고, 반면 악마나 악인 또는 지식인 등은 깡마른 체
격으로 묘사되는 등, 익히 우리들의 마음속에 이 세 가지 유형의
정형이 이미 박혀 있는 것을 정신분석학자들이 논리화하고 체계
화시켜 놓은 것이리라.

조급함과 우울함의 교차

의사이며 시인이기도 했던 한 친구가 내 이탈리아 기행문을 읽고는 내가 괴테를 닮으려고 기를 쓰고 있다면서 딴은 이름조차도 닮았다고 빈정거린 적이 있다. (요한 괴테를 영어식으로 발음하면 '존 귀태'로 읽는다.) 하긴 젊은 시절부터 그의 작품을 탐독했고, 그처럼 살다가기를 곤돌라를 탈 때마다 희구하곤 하기는 했지만……

괴테에 관해 글을 쓰기 위해 『천재의 심리학』이란 꽤 두꺼운 책을 독파한 적이 있다. 여기에는 괴테를 순환기질의 대표적인 인물로 꼽았고 시인 헬더린을 분열기질의 전형적 인물로 보아 이 두 천재를 대비시켜 놓고 있었다.

괴테의 생애는 실로 놀라울 만한(또는 훌륭한) 조와 울의 교차였다. 한 인간의 병증상을 살피면서 그 일대기를 쓰는 특별한 연구분야가 있다. 그 학문이 바로 병적학(病跡學)인데, 독일에서는 예술가들의 일대기를 쓸 때 흔히 이러한 접근을 시도한다. 크레치머라는 심리학자의 조사에 의하면 괴테는 2년간의 '조' 상태가 계속되다가 7년간의 '울' 상태로 이어지고, 이런 상태는 주기적으로 반복되었다고 한다. 그러고 보니 나도……?

괴테의 병적 중 주요한 극히 일부만을 예거하면 다음과 같다.

1766년(17세) 와인 가게의 딸 셴코프를 사랑하였고, 그 연가를 모아 『안넷테』라는 시집을 상재했다.

1772 ― 3년, 샤를로테의 사랑에 빠진 끝에 소설 『젊은 베르테르의 슬픔』을 출간했다. 1780 ― 1년, 슈타인 부인과 뜨거운 연애를 했다.

1787 ― 8년, 유명한 이탈리아 여행을 한 다음 기행문을 썼다.

1807년, 19세의 소녀 미나를 짝사랑했으나, 실연한 후, 『소네트집』을 출간했다.

1814년(65세), 은행가의 부인 마리안느와 연애했고, 이 무렵 많은 연애시를 발표했으며 또한 유명한 『서동시집』을 펴냈다.

1822 ― 3년, 19세의 소녀 우를리케 폰 레베초를 사랑했으나, 이루지 못하고 『마리엔바더의 비가』를 발표했다.

괴테의 이 같은 연애 병적만 보더라도 조울증이 마치 기계의 작동처럼 규칙적으로 교체되고 있음을 볼 수 있다.

'조' 상태에 이르면 괴테는 으레 색정적인 욕구가 고조된다. 동물은 대개 1년에 1회 발정기가 있지만, 괴테는 7년에 한 번씩 꼭 그런 발정기를 반복했다. 그가 '울' 상태에 있었을 때에는 주변에 많은 여인이 있었는데도 연애를 하지 않았고, 또한 우수작도 나오지 않았다. 내 경험을 통해서도 그런 괴테의 조울 상황을 족히 이해한다.

누군가를 사랑하는 마음이 움트면 시가 쓰이게 마련인 것이고, 괴테도 예외가 아니었다. 하지만 문학의 방법론으로 논의할 때 고귀해야 할 예술을 가장 깊숙한 곳에서 지탱하고 있는 것은 동물적 또는 생리적 충동이라고 단정적으로 결론을 내리는 것은 좀 곤란하고 자칫 반학문적으로 치부될 염려가 있겠다.

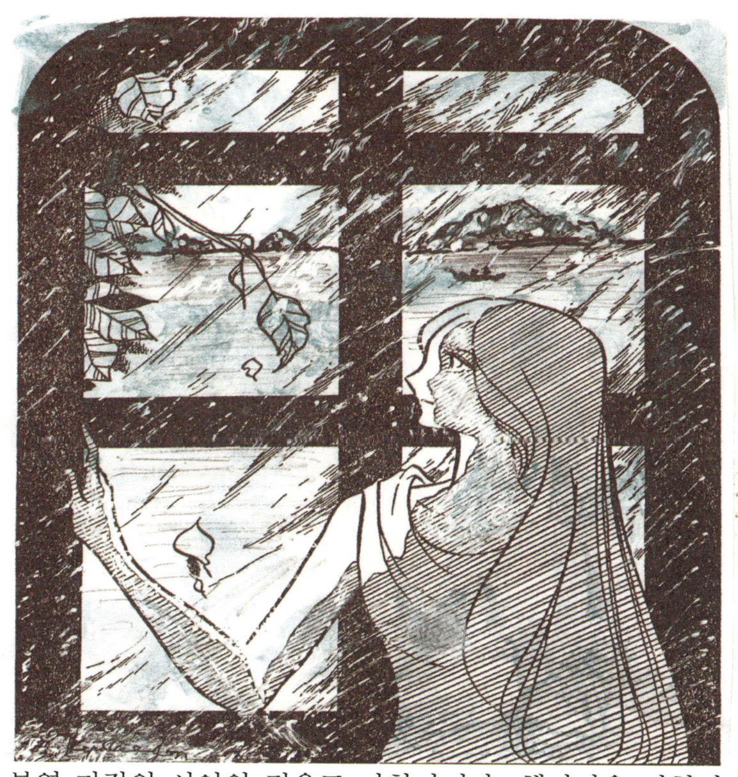

분열 기질의 시인의 경우도 마찬가지다. 헬더린은 전형적인 분열기질의 소유자였다. 앞서 말한 바와 같이 이 기질은 외계와 잘 융합되지 못하고 적대의식이 강하기 때문에 자칫 정신질환에 걸리기가 쉽다. 분열 기질이 이런 병에 잘 걸리는 시기는 대개 20세 전후라고 하며, 나이가 들수록 차분해진다고 한다. 헬더린의 경우는 20대에 그 증상이 일어났고 30대에는 광기 때문에 탑 속에 유폐되기도 했다. 예부터 천재와 미치광이는 종이 한 장 차이라고 하는데, 헬더린 역시 정상적인 상태에서 광기로 바뀌는 것은 종이 한 장의 차이로 그 간극에서 전격적으로 또는 충동적으로 문학 세계가 눈부시게 펼쳐졌음을 볼 수 있다.

그러니까 순환 체질이든 예술 체질이든 간에 뛰어난 예술가의 창작 충동을 제대로 바쳐주는 것은 어쩌면 동물적이라는 곤란한 결론을 결국 내리게 된다.

정직하게 말한다면, 근대 문학상 리얼리즘의 도래는 바로 이러한 결론에 기조를 두고 있어 보인다. 근대 리얼리즘은 인간성의 알맹이에는 진실과 성실함이 있다고 보고, 과학적인 실증주의를 휘둘러 인간의 참모습을 벗겨나갔다. 예나 지금이나 인간의 궁극적인 욕구는 결국 본능적일 수밖에 없다는 인식에 이르게 한 작가가 바로 사실주의와 자연주의의 세계적인 스승인 프로베르다.

20세기에 접어들어 심리학자들은 인간이란 성적인 동물이라고 꼬집기도 했다. 프로이트와 융의 학설에서는 이를 구체화해서 보여주기도 했다.

특히 프로이트는 이를 통해 종래의 의식의 심리학이 아닌 무의식의 심리학을 찾아낸 놀라운 학자였다.

원초적 경험과 욕구

우리는 어린 시절부터 숱한 경험을 하지만 자라면서 이를 대부분 잊어버린다. 아니 으레 잊어버리게 마련이라고 말한다. 하지만 실은 잊어버린 것이 아니라 창고 속에 비축해 두고 있다고 프로이트는 비유했다. 이 창고는 엄청난 규모여서 이제까지의 체험 전부, 그리고 잊어버렸다고 여겼던 것 모두가 이 거대 창고 속에 차곡차곡 쌓여 있다가 문득 미묘한 영향을 일상생활에 끼친다고 한다. 우리가 밤이면 늘 꾸는 꿈에도 그 창고에서 갑작스레 불쑥 나오게 된다고도 한다. 그리고 인간의 정신장애의 원인도 이 창고 속에 원인이 있다고 보고, 프로이트는 이 같은 무의식의 세계를 살펴봄으로써 노이로제의 치료를 시도했다. 그는 마음속에 있는 장애를 발견하기 위해 꿈에 큰 의미를 부여했다. 그 업적이 바로 유명한 『꿈의 분석』이란 역저다.

프로이트는 꿈을 포함한 무의식의 세계를 지배하는 유일의 대원칙을 섹스의 충동이라고 규정하고 이 충동을 '리비도(Libido)'라고 칭했다. 리비도란 넓은 의미에서는 성의 충동, 즉 삶의 충동이라고 해도 좋을 것이다.

프로이트 방식으로 생각한다면 이러한 인간의 원초적 욕구를 모두 만족하게 하려면 이 세상의 모든 질서는 무너지고 말 것이다.

본시 인간이란 '페시미스틱'(염세적)한 존재라고 한다. 나는 병상에서 이 말을 절감했다. 그러기에 욕구가 억압되었을 때, 인간은 순간적으로 자살을 감행하게 된다. 하지만 아무리 성 충동을 못 견딘다고 해도 때나 처지를 불문하고 아무렇게나 성행위를 일삼을 수 없는 노릇이 아니겠는가.

그러므로 프로이트도 사회 질서를 위해 이러한 인간의 충동이란 물론 억제해야 한다고 보았다. 어느 심리학자는 그런 충동의 억제 수단으로서 법률보다 예술이 큰 대행 역할을 해야 한다고 주장하기도 했다. 즉 못 견디는 그 충동을 소설이나 연극, 영화

등을 통해 대리만족하게 할 수 있다는 것이다. 그러고 보면 외
설적인 예술도 필요한 것이다. 이어 프로이트의 수제자로 프로
이트의 학설을 한층 깊게 펼쳐나간 스위스 출신의 정신병리학자
융이 등장한다.

프로이트는 무의식이란 한 개인 체험의 집적(集積)이라고 보
았으나 융은 무의식의 세계란 자기의 체험만이 아니라 조상, 크
게는 한겨레(종족적인 원초로까지 소급한)의 오랫동안 축적된
기억을 집합적(또는 집단) 무의식이라고 이름 붙였다.

이런 집단 무의식은 반드시 각 민족의 신화 속에 하나의 이미
지로서 나타나 있다고 보고 나는 1970년대 초부터 신화학 공부
를 하기 시작했다.

우리는 근대정신이라는 이름 아래 줄곧 새로운 인간관, 개인
중심의 인생관을 구축했는데, 이를 통해서 취사선택을 거듭해
왔다. 그러면서 병적이고 비사회적인 부분이라고 여겨지는 것들
은 제거해 버렸다. 하지만 버려진 부분이야말로 인간의 어쩌지
못한 진실이 잠재해 있는 것이 아닐까 하는 반성 또한 최근에 일
어나고 있다. 우리 문단에서도 그러한 반성이 있어야만 하지 않
을까. 그리하여 인간의 더욱 솔직한 원초적인 모습이 제대로 문
학 속에 더욱 잘 형상화되어 나타나야 하지 않을까 싶다.

현대에 이르러 세계 여러 문학의 추세가 융이 말하는 집단 무
의식의 세계 또는 신화, 전설의 세계에 대한 소재에 관심을 많이
두고 있어 보인다. 지옥, 천당, 모자 상간(相姦), 통과의례, 고려
장 등은 세계 어느 신화, 전설에나 나타나는 이른바 신화 유형(

類型)이다. 이러한 신화 유형을 문학 속에 살려 대작이 된 작품으로는 토마스만의 『요셉과 그 형제』 헤르만 헷세의 『데미안』 마쓰모토 세이초의 『검은 땅의 그림』 등을 들 수 있다.

근대 리얼리즘의 시점에서 본다면 근대는 막을 내렸고 인간은 이미 동물이 되어버렸다. 하지만 융의 시각에서 좀 더, 깊이 천착해 본다면 '동물로서의 인간'에게도 좀처럼 그냥 내던져버릴 수 없는 진실이 있고, 시점을 바꿔서 다시 보면 거기에서 새로운 인간성이 우러나올 수 있다고 본다.

융은 종교적인 시각에서 인류를 구원하려고 하는 자세를 취했다. 프로이트가 자못 염세적인데 반해 융은 매우 낙천적이었다. 그 점이 그의 위대한 점이라고 생각하고, 곧잘 생기는 우울증을 떨치고, 낙천적이려고 애쓴다. 막다른 골목에 이르른 듯한 오늘날의 인간관을 소생시킬 수 있는 계기를 만들려면 바로 융의 집단 무의식 외 예술적 원용, 특히 문학적 원용이 요긴하다고 나는 본다.

융의 집단 무의식의 관점으로 보면 인간이 비록 70~80년의 유한한 생애일망정, 실제로 몇십만, 몇백만의 무한한 과거를 동시에 살 수 있는 것이며 인간 존재가 새로운 영원의 종(種)을 지니고서 새로이 하리라고 믿는다.

동경의 미학

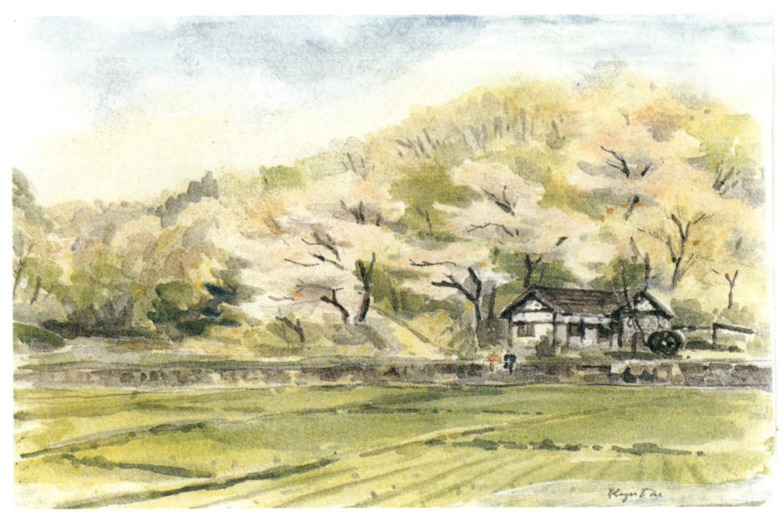

나를 위한 변명

가져도 가져도 더 갖고 싶은 게 지위나 명예요, 돈이 아닐까.
일단 이런 어풀루엔자(affluenza)에 감염되면 좀처럼 헤어나기
가 어려워지는 것 같다. 사람은 풍요로워질수록 더 많은 것을 바
라는 탐욕이 생기게 마련이다.

그런데 이런 바이러스가 스며들면 즐거움보다는 우울, 불안
같은 정서적 고통에 더 많이 시달리게 되는 위험이 도사리게 된
다. 이런 사람들은 불안해지고, 우울할수록 많은 사치성 소비를
해야 하고 소비할수록 불안해지는 일종의 과대망상의 악순환에
말려들게 된다. 이런 바이러스를 만드는 것은 바로 지나친 탐욕

이나 이기심 때문이다.

이기적 자본주의 국가인 미국에 비해 이타적 자본주의의 기치를 내건 덴마크 국민이 훨씬 정신적 건강상태가 좋다는 올리버 제임스의 조사보고서가 이를 잘 증명해주고 있다. 그는 "소유하러 들지만 말고 베풀어라"라고 주장한다. 부(富)를 움켜쥐는 자보다도 베푸는 이가 더 행복하고 건강하다는 것도 이미 통계에 나와 있다. 수전노보다도 자선사업가가 훨씬 더 행복하고 장수하는 것도 이 때문이다.

현대인은 금전만능의 '매머니즘'과 최첨단화된 '테크놀러지'에 철저하게 얽매어 있고, 그 보이지 않는 것들에 의해 우리의 정신과 얼이 얼마나 피폐해지고 있는가를 가늠해볼 여유조차 갖지 못한다. 하지만 그렇다고 이미 우리는 이렇게 얽매어버린 '오르가슴'을 거부하기만 할 수는 없는 노릇, 그렇다고 투병 시절로 돌아가 다시 먼 고장 심산유곡으로 들어가기도 어렵고……

하지만 이런 갈등 속에서 신선함과 여유를 찾아보곤 한다. 그 여유는 매머니즘이나 테크놀로지도 만들어주지 못한다. 우리 정신의 여유, 느림과 쉼을 통해서 풋풋한 상념에 빠져들 수 있는 여유가 아쉬워진다.

스토리텔러의 마음

자전적(自傳的) 에세이를 써보겠다는 명분으로 강원도 산 깊

숙이에 있는 만해
마을 창작 집필실
에 들어와 모처럼
만에 여유와 쉼의
시간을 가질 수는
있었다.

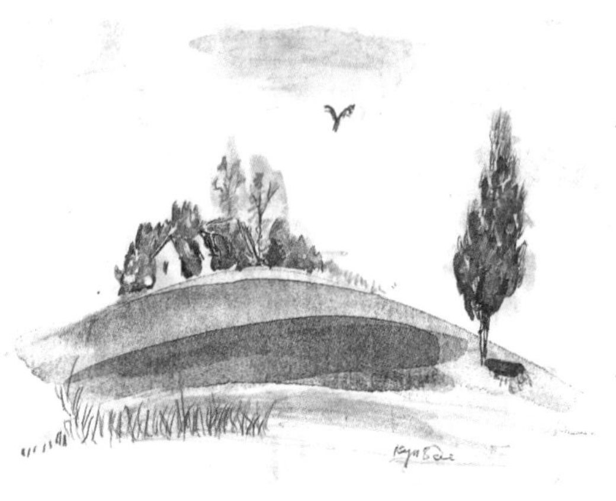

　자전적인 글을
쓰겠다고 마음먹었
을 때 내 속에 있는 절실한 체험을 먼저 떠올리기 시작했다. 그
런 생각을 떠올리는 데는, 예컨대 친했던 옛 친구에게 편지를 써
봐도 좋고, 일기체의 글을 써보는 것도 좋겠다고 생각하며 여러
가지 방법을 시도해보았다. 병상에서 어느 가상의 소녀에게 편
지들을 계속 써보곤 했다. 그리고 이 글이 내 유작(遺作)이 될지
도 모르겠다는 생각을 해보곤 했다.

　하지만 막상 시도해 보려고 하니 부끄러웠다. 아무리 가까운
친구라도 직접 써 보내기 어려운 사연이 있고 그런 걸 일기로는
굳이 못 쓸 것도 없지만, 그것 역시 어설픈 것 같다. 내 사랑 얘
기에 약간 허구화해볼까 생각하기도 했다. 하지만 어설프게 오
랫동안 혼자만이 간직했던 혼자만의 비밀을 백일하에 내놓는 일
이 부끄럽기도 하려니와 남의 입반찬거리가 될 것도 같다는 생
각이 들기도 했다. 이젠 남의 이목 따위에 신경 쓸 나이는 아니
지만 '그러기엔 아직은 이르다' 라는 생각이 들었다.

　나는 사소설이라고나 할까, 아니면 '스토리 에세이' 라고 할까……. 그런 형식을 즐겨 쓰곤 했다. 이관희 수필가는 장르를 뛰어넘는 그런 나의 수필에서 '창작 수필'의 가능성을 발견했다고 했지만 분명치는 않으나 '나'라고 하는 존재를 내 글을 통해 좀 더 깊이 찾고 싶기도 하고, 확인해보고 싶기도 했다. 그러기 위해 그런 형식을 선택했었다고 여겨진다. 이관희 수필가의 과분한 평가에 힘입어 '창작 수필' 운동을 해볼까 하는 생각이 든다. 에세이나 편지 또는 일기체로 작품을 쓸 때 일인칭으로 쓸 수밖에 없다. 그렇게 쓰면 자기 마음 또는 얘기를 자기가 서술하게 되니까 아무래도 어설프고 독자의 저항을 받기 쉬우리라. 그리고 나 스스로 부끄러워 제대로 표현하지 못하는 경우도 많으리라는 생각이 든다.

픽션을 곁들여 삼인칭으로 쓸 수 있게 되면 대담하고 솔직한 심정을 털어놓을 수 있을 것이라는 결론을 급기야 내리게 된 것이다. 그렇게 쓸 경우, 스스로와의 사이에 거리가 생기게 되고, 그 거리에 의한 자유로운 입장이 되며 상상력이 작용할 수도 있게 되어 시적인 함축성도 곁들일 수 있어 좋았다.

그렇다고 상상의 나래를 펴는 자유로움도 그렇게 용이하지는 않았다. 토마스 칼라일의 『옷의 철학』처럼 자기 얘기에 픽션의 옷을 입힌다고 해도 실제로 문제는 그리 간단치만은 않고 자유롭지만도 않다.

왜냐하면, 픽션을 쓰는 나 자신의 상상력 그 자체도 내가 현실 속에 살고 있는 삶에서 벗어나지 않는 한, 시처럼 너무 비약할 수가 없었다.

물론 몽상적이거나 또는 매우 심각한 인생 문제를 다룬 작가
들도 많다. 그들은 실제로 현실에서도 몽상적이거나 심각한 삶
을 누려온 경우가 많은 것을 보면 체험이 중요한 것이지, 결코
표현상의 기술로만 가능한 게 아니다.

소설의 경우, 작가가 상상력으로 무엇인가를 쓴다고 해도 집
필하는 인간이 스스로 상상력에 책임을 질 수 있는 범위가 아니
면 쓰기가 어렵다. 어느 의미에선 상상을 통해서 이야기를 전개
해 나가는 것이니까 '거짓말'을 쓰는 셈이다.

거짓말이란 현실에 없었던 일을 쓰는 것이므로 현실에 있었던
일을 그대로 옮기는 작업보다 훨씬 어려운 일임이 틀림없다. 즉
자기가 집필하고 있는 '거짓말'이 그 사실 아닌 것을 마치 사실
인 것으로 납득시켜야 하기 때문이다. 그러기 위해서는 스스로
그 '거짓말'을 우선 사실로 인증해야만 한다. 바꿔 말하면 상
상의 세계에서 '거짓' 속에 삭여 익혀야만 한다. 그렇지 않으면
그 소설은 현실감이 살아나지 않고, 만들어낸 작위적인 작품이
되고 만다. 그렇지만 '창작 수필'의 경우는 다르다.

픽션으로 나를 찾는 길

젊었을 때, 늘 여행 또는 가출 충동을 느끼는 나 스스로에 대
한 '스토리 에세이'를 쓰려고 기필(起筆)을 했는데, 끝내는 '픽
션'이 되고 말았던 적이 있다. 그때 주인공은 결연히 집을 나왔
다. 당시 현실의 나는 그런 엄두도 내지 못했지만 픽션의 경우에

는 가능했다. 하지만 그 '나'는 가족에게 들켜 집에 돌아오고 만다. 안 들킬 수도 있었는데, 미지의 세계로 떠나는 두려움 때문에 들키는 쪽을 선택하고야 말았다.

집에 되돌아온 주인공은 스스로 패배자임을 자인하면서 그 대상(代償)으로서 객지 아닌 자기방의 따뜻함, 이불 속의 편안함, 늘 먹던 음식의 포만감을 통해 패배의 그 대상에 자족한다는 맺음으로써 끝냈었다.

픽션으로 끝맺음한 이 글을 막상 오랜 가출을 끝낸 지금에 와서 세삼 읽어보았나. 그 당시 '나'가 가출을 했더라도 오래가지는 못했으리라는 생각이 들었다. 아마도 그때 나는 쓴다고 하는 작업을 통해 내가 어디까지, 그리고 무엇을 할 수 있을까 하는 시도를 했던 것 같다는 생각도 해보았다. 이를 확인함과 동시에 패배한 결과 얻은 것이 따뜻하고 편안함이었다고 여겼다면 패배했을 때에 느낀 것, 즉 '나'에 있어서의 일상의 삶과 가족 관계 등을 새로운 각도로 인식하는 계기가 된 것 아닌가 짐작도 해보게 된다.

그런 의미에서 보면 '픽션'이란 일기체나 서간체로 서술해서는 해결할 수 없는 무엇인가를 '나'가 가지고 있는 것 같다. 다만, 상상력의 세계 속에 한번 스스로 내던져 봄으로써 뭔가를 밝히고 싶은 충동이었다고 여겨진다. 그리고 그것이 내가 쓰던 '픽션'의 기조를 이루는 요소였던 것 같다.

그렇게 '픽션'을 집필해나가면서, 쓴다고 하는 행위란 좀 더 넓혀서 생각해본다면, 언어에 의한 표현의 영위다. 이를 포착하

면 당연히 일기체나 서간체의 글과 공통되는 부분이 적잖다고
여겨진다.

아마도 작가는 누구나 스스로 내부에 차곡차곡 쌓여 있는 것
들을 밖으로 내놓고 싶어 붓을 들 것이다. 작품화를 통해 그 목
적을 이루려면 언어를 통해 자기표현을 꾀하면서 독자에게 알리
고 싶어진다. 나 이외의 사람들에게 내 마음에 쌓인 것들을 펼쳐
보이고 싶어 여러 방법으로 표현을 시도하게 된다.

일단 언어로서 뱉어놓고 보면, 그 뱉어놓은 것들이 작가의 몸
밖에 객관적으로 존재하기에 이른다. 그러니까 남이 표현한 글
을 읽는 것과 마찬가지로 자기 글을 조망할 수 있게 된다. 그러
고 보면 작가는 남에 대해서 자기표현을 하는 것과 아울러 자기
자신에 대해서도 자기표현을 하게 되는 셈이 된다. 역으로 말한
다면 작가는 표현하는 행위에 의해 스스로 해방해나가는 것이
아닐까…….

여기에서 문제를 좀 더 넓혀나가 본다면 자기 표현이란 반드
시 집필하는 것만으로 이루어지는 것이 아니라고 본다. 노래를
불러보거나 또는 어떤 경우에는 그림을 그리듯이 시나 수필을
쓰다 보면 더욱 표현이 잘 되기도 한다. 좀 더 넓혀서 말한다
면 '일거수일투족(一擧手一投足)'이 자기표현이다.

예컨대 어느 때 책을 읽는다고 하자.

읽는다고 하는 행위는 집필을 시작하기 위한 어떤 소극적인
또는 준비를 위한 행위라고 볼 수 있지만, 이 또한 간단히 넘어
갈 문제가 아니다.

나는 대학에서 문학 개론을 강의할 때 어느 시기에, 어느 작가가, 왜 어떤 책을 읽었는가, 즉 책의 선택부터 시작하여 가려 뽑은 그 책을 읽고 어떤 감상을 했는가에 초점을 두었다. 그리고 어떤 의문이나 감명을 받았는가 등등 그 반응은 사뭇 다르게 마련일 것인데 왜 이를 굳이 말하려는 것은 그 반응이 그 책을 읽고 어떤 영향을 받아 작가 나름의 자기표현이 되었는가를 생각해 보도록 가르쳤다.

그렇게 생각해본다면 독서한다고 하는 것은 한 작가에게 있어 일종의 창조적인 행위라고 생각되기도 한다.

어쩌면 소재를 찾기 위한 작가의 독서 행위란 스스로 만들어 가는 것이며, 읽었던 세계를 자기 속에서 새로이 전개해 나가게 되기도 하다.

이렇게 생각해 보면, 쓰거나 읽거나 간에 표현하는 밑바닥에 있는 것은 늘 자기 자신이다. 집필함으로써 자기를 확인하고, 독서함으로써 현재의 자기 한계를 인지하고 시야를 명료히 해나간다.

이는 결국 자기 발견으로 이어진다고 본다. 그리하며 그러한 발견을 이제부터 어떻게 소화하는 것이 좋겠는가를 찾는 삶의 탐색으로 연계시켜 보고자 한다.

본의 아닌 가출이긴 했지만 기나긴 자기 찾기의 여행을 갈무리하며 자기 확인을 해보려고 한다.

새로운 쓰기와 읽기를 통해 스스로 한 차원 끌어올리려는 이 작업은 새로 태어난 내겐 매우 소중한 남김이기를 바랄 따름이다.

젊은 날을 돌이켜보며

나의 어린 시절을 돌이켜 보면 퍽 힘들었던 세월이었고, 몹시도 규제가 심했던 학창 시절을 보냈다. 일제 말기에 초등학교를 다녔기 때문에 각종 훈련과 근로 봉사에 의해 시달렸고, 중학교 시절에는 학도훈련단 조직하에서 엄격한 군사훈련을 받았기 때문에 힘들었다. 6·25 동란이 일어나자 고등학교를 채 마치지도 못하고 사병으로 군에 입대하여 혹독한 병영 생활을 치렀다. 쓰라린 과거였지만 지금 생각해보면 어린 시절의 그런 힘들었던 경험이 파란만장한 내 인생을 견뎌내게 한 큰 힘이 되기도 했다. 또한, 힘이 들었기 때문에 역으로 자유를 늘 추구해왔던 것 같다.

우리가 삶을 영위하려면 본의 아니게 어떤 난관에 부딪히기도 한다. 그럴 때면 실의에 빠지기도 하고 좌절하기도 하지만 이를 견뎌내야만 산다. 하지만 어려움을 견뎌내면서 한편으로는 자기 자신의 내부의 세계를 서서히 구축해 나가게 마련인 것도 같다. 그런 상반되는 요소를 나는 내 속에서 하나의 품격으로 아우르려고 무척이나 힘이 들었다.

나는 젊은 시절에는 어느 평론가의 말마따나 '좀 하이 컬러' 한 시를 쓰기도 했지만, 그 시절 나는 문학이라든가, 예술…… 그러한 것들의 역사적인, 시대적인 또는 인간 생활에서의 의미라는 것을 생각한다면 어떠한 형태로든 '인생'이라는 것을 다루

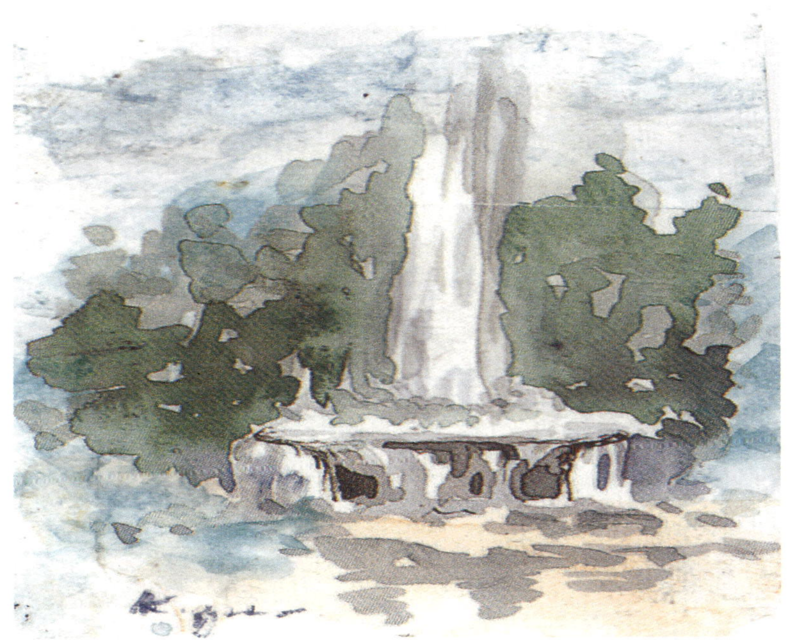

게 되는 그런 예술을 하고 싶었다. 궁극적으로 인생이라는 것, 생활이라는 것, 인간이라는 것…… 이런 것들을 다루려 들지 않는 그런 예술을 나는 별로 탐탁하게 여기질 않았었다.

그래서 내가 좋아하는 것 이외에는 음악이든, 회화든, 문학이든 간에 관심을 두지 않았었다. 이런 나의 옹졸한 생각이 썩 바람직한 것은 아니었다고 생각된다. 그것은 나 스스로 세계를 일부러 좁히는 옹색한 짓이었다고 이따금 반성하기도 하지만, 쉽사리 그런 멋대로의 마음을 다스리지 못하곤 했다.

내가 못마땅하게 여기는 것 가운데에도 플러스 되는 게 있고, 좋아하는 것 중에서 마이너스 되는 것이 얼마든지 있게 마련이므로, 그런 의미에서 본다면 궁극적으로는 모든 나의 사념이나

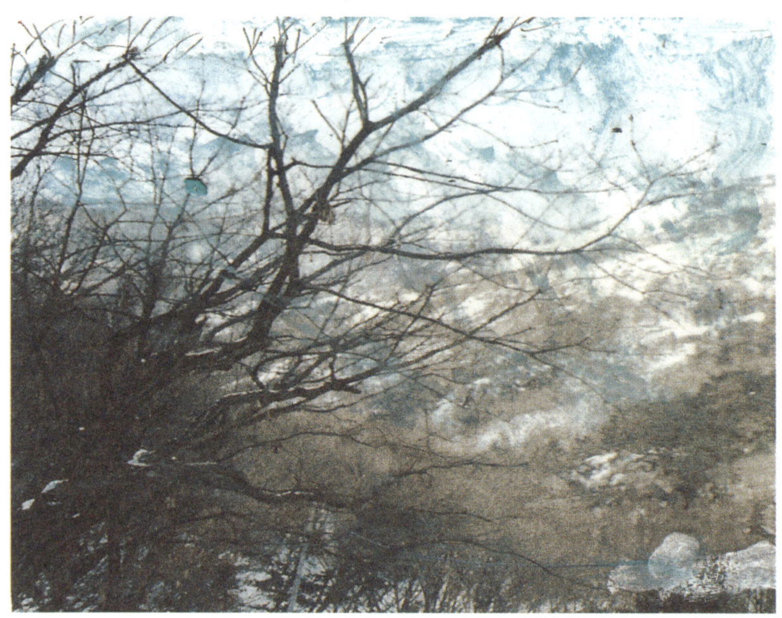

사유가 인생을 위한 예술이라고 하는 것으로 귀결하게 되는 게 아닐까 하는 생각도 든다.

예로부터 예술을 위한 예술, 인생을 위한 예술로 크게 나뉘어 있었고, 오랫동안 숱한 논쟁을 양자 간에 해왔다. 하지만 앞으로도 쉽사리 결론을 낼 문제는 아닌 듯싶다. 설혹 한쪽이 논쟁에서 지더라도 그것으로 문제 해결이 되는 것은 아닐 것이다.

군사 독재 정권 시대에, 나 역시 그랬지만 유독 시대라든가, 생활이나 제도, 특히 권력 등에 대해 매우 비판적인 태도를 보였던 시인들이 근래에는 서정적인 연애시를 곧잘 쓰고 있고 인간의 삶을 노래하는 것을 보면서 예술이란 어차피 삶과 결코 떼려야 뗄 수 없는 관계임을 생각해보게 된다. 예컨대, 미술 전시회에서 추상화를 본다든가, 난해한 시를 읽었을 때 무엇을 표현하려던 작품인지 얼핏 이해가 안 되는 경우를 누구나 경험하게 된다.

나는 그런 작품을 감상한 후 입문자들이 잘 이해하지 못한다 하더라도 상관없다고 생각한다. 이런 난해한 작품들을 접하면서 왠지 좋다고 느끼면 그것으로 족한 것이 아닐까…….

좋다, 나쁘다 하는 자기 기호에 의한 단정 때문에 기본적인 지식이나 교양을 소홀히 해서는 안 되리라.

스스로 분수에 안주하는 마음가짐

미술이든, 음악이든, 문학이든 간에 보고, 듣고, 익혀서 지적인 요소를 내 속에 충분히 축적한 다음에 매사를 판단해야 한다는 생각이다.

아무튼, 나는 어려운 고비를 숱하게 넘기면서 험난한 앞길을 나 스스로 개척해야 하겠다고 생각했다. 어려운 독거 생활을 하는 요즘도 마찬가지 생각을 하며 부딪친 일을 애써 홀로 헤쳐나가고 있다.

자전적인 글을 쓰면서, 어느 의미에서는 스스로 삶, 인생, 좀 더 넓힌다면 나의 사상, 나의 예술, 또는 동시대 사람과의 관계 정립 등에 있어서도 스스로 자기의 길을 개척해 나가야 한다는 생각을 우선 해보았다. 그런 객관적 의미도 곁들여야겠다는 생각이다.

그래서 나는 인간이 지니고 있는 내부의 세계, 즉 심리라든가, 감정 등 내부의식의 부분부터 문제를 끄집어내어 시로 형상화해

나갔다. 그러니까 외면적인 세계보다도 내면적인 것에 치중했었다. 그러면서도 삶과 시대에 대해서 절대 외면하지는 않았다. 이를 외면하고는 시란 결코 의미가 없는 것이라고 여겼다. 하지만 젊은 시절에 나는 스스로 감정 또는 정서 생활, 그리고 심리적인 여러 가지 그늘이나 모습 같은 것들이 얽섞인 내면적인 삶을 되도록 섬세한 언어로 표출하기를 즐겨했다.

내가 〈연가〉를 많이 발표할 무렵에는 참여시가 그 주류를 이루고 있었기 때문에 자칫 그런 류의 시가 낮게 평가되기 쉬웠던 시절이었다. 인간이 인간으로서 존재하는 한, 육체가 있고 정신과 정서가 있는 것이며, 그에 따라 연애도 불가결한 것이라고 믿고, 남의 평판에 개의치 않았다.

그 당시 우리나라에서는 '순수' 그리고 '참여'라는 이름 아래 유파가 크게 갈려져 있었지만, 구미에서는 시대, 생활, 제도, 권력 등에 대해서 신랄하게 비판하면서도 연애시를 통해 인간의 참 속성을 밝혀내고 유연한 삶의 방식을 노래한 시인들이 많았었다.

그래서 나는 스스로 길을 고집하면서 나의 문학, 특히 시는 삶의 문제를 다루면서, 사랑을 통한 순구한 정서의 표현이어야 한다고 여기고 그 길을 제멋대로 걸어갔었다.

한편, 나는 이 무렵, 문학 개론 강의 준비 때문이기도 했지만, 분야를 가리지 않고 많은 책을 닥치는 대로 읽었었다. 무척 난삽해서 잘 이해하기 어려운 철학 서적도 무턱대고 끝까지 읽어내려 갔다.

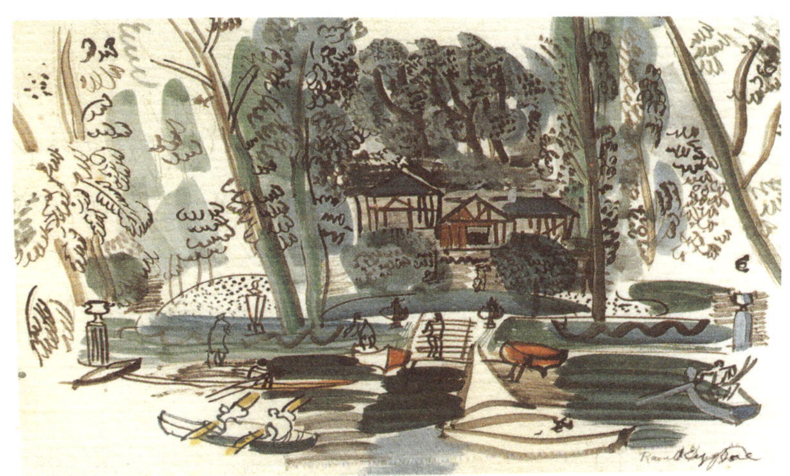

　아무런 예비지식도 없이 여러 분야를 가리지 않고 다독을 일 삼았기 때문에 제대로 이해하지 못하고 넘어가기도 했다. 하지만 제대로 안다는 것이 오히려 하잘 것 없는 것으로 여겨지고, 모르는 게 더 나을 경우도 있었다. 아는 즐거움이 있고 또 잘 알고 있기 때문에 싫증이 도리어 빨리 오는 것을 경험하기도 했다.

　예를 들면 폴 모리아의 「에게 해의 진주」를 TV를 통해 시청하고는 퍽 마음에 들어 디스켓을 사서 몇 회 본 적이 있었는데, 곧 염증이 났다. 의상의 아름다움이 눈에 크게 띄는 한편, 그 화려함이 나중에는 도리어 눈에 거슬리기 시작했다.

　이런 감정의 추이를 좀 더 확대해서 생각해 보면, 그저 아름답기만 한 것만으로는 예술이 오래가지 못한다는 것을 깨달았다.

　명동이나 로데오 거리의 쇼윈도에는 지극히 아름답고 화사한 장식물이 많지만, 그것은 한낱 유행이고 유행이란 오래 못 가게 마련이다.

　그림이나 시(詩)에서도 시대마다 유행되는 스타일, 포럼이 으레 있지만 결국 유행으로 끝나고 마는 경우를 보게 되는데, 시란 넓게는 예술이란 본질적으로 깊이를 갖지 못한다면 오래가지 못하고, 곧 실증을 느끼게 마련인 것 같다.

　이렇게 생각하다 보면, 안다는 것과 알지 못한다는 것과는 별도로, '이것으로 족하다'라는 기준은 그 판단력을 지닌 자기 자신에게 달려 있다. 와병 이후 더욱 안분지족심(安分知足心)을 절감한다. 이것이 스스로 보다 옹골지게 길러주는 자양분이 아닐까…….

동경의 미학

　나의 문학관을 한마디로 요약한다면 '동경(憧憬)의 미학'이라고나 할까……. 외적으로는 구조적으로 시간적 동경과 공간적인 동경, 그리고 내면적인 동경이라는 수직과 수평의 구조를 지니면서 동시에 사랑의 체험과 이를 승화, 초월시키는 상승구조를 특히 나의 시를 통해 드러내려 하고 있다. 그렇다고 나의 문학이 낭만주의의 재현이나 답습을 의미하는 것은 아니다. 오히려 더욱 현대적인 해석을 시도하며 '국제주의'를 발상 차원으로 삼아 현대적 모더니티를 나의 문학의 근간으로 삼고자 한다. 나의 문학 세계는 일원적 이중구조라는 교직성(交織性)을 계속 지니려 한다.

　시간상으로는 과거와 현재, 고대와 현대를 자유롭게 왕래하는 상상의 기동성을 발휘하면서 공간적으로는 동·서양을 마구 넘나든다. 시 창작에서는 수직과 수평이라는 시간적 동경과 공간적 동경으로 결구력을 얻고, 평론에는 문화 인류학, 정신분석학, 민속학 등을 원용하면서 학제적인 접근을 통해 나만의 목소리를 내놓곤 한다.

이 같은 나의 문학관, (넓게는 예술관)이 나로 하여금 고전문학자이자 문학평론가(넓게는 예술평론가), 시인, 비교문학(넓게는 비교문화) 연구가, 화가, 여행작가 등 다양한 길을 걷게 했는지도 모른다.

원초적 자연성과 현대적 문명의 수직 구조의 이원화, 서구와 발상과 동양적 발상이 시간적 이원 구소, 한국적 정서와 이국적 정조와의 공간적 이원성, 학문과 예술의 장르를 넘나드는 광역화 등 이원적인 것의 혼합, 내지 이원화 지향이 나의 문학 태도라고나 할까…….

얼핏 이해하고 받아들이기 어려운 문학관이나 문학적 태도이겠으나 지금까지 세상에 내놓은 나의 분신에 대해 결코 부끄러워하거나, 물론 후회하지도 않는다. 죽기 전에 뭔가 어떠한 내 나름의 문학 세계를 보여 주고 싶다는 과욕도 접은 지 오래다.

다만, 점진적인 '동중정'으로 꿈틀거려보고 있다. 나의 '동중정'은 서구적인 움직임과 동양적인 고요함이다. 서양의 지성과 감각, 여기에다 동양의 감성과 의식을 교직하여 원초성과 문명성을 유화해 보려고 한다.

끝으로 나의 시관(詩觀)을 졸시 중에서 간추려 본다.

재주를 부릴 줄도 모르지만/ 서툴지만은 않고/ 발가벗기고/ 또
하나의 나를/ 바라보는/ 나의 분신/ 나의 신앙/ 나의 모든 것.
　-(나의 시 · 1)에서

　슬플 때엔 문을 닫고/ 괴롤 때엔 문을 열고/ 지도 없이 떠나는
여행/ 냄새도 없고 / 울림도 없고/ 겨울 대낮의 달 같지만/ 앗아
갈 수도/ 빼앗길 수도 없는/ 임에의 고임/ 나를 유혹하는 그런 시
를 쓰고 싶다. -(나의 시 · 2)에서

　일상적인 표현을 되도록 피하고/말하지 않고도 말하면서/ 행
간에 내 뜻을 감추어/ 작은 그릇에 되도록 많이 담고// 상식적이
지도 않고/ 획일적인 사유思惟에 맞서는/ 생명에의 탐구/ 하지만
나의 시는/ 내 몸속의 물만큼/ 동경과 고독이 가득하다.
　(- 나의 시 · 3)에서

사랑과 죽음 그리고……

● 삶이 멜로디라면 사랑은 리듬이며 죽음은 축제를 위한 취주악이다. 사랑과 죽음은 옷 벗고 갈아입는 다소곳한 축제다.

● 사랑과 죽음은 동전의 양면 같다. 죽음의 그림자도 사랑의 빛으로 밝힐 수 있다. 인간은 사랑과 죽음을 통해서 살아 있음을 실감한다.

● 인간이란 녀석은 죽음을 앞두거나 고독해지면 사랑이다, 그립다, 외롭다 하며 곧잘 눈물을 흘리곤 한다. 하지만 고독이나 죽음은 그런 값싼 낭만이 아니라 더욱 더 아름다운 것이다.

● 저승으로까지 이어지는 영원, 그 영원한 영혼을 마음의 물이랑 사이에서 이미지로라도 떠올릴 수 있다면, 또는 단 한편의 그런 시라도 남기고 그런 다음에 떠날 수만 있다면 그 삶은 그런대로 옹근 것이다.

● 사람이 시인답기 위해서는 사랑으로 이어지는 죽음을 알아야 하며 늘 어린아이 같아야 한다. 슬플 때에도 외로울 때에도

기쁜 때에도. 죽음이 본 삶은, 삶이 본 죽음 이상으로 신비로울 것임이 틀림없다.

● 사랑이 모든 것을 줌으로써 마음과 몸이 정화되듯이, 일체의 파괴에 의해 일체의 속박에서 자유로워지는 순간, 그것이 죽음이다.

● 사랑을 잃었을 때 사랑을 알고, 어설픈 시어(詩語)를 가지칠 때 언어의 순수성이 깃든다.

● 동정을 잃었을 때 순결의 참스런 가치를 알 수 있다. 목숨을 다했을 때 삶의 의미를 알 수 있듯이……

● 시인은 예사 사람보다도 언어를 사랑하는 괴짜다. 하지만 인간을 사랑하지 않으면 언어가 안 만들어진다, 이 괴짜는 스스로 장식하기 위해 언어를 만든다. 이 괴짜는 스스로 잡식하기 위해 언어를 만든다. 리듬 활동을 위해서만 말을 사랑한다. 삶과 죽음을 아울러 사랑해야 시인은 제대로 시인이 될 수 있다, 시인이면 다 시인인가, 시인이라야 시인이지.

● 오르가슴이 절정에 이른 그때 얼굴이 아름답듯이, 숨넘어가기 직전의 얼굴 또한 아름다워야 한다, 사랑과 죽음은 무엇보다 안녕하기 어려운 것이다.

● ‘죽도록 사랑해요’ 죽음과 사랑을 이은 이 한 마디 때문에 얼마나 많은 사람이 사랑에 빠지기도 하고 죽기도 하였던가. 하지만 말보다 행동이 참사랑이나 죽음을 가름한다.

● 시정(詩情)이 퇴색한 마음은 사화산이다. 그 분화구를 망원경으로 바라보면 용암의 흐름과 화산 잿더미 속에서 오래된 것

들의 화력을 감지한다, 시란 삶과 삶의 버무려짐 속, 그 영혼 속
에 사랑과 죽음이 용해된 것이다. 그러기에 이런 시를 이해하는
이는 드물다, 세계에 활화산이 적고 예측불허이듯이……

● 나를 응시하기 위한 눈을 갖추고, 나의 극한을 날며 그 괴
로움을 뛰어넘어온 '지나가 버린 세월'을 굳이 남기려 애쓰지
말자. 차라리 멋진 바보로 사랑하다 죽고 싶다, 이것이 인간의,
그리고 시인의 어엿한 목숨이 아닐까. 이것이 인간의 참 고향을
찾는 길이 아닐까, 이것이 참 자연의 환원이 아닐까.

● 때로는 숭고한 아름다움으로 승화되지만 죽음은 깊숙이 와
닿은 체험도 아니고, 그런 대상도 아니다. 그건 인류 역사 이래
수없이 되풀이되어온 지루한 수레바퀴다. 또한, 늘 우리 주변에
널려 있는 화두이지만 다만 신비로운 수수께끼일 따름이다.

● 사랑과 죽음은 남이 대신할 수 없고 나를 벗어날 수도 없는
것, 무엇이건 불고 할 수는 있지만 스스로 망각할 수는 없는 것,
주역은 바로 나지만 도망치려 해도 도망칠 수가 없다.

● 미래를 이렁저렁 선택하고, 늘 가능성에 얽매어 살아가고
있다. 젊은 날에는 가능성의 무화(無化)였지만, 현재는 가능성의
화음적(和音的) 종말이다.

● 젊은 날에는 죽음이 두려움과 괴로움이었지만 이제 조금은
여유와 달관으로 바라보게 된다. 삶의 파괴, 육체의 파멸, 그건
불안을 낳기도 하지만 나를 나이게도 해준다. 죽음은 주검을 남
기지만 살아 있는 동안 죽음의 심연을 만나고 또 자각해야 한다,

● 죽음에의 불안은 본질과 근원의 추구다. 동물은 죽어서 가

죽을 남기지만 사람은 죽어서 이름 아닌 죽음을 남긴다. 죽음에 의해 죽음은 주검을 남기지만 살아 있는 동안 죽음의 심연을 만나고 또 자각해야 한다,

● 절에서 교회에서 설교와 법문을 듣는다. 의문표가 꼬리를 문다. 가슴 아닌 머리로 하는 설교ㆍ법문은 환상인가, 현몽인가.

● 고난을 겪을 때 가장 참기 어려운 것은 인간의 배신에 대한 분노다. 작은 고통조차 그 때문에 견디기 어려워진다. 반대로 큰 고통이나 어려움도 우연 아닌 불가항력적인 것이라 여기고 스스로 마음을 진정시키면 그 괴로움도 반감된다. 고난이 극복되면 인생의 큰 전환점이 되었다는 감사의 마음이 절로 우러나게 된다.

● 믿는 도끼에 발등 찍혔다고 분해 하지 말고, 믿지 않는 도끼에 발등 찍혔더라면 더한 화를 당했으리라 생각하고 용서하라. 용서는 자기를 위해 해야 한다.

● 죽음은 묵은 옷을 벗고 새 옷을 갈아입는 아름다운 일이다. 또한, 윤회로, 부활로 접어드는 신비로운 의식이다.

● 마음이 아프면 암이 오고, 마음을 비우면 암이 간다.

● 어려움이란 언젠가는 끝나게 마련이다. 고난이 극복되면 인생의 전환점이 온다. 병 앓음은 참삶을 깨닫게 하는 축복이고, 죽음은 새 삶을 열어주는 축제다.

● 인생은 슬픈 바다지만 사랑으로 메울 수 있다. 그런 사랑은 죽을 것만 같은 시련 끝에 온다. 고통의 감수 없이는 사랑도 삶

도 없다. 자기의 괴로움을 미화하려 들지 말고 감히 부딪치면 고
통조차도 사랑할 수 있게 된다. 그러하기 위해서는 분별력 있는
눈과 다소곳한 마음이 있어야 한다.

● 아름다움은 대단한 권력이다. 특히 여성의 미는 더욱 그러
하다.

● 무겁게 드리워진 침묵의 어둠 불씨마저 덮여 잇던 그 아픈
궤적, 세상은 저물지만, 사랑과 죽음은 한 길 따라 이어져 가는
것이다,

● 사랑과 죽음은 생명 윤리의 한 영역이다, 사랑과 죽음의 욕
구 또한 같은 것이다.

● 힘들게 견딘 세월 무덤으로 참아 냈다. 병든 영혼은 사랑과
함께 존재가 필요함을 일깨워 주었다. 사랑은 죽음보다 강한 것
이다. 사랑은 지식이나 논리가 아니라 살아 있는 영혼의 절실한
체험이다.

● 겨울이 오면 피하지 말고 겨울만을 생각하자. 겨울의 영혼
을 느끼고 겨울의 품 안에 알몸으로 안기자.

● 남에게 도움을 주고 또한 서로 조화롭게 나갈 수 있는 감정
을 가르쳐 주는 것이 사랑이다.

● 꼭 값진 것이 아니더라도 준다는 것, 베푼다는 것은 흐뭇하
고 값지며, 스스로 건강하고 행복하게도 만든다.

● 자고 일어나는 것은 작은 꿈이지만, 낳고 죽는 것은 큰 꿈
이다.

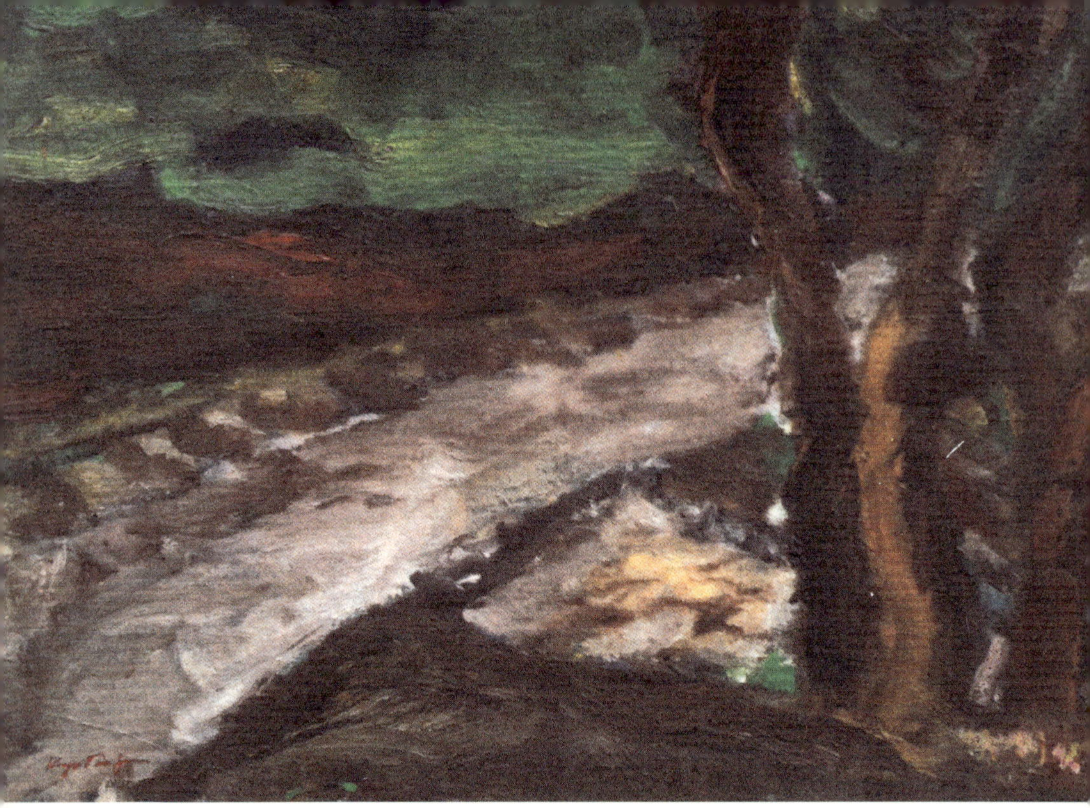

「한국현대문학사」 서문문고 p.231~2 (1976) 표지화

　이 그림은 저자가 본격적으로 화필을 들기 이전에 그린 최초의 반추상 유화작품으로 미술평론가 박용숙 교수는 "채색이 음악적으로 나타난 逸品"으로 평가하였다. 저서 또한 남북한을 통틀어 5대 문학사로 평가받기도 했다. (이명제 「남북한의 문학사 서술에 관한 연구」 참조)

유화 캔버스 45×38㎝ 최석로 소장

에세이집

나의 삶 나의 문학

전규태 지음

발행처 · 도서출판 **책마루**

발행인 · 박영봉
편집고문 · 김가배
편　　집　김성배 | 박혜숙
인　쇄 · 훈　컴

등록 · 2009년 1월 2일 제389-2009-000001호

초판 1쇄 인쇄 2011년 5월 25일
초판 1쇄 발행 2011년 5월 25일

주소 422-240 경기도 부천시 소사구 심곡본동 539-9 (3층)
대표전화 070-8774-3777
팩스 032-652-7550

http://cafe.daum.net/chaekmaru
E-mail · seepos@hanmail.net
ISBN · 978-89-96338-43-7 (03800)